南派三叔 著

盗墓笔记

云顶天宫

青山不改
绿水长流

江苏凤凰文艺出版社

图书在版编目（CIP）数据

盗墓笔记. 云顶天宫 / 南派三叔著. -- 南京：江苏凤凰文艺出版社，2025.7. -- ISBN 978-7-5594-9945-5

Ⅰ. I247.5

中国国家版本馆CIP数据核字第2025WD1566号

盗墓笔记. 云顶天宫

南派三叔 著

责任编辑	曹　波
特约编辑	半　霄
封面设计	暖
责任印制	杨　丹
出版发行	江苏凤凰文艺出版社
	南京市中央路165号，邮编：210009
网　　址	http://www.jswenyi.com
印　　刷	嘉业印刷（天津）有限公司
开　　本	880毫米×1230毫米 1/32
印　　张	10.375
字　　数	298千字
版　　次	2025年7月第1版
印　　次	2025年7月第1次印刷
书　　号	ISBN 978-7-5594-9945-5
定　　价	49.80元

江苏凤凰文艺版图书凡印刷、装订错误，可向出版社调换，联系电话025-83280257

盗墓笔记

青山不改,绿水长流,
愿君有意,可再同舟。

盗墓笔记

盗墓笔记

青山犹是当年青,
绿水不改旧时情。
人间廿年如一瞬,
君若回首书莫停。

目 录

001	第一章 新的消息
007	第二章 二〇〇七第一炮
014	第三章 镜儿宫
019	第四章 多了一个
024	第五章 最初的谜题
030	第六章 简单答案
035	第七章 潘子
040	第八章 新的团伙
045	第九章 九龙抬尸
050	第十章 营山村
055	第十一章 困境
061	第十二章 百足龙
066	第十三章 缝隙（上）
070	第十四章 缝隙（下）
074	第十五章 双层壁画
081	第十六章 五圣雪山
092	第十七章 自杀行为
099	第十八章 雪崩
104	第十九章 昆仑胎
113	第二十章 胎洞灵宫

118	第二十一章 灵宫大殿
128	第二十二章 博弈
134	第二十三章 骚动
138	第二十四章 墙串子
145	第二十五章 百足龙神
153	第二十六章 夹层
159	第二十七章 藏尸阁
164	第二十八章 排道
172	第二十九章 进入排道
178	第三十章 火山口（上）
181	第三十一章 火山口（下）
184	第三十二章 门殿（一）
188	第三十三章 门殿（二）
192	第三十四章 门殿（三）
196	第三十五章 门殿（四）
203	第三十六章 护城河
209	第三十七章 殉葬渠
213	第三十八章 无聊暗号
221	第三十九章 水下的排道
226	第四十章 猴头烧

229	第四十一章 记号
233	第四十二章 一个新的记号
238	第四十三章 无法言喻的棺椁
242	第四十四章 十年前的探险队
246	第四十五章 影子的道路
250	第四十六章 永无止境的死循环
255	第四十七章 胖子的枚举法
258	第四十八章 倒斗和量子力学
262	第四十九章 来自海底的人们
267	第五十章 犀照
271	第五十一章 出口
275	第五十二章 闷油瓶第二
285	第五十三章 蛇眉铜鱼
288	第五十四章 唯一的出口
294	第五十五章 「守护神」的巢穴
299	第五十六章 谍中谍
303	第五十七章 千手观音
307	第五十八章 围攻
311	第五十九章 天与地的差距
314	第六十章 无法解开的谜团
318	第六十一章 休整之后

第一章 新的消息

我昏迷了三天，醒过来的时候，已经被人送到了医院里面，刚睁开眼睛的那一刹那，什么都记不起来，只觉得天旋地转，止不住地恶心和头晕。

两天后，这种情况才一点一点好转起来，但是，我的语言能力全部丧失，无论想说什么，发出来的声音全是怪叫。

我以为自己的脑子摔坏了，影响了支配语言的神经，非常害怕。不过医生告诉我，这只是剧烈脑震荡的后遗症，叫我不要担心。

我像哑巴一样用手势和别人交流，直到第四天，我才勉强开口去问医生，我现在在什么地方。他告诉我，这是西安市碑林区的红十字会医院，我是被几个武警带回来的，具体怎么发现我的，他也说不清楚，只说我全身大概断了二十根骨头，应该是从高处坠崖导致的。

我的胸口和左手打着石膏，但是不知道自己伤得多重，听他一说，才知道自己命大。我又问他大概什么时候能出院，他对我笑笑，说没十天半个月，连床都下不了。

当天晚上，送我过来的武警听说我能说话了，带了水果篮过来看我。我又问了他和医生同样的话，他也不知道如何回答我，只说有几个村民在蓝田的一条溪边找到了我，我是被放在一个竹筏上的，身上的伤口已经简单处理过了。医生说道，要不是这些处理，我早就死了。

我觉得奇怪，我最后的记忆是落进水里的一刹那，按道理最多也是应该给水冲到河滩上，怎么给放到竹筏上去了？另外，蓝田离夹子沟那一带有七八十里路呢，难道，我们在地下河走过的路，不知不觉已经有这么长一段距离了？

我编了一个登山坠崖的谎话，千恩万谢地送走了武警，马上给王盟打了个电话，让他到西安来一趟，带一些钱和我的衣服来。第二天王盟就到了，我把医药费付清，然后重新买了手机和手提电脑。

我问王盟最近生意怎么样。他说没什么重要事情，就是我老爸找了我很多次。我心说，出来的时候没想到要这么长时间，可能他们担心了，于是给家里报了平安，不过我老爸不在，我和老妈说了几句，顺便问了问三叔的消息，还是没有音信。

看来一切还如来时一样，我感叹了一声。

接下来几天，我百无聊赖，忽然想到老痒，心里发酸，便躺在病床上，翻看我坠山时穿的那件已经完全破烂的登山服，寻找老痒的那本日记。日记倒还在，只是给水泡得什么都看不清楚了。我勉强辨认读了一会儿，再看不出什么，便又连上医院的 Wi-Fi，上网打发时间。

我查了许多资料，不过网上关于古董的信息到底是不多的，我只能将我脑子里青铜树的景象简略地描绘了出来，发给一些朋友去看。后来陆续收到回信，大部分也不知道这是什么东西，而且他们对我的描述也不相信，然而有几封信对我挺有启发。

其中有一封是从美国发来的，是我父亲的一个朋友，和我挺聊得来。他在 E-mail 里写道，这一种青铜树，叫作"柱"，1984 年的时候，攀枝花一座矿山里也发现过一棵，但是远没有我说的这么大，只有一截，深入地下的那一段已经完全锈化了。

到现在为止还没有任何文献资料能够解释这东西是用来干什么的，不过根据《山海经》和一些文字记录下来的少数民族叙事诗来分析，这东西的确和远古时期的捕"地龙（蛇）"活动有关。

"烛九阴"应该是生活在极深地脉里的一种蛇类，因为长期在陡峭的岩石缝隙中生存，几乎没有正视的机会，所以两只眼睛像比目鱼一样变异了。人用鲜血将其从极深的地脉中引出来，然后射杀，做成蜡烛。听起来很冤枉，但是那个时候，持久光源是极其珍贵的东西，特别是对一些晚上活动或生活在漆黑一片的岩洞里的人来说，更是如此。

我觉得他分析得有点道理，不过还是不能解释，为什么碰到所谓的"柱"，会产生那种奇妙又恐怖的能力。我回信过去，问他历史上还有没有类似的事情发生过。

他回信过来，还附上了一份残卷，是一本笔记体小说，里面记录了清朝乾隆年间发生的一件事情，里面提到了一只青白石龙纹盒，说有人把这盒子送到宫里，乾隆皇帝打开一看，当夜就密召几个大臣入宫，谈到了后半夜，之后就有乾清宫失火的事情。那几个大臣，只有一人善终，其他人最后都被莫名其妙地杀了。

我看它的时间，大概就是李琵琶《河木集》写的那一只盒子，也就是应该有关联，看样子，最后挖出那只青白石龙纹盒的人和了解这件事情的人，都没得到善终。皇帝下了这么大决心，要保守一个秘密，那这青白石龙纹盒里放的到底是什么东西？会不会就埋藏着这棵青铜古树的来历呢？

我再一次回信询问他的意见，他只回了一句话，要挖下去才知道。

我苦笑一声，知道这是不太可能了，谁知道下面还有多深，也许当初他们铸造这东西，花了几个世纪时间，就算有人愿意挖，我也绝对等不到挖出来的时候了。

还有几封信，是我二叔寄给我的，他说，那个时候的少数民族文化传承西周时期的装饰风格，但是那个时候异族交流有限，而且交通和通信极度不发达，所以应该有一个时滞，也就是说，我把时间估计得太早了，按照一般规律，那个时候，中原地区应该已经是秦后期。

那个时候，几乎所有的活动都和秦始皇修建陵墓有关，他们捕猎"烛九阴"，可能是为了提炼"龙油"，进贡给皇帝炼丹或者进行类似的活动。而且根据地质探测，秦始皇陵的底层，也有巨大的金属物体环绕整个陵墓，按照常理，当时的冶金技术应该无法完成如此浩大的工程。这一部分的修建者，应该是冶金技术特别发达的外来民族。

二叔是秦始皇的忠实Fans，凡事都能扯到那一段去，我对他的推测不以为然。

一个月后，我出院回到家里，开始收拾心情，重新投入生活。我整理了已经几乎撑爆的信箱，理出一些杂志和报纸后，找到了一封没有署名的快件。

老吴：

能猜到我是谁吗？

对，我没死，或者说，我又活了。

我很抱歉把你卷进这件事情来，不过毕竟你是我唯一能信任的人，我没有其他选择。

现在整件事情已经完成了，我们的关系，也必须到此结束了。我很高兴能和你做过朋友，但是现在这一切已经不重要了。

你是不是很想知道三年前到底发生了什么事情？

三年前，我和一个老表以及一群同伴到秦岭那一带踩盘子，我们根据当地人的传说，在榕树林子里找到了一个树洞，考虑再三准备冒险下去。过程你全都知道了，后来我就被困在了石洞里。

当时，我已经绝望，虽然我不会这么快死，但是活着对我来说更可怕，永远生活在狭窄的、一片漆黑的大山深处，永无出头之日，那种痛苦，你应该也体会过了。

我在黑暗中整整待了四个月，这四个月简直就是在地狱里煎熬。不过，在这段时间里，我不停地思考，我知道了，这种能力和潜意识有关，比如说，我想要在石头上开一扇门，我必须让自己相信石头上本身就有一个门，否则，就算你想破了头，门也不会出现。

人自己是无法欺骗潜意识的，所以使用这种能力，必须引导,这非常难。我给你说过了,一旦引导失败或者出现偏差,你物质化出来的就不知道是什么东西,非常可怕。

我不停地做试验,逐渐掌握了一些窍门,但是,这个时候我发现,这种能力会随着时间的流逝而逐渐消失。这种感觉非常明显,就好像人一点一点感觉到疲劳一样。我意识到,如果再不采取办法出去,我可能会饿死在这里。

我走投无路,尝试着用那种能力复制了一个自己,我没想到真的成功了,自己也吓了一跳,一下子,我突然发现我出现在了山洞的外面。

那时候我并没有意识到我是复制出来的,我和本我的所有记忆都完全一样,所以当他叫我的时候,我完全不认同我是复制品。他开始骂我,说我想代替他存在于这个世界,说要让我消失。我很害怕,我觉得洞里的那个是怪物,所以,我不管洞里的本我如何地呼号,我还是找来了炸药,将这个洞完全炸塌了。

事实上,我的确知道自己是被复制出来的,但是我的潜意识不愿意相信这件事情,所以我选择了一种受破坏的状态,我把本我杀了,然后告诉自己,我只是杀了一个替代品。

青铜树给人的能力时间很短,所以我取下了一根青铜枝丫,从青铜树底下的暗道出去,希望带上青铜树的一部分,能够使我的能力持久一点,这样我才有可能逃到外面去,后来证明我的想法没错。我回到外面,挖出我们到这里之前挖到的东西。我又怕青铜枝丫太碍眼,就将它埋了进去,然后回到西安,想找个地方把手里的东西卖了。

可惜的是,做买卖的时候,我在古董摊上给便衣抓了。后来,你也知道了,我回到家里,我妈已经走了,这些事情,我没有骗你。

还有一些事情,我也必须告诉你,拥有这种能力,并不是没有代价的。我的记忆力非常差,很多事情必须预先写下来,才能够记得,那就是使用这种能力的后遗症。我一路上本可以很好地将你安顿好,让你不知不觉地就帮我完成这一次的探险,但是遗憾的是,这三年来,我忘记了很多东西,我怎么出来的,我都记不清楚了,所以破绽百出。我估计,再有两三年的工夫,我可能会完全失去记忆的能力。

你身上也有那种奇特的能量,我不知道对你会不会有影响,你要多保重了。按照我的计算,这种力量也许会在你身上残留好几年,但是十分微弱,你几乎感觉不到。

老痒

我看完整封信,长出了一口气,不知道说什么好。信封里面,还有一张照片,是他和他妈妈坐在船上照的,后面是大海,应该是到国外去了。他妈妈很漂亮,很年轻,和他站在一起,反倒更像是情侣。我仔细看了看,却总觉得,他妈妈的脸上,有一股妖气,一种说不出的狰狞,也许是心理作用吧。

第二章 二〇〇七第一炮

不知不觉冬天来临了，窝在空调房里，整个下午都慵懒得连打瞌睡都没力气，我躺在西泠印社内堂的躺椅上，双脚冰凉，不知道干什么好，正在半梦半醒之间，王盟走了进来，对我说："老大，有人找。"

我勉强反应过来，打了个哈欠，心说三九天的，还有人逛古玩店，这位也算是积极了。不过再怎么说也算生意，我爬起来拍了拍脸，抖擞精神走了出去。

外面空调小，冷风一吹，人打了个激灵，我一看，原来是济南海叔手下那小姑娘，正冻得直哆嗦。我心想估计是给我带支票来了，心里一热，忙叫王盟去泡茶，自己问她道："怎么，丫头，海叔让你来的？"

小丫头叫秦海婷，是海叔的亲戚，才十七岁，已经是古玩界的老手了。她点点头，说道："哎呀！我的妈哟，怎么杭州比我们北方还冷呢？"

王盟笑道："南方这是湿冷天气，感觉刺骨一点，而且你们济南也不算太北啊。"

我看秦海婷直打牙花子，忙拉她到内堂去，里面空调暖和。我把热手的水袋递给她，问道："你也太怕冷了，怎么样，暖和点没？"

她喝了几口热茶缓过劲来，但还是在房里直跺脚："稍微好了一点，人说杭州多美多美，俺叔不让我过来，我还抢着来呢，谁知道这么冷，哎呀！我下回再也不来了。"

我问道："你叔叫你来啥事情啊？怎么也没个电话通知一声啊。"

秦海婷解下围巾，从皮包里掏出一封东西来，说："当然是正事，给，现金支票，那块鱼眼石的钱。"

我一听果然是，接过来瞄了一眼，价钱不错，当即放进口袋里，说道："那替我谢谢他。"

她又拿出一张请帖，递给我："我海叔后天也来杭州，参加一个古董鉴定会，他说让你也去，有要紧事情和你谈。"

我问道："后天？我不知道有没有时间啊，怎么不在电话里说？神神秘秘的。"其实我是不想去，古董鉴定，太无聊的事情，对行内人来说，就是一帮老头子在那里聊天，其实哪有那么多典故，是真是假，几秒钟就看出来了。

秦海婷凑到我的耳朵边上，小声说道："俺叔说，和那条青铜鱼有关系，不去自己后悔。"

我和海叔的关系还没有好到无话不谈的地步，平时也就是一些生意上的沟通，熟络之后我叫他声叔是给他面子，他突然要和我套近乎，我感到有一些奇怪。不过在小姑娘面前我不好表现出来，随口答应了一声，问她："怎么说？他查到什么消息了？"

秦海婷坏坏地一笑："俺叔说，到时候再告诉你，俺也不清楚是怎么回事，你别打听咧。"

我心里暗骂了一声，这个老奸商，估计是又想来敲我的竹杠了。

第三天老海果然到了，我把他从火车站接出来，带他上高架去预订的酒店，在车上我就问他，到底听来了什么消息，要是蒙我，我可不饶他。

老海冷得直发抖，说道："强龙不压地头蛇，都到你的地盘了，我怎么敢蒙你呢，不过咱们别在这儿说，我都快冻死了。"

我把他带到酒店里，放下东西，去饭堂里找了个包厢，烫了壶酒，几杯下肚，总算缓过气来。

我看他酒劲一直到了脖子,知道差不多了,问他:"行了,你喝也喝了,吃也吃了,该说了吧,到底查到什么了?"

他咂了咂嘴,嘿嘿一笑,从包里拿出一沓纸,往桌子上一拍:"看这个。"

我拿起来一看,是一份泛黄的旧报纸,看日期是1974年的。他圈出了一条新闻,有一张大号的黑白照片,虽然不是很清晰,但我还是认了出来,照片上拍的是一条蛇眉铜鱼,边上还有很多小件文物,像佛珠一类的东西。

不过,这条鱼的样子和我手里以及三叔手里的那一条都不一样。海底墓里的墓道雕像额头上有三条鱼的浮雕,这一条应该就是最上面的那一条。这样一来,可以说三条鱼都现世了。

我问老海:"你怎么找到这报纸的?后面有什么隐情不?"

老海道:"我最近在帮一个大老板捣鼓旧报纸,你知道,有钱人收集啥的都有,你看,这是1974年的《广西文化晚报》,他要我把1月到12月的都给他找到,我找了两个月才凑齐,这几天要交货了,在核对呢,一看,正巧给我看到了这条新闻,你说巧不巧?这份报纸就1974年出了一年,1975年就关门了,世面上难找啊,算你运气不错,我眼睛再慢点就没了。"

我的眼睛向下瞄去,照片下面有三百字左右的新闻,说这条鱼是在广西一座佛庙塔基里发现的,塔因为年代久远,自然坍塌了,清理废墟的时候挖出了地宫,里面有一些已经泡烂的经书和宝函,其中一只宝函里就放了这条鱼,专家推测是北宋后期僧人的遗物。

北宋?我点起一支烟,靠到椅背上,心里犯起嘀咕来:这种蛇眉铜鱼,第一条出现在战国后期的诸侯墓里,第二条在元末明初的海底墓中,第三条在北宋的佛塔地宫里。搞什么飞机,时间上完全不搭界啊。

我翻了翻报纸的其他部分,只有这一条新闻是关于这条鱼的。这些个内容,其实没有什么新东西,等于没说。对这条鱼,我还是一无所知,想着人也郁闷起来。

老海看我的表情,说:"你别泄气,我还没说完呢,这后面的故事还精彩着呢。"

我皱了皱眉头："怎么说？难道这报纸还能衍生出什么来？"

老海点点头，说道："那是，要是光找到一张报纸，我也没必要来杭州找你，是吧？这事情，还得从头说起。对了，你也是行里混的，知不知道一个人，叫陈皮阿四？"

我听了一惊，陈皮阿四是老时长沙有名的土夫子，老瓢把子，是和我爷爷同代的人物，听说现在已经九十多岁了，在"十年浩劫"的时候眼睛瞎了，之后就一直没出现过，也不知道是死是活。但是他的名字在我爷爷的嘴巴里，还是响当当的。

不过这个人和爷爷不一样，他是刀口上过生活的，就是说不单单盗墓，杀人放火什么的，只要是能弄到钱的他都干，所以 1949 年之前人家都叫他剃头阿四，意思是他杀人像剃头一样，不带犹豫的。

老海提到这个人，我有点意外，因为他不是和我们同时代的人物，我也从未和他接触过，这鱼难道会和他扯上关系？那这条鱼背后的故事，即使和我没关系，也绝对值得听上一听了。

老海看我不说话，以为我不知道，说道："陈四爷的事情你不知道也不奇怪，到底和我们不是同一辈人，不过我得告诉你，这报纸上的这条铜鱼，就是他从那佛塔地宫里带出来的，事情还真没这报纸上说得这么简单。"说着，他就把当年的事情，简要地和我说了一遍。

原来，1974 年的时候，陈皮阿四也有将近六十岁了，他的眼睛还没有瞎。当时正是"十年动乱"时期，他因为中华人民共和国成立初期在国民党军队中当过排长，后来给化整为零，当了几年土匪，所以没合法身份。这在当时被抓住是要给镇压的，于是他只能在广西一带的少数民族地区活动，连县城都不敢踏入。

早几年除四旧，很多古迹都给砸得差不多了，陈皮阿四去过广西不少地方，因为广西在古时候不算中原，并没有多少古墓，他那几年过得还算老实。可是不巧的是，那年，他正巧在架桥岭盘货经过，和当地几个苗民聊天，那几个人喝得多了，就说起猫儿山有座庙里的塔塌了的事情，说是动静很大，连地也陷了下去，塌出了一个大坑，坍塌的当晚，很多人还听到一声非常诡异的惨叫声。

陈皮阿四一听觉得不对，猫儿山他去过很多次，那地方的庙宇修建得都很坚固，怎么可能说塌就塌了？仔细一问，才知道这座塔并不是在猫儿山上，而是在边上一条叫卧佛岭的山脉中心。这个地方很奇怪，四周都是村落，就是中间一块十几平方公里的盆地，海拔很低，里面植被茂密，树盖遮天蔽日。村落在悬崖上面，树林在悬崖下面，落差一百多米，就是两个完全不同的世界，而且从村落没有路下去，要下到这个盆地，只有用绳索。

当地人说，这个盆地肯定是有其他的进出口的，但是地下的植被实在太茂密了，行走都困难，以前下到下面打猎和采药的苗民，经常会在里面失踪，所以一般没事情，没人愿意下去。

那古塔就是修建在这样一个地方，几乎就是在盆地的中心位置，平时人们从悬崖上看下去，只能看到一个非常小的塔尖露出茂密的树冠，而且给植物附着满了，下面是什么也看不清楚。苗民说，他们十几代前就知道这里有座塔，但是谁也没想到下去看过，现在也习惯了，最近有一天，突然一阵巨响，出来一看，塔尖没了，才知道塔塌了。

关于这神秘的古塔，当地还有很多传说。据一些老人说，这塔是古时候的一个高僧修建来镇妖的，现在塔一倒，妖怪就要出来作恶了，那一声怪叫，就是妖怪挣脱束缚的叫声。

陈皮阿四听了之后，觉得很有意思，他隐约感觉这塔修建的位置，和半夜苗民听到的那声音，有点不太对劲。

但凡是他们这种人，可能都有一种奇特的直觉，可以从别人的叙述和一些传说中本能地找出信息，这一点，在我们这一代人中已经很难找到。

陈皮阿四思索片刻，决定去看看再说。

广西山脉分布众多，堪称全国之首，猫儿山是其中重要的一个源头，地跨兴安、资源、龙胜三县，是漓江、资江、浔江的发源地，连接着长江、珠江两大水系，那地方有着大片的原始丛林，红军长征翻越的第一座大山老山界就在其中。"二战"期间援华美军飞虎队的好几架轰炸机在此神秘失踪,所以这地方一直给人传得有点玄乎。

陈皮阿四几经周折,来到卧佛岭上的一个村落里,站在土岗上往山脉中间的盆地一看,那塔比他想象中要大多了,倒下去的时候砸倒了好几棵树,所以森林的绿色树盖上出现了一个缺口。在卧佛岭上,看不到缺口里有什么,但是陈皮阿四几乎立即发现了,在塔倒塌地方的四周,所有的树木都因为地面下陷,显得非常凌乱,看样子,塔的下面,果然有什么东西,而且体积比塔基还要大。

我听到这里,已经知道那是一座"镜儿宫"。"镜儿宫"是长沙一带的方言,就是说地上建筑的下面,有和地上建筑规模一样的地下部分,看上去就像是地上建筑在湖面上的倒影一样,上下两头是对称的。

这在北派叫作"阴阳梭",就是指整体建筑就像一只梭子插在地里,一面是阴间,一面是阳间。不过这样的古墓或者古建筑已经很少见了,大部分地面的遗迹已经被毁坏干净,所以这种说法,在1949年之前十年就几乎已经没人提起。

陈皮阿四单单看着树木的排列变化,就能知道底下埋着"镜儿宫",这种判断力没有极其丰富的经验是不可能做到的。我不由得暗叹一声,凝神静气,听老海继续说下去。

陈皮阿四打定主意之后,心里已经起了贪念。佛塔的地宫里,只会有三样东西,要不就是舍利子,要不就是高僧的金身,再不就是大量的佛经,随便什么都是价值连城的东西。

但是他这么一个外乡人,在这里活动不太方便,一来自己身份特殊,出身又不好;二来苗汉两族那个时候纷争不断,这里几个村子都是苗寨,贸然进去,可能会引起别人怀疑。

考虑再三,他想出了一个计策,他花高价找了一个当地的苗人向导,他告诉向导他是从外面过来支边的老知识分子,过来的时候,他的一个学生从悬崖上掉下去了。苗人民风淳朴,怎么会想到里面有诡计,一听有人坠崖,马上通知了全寨的人,年轻的苗族汉子用绳索扎了吊篮,将陈皮阿四连同几个帮忙的青年放到悬崖下面。

据陈皮阿四自己事后回忆,通过这一百多米的落差简直就是地狱一样的经历，悬崖非常险峻，人的体重完全靠一条藤绳拉伸，屁股包在一个篮子里，风一吹，整个人像陀螺一样转圈，极度不稳。等他通过浓密的树盖，下到丛林底部，已经只剩下半条命了。

森林的内部几乎没有什么阳光，光线极度昏暗，空气中弥漫着沼气的味道。这里树木的种类非常多，但是无一例外的，所有的地方都长着绿苔藓，泥巴非常松软，几乎站立不住。

陈皮阿四下来之后，装出体力透支的样子（其实是真的吓蒙了），坐在那里喘气，苗族首领看他年纪也不小了，一副小老头的样子，就让他待在原地等他们回来，自己打起火把招呼其他人按照他指的方向去搜索。

等他们一走，陈皮阿四马上掏出罗盘，按照事先记下的方位，往丛林深处钻去。他估计着，这么大的区域，苗民们来回也要一个晚上的时间，以他的本事，应该足够找到"镜儿宫"的入口，打一个来回。可惜的是，他这一次来没有带足装备，能不能入得宫内，还得看自己的造化。

在丛林内没头没脑地走了整整四个小时，靠着罗盘和他这些年走南闯北的魄力，陈皮阿四终于来到了自己在卧佛岭上规划出的那片区域，也就是那一座塔四周的寺院遗迹。

随着不断地深入，陈皮阿四看到越来越多的残垣断壁，显然这里的古建筑已经荡然无存了，只剩下一些地基和断墙，几乎和那些植被混合在了一起，也看不清楚原来到底是什么。但是看规模，这寺院面积极大，那座佛塔虽然倒在这一大片范围内，但是具体在哪个地方，也很难看得清楚。

陈皮阿四到底年纪不小了，四处一走，觉得有些气短，正想坐下来休息，突然眼前一闪，边上包着整面墙的草丛里，突然收缩了一下，里面好像裹着什么东西。

陈皮阿四吓了一跳，他一个打滚翻了出去，同时手里翻出一颗铁弹，回头一看，只见裹着墙壁的藤蔓草被里，有一具苗人打扮的尸体，几乎已经干瘪了，但是尸体的肚子，不知道为什么，正在微微地鼓动，似乎里面有什么东西。

第三章 镜儿宫

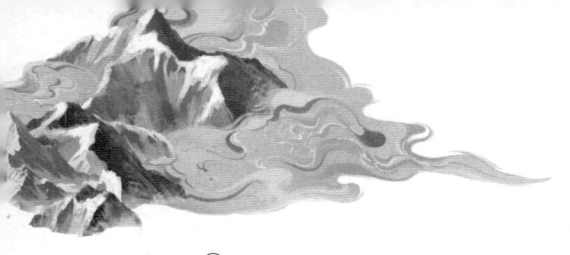

本来死人对陈皮阿四来说,是最平常不过的东西,不说淘沙翻出来的干湿粽子,就是他杀过的人,恐怕也数不清楚。他翻身一看是具尸体,心里已经一松,心说哪里来的倒霉鬼死在这里,都成鱿鱼干了还吓唬人。

虽然这样想着,陈皮阿四手里还是卡着那颗铁弹。他这一手空手打铁弹子的功夫是从小自己锻炼出来的,可说是百发百中,而且他甩出铁弹的速度极其快,普通人可能连他手里的动作都没有看清就已经给打瞎眼睛了。

看这尸体的装扮,死了没有十年也有三五年了,衣服基本上都已经破烂,亏得给大量的蕨类植物和爬地细藤裹住,服饰的特征才保存下来,可是日晒雨淋的,怎么这尸身就没有烂光,反而只有一点脱水的感觉?

尸体的肚子还在鼓动,陈皮阿四越看越觉得不妥。他这种人,有自己一套特别的行事方式,如果换了是我,当时肯定转头就跑了,可是陈皮阿四从小就信奉先下手为强,心里转念一想间,手里已经"啪啪啪"连打出三颗铁弹子,全数打中尸体的肚子,心说管你是什么,打死再说。

铁弹子力道极大,几乎将尸体打成两截,下半身一脱落,陈皮阿四就看到里面一团黄色的黏液,裹着大量的卵,不少卵已经孵化了出来,成堆的白色虫子在里面扭动,四周还挂着一些他非常熟悉的东西——蜂房,紧接着从尸体上的破口处爬出了大量的地黄蜂。

陈皮阿四骂了一声，心说倒霉，原来是地黄蜂在尸体里做了窝。地黄蜂毒性猛烈，而且非常凶横，这下子他要倒霉了。

眼看着一层黑雾腾起，地黄蜂开始密集起来，陈皮阿四急中生智，从包里翻出他随身携带的折叠铲，猛从地上铲起一铲湿泥，往那尸体的断口上一覆，将涌出的地黄蜂全部封住，然后转身便跑。

已经冲出的地黄蜂蜂拥而上，他一边用衣服拍打，一边没头没脑地四处乱跑，幸亏他的一铲子速度很快，才只付出了几个包的代价，等他喘着气停下来，拍掉身上残余的地黄蜂，已经不知道自己跑到哪个地方了。

陈皮阿四将身上中的蜂刺拔出，疼得他直咧嘴巴，心里还在奇怪，怎么会有地黄蜂在人的尸体里面做窝？这种毒蜂一般都是在地下，像蚂蚁一样，在广西的雨林深处，有时候还能看到像山包一样的蜂窝，别人以为是蚂蚁窝，翻开去找蚂蚁，还没等明白过来，就给裹成蜂球了。

广西、云南这种地方，关于虫子的事情，不被世人了解的太多了，陈皮阿四只能怪自己倒霉，他一边处理蜇伤，一边四处查看。翻过一个山丘后，他突然愣住了。

只见一座巨大的石塔，就倒在他前面的山丘根部，塔身估计是六角形（无法辨认），气势磅礴，密檐宽梁。用刀刮开上面的青苔和缠绕植物，塔身上的浮雕石刻非常精美，但是很明显这座塔被焚烧过，所有的部分都有黑色灼烧痕迹，可能是发生过火灾。

塔身、塔顶和塔刹全部已经开裂倒在地上，并且断成了许多节，因为塔身太重，很大一部分压进了雨林的泥土里，塔下面给压倒的树木更是不计其数。

陈皮阿四经验丰富，知道塔一般由地宫、塔基、塔身、塔顶和塔刹组成。最头上的塔刹，应该有须弥座、仰莲、覆钵、相轮和宝珠，也有在相轮之上加宝盖、圆光、仰月和宝珠的，总之塔上面应该有一个珠形的东西，颇有价值。

他顺着塔身来到塔刹边上，塔刹在倒下的时候，中途可能撞到了一棵巨大的云杉树，结果塔刹在半空就断了，塔刹头朝下插进了地里，须弥座都碎裂了。陈皮阿四看了看损坏程度，确定宝珠肯定成"宝饼"了，报废了。

他回到塔基处，半截断壁还在，爬进去，里面一片乱石头，下面肯定就是地宫，可惜这里不仅在修建宝塔的时候已经给人封死，而且上面还压了坍塌时散落的大量碎石和碎砖，自己一把折叠铲，挖进地宫可能要半年时间。

陈皮阿四看了看罗盘，他下来的时候是傍晚，天色已经非常昏暗，现在月亮已经挂了上来，自己没打火把，走了这么远，也不知道如何回去，看样子还是得装成迷路的样子，等那些苗民来救才好。想着，他先在塔基用撞断的树枝和枯叶烧起一大团篝火，来吸引别人的注意力，再爬到塔基残余部分的最高点，想看看四周到底是一个什么样的情况。

根据从卧佛岭上看下来的和他现在所见的情形，此时他所处的区域，应该就是树木长势非常凌乱的那一片地带，地面应该是比四周要低一点，那是因为回填地宫"杂填土"的时候，因为广西的特殊气候，土层水分太多，没有夯结实，随着水分的下渗，泥土里面形成很多气泡，一旦发生大的震动，像发泡馒头一样的泥层就塌了。

因此，陈皮阿四判断出两件事情：一是地宫很大，但是不深，不出二十分钟肯定能挖到；二是泥土应该比较松软，不会耗费太大的体力。

此时他陷入了犹豫，到底是现在开了这个地宫，还是以后再来，现在看来，再回来一次并不会太困难，但是，陈皮阿四和所有的盗墓人一样，明知道下面有东西，是绝对无法忍住好奇心的。

最后他一咬牙，管他呢，这下面的东西老子要定了，要是等一下那群苗人找到这里来，老子就把他们全杀了，丢进地宫里去，谁也不会知道。

陈皮阿四拆开折叠铲子，他没有带洛阳铲，也没办法定位，而且佛塔到底是罕见之物，里面没棺材，定出来也没用，他凭着直觉，贴着塔基地开始挖盗洞。

很快他便挖到地宫的顶板，不是石头的，是曲木的整条树干削方了做的木顶，他心中大喜，用线锯锯掉一个角，掉落的木块落入地宫之中，不久便传来落地的声音，他忙不迭地用手电往里面照。

镜儿宫上下是对称的，就是说上面有多少层塔，下面也应该有多少层地宫，所以地宫极其深，从上往下望去，每一层之间没有楼板，最下面一片漆黑。

手电照过去，有一团白白的雾气一样的东西，实在无法说出是什么。

陈皮阿四想起那几个苗人提到的塔下面镇着妖怪的说法，不由得也有了一丝担心，但是这一丝担心转瞬即逝。他现在头热血涨，当下感觉地宫空气没问题，一边双脚搭住曲木宫顶，以一个倒挂金钩，头朝下倒进了地宫里，全身的力量全部压在了两只脚弓上。

倒进去后，他先调整了一下动作，又照了照地宫曲木宫顶的另一面，这种地宫是功能性的，不会像古墓一样设置机关，或者搞很多装饰。陈皮阿四照了一圈后，发现曲木宫顶的另一面，天花板的位置，有着大量的经文。

经文是刻在曲木上的，里面封了朱漆，是梵文，陈皮阿四汉字都不认识几个，是什么经文当然看不懂。

但是他本能地感觉到，这应该是镇魔或者是伏妖的那一类东西，心里不由得也犯起嘀咕，难不成这下面真封着什么东西？

再往下面，他看得更清楚，每一层，都有一圈突起的外沿儿，从上往下，一层一层看上去有点像楼梯，每一层上都有一圈等身的僧袍彩雕罗汉像，颜色流光溢彩，非常精致，所有的雕像面部向下，俯视着地宫的最底部。整个地宫一共有十几层，摆满了各种姿势的罗汉像，足有百来具。

最近的罗汉像离他并不远，陈皮阿四倒挂着，看到罗汉像的表情时，突然感觉到一阵寒意，原来，所有的罗汉像竟然都翻着眼白，表情有一种说不出的森然，和平时看到的那些完全不一样。

仔细一看，他才发现是眼睛的眼珠因为用色太过真实，给手电光一照，反光太强烈造成的错觉，但是他的手电光扫过，那些罗汉像瞬间又变得狰狞无比，好像它们的表情发生了变化一样，看上去无比骇人，真怀疑当初设计它们的时候是不是就是这样考虑的。

陈皮阿四看着这些罗汉，心里非常不自在，但是他又不明白自己到底在怕什么，不由得产生了退却的念头。

他的手电继续在地下扫射，想看到一些除了罗汉像之外的东西，这个时候，他的手突然一僵，手电的光停在一个位置。

在离他有六七层的那一层突起处，他照到了一个奇怪的罗汉像，这个罗汉像和其他的都不同，它的脸不是俯视的，而是抬着头，脸正对着陈皮阿四，直勾勾地盯着他的眼睛。手电光照上去，一闪间露出了一张狰狞的白脸，要不是一动不动，几乎要以为遇到鬼了。

陈皮阿四顿时吓得浑身冰凉，连动也动不了，直觉得自己的双脚开始发软，人开始往下滑去。

说到鬼，陈皮阿四倒不怕，自己杀了那么多人，可以说是罪大恶极，怎么也不见一个半个来报复？但是他们那个年代的人，或多或少都有些迷信思想，陈皮阿四就认为自己这么多年能够混下来，是靠祖先的保佑。

人总要有点信仰，外八行的人是拜关公的，盗墓的人，北派拜的是钟馗，南派一般不来这一套，但是长沙那一带有说法，说是拜过一段时间的"黄王"。

黄王是什么？黄王就是黄巢，"满城尽带黄金甲"那位。为什么拜此人？听长辈们说，有两个理由：一是，这人可说是个杀人冠军，民间流传，黄巢杀人八百万，在数者劫命难逃。什么意思？就是他杀人是有指标的，不杀到八百万，他不算完成任务；二是不知道是笔记小说还是中国特色化的民间传说，黄巢是目犍连罗汉转世，这主儿为救老妈放尽地狱八百万饿鬼，所以佛祖让他转世，也就是说他回去是给佛祖招聘小工的。

这具雕像脸朝上他并不害怕，但是这张脸这么巧地正对着他，他就觉得不对劲了，难道当时的修建者，算准了他会从这个位置开盗洞下来，特地摆了这么个东西在这里吓唬他？

第四章 多了一个

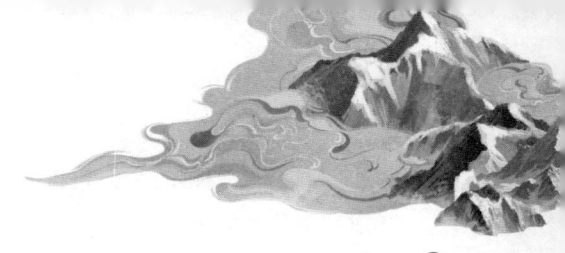

陈皮阿四越想心里越发怵，但是这人那时候已经五十多岁，阅历、胆识自然不是我可以比拟的，害怕之后，一定心神，心说你看什么看，闪电般掏出几颗铁弹子，双脚使力定住身体，"啪啪"两颗，直打向那尊白面朝天的罗汉像。

前头已经说过，陈皮阿四的做人哲学就是先下手为强，这句话我爷爷也和我说过不止一遍，可以说对于跑江湖的人来说，这个道理是最简单的信条。两颗铁弹没有留力，就听两声闷响，直中白面罗汉像的双眼，直打得罗汉像两只眼窝全数裂开，铁弹子弹飞出去，掉入镜儿宫的底部。

要是人，就实打实给打瞎了，可见这一手有多狠毒，罗汉像虽然是泥塑，但是也受不了这样的撞击，这一下子，那罗汉两只眼睛的地方变成两个深坑，看上去非常空洞古怪，但是比起刚才的感觉已经好上了很多。

陈皮阿四小松一口气，心里冷笑，心说这些臭和尚，搞什么四大皆空，还不是一样在这里弄这些诡计吓唬人？想着从怀中掏出一只壁虎爪，一头钩上上头的曲木宫顶，一头用连着的海象皮制成的单股绳缚在脚踝上，往下一松，带着弹性的海象皮绳就向下拉伸。使用海象皮绳是陈皮阿四从多年盗墓经验中总结出来的，这东西的强度仅次于钢绳，但是可以拉伸，加上陈皮阿四身材矮小精瘦，贴身缠绕在腰部，只是十几圈，套上衣服一点儿也看不出来，就可以用来对付十米左右的深度。

不过这镜儿宫何止十几米深，陈皮阿四放绳子一直到极限，可是离宫底还有很长的一段距离。

但是由此看下去，已经可以看到下面东西的轮廓了。底下的宫底基座似乎是汉白玉的，上面因为历年的地震和自然的剥落，有着很多不知名的碎片。宫底中心摆着一座袖珍的不知道是玉石还是象牙的白色宝塔，上面罩着半透明的绞纱"宝帐"，所以看下去白蒙蒙的。

陈皮阿四这一辈子，对于佛塔浮屠的了解还是少了一点，这也和1949年之前那一代人不识字有关系。长沙土夫子里有一句老话："万户侯不如仗浮屠。"就是说浮屠地宫的东西，往往比万户侯陵墓里的还要奢侈。陈皮阿四虽然听过这话，但是到底领会不深，如果是我，当时已然可以知道这下面的是什么东西了。

袖珍宝塔下面，应该就是放佛骨舍利的八重宝函，也就是一只套一只的八只盒子，这东西是佛家专用的，加上里面的舍利，就是三千世界和六道轮回。暂且不管下面压的是真的佛骨还是玉石影骨，光那只八重宝函，就是根本无法计算价值的东西了。

我听到这里，感觉到有点疑惑，如果陈皮阿四真的从地宫盗出了八重宝函，那这些东西又怎么会在报纸上出现呢？难道他当时离宝物近在咫尺，却因为什么而放弃了？以这种人的性格，实在不太可能。

老海没有注意到我走神，还在那里口若悬河，不过这人的叙述实在是太啰唆了点，我又插不进嘴，只得听他继续忽悠我。

陈皮阿四看到宝塔之后，虽然还不知道下面是什么东西，但是他知道肯定不会太差，现在只要能下到下面，自然可以满载而归，但是如何下去呢？

只可惜自己没带着足够的绳索，早知道这样，不如刚才就退回去，准备好了再回来，也到不了这进退两难的处境。

他将手电再往边上一照，看看能不能荡到地宫一边，然后顺着那些罗汉像爬下去。他用手电一节一节地看，估计着高度，直看到底部，在宝塔的周围，却突然看见一些奇怪的东西，好像一堆黄土撒在汉白玉的地宫底，不知道是封地宫的时候不小心掉下来的，还是他刚才用线锯开顶的时候弄下来的。

他仔细一看，心里咯噔了一声，不由得暗叫糟糕。

原来宫底那些不是黄土，而是一个很大的蜂包，一看便知道，那是一个地黄蜂的蜂包。

顺着蜂包的走向，能看到地宫边上有一道半人高的石门，开得十分隐蔽，土包就是从那里"长"进来的。

看来这镜儿宫的四周还有附属的地下建筑，而且很可能没有被封死，结果给这些虫子当成冬暖夏凉的宝地了。由这里看下去，这蜂包的规模还不大，但是矮门内的部分恐怕非常恐怖，也难怪这蜂巢筑得如此巨大，在地下人工建筑中，风雨不侵，当真是"好地段"，这蜂巢里的老虫也会看风水。

自己刚才锯下的一节曲木宫顶卡在下层的几个罗汉像间，没砸到蜂巢，不然自己挂腊肠一样吊在这里，逃也逃不快，给这些蜂叮死，恐怕会给后来人留下千年笑柄。

可这样一来就麻烦了，只要脚一着地，就算你步履如烟，但是要搬动这么一座小塔，在如此小的空间里，不惊动这些地黄蜂是不可能的。

陈皮阿四只是一琢磨，就知道下去是不可能了，要把东西弄上来，只剩下一个办法。

在这里不得不提一下陈皮阿四这个人的来历。这个人自小在浙江沿海的渔村长大，日本人打来时才逃难到了长沙，所以他一口长沙话很不"地道"，但是这人非常聪明，自古时候起土夫子基本上不传手艺给外省人，他是难得的一个。

陈皮阿四在海盐的时候，已经有了一手绝活，那就是在滩涂上抓螃蟹，当然不是用手抓。陈皮阿四抓螃蟹用的东西，叫作"九爪钩"。

这东西就类似于武侠片里的飞虎爪，或者特种部队用来攀岩用的三钩爪子，但是这种爪子有九个钩子，呈一个环形，排得很密。抓螃蟹的时候，就用绳子绑在钩子的尾巴上，看见螃蟹在滩涂上一冒头，就一把甩出去，一钩就是一只螃蟹，然后一扯，螃蟹就飞回来，自己掉进筐里。

据我爷爷的笔记上记录,这种功夫能精准到什么地步呢,二十米外一只生鸡蛋,一甩手就能钩过来,落地不破,简直是神技。再远一点,就要用棒子甩,也是十分准确。

陈皮阿四此时无计可施,没有办法,只好一咬牙使出看家本事。他先荡到一边,顺着罗汉像一层一层地爬下去,等到距离差不多了,他掏出九爪钩,提起一口气,甩出一个角度极其小的弧线,爪子就钩到了宝帐上。幸好这东西不是常见的青石的,十分轻盈,陈皮阿四一提将宝帐甩起,架到一边的罗汉脑袋上,手上力道一变,钩子脱出又回到他手里。

接下来是把这玉石或是象牙塔去掉,不过无论是什么材料,用九爪钩是提不上来的。陈皮阿四甩出九爪钩,钩住袖珍的塔刹,扯了几下,纹丝不动。

没半吨也有五百斤!陈皮阿四心里暗骂。

他用手电扫了一遍塔身,看到塔基处有四根袖珍的柱子,这塔必然是按照头顶上塌掉的这一座等比复制的,那结构也应该差不多,这四根柱子支撑着塔身所有的重量,宝函就在柱子中间,只不过角度不对,不然仔细去钩,也应该能钩得上来。

这时候陈皮阿四心里已经有点急躁,他估计着下来也有四个小时了,刚才隐约听到几声哨声,弄不好那帮苗人已经在附近了,没时间再犹豫想办法了。

他心里一急,脑子一热,心里恶念已起,甩手"啪啪"又打出两颗铁弹子。弹子打在塔基上的小柱子上,柱子应声而碎,接着他纵身一跃,一下子踩到塔的一边,然后一使缓劲,顺着自己的冲力将塔带着往一边斜倒,另两边的柱子本来就受力不平衡,一下子断裂,塔往下一沉,塔身和塔基裂了开来。

陈皮阿四趴在塔上,控制着力度,塔重力缓,倾斜得很慢,等到陈皮阿四看到塔下的宝函刚露个角,一甩九爪钩,一下子将这东西从塔下钩了上来,然后收钩子再甩出去,钩住旁边的罗汉像,像拉起纤绳一样把自己稳住。

这一系列动作只有三秒就全部完成了,但是他没想到那罗汉像根本拉不住塔身和他的体重，一拉之下，罗汉像首先不稳，竟然从墙上掉了下来。

这下面一圈几乎全是蜂包，要是这样掉下去，等于直接摔进蜂包里面，那不死也不可能了。

闪念间陈皮阿四使尽全身的力气用力一扯，将罗汉像扯向自己的方向，一手将八重宝函丢向空中，如此闪电般一换手，罗汉像被他稳稳地接到了手里，但是无法避免地，宝塔顶也重重地撞上了地宫壁，更多的罗汉像给倾斜的塔刹剥落下来。

这一次陈皮阿四再也无计可施，眼看着一排的罗汉像砸进地黄蜂巢里，顿时灰尘四起，黄蜂巢给压得几乎完全凹陷裂开。

混乱中他只得丢下手里的罗汉，又转接住宝函，条件反射地用手电去照那蜂包，心说完了，老命交待了，没死在战场上，还是死在地宫里，应了祖宗的老话了。

手电一照间，却发现那些裂缝处并没有像他想象中有大量的黄蜂拥出来，反而看到蜂巢的裂缝里面干涸得没有一点水分，似乎是一个废弃的蜂包。

但是，让他浑身冰凉的是，有一道裂缝里面有一坨黑乎乎的东西，看样子是修巢的时候裹进去的，不知道是死人还是什么动物的尸体。

他跳下去，掰开一看，是一座和这里样式相同的罗汉像给裹在了里面，已经摔成了几片，估计是蜂巢还没形成的时候就从上面摔下来碎了，结果给包了进去。

陈皮阿四抬头看去，他刚才下来的时候虽然没注意，但是他感觉并没有发现哪里少了一尊罗汉像啊，这一座是从哪个位置上掉下来的呢？

第五章 最初的谜题

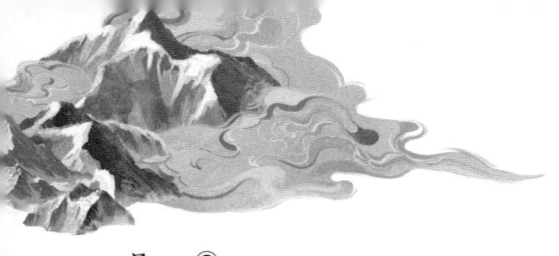

此时整个地宫内极其黑暗，向上看去，手电光线所照，满眼都是俯视的罗汉，百双眼睛注视着陈皮阿四，罗汉的瞳孔因为光线的变化，一刹那露出狰狞的表情，气氛一下子变得十分诡异。

陈皮阿四心里又骂了几句，心说这些和尚肯定是故意的，此时他也顾不得那么多了，又找了几圈，却仍旧没发现有哪里缺了一座雕像。

他心里灵光闪动，慢慢知道了问题所在，手电也移向那一座给他打裂双眼的白面望天罗汉的位置。

只有这一座罗汉像明显和其他的不同，问题应该是出在这里。

有可能是什么人将上面某尊罗汉推倒下来，然后将那尊脑袋朝上的白面望天罗汉放了上去，所以那一尊罗汉才和其他的有如此大的不同。

到底是谁那么无聊要这么干呢？而且能够准确地知道他下来的位置，将雕像的头对准他下来的地方，不是行内人也不可能做到啊！

难道自己这次是二进宫？这里已经有人来过了，还摆下这么个东西来寒碜自己？

陈皮阿四的手电光照在那胖胖的白面望天罗汉身上，又掂了掂手里沉甸甸的八重宝函，心想如果是二进宫，前人为什么不把这东西带走？不可能，人去不留空，肯定是自己考虑多了，这里是那些秃驴设下的圈套，好让他们这些人往歧路上想。

陈皮阿四缓下心神,一大把年纪,经过这么一番折腾,身体已经到了极限。他咳嗽了几下,就想把手电光从那罗汉上移开,去照一下四周,看看如何回去最省力。

这个时候,骇人的一幕发生了。

在手电光从罗汉身上移开的一刹那,陈皮阿四猛地看到,那张惨白的脸突然间扭了过来。

手电移得太快,这场景一下子就没了,但是陈皮阿四看得真切,他不是那种会怀疑自己看错的人,当下就觉得脑子一炸,几乎就要坐倒在地上。闪念之间,他大吼一声,给自己壮胆子,同时一翻手,把铁弹子机枪连发一样甩了出去。

他凭着刚才的记忆,连发十几颗,十几颗铁弹在头顶上四处弹来弹去,他还以为是那妖怪一样的白面罗汉蹦下来了,慌乱间乱了阵脚,把早年藏着的一把王八盒子掏了出来。

他是真怕了,这枪 1949 年后就从来没用过,他也不敢轻易拿出来,现在掏出来,明知道没用也拿来壮胆子,那是真的慌得找不到北了。

你说淘个几十年的沙,碰到个把粽子的机会已经少之又少,这样的场面就算我爷爷在也难以应付。陈皮阿四虽然是老手中的老手,但是主要的经验还在于和人的争斗,一碰上什么摸不着边际的事情,还是照样慌。

慌乱之中,他看到了那一边毫不起眼的矮石门,这爬上去从盗洞回去是不可能了,还是找路跑吧!

他猫腰钻进矮门,里面便是一间石室,山包一样的地黄蜂巢从墙上一直长过来,规模实在不小,这石室里原本摆着什么东西也不知道了,跑了几步,脚嵌进蜂包里,一下子整个人摔了个狗吃屎,手电飞出去老远,他也顾不得捡了,抱起那盒子就往前冲去。

浮屠地宫的结构不可能太复杂,他才跑了几步,就隐约看到石室的出口,前面出现几丝火光,可能是他在外面燃的篝火光射了进来,他心中大喜,跌跌撞撞地踩着蜂包就向火光赶去。

过了石室就是漫道,目测就有十几米长,尽头就是地宫的正规出入口,一片火光很微弱,出口应该是给什么堵住了。他咬着牙,深一脚,浅一脚地也不知道踩到了些什么东西,终于地势开始向上。他又跑了十几步,头昏脑涨已经赶到火光面前,一头撞到了什么东西,只听一阵倾倒撞击的声音,他已经冲了出去,滚倒在地。

外面火光熊熊,他站起来四处一看,自己竟然从一处断墙里撞了出来。看来隐蔽的浮屠地宫入口竟然是在一面墙里,正在诧异,几把苗人的苗刀已经架在了他的脖子上,同时手里的东西也被人接了过去。

陈皮阿四体力到达极限,也无法反抗,一看不好,踉跄跑了几步,给人一脚踢了腘窝,跪倒在地上,抬头一看,那几个被他骗下来的苗人小伙子举着火把围着他,为首的首领有点恼怒地看着他,看样子他们找了一圈什么也没发现,已经知道自己被骗了。

陈皮阿四知道要糟糕了,那个时候,在苗人的地盘上犯事情,是要被处私刑的,这下子自己的处境极端不妙。

苗人首领看了看从陈皮阿四手里拿来的宝函,又看了看断墙里黑漆漆的暗洞,心中已然知道了怎么回事,面露厌恶的神色,给其中一个苗人做了一个遮着双目的动作,又用苗语说了几句。

陈皮阿四喘得厉害,这倒不是装的,但是他为了麻痹别人,加重了自己的表现,还不停地咳嗽。看到苗人的动作,他心中一凉。他在广西生活这么多年,知道那是要挖他的眼睛。

受命的苗人点了点头,折下边上一种锋利的草叶,蹲到他面前,用苗语问他问题。陈皮阿四不停地摆手,装成自己气太急的样子。

苗人看他如此疲惫,互相看了看,不知道如何是好,另几个苗人好奇他出来的地方,打起火把探头进去看。

陈皮阿四缓了几分钟,他的体力有了一定程度的恢复,见有两个苗人上前要按他的双手,知道再不反抗就完了,一咧嘴,突然翻出了一把铁弹,跳起来"啪啪啪",一瞬间便把所有的火把打落在地。

苗人一下子惊慌失措。陈皮阿四冷笑一声,杀心已起,一脚踢翻面前的苗人,同时另一只手翻出王八盒子,就想杀人。就在这个时候,就听边上冷风一响,自己手里一凉,一摸,扣扳机的手指头已经没了。

陈皮阿四何时吃过这样的亏，心里大骇，可没等他反应过来，接着又是一道冷风，他最后看到的就是那苗人首领淡定的眸子和他身上舞动的麒麟文身。这是他最后看到的景象了，因为下一秒他的两只眼睛已经给一刀划瞎。苗人首领的土刀自他左眼中间横劈进去，划断鼻梁骨，横切过右眼而出，他的两只眼睛一下子就报废了。

老海说道："那几个苗人总算没杀了他，他们将陈皮阿四和那宝函交给当地的联防队，他一个起义时的战友那几年正好在那里负责联防，把他保了下来，他才没给枪毙，不过眼睛就此瞎了。后来那宝函被送到博物馆，那里人一听，就派人去现场看了，也不知道有没有结果，不过那宝函启开来一看，最后一层却不是什么舍利，而是这条铜鱼。"他敲了敲报纸，"怪不怪，这在当时是天打雷劈的事情，那陈四爷知道后，破口大骂，说自己给人耍了，这宝函可能早在几代前已经给人打开过，里面的东西给掉包了。"

我此时听老海讲故事，已经不知不觉喝了一盅酒下去，人有点飘，问道："他有什么根据？"

老海一边吸着螺蛳一边道："我不知道，陈皮阿四后来当了和尚，在广西挂单，这些事情我可是托了老关系才打听来的。小哥，这消息不便宜啊，以后您有啥好处也别忘了便宜我。"

我暗骂了一声，心说就知道你这老家伙没这么好心，看来也就是想和我笼络一下关系，当下见他没其他消息了，又问他这次来杭州那个拍卖会是怎么回事。

老海把最后一只螺蛳解决，咂了咂嘴，说道："当年乱七八糟的，这条鱼也不知道流落到什么地方去了，这不，今儿个竟然有人拿出来拍卖了。我参加拍卖会是常事，在业内有点名气，他们就给我发了本手册和请帖，你看，这鱼在拍卖品名单上呢，我看着你对这鱼也挺有兴趣，就顺便给你弄了张请帖，甭管有用没用，去看看谁想买这鱼，也是件好事。"

我一看起拍价格，打了个哈哈，一千万，神经病才会去买呢，我手上还有两条，要是有人买，我不是有两千万了。现在的拍卖行自我炒作也太厉害了,但也要别人相信才行啊。"

老海的消息虽然不错,但是并不是我想知道的那些,一时无话,我们各自点上一支烟,各自想着各自的事情。服务员看我们赖着不走,想上来收盘子,我只好又敷衍地问了问老海的生意怎么样。老海说起他也想跟我去见识一下这种活儿,也看不出是不是真心的。我说:"还是免了,我自己都不打算再下地,你一把老骨头就别掺和了,免得害了自己又拖累我。"

我酒也喝得差不多了,问他拿了请帖,就让他先休息。晚上,秦海婷吵着要出去玩,我是地主,不好推辞,就开车带他们四处跑了一下,吃了点小吃,不过天气实在太冷,他们也就早早地回去睡觉了。

我开车到家里,没上楼,忽然觉得冷冷清清,很凄凉,以前一直都没这种感觉,觉得很奇怪,难道这几次经历让我沧桑了?想着自己也觉得好笑,于是开车径直到二叔开的茶馆,去喝晚茶。

在茶馆里一边喝一边看爷爷的笔记,想着发生的事情,只觉得还是一头雾水,主要的问题是,这三条鱼不在同一个朝代啊,而且地理位置差这么远。暂且不管这三条鱼的用处,就是它们被发掘的地方,也丝毫没有一点可以让人猜测的头绪。

古人做这件事情,必然会有目的,不然这阵仗太大了,不是一般人能玩儿得起的。我左思右想,觉得关键还是不知道他的目的是什么,只要知道了目的,查起来也有方向得多。

如果爷爷还活着就好了,我叹了口气,或者三叔在,至少也有个商量的人,现在一个人,这些问题我真的想得有点厌烦起来了。

忽然闻到了一股焦臭,低头一看,借阅的杂志里有一张中国的旅游地图,我一边想一边用香烟在上面比画,下意识地把那三个地方都烫出了一个洞,等我反应过来已经晚了。我赶紧把烟头掐了,看了看四周,服务员没注意到我搞破坏,不由得松了口气。

二叔虽然是我的亲戚,但是为人很乖张,弄坏他的东西,他是要翻脸的,特别是这里的杂志,每一本都很珍贵,是他的收藏品,弄坏了更是要被他说几年都不止。

我装成什么都没有发生的样子,将杂志还了回去,刚放下,就有一个老头子拿了过去,站在那里翻起来。我担心他发现我搞破坏,没敢走远,坐到一边的沙发上。那老头子一翻便翻到被我烫坏的那一页,一看,不由得"咦"了一声。

我一听糟了,被他发现了,正准备开溜,就听他轻声笑道:"谁给烫出了个风水局在这里?真缺德。"

第六章 简单答案

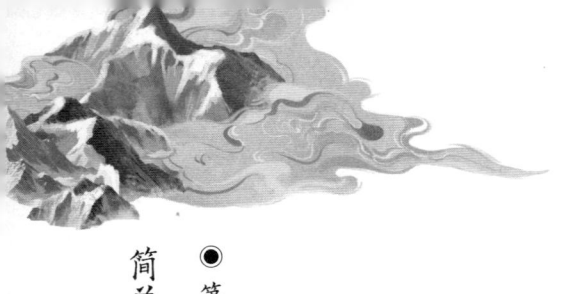

这老头子讲话的声音清晰,带着长沙那边的腔调,加上他说话的内容,引得我一奇。

我偷偷打量这老头儿,相貌很陌生,大概七十岁,干瘦干瘦,身材不高,眉宇间有一丝阴翳,穿着有点皱的老旧棉袄,戴一副超级啤酒瓶底似的老花眼镜,估计拿掉就是半瞎子。

这样的打扮,不像是这里的客人。不过二叔的茶馆里能人很多,所以服务员也不见怪,这年头,什么人都有。

我不动声色,看他有何举动,只见他拿起那本书,背着手就回到他的座位上,腰板挺得很直,步履生风,如果不是个练家子,以前必然当过兵。

他的座位上还有几个人,都上了年纪,正在聊天,一看到老头儿回来,都露出恭敬的神色,显然这家伙是个头儿。

我偷偷地把自己的茶端了过去,坐到他们身后的位置上,耳朵竖起来,听那老头儿会说什么。

刚开始那几个老头儿聊了会儿股票,我听着很不是味道,半个小时后,那老头儿才想到自己拿了杂志,只听那老头儿道:"对了,来、来、来,让你们看件有趣的事。"

说着,他展开那本杂志,翻到我烫坏的那一页。我一听,有门儿啊,这家伙可能真知道什么,我连大气也不敢出,听那老头儿又道:"你们来看看,这张地图有啥特别的,考考你们。"

老头子们看来看去,叽叽喳喳说了一堆,你说一张被香烟烫了几个洞的地图有啥特别的,那几个老头儿还真能扯,有几个还扯到什么三足鼎立上去。为首那老头儿摇头:"通通不对。"

我听得肠子都痒了,心里盼着快公布答案,我投降了还不成吗?

见没人能说上来,那老头儿呵呵一笑,忽然压低了声音,说了一句我听不懂的话。另几个人马上激动起来,都要抢着看那杂志。

我一下子心里郁闷了,没事你说什么方言啊,难道我就是没缘分知道这事情?

老头儿们看了很久,都发出恍然大悟的声音。我心里急得几乎烧起来,盼着他们能讨论一下,让我也知道点细节,以我的能力,知道一些应该就能推出个大概了。

没想到的是,接下来,这帮人所有的对话,全部都用起了那种奇怪的语言。我仔细听了很久,只能确定不是汉语的方言,那几个老头儿到底是哪里来的人?

听了很久,我实在听不下去了,脑子也热起来,心说你不让我听懂是吧,我自己去问,你们总奈何不了我吧。我把心一横,站起来走到他们一边,装成好学少年的样子,问道:"几位老爷子哪里人呢?怎么我觉得你们的话听起来这么奇特呢?"

这在杭州是十分唐突的,不像在北京,茶馆四合院大家多少都认识,我这话一出就后悔了,心说该不会给我脸色吧。

没想到那几个老头子都愣了愣,大笑起来,其中拿了书的那个道:"小娃子,你听不懂是正常的,这是老苗话,全国加起来能说的不超过千号人了。"

我惊讶道:"几位都是苗族人?怎么看着不像啊!"

老头子们又哄堂大笑,也不回答我。我看这几个人都挺健谈,不是这一带人,搞不好能问出什么来,忙顺着势头问道:"几位别笑啊,刚听这位老太爷说,什么风水局,这地图是被我烫的,难不成还烫出了啥噱头不成？"

为首那老头子打量了我一下，说道："小伙子也对风水感兴趣？这学问你可懂不了啊！"

"能懂！能懂！"我恨不得去舔他的脚让他快说出来，"要不您给我说说，也让我开开眼？"

那老头儿和其他几个相视一笑，说道："其实也没什么，你看，你烫出的三个点，位置都很特别，把它们连起来，然后横过来看，你看到了什么？"

我拿起杂志，一看之下，忽然浑身发凉。"这是……"我张大了嘴巴。

原来，祁蒙山西周陵、广西的卧佛岭浮屠地宫和西沙的海底墓，三条鱼出土的地方，由曲线贴着中国海岸线连起来，形状非常眼熟，仔细一看，那赫然是一条若隐若现的龙形脉络！

我恨不得抽自己一个巴掌，心说吴邪，你怎么就这么笨呢！也不会在地图上比画比画，只顾着这几个遗址的朝代不同，怎么没想过位置的关系呢？

那老头子看到我吃惊，知道我已经看出端倪，颇有几分赞赏的意思，说道："是条不太明显的'出水龙'，说得好听点，叫作潜龙出海，不过，这一局还少了一点，缺了个龙头。"说着，他拿起自己的香烟，朝杂志上一点，正点在长白山的位置上。

杂志刺刺冒烟，我却一点儿也反应不过来，愣了片刻，忙问他："这……这个，大师，这局有什么用意吗？"

老头子呵呵一笑："你看，这叫横看成峰竖成岭，你看这几个点，连着长白山脉、秦岭、祁蒙山系、昆仑山脉入地的地方，这叫作千龙压尾。中国的几条龙脉在地下都是连着的，这整合着看风水，整个一条线上聚气藏风的地方自然多不胜数，你下的这几个点，都是很关键的宝眼，因为这一条线一头在水里，一头在岸上，所以叫出水龙。

"不过这种大头风水不是实用的，用这种风水看出来的龙脉比较抽象，我们叫大头龙，古时候用来占卜看天下运势，北京城的位置，都是靠这个确定的，而给皇帝选陵，这风水就太大了，我也是只懂得点皮毛。

要论大师,还属明初时候的那个汪藏海,大头风水是他的拿手好戏啊。"

听到这里,我眼睛一花,直觉得七窍都通了,所有想不通的事情,全部一起从脑子里涌了上来。为什么鲁王宫外五坟岭尸洞内的六角铃铛会出现在海底墓里?为什么西周墓里会有如此精巧的迷宫盒子?为什么广西浮屠"镜儿宫"里的佛骨舍利会变成蛇眉铜鱼?理由太简单了,因为这些个地方,汪藏海全去过了。

出水龙的宝眼处一般都是当条龙脉的藏风聚气之地,一般都修筑了带有标志意义的建筑物或者陵墓,虽然现在还不知道把铜鱼放在这些宝眼处是什么用意,但是按照风水学上的惯例,这一条风水线大头龙,是为了长白山上的龙头而设。

这一切布置都是为了云顶天宫,难怪他会如此着迷,花费如此巨大的心血。

那这雪层下的天宫里,到底埋着的是谁?

老头子看我出神,大概也不知道我在想什么,就招呼其他几个起身,将杂志塞进我的手里,招手结账。

我想着事情一下子没反应过来,等我想起要他的联系方式,他已经走出了茶馆。我追出去,正看到他把眼镜一摘,我一看他的眼睛和五官轮廓,心里咯噔一声,人不由得站住了。

只见一道极其可怕的伤疤从他的眼角开始,划过鼻子,一直到另一边的眼角,鼻梁骨有一处凹陷,似乎给什么利器割伤过。

我看到他的眼睛,人又给吓了一下,忘记去追,结果他们一群人上车走了。

我转念一想,感觉这老头子谈吐不凡,而且中气十足,很可能是老海今天说的——陈皮阿四!

刚才吃饭刚谈到他,怎么现在就在茶馆碰到了?这也太巧了。

我想了想,忽然觉得老海莫名其妙地来杭州和我说起故事有点唐突,难不成这老头子和老海有什么猫腻在,下了这么个套想引我入局?

这老头儿看上去有一点狡狯,不可不防啊。

我心里暗骂,又不知道这一出戏扯的是什么路子,心里顿生疑惑,回忆老海的叙述,这老头子不是已经瞎了吗?怎么还能看得见呢?而且说话中气十足,也不像九十岁的人啊。

不过想通了大头潜龙的局,我心里舒服了很多,那种阴霾的感觉也一扫而空。我回去结了账,回家舒服踏实地睡了一觉。

醒来是第二天中午,一看请帖,已经结束了,打电话给老海,他也没什么说的,只说那条鱼没什么人拍。我心里大乐,傻子才去买这东西呢。又交代了几句,听老海那边好像很忙,看样子买下了不少东西,我就不和他啰唆了。

下午我也不想去铺子,想到茶馆再去等那个人,三叔那边的店里却打来电话,又说有人找我。我心说该不是老痒又出现了吧,七上八下地开车过去,走进店里一看,只见一个人坐在客座沙发上。我眼睛一酸,眼泪差点下来,立即大叫了起来:"潘子!"

第七章 潘子

我和潘子在三叔的铺子里坐了一个下午，互相讲了一些自己的情况。原来潘子在我去海南之前已经有一点恢复意识，但是当时我走得太急，只给医院留了一个手机号，我出海后他自然找不到我。

潘子的体质很好，恢复得很快，就算这样他还是在床上躺了将近一个月，等他能够下地来找我们，却一个也联系不到。算起来那个时候我应该是在陕西，而三叔就更不用说了，全世界都在找他。

我看到潘子臂上戴着黑纱，就问他干什么。他说和大奎一场兄弟，头七没赶上，现在戴一下心里也舒服一点。我给他一提，想起去山东那段日子，心里也唏嘘起来。说到底，那件事情还是因我而起，如果当时不去多这个事，将帛书给三叔看，各人现在的景况自然大不相同。

潘子看我脸色变化，猜到我在想什么，拍了我一下，道："小三爷，我们这一行，这该来的逃不了，怪不得别人。"

我叹了口气，心说你说得简单，打死大奎的又不是你。

唏嘘了一阵，我又把我这一边最近的一些情况和潘子说了，听得他眉头直皱。听到后来我们的猜测，他面色一变，摇着头说，他和三叔这么多年下来，他能肯定三叔绝对不是那种人，叫我别听别人乱讲。

潘子跟随三叔多年，感情深厚，有些话自然听不进去。我不再说什么，转移话题，问他有什么打算。

潘子想了想,说本来他打算还是回长沙继续混饭吃,那里三叔的生意都还在,人他都认识,回去不怕没事情做,现在听我这么一说,他觉得这事情不简单,恐怕得再查查才能安心。

我点点头。虽然那里我基本上都查过了,但是潘子和三叔的关系不一般,有很多我不知道的关系在里面,他能去查查是最好不过。

潘子打了好几个电话,对方都让他等消息,我以为要等个十天八天的,没想到才五分钟就都回了电话。潘子听完之后,皱着眉头对我说道:"小三爷,恐怕你得跟我走一趟了。"

我一愣,心说怎么回事,该不会是出事了?

潘子接着道:"三爷在长沙找到一个人,给你留了话,不过得亲自和你讲,那一边的人叫我带你过去。"

"三叔留了话给我?"我几乎跳了起来,长沙那边我也不是没联络过,怎么从来没人和我提起这个事?

潘子表情非常严肃,也没想给我解释,对我道:"那边很急,你看怎么样,什么时候能够出发?"

潘子非常急,我隐约觉得事情不简单,但是我也没想到他会急成这样,结果当天晚上我就上了去长沙的绿皮火车,什么都没交代。

上了火车之后,我还问潘子,要是急干啥不坐飞机,还坐个火车,这不是笑话吗?

潘子魂不守舍,只拍了拍我,说等一下就知道了。我看他脑门上都冒汗了,越发觉得奇怪,心说,他到底在紧张什么?

火车从杭州出发,先到了杭州的另一个火车站,三小时后到达金华市,此时我已经有点忍耐不住要问个究竟了,这时候,火车突然临时停车了。

绿皮车临时停车是常有的事,当时在买票的时候我就想,这么远的距离,你不坐飞机,至少也要坐个特快吧,干吗要买绿皮的硬座啊?可是潘子的心思根本不在这个上面,现在车一停,我心里还幸灾乐祸呢——你急是吧,临时停车,急死你!

没想到车才一停,潘子就拍了我一下,示意我跟上。我站起来想问他去哪里,结果他突然一个打滚,从车窗跳了出去。

我一看这是干什么啊,车里的人一看也都吓了一跳,都站起来看。潘子在外面大叫:"小三爷,你还等什么,快下来!"

我看了看四周,所有人都站起来看着我,心说这下子明天要上《都市快报》头条了,一咬牙也滚了出去。

绿皮车很高,我下来翻了个跟头,摔到一边的路枕上。潘子一把把我扶起来,拉着我就跑。

这样一直跑进边上的田野里,上了个田埂,然后翻上大道,那里竟然已经有了一辆皮卡在等我们。潘子拉我进了皮卡,车子马上发动。

我累得上气不接下气,等车开上省道,才缓过来,骂道:"你搞什么飞机?"

潘子也累得够呛,看我的样子,笑道:"别生气,我也是第一次这么狼狈,也不知道什么时候招惹上的,不知道能不能甩掉。"

说着,他看了看车后面,一片漆黑,似乎没人追来。

我没听明白,看样子这些事情他都计划过了,忙问他怎么回事。他点上一支烟,用长沙话道:"车上那哈有警调子,三爷爷不在,长沙那哈乌焦巴功,地里的帮老倌里出了鬼老二咧。"

这话的意思是火车上有警察,我三叔不在长沙,长沙那边的生意乱七八糟了,在做活儿的帮工里可能有警察的人了。

他说话的时候眼睛瞟了瞟开车的人,我意识到这司机可能是临时找来的,不能透露太多,也就不再问了,心里却像打翻了五味瓶一样,心说那我现在算什么,我不是成逃犯了啊?

我的爷爷,今年到底怎么回事?早几个月我还是小商贩,突然变成盗墓贼,和粽子搞外交就不说了,现在又成逃犯了,人生真是太刺激了……

车开到金华边上一个小县城里,我们下车付了钱,潘子带我去随便买了几件款式比较旧的小一号的西装换上,一照镜子,比较寒酸,然后又赶到火车站,买了我们刚才跳下来的那辆车的票,那车临时停车,到现在才到这个站。

我们重新上车，这次买了卧铺，潘子看了车厢，明显放松下来，说道："刚才那些警调子应该在金华站就下了，现在高速公路省道两头都有卡，他们绝对想不到我们会重新上火车。"

我第一次做逃犯，手脚都不知道怎么放，紧张得几乎发抖，轻声问道："到底怎么回事，怎么我们就给警察盯上了？我可没干——哦，不对，应该说我干的那些事情一般人发现不了啊？"

"我也不知道。"潘子说道，"下午我给长沙我们的地下钱庄去电话，结果那老板一听是我的声音，只说了两句话，一是让我马上把你带去长沙，三叔有话留；二是长沙出了状况，叫我们小心警调子，然后就挂了。这老板是三叔三十年的合作伙伴，绝对靠得牢。我想了一下，杭州我不熟悉，待久了会出事，怎么样也要先回长沙再说。"

他看我担心，又道："我上了车之后，马上就发现了几个便衣，于是联系了个朋友，叫了辆车，让他尽量跟着铁轨走。刚才临时停车，我看到司机给我们打信号，就知道机会来了，所以才拖着你下来。你看那司机，一路上一句话也没说，就也是咱们道上混的，在这种人面前你不能说太多。不过这些个条子没抓我们，说明我们和长沙的事情关系不大，肯定是长沙那里有大头的给逮住了，咱们这些小虾米都是萝卜带出的泥，你也不用太害怕，和你做的那些事情无关，最多就是一个销赃。"

我听了稍微舒服一点，刚想说谢天谢地，没想到他又道："长沙一旦出事，千丝万缕的，三爷肯定脱不了干系，那老板也不说清楚，也不知道到底是什么事情。其实我们这几年已经很收敛了，几乎都没怎么直接下地，以前的事也不可能给翻得这么大，真是想不明白。"

"那你现在怎么打算？"我试探着问，我可不想亡命天涯啊。

潘子道："我们不能直接去长沙，出了浙江我们就下车，然后坐长途大巴到长沙边上的山里，三爷在外面有几个收古董的点，那里有人接头，那钱庄老板到时候会过来。"

我点点头。这时候车又到了一个站，开始上客，我们那卧铺间里又来了一个人，潘子打了个眼色，我马上转移话题。

聊着聊着，我不知不觉就说到了陈皮阿四的事，这人的名气在长沙倒是很响，潘子还听说过他，对我说道："这人在我们那里也有自己的生意，听说他瞎了以后就不再自己做活了，'文化大革命'结束后收了几个徒弟，倒卖古董给外国人。这人很阴，那几个最先跟他的徒弟几乎都已经给枪毙了，他还逍遥在外，传言很多，最好和他保持距离。"

我想起陈皮阿四的样子，不像瞎了，觉得越发奇怪起来。

我们按照潘子的计划，几经波折，来到长沙附近福寿山一带。那里果然是个好地方，沿途风景迷人。潘子长年在这一带活动，倒也习惯了。我们来到镇上一处杂货市场，好像旧社会地下党接头一样，东拐西勾地，来到一处一看就知道不会有生意的铺子里。铺子外面卖的是旧电脑，里面推开后墙，就是一小间，再往里面豁然开朗，是两间铺面之间背靠背留出的一道建筑缝隙，大概能容纳两个人并排走，现在上面拉起了雨布，里面两边各有一排架子，上面全是刚出土的明器。

有几个人正在那里挑货，负责人认识潘子，看见他过来，放下手里的东西，对潘子道："怎么才到？基本的东西都备好了，你们什么时候走？"

"东西？什么东西？"潘子愣了一下，一脸迷惑。

那人也愣了一下："你不知道？"

潘子回头看了看我。我瞪了他一眼，心说，你的地盘你看我干什么？他转头道："准备什么？"

那人道："三爷吩咐的，五人装备，做活儿啊，你不知道？"

第八章 新的团伙

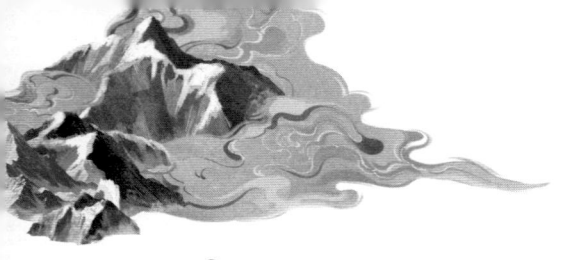

潘子皱起眉头道:"我怎么不知道?三爷回来过了?什么时候吩咐的?"

那人看我们两个的样子,还以为潘子拿他开涮,耸了耸肩,笑道:"少跟我装八咪子喃(装傻),东西是给你的哈,你能不晓得?"

潘子火了,骂了一声:"我骗你做啥子?三爷怎么说的?啥时候说的?"

那人一看我们两个的样子,才知道我们真不知道,也觉得奇怪,说道:"具体我也不清楚,我也是听钱庄的楚老板交代的,他就在后头,你们去问他吧。"

潘子闷哼一声,带着我穿过这条窄道,尽头还有道铁门,没锁,一推就开。里面是一个简陋的办公室,一边的客座沙发上,我看到上面有个光头的油光满面的中年人正在抽烟,看到我们进来,把烟头往地上一扔,踩熄了站了起来。

潘子打了声招呼:"楚哥。"态度一下子变得恭敬起来。我马上意识到这个人就是为三叔带话给我的人。

他看了看潘子,又看了看我,说道:"怎么现在才到?等你们两天了。"

潘子把路上的事情和他说了,不等他反应,急着问他道:"楚哥,到底出了什么事？我们哪里招惹号子里的人了？"

楚哥不紧不慢，说道："先别慌，没出事，这是你三爷的意思，是他让我把他前几年做的一些买卖的消息放出去的，给号子来点刺激的。现在厅里已经立项目组侦查了，我也不知道他是什么用意，不过看样子他是在给另一批人设置障碍。"

"另一批人？"

"对，因为这一招，现在整个古董市场都受了牵连，凡是和你三叔有生意关系的人全部给监控了。这样一来，没提前做准备的人，现在就很难开展活动，你三叔在给你们争取时间。"

我看了看潘子，并不是很听得懂这光头说的话："什么时间？"

光头耸了耸肩膀，表示他也不知道。

"你三叔是老江湖了，他的套路我是猜不透的。"

潘子问他道："那刚才听外面的九四说，什么装备准备好了，说是您安排的，这又是怎么回事？"

楚哥道："刚才说了，只要我一把消息放出去，凡是做这一行的人，无论什么活动都很难开展，所以你三爷让我在放消息前，把我们该做的事情都做了，所以我提早去买了装备，要是现在去，世面上没人敢出手，连铲头都买不到一只。"

我问道："可是买这些装备干什么呢？我们又没打算做活。"

楚哥道："这就是你三叔给你带话的原因。"他让我们坐下，"其实你三叔的那些装备，刚开始没算上你的份儿，也就是说，他准备了五份装备，其中一份是留给他自己的。"

他顿了顿，又道："不过他当时打电话给我的时候也说了，他做的事情，并不是只有他一个人在做，还有人在和他'抢和'。对方也不是省油的灯，所以如果他回不来，这份装备就给你用，无论如何，你要把他的事情继续下去，不能让另一批人登先。"

另一批人？我忽然想到了阿宁所属的那个公司，难道三叔在海斗里摆了他们一道，就是出于这个原因？

潘子问道："三爷有没有说另一批人是什么人？"

光头摇头道:"没有。不过我想现在三爷有可能已经落在他们的手上了,不然他早应该出现了,可惜我们现在什么都不知道,不然我想对方来头再大,我们也不至于摆不平。"

我心里哎呀了一声。那光头又道:"你们要去的那个地方,是吉林长白山脉的横山山脉,具体地方只能用坐标来标,不过我已经准备了当地向导带你们过去。"

长白山?我现阶段所有的记忆和长白山有关的,只有汪藏海的云顶天宫,毫无疑问,横山山脉的某处,应该就是云顶天宫的所在。

只是,我为什么要到那种地方去?没有任何理由,我就要到这种莫名其妙的地方去,而且还是在冬天。

光头看我的脸色已经变成了绿色,突然叹了口气,说道:"说实话我也很迷惑,不过我自己也仔细想过,今日之计,你们唯一能做的,就是跟着你三爷准备好的计划走下去,才能找到线索。不然,我估计你三叔恐怕过不了这一关。"

潘子拍了拍我,转头继续问道:"那三爷的计划里,下一步我们应该怎么样?"

光头道:"你们一共五个人,先上火车去吉林,行李我们会想办法托运到那边,然后那里有车带你们去下一个点。人都是三爷给我联系好的,基本上都到了。"

我和潘子对视了一眼,吉林,那看样子真要去爬雪山不可了。

光头说他会负责我们全程的所有细节,所以我们不用担心,只管上路,只要小心路上别被警察盯上就行了。时间安排得很紧,在长沙休息一晚,明天就直接送我们上火车,车票连洗漱用品都全部打包准备好了。所有的细节问题,另三个人都知道了,有问题只要明天问他们就行了。

这个光头行政能力之强出乎人的意料,三叔托他来传话,这一次行动恐怕计划了很长时间,不知道他的目的到底是什么。

我们又问了些问题,光头也是只知其一,不知其二。不过听他的口气,三叔的安排真是天衣无缝,这一次老江湖总算是显现出功力来了。

我们原路出来,我看到铺子外面运来了很多二手电脑的显示器。潘子告诉我,明器就是藏在里面运输的,一般关卡检查,这样的包装是查不出来的。那光头说的运我们的装备去吉林,应该就是通过这个方式。

潘子是这里的地头蛇,傍晚我跟他去吃了长沙的饺饵,我来长沙不是一次两次了,也不觉得新鲜。我们一边吃一边讨论今天光头给我们传的消息。潘子想了半天,对我道:"小三爷,我思前想后,总觉得你和我说的,去西沙给你们准备的那个什么什么资源公司很可疑,你说三爷说的'那一批人'会不会就是他们?"

我道:"这我早就想到了,不过我觉得问题不在那个公司,而在于公司背后的人。咱们也别想了,反正到了那边,我们不去找他们,他们也会找上门来。只是,那个楚哥靠不靠得住?"

潘子说道:"小三爷,你别看我潘子当兵的,看人准得很,这人你绝对放心,我就是担心,那人说一起去的有五个人,其他三个是什么货色。"

我说道:"三叔安排的,总不会错。"

潘子摇头道:"难说,三爷常说看人要三百六十五天地看,少看一天都不行。人是会变的,你一个星期不见他,说不定他已经想着要害你了,特别是我们这一行里那些没文化的,说得不好听点,哪个手里没几条人命债,心横横,老娘都能埋到土里。三爷这么久没回来,这里的伙计,人心肯定起变。"

我说你要求太高也不行,咱们走一步是一步吧。

街上晚上冷起来,我们吃完后二话不说就回潘子以前住的房子里睡了,早上起来吃了早饭,光头的车就来接我们。我背起自己的贴身行李,远远看了看车里,发现座位上已经坐了个人。

仔细一看,发现是个老头儿,人很面熟,好像在哪里见过,而且还是不久前。

我并不在意,和潘子开着玩笑走过去,靠近一看,突然人蒙了。

那老头儿,看身形和那身古怪的装扮,不是别人,竟然是在杭州二叔茶馆里看到的陈皮阿四!

我张大嘴巴,几乎脖子僵硬,心说,他坐在车里干什么?难不成这老头子也是五个人中的一个？总不会这么离谱吧？

潘子这时候也看到了，嘟囔了一声，也是一脸的诧异。

光头招呼我们快点，我们一头雾水地上了车，潘子认识陈皮阿四，给他打了个招呼。那老头儿闭目养神，只是略微点了点头。潘子马上转向开车的光头，龇着牙用嘴形问他怎么回事。

光头无奈地一笑，用嘴形回答他也不知道，三爷就是这样安排的。

不会吧，我心说，这老家伙不是个瞎子吗？而且年龄比我和潘子加起来还大，三叔这是玩儿什么花样？

我们在忐忑不安中来到火车站，我心里在盘算，三叔给我们安排的第一个人是一个近百岁的老头儿，那第二个人是什么货色就真不好估计了，难保不会是个大肚子的孕妇或者坐轮椅的残疾人。

难道三叔想试探我们的爱心？

庆幸的是陈皮阿四身体很硬朗，背着手就下了车。光头对他很尊敬，帮他提着行李。我们为了便于应变，还是选了比较差的卧铺，一个房间可以睡六个人，正好一个床可以放行李。

我们来到自己的房间，我探头往里看了看，先看见一个胖子在吃方便面，看到我，一扬眉毛，诧异道："又是你？"

我顿时头痛起来，心里一个咯噔，心说三叔怎么找了他，难不成还是以前的那支队伍吗？马上转向胖子的上铺，果然，一双淡然得一点儿波澜也没有的眼睛正看着我。

我松了口气。闷油瓶眯起眼睛看了看我，又转过去睡着了。

第九章 九龙抬尸

光头给我们的计划是走旅游路线,从长沙先到山海关,然后转车到敦化,全程火车,整个旅程大约两天,经过近三千公里,在这段时间里,我们无事可做,只能通过一部手机和几本杂志打发时间。

我把那鱼眼珠的支票带给了胖子,他看到我还是很开心的。看他心情不错,我就偷偷问他,怎么会到这里来。

胖子和我说,这道上,有些事情非扎堆做不可,比如说有些深山老林里的大斗,你一个人绝对办不掉,一来太多必要的装备你一个人背不进去;二来好东西太多你一个人也带不出来,这种古墓一般环境极端险恶,你能走运活着打一个来回就不错了,再要两三次地冒着风险进去,恐怕谁都不愿意,所以,一有这种情况,就会有一个人出来牵头,古时候叫"捉斗",民国时候的行话叫"夹喇嘛"。

这东西就好比现在的包工头,手里有项目,自己找水电工来做,中华人民共和国成立初期的考古队也用类似的招数来找能人异士。

这一次"夹喇嘛"的是光头,那光头人脉很广,认识胖子一个北京的土瓢子朋友,而胖子很多路子都是他那土瓢子朋友给搭上的,这一来二去,胖子就上了这车。至于具体的情况,一般的常例,不到目的地,"夹喇嘛"的人是不会透露的,不然给别人提前知道了,有可能引起内讧。所以我问起胖子我三叔的事情,胖子直摇头,说:"奶奶个熊,你还问我,你胖爷我要知道这事又和你那狗屁三叔有关系,再多票子我也不来干。"

我心里叹了口气,心说那闷油瓶必然也是光头联系的,估计也问不出什么来,这里了解情况最多的,除了我和潘子,要么就还有个陈皮阿四。

闷油瓶一如既往地闷,也不和我打招呼,一直就在那里打瞌睡。我故作殷勤地和他叙旧,说了几句发现他根本没在听。胖子让我别费力气了,说他上车后一直都在睡觉。

车开了以后,我和胖子、潘子一起锄大D、打跑得快消磨时间。我一边打着一边琢磨这陈皮阿四,这老头儿上了车后就一直没讲过话,潘子跟他套近乎他也是只"嗯"一声,车一开就自顾自走了出去,到现在还没回来。胖子还低声问我:"这瘦老头儿是谁啊?跩得二五八万似的。"

潘子轻声和胖子讲了一下陈皮阿四的事情,胖子听到他九十多岁了,脸都绿了,说道:"你可别告诉我这老家伙也得跟我们上山,要真这样,到没人的地方我先把他给人道毁灭了,谁也别拦我,反正他进去了横竖也是一死。"

潘子赶紧压住他的嘴巴,轻声道:"你少说几句,老家伙精得很,给他听到了,没到地方就把你害了。"

我回忆了一下陈皮阿四,在茶馆里他给我的感觉就像一个高深莫测的国学大师,旁边一群人围着,以这种人的势力和造诣,再加上这么大年纪,怎么会一个人来"夹喇嘛"?不怕给我们害了吗?

和潘子一提,潘子笑道:"这你就不懂了,咱们现在都是三爷夹来的'喇嘛',不管是小沙弥还是方丈,现在都给三爷夹着,这是江湖规矩,他要分这杯羹就得按规矩来,他来头再大都没办法。"他想了想,又道,"不过我们是得小心着这老头儿,表面上他是一个人,其实他这样的人,肯定有安排自己的人在四周。"

胖子听了骂道:"老子就搞不懂了,你那三爷整这么个人出来干什么!这不存心添乱吗?这人要真这么邪,我看咱们得先下手为强,要么绑了,要么做了。"

潘子看了看门口，说道："我警告你别乱来啊，三爷提这个人来肯定有用意，咱们就买他的面子，反正他这么一把年纪了，年轻时再厉害也没用，到时候要真……哎呀！"

他话还没说完，闷油瓶的手突然从上铺垂了下来，一把捏住了潘子的肩膀，力气极大，几乎把他捏得叫起来。

潘子给他弄得龇牙，后半句话就没说出来。我们都愣了一下，潘子对闷油瓶没什么好感，刚想说话，门"嘎吱"一声，陈皮阿四走了进来。

我们互相看了一眼，忙低头继续玩牌，就好像读书的时候考试作弊被老师察觉一样。

老头子看了看我们，也不说话，回到自己的床上，也不知道是不是睡着了。

他在这里，我们也不敢商量事情，只有集中精神打牌，就这样时间一点一点地过去，第二天晚上将近零点，我们的车停靠在了山海关。

山海关是天下第一关，不过是人造景点，大部分是1986年重修的。我们要转的下一班车还有两个小时才到，胖子说要不要去看看。我说都凌晨了，又没月亮，看个鸟啊，于是我们几个人跟着同样转车的一大批天南地北的人走向车站候车室。

现在正是春运前夕，人已经很多了，车站里面气味难闻，各种各样过夜的人都有，有个还卷铺盖睡在地上。我们小心翼翼地顺着人流进去，生怕踩到别人。

人很多，走得极乱，一会儿工夫我们几个人就给冲开了，闷油瓶和陈皮阿四给冲到离我们很远的地方，胖子被几个人踩了脚，在那里直骂。我想招呼他们别走散了，举手让他们看我的位置，潘子一把拉住了我的手，将我拉得蹲下腰去。

我心中奇怪，就听他道："有警调子！悠着点。"

我一听，赶紧顺着势头坐到一边的地上，左右都是人。我用眼角的余光一看，大门口，几个穿制服的警察和几个协警正在查身份证。

我低头对潘子用杭州话轻声说："没事吧，杭州也经常有，查身份证而已，我们也没带装备在身上，又没被通缉，怕什么？"

潘子用下巴指了指人群中很不起眼的几个男人，说道："门口的是看门的，便衣在人堆里，在找人呢，把头低下，别给认出来。"

我抬起头，闪电般一看，那几个人之间好像还夹着个面熟的人，那人还直往我们的方向望。我还想看得仔细点，那人已经猛地挣起来，指着我大叫："那里！"

我看到那人的手上还戴着手铐，心里咯噔了一下，再仔细一看那人，我靠，那不是楚光头吗？怎么两天不见，已经给铐进去了？

"妈拉个巴子！"潘子大骂，拉起我跳起来就跑。后面一帮便衣猛地冲过来，大叫："站住！"

我们连滚带爬地翻起好几条座位，用力推开人群，潘子一路过去，人们全都纷纷让开，可是我一过去，那些人却都围了过来。我心里大叫，这叫什么事，我看着这么好欺负吗？

眼看着前面的人把我堵住，后面的警察也到了，突然"啪"一声，候车室大厅头顶上的一盏日光灯碎了，所有人都吓了一跳，紧接着，"啪"一声又是一盏，我乘机猫腰从两个人之间钻了过去，在人堆里挤来挤去，想挤到门口的位置。

忽然，一个人抓住了我，将我拉到一边。我一看，是潘子。他一甩头，意思是，咱们从铁轨那里出去。

头上的日光灯"啪啪啪"连续碎掉，候车厅里越来越暗，破碎的玻璃直掉下来，一下子吵闹声、小孩子的哭声、惊叫声乱成一团，很多人都往进口处挤，我们顺着人流又挤了出去。

我远远看见胖子朝我们打手势，便朝他靠了过去，刚想问闷油瓶呢，那家伙突然幽灵一样冒了出来。胖子问潘子："你那'夹喇嘛'的筷子给雷子折了，现在怎么办？"

潘子骂了一声："那个龟儿子，这么容易就把我们抖出来了，现在的人真靠不住，要有机会，我敲死他去！"

胖子道："你现在起什么劲，你得说怎么办啊！"

潘子挠着头，他也不知道怎么办好了，又来看我。我刚想骂他，闷油瓶一拍我们的肩膀，说道："跟着老头儿。"

我们顺着他的目光看去，陈皮阿四正在不远处看着我们，旁边还站着几个不知道哪里冒出来的中年人。

闷油瓶径直朝他走了过去。我们这时候也没办法商量，只好硬着头皮跟他走过去。陈皮阿四看到我们走过来了，给旁边几个人打了个手势，那几个人一下子就散开在了人群里，他自己也一转头往人群中走去。

我们在人群的掩护下，终于摸黑逃出了山海关火车站，来到一处公园里。我们停了下来，互相看了一眼，所有人脸色都不好。这真是出师不利，原本以为按照光头的计划，我们可以自己不用动脑筋就到达目的地，没想到没出两天，光头竟然给逮住了，还亲自带着雷子来逮我们，就这义气，还三十年的老关系，看来三叔的眼光也不怎么样啊！

我们蹲在草丛里休息了一会儿，陈皮阿四看了看我们，突然冷笑了一声，用沙哑的声音道："就凭你们这几个货色，还想去挖东夏皇帝的九龙抬尸棺，吴三省老糊涂了吗？"

第十章 营山村

我们的心情都很不爽，突然给骂了这么一句，一下子就更郁闷了。胖子"呸"了一口，破口大骂道："老爷子，你这话说错了，这不关我们的事，是那个什么三爷他眼光有问题啊，这事能怪我们吗？老子我混了这么久，第一次给雷子撵得满街跑，真的憋气。"

我看他说得太过，赶紧把他拦住，使了个眼色。潘子听不得别人说三叔不好，一句两句还能忍忍，这个时候就最好别说这么多了，不然可能会打起来。

胖子还算卖我面子，闭上嘴巴，点上一支烟狠狠地抽起来。潘子转头问陈皮阿四道："陈家阿公，咱们也算打过交道，现在也不是批评我们的时候，您是这里辈分最大的，现在'夹喇嘛'的筷子断了，您看这事情怎么着吧，我们听您的。"

胖子瞪起眼睛，看样子想叫起来：凭什么要听他的！被潘子一把按住，没叫出来。我知道潘子肯定有什么打算，忙拉住胖子，拍他后背让他镇定点。

陈皮阿四眯着眼睛打量了一下潘子，沉默了很久，说道："算你懂点规矩，我就提点你们几句，这火车是不能坐了，我安排了其他车子，想跟来的等一下跟我上车，不服气的，哪儿来回哪儿去！不过我事先告诉你们，这次要去的地方，没那么简单，吴三省当初找我，就是要我这个老家伙给你们提点着，那地方，当今世上，除了我，恐怕没第二个人能进去了。"

胖子冷笑一声："我呸，老爷子，你别吓唬人，你小胖爷我什么世面没见过？我告诉你，我们几个上天摘过月，下海捉过鳖，玉皇大帝的尿壶我们都拿着掂过，不就是一个九龙抬尸棺吗？能有多厉害！老子过去一巴掌能把里面的粽子打得自己跳出来，还有这位，你知道他是谁吗？他是长沙狗王的孙子，想当年在山东的时候……"

我赶紧捏了一下胖子，笑道："老爷子，别听他胡说，这家伙说一句话，你得掰一半扔茅坑里去。"

陈皮阿四看了看我，说道："你也别否认，我知道你是吴老狗的孙子，你老爸的满月酒我去喝过，算起来你还要叫我一声阿公。"

吴老狗是我爷爷在道上几个走得近的人称呼的，我爷爷说和这人打过交道，果然不错。

我忙点头，千穿万穿马屁不穿，叫道："四阿公。"

陈皮阿四古怪地笑了笑，也不知道是什么意思。潘子问道："陈家阿公，那现在，我们怎么办？是先找个地方落脚，还是——"

话音未落，远处传来一长两短的汽车喇叭声。陈皮阿四说道："我的车来了，是来是去你们自己考虑，要上山的，就跟着我过来。"说着直起背，迈步就向喇叭响起的地方走去。

我们一下子都没跟上去，等他走远了，几个人互相看了看。潘子轻声道："这老家伙早有准备，好像早知道我们在这里会出事，我敢肯定是他卖了光头，现在敦化那边接头的人肯定也没了，装备趁早也别指望，要弄清楚怎么回事，咱们非得跟着他不可，这一招真狠。无论如何，三爷交代的事情我一定要做下去，你们去不去，自己考虑吧。"说着已经站起来，向陈皮阿四追去了。

闷油瓶看了我和胖子一眼，也站起来追了过去。

一下子只剩下我们两个，我看了看胖子，胖子也看了看我。胖子问道："对了，他刚才说的东夏皇帝的九龙抬尸棺是什么东西？"

我摇了摇头，道："我也不知道。"

胖子把烟一掐，想了想，道："那，要不，咱们追上去问问？"

我失笑了一声，点点头，两个人站起来追了过去。

在车站碰到的跟着陈皮阿四的中年人，果然是陈皮阿四安排在附近的人，安排车的就是他们。来接我们的是一辆解放卡车，我们上了车斗后，外面就堆上了货物，车子一直开出山海关，上了省道，直开往二道白河。

这一路睡得昏天暗地，醒过来的时候已经是第二天中午。汽车没火车那么方便，到现在还有大半天的路程，这里的温度已经比杭州不知道要低多少，车斗虽然有篷布，但是风还是直往里钻，我冷得直发抖。

陈皮阿四裹在军大衣里，有几次不经意间露出了老人的疲态，但是这样的表情一瞬间就消失了。我心中暗叹，年纪果然还是大了一点，不知道这样一个早已经知天命的老人，还要图谋什么。

我们商量了进山的进程，按照陈皮阿四从光头那里得来的消息，到了敦化后，我们也是通过汽车进二道白河，然后那里有当地的向导和装备在等着我们，我们从那里再进一个叫栗子沟的小村子，在那个地方，他会透露我们目的地的信息，然后向导会带着我们去那里，找到地方后，接下来的事情就是我们自己的了。

栗子沟我们肯定不能去，雷子可能已经守在那里了，而且那地方离二道白河还太近，我们看了看，决定不进栗子沟，直接开进去，里面还有几个村子，开到没路为止。

我们不知道光头到底知道多少关于天宫位置的信息，现在他已经进去了，事情自然就难办得多。长白山很大，还有一部分在朝鲜境内，要一寸一寸地找恐怕也不现实。不过我们推测，既然是去栗子沟，地方必然在这附近，我们按老路子来，先到附近山村子里去踩踩盘子，打听打听消息，应该会有收获。

一切按计划进行，到了二道白河，陈皮阿四的人弄来了装备，我想着现在全国都查得那么严，怎么这些人就这么神通广大？打开一看，就蒙了，心说这是什么装备，没铲子，没军火。我举目看去，最多的，竟然是卫生巾，然后还有绳子、普通的工具、巧克力、一大包辣椒、脸盆等日用品。

胖子问怎么回事,咱们这是去发妇女劳保用品还是怎么的?陈皮阿四说用起来你就知道是怎么回事了。

四天后,我们来到横山林区比较靠里的营山村,卡车能开到这里真是奇迹,有几段路,外面三十厘米就是万丈深渊,只要司机稍微一个疏忽,我们就摔成肉泥了。到了那里找当地人一问,才知道这里原来有一个边防岗哨,后来给撤了,所以路才修到这里,不然得用雪爬犁才能过得来。不过正因为有了路,这里现在偶尔会有一些游客自驾游,村里的人也习惯了外来的人。

跟我们一起来的,陈皮阿四有三个伙计:一个叫郎风,就是开车的,大个子;一个叫华和尚,戴着眼镜,不过身上全是刀疤;还有一个三十多岁年纪比较小的,一路上话一句也没停过,叫叶成。

我们下了车,环视四周的雪山,我想找出记忆里和海底墓中影画相似的山景,但是显然站的地方不对,看上去,雪山几乎都是一个样子。

陈皮阿四说,寻龙容易点穴难,《葬经》上说"三年寻龙,十年点穴",定一条龙脉最起码要三年时间,但是找到宝眼要十年,这一过程是非常严格的。既然我们知道了龙头在横山,只要进到山里,自然能够找到宝眼的位置。问题是,怎么进到山里去,这里不比其他地方,雪山太高,一般猎户不会去那种地方,采参人也到不了雪顶,要找一个向导恐怕很难。

村里没招待所,我们没找到地方住,只好去敲村委会的门。村支书倒是很热情,给我们找了间守林人的临时空木房子,我们付了钱就安顿了下来。在村里待了几天,租好了马,几经辛苦,最终找到了一个当地的朝鲜族退伍兵顺子愿意做我们的向导。

这人告诉我们,一般人不会上雪山,由于风雪变化,基本上每天的路都不一样,而且上去了也没东西,只有他们当兵的巡逻的时候上去,这里的几座峰他都能上,所以我们真想上去,他能带我们去,不过进了雪区之后得听他的。

我们商量好了价钱,事情就拍板下来,整顿了装备,又按顺子的要求买了不少东西，九个人、十四匹马浩浩荡荡地就往林区的深处赶去。

长白山风景很美，举目望去，山的每一段都有不同的颜色，因为山高得让人心寒，所以我们也没有太注意四周的森林景色，所有的精力都放在保证自己不掉下马去，但是偶然一瞥，整个天穹和山峰的那种巍然还是让人忍不住心潮澎湃。

长白山是火山体，有大量的温泉和小型的火山湖。从营山村进林区，顺着林子人工的山道一直往上四小时，就是阿盖西湖，朝鲜语就是"姑娘湖"，湖水如镜，一点儿波澜都没有，把整个长白山的倒影映在里面。

为了让顺子认为我们是游客，我们在湖边留影，然后继续出发。我们刚进去的那一段是在山脉的底部，越往里走地面就越陡起来，最后我们发现已经行进在六十度左右的斜山坡上。这里树都是笔直的，但是地面倾斜，每一步都显得非常惊险。顺子告诉我们，再往上那里面还有个荒村，就是边防哨所在的地方，那里现在已经没人了，我们在那里过了第一夜，然后第二天，我们就要过雪线了。

此时阿盖西湖已经在我们的下方，我们由上往下俯视，刚才偌大的湖面就犹如一个水池一般大小了。这个时候，我们所有人都发现，另一支马队出现在了湖边，这支队伍的人数远远超过了我们。

我们觉得有点意外。胖子拿出望远镜，朝下面看了看，然后递给我道："我们有麻烦了。"

第十一章 困境

我一边策马前进,一边顺着胖子指示的方向看去,透过稀疏的树木,我看到下面湖边上熙熙攘攘地有三十几个人、五十多匹马,是一支很大的马队。

那些人正在湖边搭建帐篷,看来想在湖边过夜,其中有一个女人正在张开一个雷达一样的东西测试。我用望远镜一看,那女人不是别人,正是在海南的阿宁。

我骂了一声,这个女人也来了这里,那说明我们的推断没错,三叔想要拖延的人,恐怕就是这一帮人,不知道这捞沉船的公司,来到内陆干什么。

华和尚也看到了下面的马队,脸色变了变,轻声问陈皮阿四怎么办。

陈皮阿四看了看,轻蔑地笑了笑,说道:"来得好,说明我们的路没走错,继续走,别管他们。"

我拿着望远镜一个人一个人地看,没看见三叔。不过,三叔如果撂在了他们手里,不太可能有太多自由,有可能给关在帐篷里了。

令我觉得不舒服的是,下面的人当中,有一半几乎都背着56式步枪,我还看到了卫星电话和很多先进设备。胖子看着枪眼馋,对陈皮阿四道:"老爷子,你说不买枪不买枪,你看人家荷枪实弹地撑上来了,要交上手了怎么应付?难不成拿脸盆当盾牌,用卫生巾去抽他们?"

陈皮阿四看了他一眼,甩了甩手,笑道:"做我们这一行,从来不靠人多,过了雪线你就知道跟着我跟对了。"

我们的对话全是用方言交谈,汉语都讲不利索的顺子听不太明白,不过他做向导好多年了,自己也知道客人说的话别听,听太多了,人家说不定是干什么的,会把你灭口。

我们继续往上走,直到看到前面出现一些破旧的木头房子和铁丝门,上面还写着标语"祖国领土神圣不可侵犯"。

顺子告诉我们,这里是雪山前哨站的补给站,多边会谈后,这里的几个哨站都换了地方,这里也荒废了,雪线的几个哨站也都没人了,咱们要上去的话,到时候有机会去看看。

当夜无话,我们在这里凑合过了一夜,第二天一大早就起床继续赶路。顺子觉得奇怪,少有旅游的人这么拼命的,不过收人钱财也得由着我们。

我们起床的时候已经开始下雪,气温陡然下降,南方人很少能适应这样的天气,除了胖子和叶成,其他几个人无一不冻得僵硬。

再往上过了雪线,我们终于看到了积雪,一开始是稀稀落落的,越往上就越厚,树越来越少,各种石头多起来,陈皮阿四说这是有工程进行过的痕迹。

到了中午的时候,我们四周已经全是白色,地上的雪厚得已经根本没路可走,全靠顺子在前面带着马开道。这时候忽然刮起了风,顺子看了看云彩,问我们,要不今天就到这里吧,看这天可能有大风,看雪山过瘾就过一下,再往上就有危险了。

陈皮阿四呵起气摆了摆手,让他等等。我们停下来休息,吃了点干粮,几个人四处去看风景。

我们现在在一处矮山的山脊上,可以看到来时走过的原始森林。陈皮阿四极目眺望,然后指着一大片洼地,对我们说:"古时候建陵一般就地取材,你看这一大片林子明显比旁边的稀落,百年之前肯定给人砍伐过,而且我们一路上来虽然步履艰难,但是没有什么特别难过的障碍,这附近肯定有过古代的大工程,这一带山体给修过了,咱们大方向没错,还得往上。"

叶成问道:"老爷子,这山脉有十几座山峰,都是从这里上,我们怎么找?"

陈皮阿四道:"走走看看,龙头所在肯定有异象,地脉停顿之处为龙穴,这里山多,但是地脉只有一条,我们现在是沿着地脉走,不怕找不到,最多花点时间而已。"

我顺着他的目光看去,只看到一片一片的树,也看不出有什么区别,不由得自惭形秽。

我转头去看闷油瓶,却见他眼睛只看着前面的雪山,眉头微微地皱了起来。

顺子听说我们还要往上,叹了口气,摇头说要再往上马不能骑了,要用马拉雪爬犁。长白山的冬天其实是交通最方便的时候,除了暴风雪天气,一般用马拉雪爬犁就能爬到任何马能到的地方。但是一旦风起,我们任何事情都得听他的,他说回来就回来,绝对不能有任何异议。

我们都点头答应,将行李从马上卸下来,放到爬犁上。准备妥当,顺子叫着抽鞭子在前面带路,我们的马自动跟在后面,一行人在雪地里飞驰。

刚坐雪爬犁的时候觉得挺有趣的,和狗拉雪橇一样,不一会儿,不知道是因为风大起来的关系还是在爬犁上不好动弹,身体的肢端冷得厉害,人好像没了知觉一样。

因为是山路,马跑得不稳起来,胖子因为太重,好几次都侧翻摔进雪里,弄得我们好几次停下来等他。

就这样一直跑到天灰起来,风越来越大,马越走越慢,我们不得不戴上风镜才能往前看。到处是白色的雪花,不知道是从天上掉下来的还是雪山上刮下来的。满耳是风声,想说句话,嘴巴张开,冰凉的风就直往里灌,用胖子的话说,骂娘的话都给冻在喉咙里了。

跑着跑着,顺子的马在前面停了下来,我隐约觉得不妙,现在才下午两点,怎么天就灰了?我们顶着风赶到顺子身边,看到他一边揉着马脖子一边看四周,眉头都皱进鼻孔里去了。

我们围上来问他怎么回事,他啐了一声,说道:"风太大了,这里好像发生过雪崩,地貌不一样了,我有点不认识了。还有,你们看,前面压的都是上面山上的雪,太深太松,一脚下去就到马肚子了,马不肯过去,这种雪地下面有气泡,很容易滑塌,非常危险,走的时候不能扎堆走。"

"那怎么办?"潘子看了看天,"看这天气,好像不太妙,回得去吗?"

顺子看了看天,又看了看我们,说道:"说不准。不过这风一旦刮起来,没两天两夜是不会停的,咱们在这里肯定是死路一条,前面离岗哨不远了,到了那里能避避风雪,我看回去已经来不及了,我们可以徒步过去。"

"徒步?"胖子压着自己的盖耳毡帽,试探性地走了一步,结果人一下子就捂进了雪里,一直到大腿。他艰难地往前走了一步,骂道:"他奶奶的,有的罪受了。"

我们穿上雪鞋,顶着风,自己拉着爬犁在雪地里困难地行进。这地方是风口,在两边山脊的中间,风特别大,难怪会雪崩。

我们往风口里走,顺子说哨岗一小时就能到,但是不知道是我们走得太慢,还是顺子压根儿就带错路了,走到傍晚六点多,还是没见到哨岗的影子。

顺子转来转去摸不着头脑,再一想,忽然"哎呀"了一声:"完了,我知道这哨岗在什么地方了!"

我们围上去。他脸色极度难看,道:"我怎么就没想到,这不是小雪崩,哨岗肯定给雪埋了,就在我们脚下,难怪转了半天都找不到!"

潘子叹了口气,说了句话,看他的嘴形是:"妈拉个×的!"

胖子大叫着,问顺子:"那现在怎么办?马也没了,难不成我们要死在这里?"

顺子指了指前面,说道:"还有最后一个希望,我记得附近应该有一个温泉,如果能到那里,也能挨几天。那温泉海拔比这里高,应该没给雪埋住,要真找不到,那只有靠求生意志了。"

众人哭丧着脸，跟着顺子继续往上走。天越走越黑，顺子拉起绳子，让我们每个人都绑在身上，因为能见度太低了，根本看不到人，叫也听不见，只能靠这绳子才能让我们集中在一起。

我走着走着眼睛就开始花了，怎么也看不清楚，前面的人越走越远，后面的人越拖越后。

我一发现两面都看不到人，心里不免咯噔了一下，心说现在这个时候进山，是不是犯了个错误，难道会死在这里？

不像，顺子走得还挺稳，虽然我看不见他，但是感到这绳子的走向很坚定，这种风雪他一定已经习惯了，跟着他准没事。

我一边安慰自己，一边继续往前，忽然看到前面的雪雾中出现了一个黑影，迷迷糊糊的我也看不清是谁，走了几步，那黑影子忽然一歪，倒在了雪地里。

我赶紧跑过去，一看，竟然是顺子扑倒在雪里。

后面的闷油瓶追了上来，看到顺子，赶紧扶了起来。我们背着他，一边拉紧绳子，让其他人先聚集过来。

胖子一看到顺子，做了一个非常古怪的表情，大吼道："这是什么向导啊，不认识路不说，我们还没晕，他先晕了，叫我们怎么办？"他还想再骂，但是后面的话全给风吹到哪里都不知道了。

我看了看四周，我的天，四周的情形已经完全失控了，强烈的夹着大量雪花的风被岩石撞击着在我们四周盘旋，一米之外什么也看不见，我们来时的"脚印"几乎一下子就给风吹没了，东南西北都分不清楚，强风压过，连头都抬不起来，站起来就会给吹倒。

所有人的脸色全是惨白，陈皮阿四眼睛迷离，看样子老头子在这样的极限环境下，已经进入半昏迷状态了，就算顺子不倒下，他肯定也坚持不了多久了。

潘子道："我们不能停下来等死，温泉可能就在附近，我们拉长绳子，分散了去找找，找到了就拉绳子做信号。"

我们四处散开，我也不知道自己选了哪个方向，一边走，一边直打晕乎，只觉得一种麻木感从四肢传递到全身。

以前看过不少电影里都说,在雪山上,人会越来越困,如果睡着就永远醒不过来了,人还会产生很多幻觉,比如说热腾腾的饭。

我拼命提醒自己,可是一点儿也坚持不住,每走一步,眼皮就像多灌了一块铅一样,沉重得直往下耷拉。

正在一筹莫展之时,忽然听见胖子叫了一声,风太大叫了什么没听清,我回头一看,只见他的影子一闪就没了。闷油瓶马上转过头去,发现地上的绳子突然扯动起来,脸色一变,大吼:"不好!解绳子,有人塌进雪坑里去了!"

话还没说完,他脚下的雪突然也塌了,整个人给绳子一下子扯进了雪里,接着是离他最近的我。

我们就像一串葡萄一样一个接一个被胖子拉进了雪地里,翻来滚去,不知道滚了多久才停住。

我眼睛里全是雪,根本睁不开,只听到潘子叫我们都别动,他是最尾巴上的,他先爬下去再说。

这个时候,突然听到叶成叫了一声:"等等,等等!抄家伙!都别下去,那雪里盘着的是什么东西?"

第十二章 百足龙

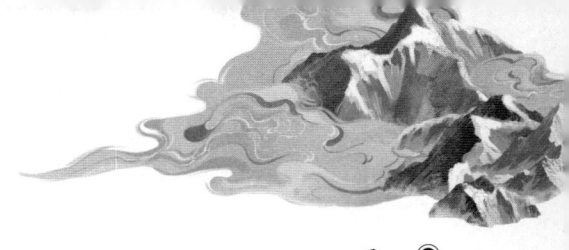

我拍掉眼睛上的雪珠,一时间也不知道自己在什么地方,只感觉背上顶着石头尖,叶成就在我下面,在那里大叫。

我定了定神,下意识地去看叶成在害怕什么东西,往下仔细一看,发现我们现在正靠在一面陡峭的乱石坡上,离坡底还有五六米,腰里的绳子挂在了一块岩角上,我们才没直接滚下去。坡底全是刚才随我们一起滑下来的雪块和石头,雪堆里面,露出了好几截黑色细长的爪子。

我感到一阵窒息,不自觉地把背贴紧后面的石头,顺着爪子看上去。雪堆里若隐若现,盘绕着一条黑色的、水桶粗细的东西,环节状的身体上全是鳞片,一些藏在雪里,一些露在雪外,乍一看还以为是条冬眠的蛇,仔细看又像是蜈蚣。

这东西贴着石头,一动也不动,不知道是死是活,看不到头和尾巴,也不知道有多长。

我心里奇怪,这里是雪线以上,本来活物就很少,这到底是什么生物?看着那些蜈蚣一样的爪子和它的个头,心里本能地不舒服起来。

潘子执意要下去,叶成不停地叫,胖子也看见了下面的东西,拿自己边上的雪捏个球砸在叶成后脑上,轻声骂道:"你给我轻点声,想把它吵醒?"

我看了看四周,这里应该是一处封闭的小山谷,被雪崩填满了,但是因为这里石头堆砌得太凌乱,产生了大量气泡,胖子走到上面,一下子把脆弱的雪层踩断,引起连锁反应,雪层塌了,结果我们全部给他带了下来。

上面的雪还在不断地塌下来,很多时候这样的塌方之后,四周的积雪会像流沙一样汇拢过来,将塌出的地方重新埋住,这一过程极其快,很多高山探险队就是在这样的情况下减员,几秒钟整个队伍就消失了。

幸好这一次边上的雪还算结实,可能也是因为我们是给绳子拴在一起一个一个拉下去的,四周的雪给我们滚平了,没有整块塌下来的关系。

这里是背风面,风明显小了很多,不像刚才那么冷了。我得以畅快地呼吸了几口,小心翼翼地坐起来,往下挪了几步。这里虽然很陡峭,但是坡体表面上都是碎石头,有些有解放卡车头那么大,有些只有乒乓球大小,攀爬很方便,往上往下,都不困难。

潘子和闷油瓶已经解开了绳子,因为离底不远,他们两个"哗啦"一声,带着雪跳了下去,落地之后打了个滚缓冲力道,滚到了坡底。

两个人蹑手蹑脚地爬起来,一前一后朝那黑色的东西摸过去,我们一下子心提到了嗓子眼。

走了几步,闷油瓶和潘子都直起了腰,明显放松了下来。潘子看了看闷油瓶,耸了耸肩膀,做了个手势让我们下来。

我们感到奇怪,胖子解开绳子也滚了下去,闷油瓶已经把石雕上的积雪扫掉,原来那是一条伏石而卧的摩崖石龙,用黑色的石头雕的,摩崖石雕非常传神,如果藏在雪里,还真看不出来。

我们陆续下去,陈皮阿四看见石雕,脸色明显变化。他站立不稳,招呼华和尚扶着他,径直走到摩崖石雕的前面,摸了起来。

这条龙和其他的龙不同,它的身子下面,刻了无数只和蜈蚣一样的脚,显然不是中原的雕刻,应该是附近游牧民族异化的龙。

胖子问我道:"怎么这龙这么难看?像条虫一样,看上去邪气冲天,比故宫龙壁上的难看多了,该不是刻坏了?"

华和尚道:"不懂别乱说,这条是百足龙,不是蟠龙,东夏国早期的龙雕刻都是这个样子的。在中国早些时候,中国远古的龙有着迥异的形态，有的龙还有猪鼻子呢，这不奇怪。"

中国龙的演变史非常漫长，刚开始的龙是匍匐爬行，随便找个兽头放在蛇身上就是龙了。那个时候每个部落都有自己的龙图腾，各部落分别演变，到最后龙的形态也各不相同。后来汉文化传播，夷夏文化大融合，汉龙的形象才和各少数民族部落的龙开始混合，到最后逐步统一成现在这个样子的蟠龙。

这条百足龙，就是龙和蜈蚣的混合体，可是不知道为什么，看一条普通的龙身上长了这么多只节肢动物的脚，不但无法给人威武的感觉，反而让人觉得非常不舒服，感觉有一丝诡异。

胖子听了华和尚的介绍，笑道："刀疤兄，看不出你还挺有学问的，那这块石头，应该是东夏国的东西了？"

华和尚看了看石雕，又抬头看了看山坡的上面，疑惑道："没错。只不过，这块雕龙的石头是从哪里来的呢？"

此时天已经入黑，我们各自打开手电，用手把石头上的雪全部扫掉，发现这块石头几乎是一块有五米高、三米宽的巨大平板子，靠在一边的乱石坡上。石头极平整，而且是黑色的，和这里的其他石头明显不同。

我看了看石头断裂处的痕迹，说道："可能是从上面塌下来的。四阿公说得没错，我们要去的地方还在上面。你看这龙的形体不对称，这是双龙戏珠，这样的石雕应该还有一边，一般是刻在石门上的，两面各一。"

陈皮阿四咳嗽了一声，有气无力地说道："放屁，一知半解，大放厥词，什么石门，这块是墓道里的封石。"

说着，他指了指龙嘴巴。华和尚马上过去，把手伸进龙嘴巴里，一扯，竟然给他扯出一条黑色的手腕粗的细铁链来。胖子一看，说道："哎呀，完了，龙肠子给你扯出来了。"

陈皮阿四道："这是封墓时用来拉动封石的马链，这一面是朝里的一面。"

我被他说得脸红，左顾右盼道："啊，果然是，我看错了，可是封石怎么会出现在这里？"

华和尚用力扯了扯铁链，石头纹丝不动，陈皮阿四脸上也闪过一丝疑惑，摇了摇头，抬头看了看上面。我心里"哎呀"了一声，知道他在担心什么，如果这块封石也是从上面塌下来的，那说明上面的墓道毁坏很严重了，我们就算找到了，还能不能进去？

头顶上风雪肆虐，天已经黑得基本上入夜，我看了看表，不知道这暴风雪要刮到什么时候。

发现这块石雕，增长了我们找到天宫的信心，但是我也不知道该高兴还是沮丧。华和尚给石雕拍了照片，陈皮阿四精神恢复过来，让我们先把自己的东西顾好，该休息的休息一下，这里正好避风，有什么事情，等风停了再说。

我们将装备整理出来，华和尚去照顾那个伤兵，我在翻东西，他跑过来告诉我，有点麻烦，顺子已经基本上没反应了。

我们将顺子放到，摇了摇他的头，他只能迟钝地"嗯"一声，意识模糊，一看就知道是低体温症。

"我们得生点火，不然他熬不了多久了。"潘子走过来说，"睡过去就醒不过来了。"

我看了看四周，根本没有任何柴火，要点火，恐怕得烧爬犁了。可是上雪山需要很多装备，没有爬犁，下面的路恐怕走不下去。

华和尚看了看陈皮阿四，显然不敢自己做主，后者的脸色很阴霾，不知道是给冻的还是怎么的，皱了皱眉头，说道："暂时别让他死，我还有事情问他。"

我松了口气。华和尚将爬犁上的东西卸掉，准备把木条子扯出来当柴火，不过现在的爬犁也都给雪浸湿了，不知道还点不点得起来。正在担心的时候，我忽然闻到了一股硫黄的味道。

这味道不知道是从哪里冒出来的，我脑子一跳，让华和尚先别动，自己站起来仔细地闻。其他人也同时闻到了，都停下手里的事。胖子猛吸了一口，道："同志们，好像有温泉的味道！"

陈皮阿四给叶成和郎风打了眼色，让他们出去找，却给潘子拦住了。潘子用下巴指了指闷油瓶，说道："别慌，咱们有高手在。"

闷油瓶俯下身子，用他奇长的两根手指逐一摸了摸底下的石头，忽然皱了皱眉头，"嗯"了一声，然后头转向盘龙石。

我们来到那块盘龙石面前，这里刚才还没有什么味道，现在的硫黄味已经很明显了。闷油瓶摸了摸龙头，又看了看石头后面，将手往龙头上一放，一压，说道："奇怪，龙头后面是空的。"

第十三章 缝隙（上）

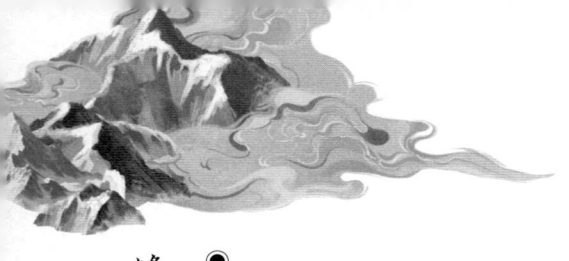

长白山是潜在的活火山，根据史料记载，最后一次小规模的喷发应该是在一千年前，现在虽然火山归于沉寂，但是附近地热极其丰富，不少火山时期的地质缝隙和熔岩口都保持着极高的温度。这盘龙封石的后面，说不定就压着一条冒着热气的地缝，才会冒出硫黄的味道。

这对我们来说无疑是一个好消息，在这样的环境里，能有一个稳定的热源肯定比点篝火要经济实在，可是黑色的巨大盘龙封石压在上面，目测一下少说也有十几吨重，我们没有任何开山设备，要把它翻覆过来，实在有点难度。

胖子是行动派，捋起袖子，招呼我们去搬石头。几个人上去尝试性地扛了两下，一群人满头大汗，面红耳赤，石头却纹丝不动。

胖子气喘吁吁，骂道："不成啊，老爷子，早说咱们装备不行，你看现在这情况，要有点炸药多好。"

华和尚说："你不懂就不要乱说，我们老爷子过的桥比你走的路多，不带炸药来是对的。你说我们现在在谷底，你头顶上白雪皑皑，你随便哪里放个炮眼，把上面的雪震下来，一下子就给活埋了。"

胖子没话反驳。这时候我看到盘龙石的下沿，卡着很多大小不一的石头，灵机一动，对他们说道："可能不需要炸药，让我来。"

说着，我从行李上拿出一把石工锤，走到盘龙封石的一边，仔细检查了一下下面几块比较大的石头，然后对准其中一块用力一敲，那块石头一方面受着十几吨的压力，又受到我侧向锤击，马上裂开一条缝，紧接着"咔啦啦"一连串石头摩擦声，上面的盘龙封石因为支撑力突然变化，顺着石坡开始滑动。

我们赶紧向后退去，盘龙封石向下滑了几寸，又开始倾斜，可是这块石头实在太重了，滑动了一点点位置就停了下来。虽然如此，我们还是看见封石的后面，露出了山体上的一条岩缝。

岩缝有脑袋宽，人勉强能通过。看洞口的边缘，呈岩层撕裂状，没有人工开凿的痕迹，一阵阵的硫黄味道就是从里面传出来的。

胖子调亮手电，伸头进去看了看，转头道："里面很暖和，不过角度太难受了，照不到什么，而且，里面的石壁上好像有字。"

"写着什么？"我问道。

胖子眯起眼睛仔细看了看，道："看不懂，不知道写些什么。"

说着，他试图猫腰钻进去，但是的确太胖了，这个洞显然不适合他，挤了几次，挤不进去。最后他把外面的大衣脱了，才勉强钻了进去。

陈皮阿四让叶成、郎风和潘子留在外面，有什么事情好照应。我们跟在胖子后面，钻进缝隙里。

这里整个儿就是条山体运动时裂开的岩缝，进去之后，发现缝隙是一个陡峭的向下的走向，里面非常黑，看样子极其深，恐怕通到了这山内部。

缝隙开口处的空间不大，两个人无法并排，而且缝隙里面非常难以行走，底下全是大块的石头，棱角分明。洞里的硫黄味道非常浓，温度起码有三十摄氏度，摸了摸，连石头都是烫的。

我们手脚并用地往前走了几步，胖子用手电筒照了照一边，说道："你们看，这些是什么字？"

我转过头去，字不是刻在缝隙的壁上，而是刻在一块横着的底部乱石上，都是几个陌生的文字，有点像中文，又有点像韩文，刻得很凌乱。

华和尚凑过去看了看，确定道："这是女真文字。"

"写的什么？"胖子问。

华和尚道:"等等,我没那么厉害,要看看才知道,我先把它描下来。"

我们等了片刻,华和尚把这些字抄到本子上,胖子打头,我们排成一队,继续往洞的深处走去。

说是走,其实用手的机会比脚还多,整条缝隙几乎是三十度向下,又没有阶梯,几乎全靠爬着下去,里面时宽时窄,时高时低,有些地方人要坐着才能通过。

唯一让人舒服的是,这里面暖和很多,我们爬着爬着,都开始出汗,只好解开衣服扣子。这时候胖子问道:"老爷子,你说会不会那封石堵着这条缝,不是偶然的啊?"

陈皮阿四沉吟道:"开山建陵,就地取材,这里外面那么多乱石头,应该是修建陵墓时用来采石的石场,可能这条缝是他们采石的时候发现的,不知道为什么最后要用封石压住。"

下了不到一百米,硫黄的味道越来越浓,岩石也越来越黑,都开始呈现琉璃的光彩,那是云母高温熔化过的痕迹。我"哎呀"一声,心里已经在想,这里应该是一处火山的熔岩口啊,长白山是潜在的活火山,要是突然间喷发了,岩浆从山体内部喷出来,我们不就死定了?

正胡思乱想着,忽然,打头阵的两个人停了下来,用手电筒照去,原来前面裂缝陡然收缩,乱石重叠,只剩下一个极小的缝隙能够下去。

我蹲下去用手电照了照里面,这里是缝隙坍塌造成的,里面空隙很小,看样子要匍匐着才能进去。

陈皮阿四看了看这个洞口,知道自己的体力是爬不进去了。我们商量了一下,我让华和尚陪着他等我们,我、胖子和闷油瓶进去看看,里面还有什么。

我们脱掉外衣,让自己的体积尽量减小,这一次是闷油瓶打头,三个人前后下去,一点一点挤进那条缝里。

我以为这一段坍塌只是暂时的,向前爬个几步,必然会有出口,如果是实的,我们也可及时掉头回去,没想到这一段空隙很长,爬了很久,前面还能通行,深得出乎意料。

里面的石头尖非常锋利，我爬了几步，身上的衣服已经被钩破了好几处。岩石挤压着我的胸部，加上温度越来越高，我逐渐感到呼吸困难起来。

后面的胖子和我感觉一样，拉住我的脚道："不成，这里的空气品质可能有问题，咱们探也没探就进来，太莽撞了。"

我想回头看看，可空间太小，实在没办法，想着刚才爬过来很长一段距离，要回去也舍不得，而且现在这个局面，倒着爬恐怕比来时要更加痛苦，于是说道："咱们再往前几步，如果还没底再退出去。"

胖子应了一声。这时候，忽然，前面的闷油瓶叫了一声："嗯？"

我转头向前看去，前面空空荡荡，刚才还在堵着我的闷油瓶不见了，只剩下一个黑漆漆的石隙通道，不知道通向何方。

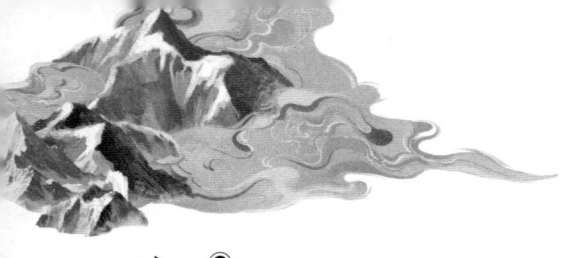

● 第十四章

缝隙（下）

从我听到闷油瓶说话，到发现他在我面前消失，绝对不超过五秒钟，就算是一只老鼠，也无法在这种环境下如此迅速地在我眼前消失，更何况是一个人。

我顿时感觉不妙，下意识地往后退了一步，想再看仔细，一恍神间，却看到闷油瓶又出现在了我的前方。

胖子就在我后面，被我退后的一步吓了一跳，问道："怎么回事？"

我一时间丈二和尚摸不着头脑，支吾道："没……没事。"

闷油瓶似乎并不知道自己刚才出了异状，顿了一下，招呼了我们一声，开始加快速度向前爬去。

这一隐一出在一瞬之间，虽然我的感觉十分真切，但是看到面前的景象，又突然没了十足的把握，心里非常疑惑，难不成是这儿的空气让我产生了幻觉？

情况不容我多考虑，胖子在后面拉我的脚催我，我一边纳闷一边又跟着爬了一段距离。爬过刚才闷油瓶消失的那一段的时候，我特别留意看了看四周，也没有任何凹陷和可以让我产生错觉的地方，心里隐约觉得不妥起来。

通过这一段，又前进了大概十分钟，闷油瓶忽然身形一松，整个人探了出去，我看前面变得宽敞，知道出口到了。

缝隙的尽头是大量的乱石，爬出去后，闷油瓶掏出数只荧光棒，扔到四周，黄色的暖光将整个地方照亮起来。我转头看去，发现这里应该是整条山体裂缝中比较宽敞的地方，大概有四五辆金杯小面包车的宽度，有一个半篮球场长，底下全是大大小小的碎石，都是这条裂缝形成的时候给地质活动撕裂下来的。

胖子扩大手电的光圈，四处观察，说道："怪了，这里竟然还有壁画，看样子我们不是第一批来这里的人。"

我们走上去，发现裂缝的山壁上果然有着大幅的彩色壁画，但是壁画的保存情况十分差，颜色暗淡，上面的图案勉强可以分辨出是类似仙女飞天的情形。

进到这里的入口被一块巨大的封石压住了，里面还有壁画，这里到底是什么地方？我再一次感到疑惑。

来回走了走，在碎石之间，我们发现了几处小的温泉眼，都很浅，但是热气腾腾，充满了说不出的诱惑，但是没有发现其他人活动过的痕迹。

再往里面，缝隙又逐渐收拢，直变成一条两人宽的小缝隙，往山岩的深处而去，从缝隙里不时吹出热风。我走到一边向里照了照，深不见底，不知道通到哪里。

我们交换了意见，认为没有必要再进去，这里已经是躲避暴风雪的好地方。胖子测试了空气，没有太大问题，就打起持久照明用的风灯，闷油瓶又爬回来时的狭小缝隙，通知外面的人。

不一会儿，华和尚和叶成先后进来，顺子也被潘子拉了进来。我马上去检查他的情况，发现因为这里温度的关系，他的脸色已经开始红润，但是手脚依然冰凉，不知道能不能挺过来。

上来的路都是由他带的，如果他死了，虽然不至于说下不去，但是总归会多很多困难，再加上我也挺喜欢这个人，真不希望他因为我们而这么无辜地死去。

华和尚检查了一下他的心跳和脉搏，然后让我让开，用毛巾浸满温泉水，放在石头上稍微冷却后，给顺子擦身，等全身都给擦得血红后，才给他灌了点热水进去。顺子开始剧烈地咳嗽，眼皮跳动。

我们稍微松了一口气，华和尚说道："行了，死不了了。"

气氛缓和下来，胖子和叶成都掏出烟，点上抽了起来。这时候，陈皮阿四也被潘子搀扶了进来。

经过这一连串变故，我们都筋疲力尽，也没力气说话，各自找一个舒服的地方靠下来。

身上的雪因为温度的变化融化成水，衣服和鞋子开始变得潮湿，我们脱下衣服放在干燥的石头上晾干。叶成拿出压缩的罐头，扔进温泉里热过，分给众人。

我一边吃一边和华和尚去看刚才发现的壁画。这里非常明显是天然形成的，而且空间狭窄，为什么要在这里画上壁画？刚才闷油瓶突然在我面前消失，还有洞口的巨大封石，给我一种很不自然的感觉。

和古物打交道的人，对壁画和浮雕这种传承大量信息的东西，总是非常感兴趣的，其他人看我们在看，也逐渐走了过来。

然而壁画上有太多的信息，仙女飞天的壁画多处于华丽的宫廷或者礼器之上，只是表现一种美好的歌舞升平的景象，并没有实际的意义。这里的壁画残片大部分都是这样的东西。这里都是古墓里爬出来的人，见得多了，一看便失去了兴趣。

我正想回去揉揉我的脚指头，这一路过来出了不少汗，脚指头冻得都痛麻了，这个时候，却听见胖子"啧"了一声，伸出自己的大拇指，开始用手指剥起壁画来。

我问他怎么回事，虽然这东西没什么价值，但是也是前人遗物，你也不能去破坏它啊。

胖子说道："你胡扯什么，我的指甲就没价值了？一般东西我还不剥呢，你自己过来看，这壁画有两层！"

"两层？"我"咦"了一声，皱起眉头，心说什么意思？

众人又围了上去，走过去看他到底说的是什么。他让我们看了看他的手指，只见上面有红色的朱砂料给刮了下来，再看他面前的那一块地方，果然，壁画的角落里有一块构图显然和边上的不同，画的东西也不同，只是这一块地方极不起眼，要不是胖子的眼睛尖，绝对看不到。

这显然是有人在一幅壁画上重新画了一层，将原来的壁画遮住而造成的情形。

这上面一层因为暴露在空气之中逐渐脱落，将后面的壁画露了出来，这在油画里，是经常的事情。

胖子继续用手指刮着，他刮掉的地方，开始出现一些鲜艳的颜色。

我也用手指刮了刮壁画，发现这表面一层，似乎并没有完成所有的工序，所以胖子随便一刮，就可以简单地将颜色擦掉，不然如果按照完整的步骤，唐以后的壁画外面会上一层特殊的清料，这层东西会像清漆一样保护壁画，使得颜色没有那么容易褪色和剥落。

陈皮阿四的眉头皱得很紧。很快，一大片脸盆大的壁画被剥了下来，在这壁画之后，出现了用五彩颜料画的半辆马车，马车显然是浮在云上，几个蒙古服饰的女子侍奉在马车左右，而马车的主人，是一个肥胖的男人。这个男人的服饰，我却从来没有见过。

这是一幅叙事的壁画，我忽然紧张起来。

显然有人先画了一幅壁画，但是出于某种原因，又非常匆忙地用另外一幅遮盖住了，而且当时的时间可能十分紧张，所以这外面的壁画，连最后的工序都没有完成。

陈皮阿四看了看这整幅壁画，又看了看周围的环境，对我们说道："这和天宫有关系，把整面墙都清掉，看看壁画里讲的是什么。"

我早就想动手了，当下和其他人一起，祭出自己的指甲，开始精细作业，去剥石壁上的壁画。

壁画大片大片地剥落，不一会儿，一幅色彩绚丽、气势磅礴的画卷，逐渐在我们面前展现开来……

第十五章 双层壁画

　　四周静得吓人，风灯被提到了岩壁的一边，加强照明，昏黄的灯光照在岩石上，给人一种古老的感觉。

　　壁画的颜色非常鲜艳，用了大量的鲜血一样的红色，在不定的光源下，闪现出琉璃的光彩，好像是整块岩石正在渗出鲜血一般。掩藏在另一层颜料下面的壁画能保存得这么好，真是不可思议。

　　然而真正让我们惊讶的，却是壁画的内容，我很难用语言来形容上面画的是什么。壁画分为两个部分，分别记述了不同的事情，然而整合在一起，又看上去十分完整，可谓美妙绝伦。

　　华和尚看得眼睛发亮，自言自语道："这应该是东夏万奴皇帝和蒙古人之间的战争场景，这个人……这个人应该就是万奴王本人，这很可能是传说中东夏灭国的那一场战争。"

　　我对东夏的了解非常少，其他人显然也并不精通，都没有说话，听他继续说下去。

　　他来回一边惊叹，一边看着上面的图案，指着壁画的一边——大量披戴着犰皮和盔甲的士兵，说道："这是万奴王的军队。"又指了指一边的骑兵，说道，"这是蒙古人的军队，你们看，人数远远多过东夏的军队，这是一场压倒性的战争。"

　　我看着他指的方向，看到了箭石纷飞的画面。胖子也看了看，觉得奇怪，问道："为什么东夏的军队，那些人的脸都像是娘儿们？"

我看着也觉得奇怪，难道东夏人靠女人打仗吗？华和尚道："不是，这是东夏壁画的一个特征，你看所有的人，都是非常清秀的。我在典故上也查到过一些奇怪的现象，似乎所有和东夏国打交道的人，都说在东夏国见不到老人，所有的人都很年轻。朝鲜人说东夏的人，就连死的时候也保持着年轻的容貌。"

胖子皱着眉头，似乎想不通为什么会这样，我们继续看下去。

华和尚又指了指壁画的第二部分，说道："这一块就记载着战斗的情形，你们看，东夏人以一敌三，还是陆续被蒙古人射死，这场战争最后变成了屠杀。"

壁画上用了大量的红色表现战争的惨烈，带入感极强，我仿佛看到东夏士兵一批一批地倒在血泊里，蒙古的铁骑从他们的尸体上踏了过去，开始焚烧房屋和屠杀男人。

壁画的第三部分，给压在了一块巨大的石头后面，我们无法移开，但是估计，也应该是这里内容的延续。

此时我感觉疑惑，打断他道："不对啊，东夏这个国家，不是老早就给蒙古人灭了？我看资料说，他们才存在了七十多年，一直在打仗，如果说云顶天宫是他们造的，在当时的情况下，这么小一个国家，如何有能力建造这么大规模的陵墓？"

我这话一出，不少人都露出了赞同的神色。东夏是女真被灭国时期，在吉林和黑龙江一带突然出现的一个政权，我记忆里它的开国皇帝万奴王甚至没时间传位给下一代，就被蒙古人绕道朝鲜给灭了。那时蒙古正是极端强悍的时候，遇神杀神，遇佛杀佛，壁画上的景象如果真是那一场决战，以蒙古人的性格，应该灭得十分彻底才对。

而那个时候女真各部的生产力还是十分低下的，没有大量劳动力，就算没灭国，也根本不可能建造如此巨大的陵墓。

陈皮阿四所说的，云顶天宫里真的埋着东夏的皇帝，怎么想都是不可能的事情，因为他们没有这个时间，也没有这个实力。

更没有理由的是，如果按照在海底墓穴中我们看到的东西推断，这座传说中的陵墓是由汪藏海建造的，那修建的朝代怎么样也应该是元末，而那个时候，东夏国已经被灭几百年了，哪里还会有东夏皇帝能用来下葬？

我们都将目光投向陈皮阿四，说云顶天宫中葬的是东夏皇帝的是他，但是现在看来，似乎绝对没这个可能。

陈皮阿四知道我们在想什么，面无表情地扫了一眼壁画，冷笑一声，然后看了华和尚一眼，说道："既然他们不信，和尚，你就给他们说说。"

华和尚答应了一声，转头对我们笑道："我知道你们在怀疑什么，我敢说你们都想错了。你们看到的关于东夏的资料，大部分都是根据一些不完整的古书推断出来的。实际上东夏国留下的资料实在太少了，在国外，甚至不承认有这么一个国家存在过，所以你们现在所看到的信息，实际有多少是真实的，很难说。"

胖子说道："既然如此，你凭什么说你的资料就是对的？"

华和尚道："是这样，因为我们的资料更直接。"说着，他从他贴身的衣服口袋里掏出了一块白绢布，在我们的面前展开。我一看，心里不由得咯噔了一下。

竟然是那条拍卖会上的蛇眉铜鱼！

怎么会在他们手上，不是说没人买吗？我皱起眉头，忽然意识到了什么。

既然没人买，鱼又在陈皮阿四手上，难道说，陈皮阿四就是这条鱼的出售者？

我浑身震动，竭力稳住自己的身体，不让自己表现出太过于惊讶的表情来，但是心里已经乱成一团，无数的问题在脑海里炸了出来，一时间也不知道是感到恐惧还是兴奋，只觉得手脚突然凉得好像失去了血液一样。

华和尚并没有注意我的表情，继续道："这种铜鱼是龙的一种异形，是我们老爷子机缘巧合之下得到的。我相信，它应该是一个知道东夏国内情的人制作的。奇特的是，他通过一种非常巧妙的手段，隐藏了一段绝密的信息在这条铜鱼的身上，你们看——"

他将铜鱼放到风灯的一边，镏金的鱼鳞片反射出金色的光芒，在壁画上射出很多细细的光斑。华和尚转动鱼身，光斑便开始变化，逐渐地，竟然变成几个文字样式的斑点。

"秘密就在这里，这条鱼的鳞片里，一共藏了四十七个女真字。"

我心里"啊"了一声，心说竟然还有这种技巧？不由得捏住我口袋里的另两条铜鱼，有点颤抖地问他："是……是什么内容？"

"因为这上面的数据并不完整，所以我还没全部破译出来，不过我能肯定做这条鱼的人，是想把某些事情记录下来而不想让别人发现，这里，记载了真实的东夏历史。"华和尚有点得意地说，"其实，早在我看到这东西前，根据很多的蛛丝马迹，已经推断出东夏国这个政权一直存在着，只不过他们退回了大山的深处，而且在几百年里不知道依靠什么，这个极度弱小的政权，在一边极端强大的蒙古和另一边虎视眈眈的高句丽之间留存了下来。我研究过《高丽志》，直到明朝建立之前，还有采参人在这里的雪山里看到过穿着奇服的人活动，我想应该就是东夏国残存的部分居民。"

他又指了指铜鱼，说道："这里的零星记载，证明了我的想法。东夏国在与蒙古决战后，退到了吉林与朝鲜的边界处，一直隐秘地存在了几百年，总共有过十四个皇帝，蒙古和高丽不止一次地想把这个小国灭了，但是因为一个奇怪的理由，全部失败了。"

"什么理由？"潘子问道，"和尚，你讲话能不能痛快点？"

华和尚耸了耸肩膀："我不知道，那鱼上的数据不完整，肯定还有其他的东西记载了另外一部分。不过根据我手上的这几个字，我敢说东夏国能够存在下来，可能有非常离奇的事情发生过，后面就没有了内容。我们一直想找，但是很遗憾我们老爷子找了很多年，都没有找到其他的部分。"他顿了顿，又说，"你们知不知道，这几个女真字的最后一句，是什么意思？"

我心说当然不知道。叶成接过去，问道："什么？"

华和尚看着我们，说道："上面说，历代的万奴王，都不是人。"

"不是人？那是什么？"胖子说道。

华和尚把铜鱼收了起来："上面说，他们都是一种从地底下爬出来的怪物！"

不是吧？我心里想。众人互相看了看，估计心里都有点儿发毛。叶成问道："那也不能这么说，会不会是说皇帝是龙，而不是人这样的比喻？"

"我原本以为他是指真龙天子这样的比喻，但是后来研究起来，我发现这人应该只是想把一些秘密记录下来，对东夏的历史记录得比较客观，所以应该不会用这么恭敬的语言。而且，如果是你说的那样，你想会不会有人把皇帝是真龙天子这样的概念用这样的方式表现出来？你想象一下，如果你给皇帝贺寿，你先来一句，陛下，您真不是人，恐怕你第二句没出口就给剐了。没人会这么写。"他神秘地笑了笑，"而且，后面这一句，写得不很清楚，非常唐突，我一直很介怀，如果能拿到另外的部分，这话到底是什么意思，也许就能破译出来。"

胖子和闷油瓶都知道其实另外两条铜鱼在我手上，但是出于谨慎的关系，他们都没有出声。我抓紧口袋里的铜鱼，忽然觉得它们变得沉重起来。

一时间我也不知道自己应不应该把这两条鱼拿出来，实际上这两条鱼对于我并没有意义，我并不懂女真的文字，给我看我也看不懂，但是如果交给他们，我又感觉十分不妥当。

潘子盯着壁画自言自语，壁画上可能是万奴王的那个人，人模人样，似乎并不是怪物。胖子拍了拍他，对华和尚说道："刀疤兄，我说你破译什么啊，咱们是实在人，别搞知识分子那一套，到时候棺材一开，是人是狗，一清二楚。"

华和尚笑笑说道："我的意思是，知己知彼，总是好一点的。"

"不过，画这壁画的人干吗要把这些东西画在这里？"胖子问道，"不忘国仇家恨？"

华和尚摇摇头，显然也不清楚。我想了想，说道："有可能是想在这里画好壁画后，将石头整块采下，或者干脆就是画来消磨时间的，你看这里这么暖和，可能当时的工匠就利用这里来休息。"

没人被我说服，华和尚开始拍摄这些东西，以留作资料。

我们休息够了，精神逐渐恢复，陈皮阿四让他的人轮流出去在外面待着，如果雪停了就爬进来叫我们，我们则开始轮流睡觉。

我睡醒的时候，顺子也已经苏醒了过来，一个劲儿地给我们道歉。胖子都懒得理他。我拿了东西给他吃，让他好好休息，我们还得靠他继续上去。

在里面没有日月轮替，也不知道过了多久，大概三天的样子，雪终于停了，我们陆续爬出这条裂缝。外面已经放晴，到处是一片广袤的白色世界。

整顿装备，发现我们这几天吃掉了太多的东西，估计没有补给，到不了我们要到的地方就会断粮，问顺子有没有办法，他说雪线之上真的没什么办法，要不就回去再回来，要不分配食物，尽量少吃一点。

在缝隙里的时候，陈皮阿四教了我们很多在雪山上的小技巧，比如说把卫生巾当成鞋垫，可以吸收脚汗，脚保持干燥，全身就会暖和。我们按他的方法一试，确实不错，不过我自己又觉得很别扭，想到如果进入古墓之中，将这些东西丢弃，若干年后考古队发现棺材边上有这种东西会是什么表情。

我们用绳索爬上之前从上面滚下来的陡坡，地面上有不少新的马蹄印。胖子蹲下看了看，说道："阿宁那帮人看来超过我们，跑到前面去了。"

我们二话不说，戴上护目镜，马上起程赶路。两小时后，在一个山坡上，我们看到了阿宁的队伍。他们显然也遭受了非常大的损失，三十个人只剩下二十来个，马也只有一半数量，其中还是没有看到三叔的影子。

我们不动声色地潜伏起来，观察他们。我看到阿宁正在用望远镜凝视一个方向，就也向她看的那个方向看去，忽然眼皮一跳。

只见远处的云雾中，一座雪封的大山巍然而立，那正是我在海底墓中看到的那一座山峰，它的形状，几乎和影画中的如出一辙。

"就是这里了！"我心里暗道，指着那山，转头问顺子道，"那是什么山?要怎样才能过去?"

顺子手搭凉棚,看了看,变色道:"原来你们要去那里?那里不能去的!"

第十六章 五圣雪山

躲过了暴风雪之后,我们再次起程赶路,在一处斜坡下发现了阿宁他们的马队;同时,海底墓穴影画之中的那一座神秘雪山也赫然出现在我们视野的尽头。就在我们询问向导如何才能到达那里的时候,顺子却摇头,说我们绝对无法过去。

"为什么?"我奇怪道,心说,你不是说这八百里雪山,你每一座都上得去吗?怎么这一座又不能去了?

顺子解释道:"那座山叫三圣雪山,这山只有非常小的一部分在我们这一边。雪线以上到那一边,都在朝鲜境内,我们过不去。"

胖子愣了一下,问道:"三圣雪山?是不是当年抗美援朝的时候,志愿军后勤部队建设战后生命线翻的那一座雪山?"

顺子点头道:"对,就是那山,海拔两千四百多米,翻过它,就是朝鲜的丘陵地带。"

我一听,心说坏了。

三圣山这个地方,当过兵的或者对中国近代历史感兴趣的都知道,天下最难过的三条边境线:一条是印度和巴基斯坦之间,一条是以色列和黎巴嫩之间,还有一条就是三圣山的这条只有十四公里长的边境线了。

其实,中国和朝鲜两国历来是友好国家,熟悉的人都知道,在长白山的西坡可以非常轻松地越过边境线,并没有太多的关卡。1996年前后,中国长白山林区萧条的时候，有很多人经常在此挖掘一种叫作"高山红景天"的中草药卖了赚钱。虽然政府也抓，但是药贩子跑得溜，大打游击战，加上很多来偷挖草药的都带着烟酒，被抓了也能用烟酒脱身，所以一段时间下来，西坡这边的封锁政策已经名存实亡了。

唯独三圣山的这一段，却仍旧封锁得非常严密，原因没有人知道。

现在，我们的食物储备不允许我们从边上海拔非常高的那几段边境线绕过去，那唯一能赶上进度的办法，就是走直线，从三圣山口直接过中朝边境，然后进入雪顶。

那我们的麻烦就不是什么玄之又玄的奇淫巧术和粽子，而是非常实在的81式自动步枪的子弹，以及少则排多则连的正规军。

其他几个人或多或少地也知道三圣山的情况，都面露愁色。我们交换了一下眼神，合计着下一步该怎么办。

潘子安慰我们道："你们别急，边境上偷渡过境的路肯定有，在这里当过兵的顺子肯定知道，我们可以说服他带我们过去，到时候多给他点钱就行了。"

说着就去问顺子，没想到顺子竟然坚决地摇了摇头，说道："不行，没可能。那边能上山的道路就这么几条，都是高岗，十米一个探照灯。从山脚下就全是军事禁区，虽然人不多，但是岗哨很密集，别说过境，你连靠近我们自己那边的哨子都不可能。我服役时接到的命令是，看到任何陌生人进入视野，马上就会朝天开一枪警告，如果你还不退，第二枪就直接打你腿了，不带一点理由的。"

胖子问："那咱们买点水果带上去，装成老百姓来慰问行不行？"

顺子笑道："老板，你也太会说笑话了。当然不行，一来这不是能浑水摸鱼的地方；二来这里哪里去找水果，冰天雪地的，我们提着水果到长白山的雪线以上，比空手还可疑。"

胖子"啧"了一声，说道："那怎么办？这条破线就打死过不去了？我就不信，马其顿防线都给突破了，这条破边防线还能有马其顿防线强？你是不是嫌钱少？需要多少你就直接说。"

顺子为难地挠头："哎呀，这不是钱不钱的问题，要是真有办法，我还会和钱过不去？你们要想到朝鲜去该早说，我就不带你们走这条道了，现在既然来到了这里，我真没有办法。"

顺子说得没有一点商量的余地，我们都感到有点意外。不过这一带并不富裕，过个边境也不是什么大罪，如果真有办法顺子应该不会瞒我们。

华和尚他们没什么主见，走到陈皮阿四边上，问老头子怎么看。

其实也就是继续走还是回去的问题，继续走的话，就必须像顺子说的，绕道其他的边境线，时间可能要延长一倍，而且最后几天得饿肚子爬山；不继续走就是回去休整，重新再来，也就是说这几天都白爬了，各种辛苦全部白费。

我自己倾向于继续走，不知道三叔部署如此急迫的行动的目的，阿宁他们的队伍又给了我很大的压力，脑子里就希望能够早点见到三叔。当然，当时有这样的想法，是因为完全不知道在饥饿中攀爬雪山的痛苦。

陈皮阿四叹了口气，显然也没有遇到过这么麻烦的事情。这些个长沙的老瓢把子，在自己的行里只手遮天，杀人放火什么都敢干，但是一碰到和官面上扯上联系的事情就蔫儿了。他想了半天，也不说话，眉头却越皱越紧。

我有点着急，看了闷油瓶一眼，想问问他的意见，他却完全不参与我们的讨论，只是看着远处的雪山，不知道在思考什么，好像这一切都和他没有关系。

商量来商量去，一下子谁也拿不出个办法来。正在一筹莫展的时候，一边的叶成叫了我们一声。

我们停止说话，往山下一看，发现阿宁的马队又开始向前移动了。看他们出发的方向，目标毫无疑问就是那三圣山。

很多的物资已经从马上卸了下来，被随意丢弃在雪地里，大概是为了减重，加快行进速度，山下的雪地里看上去一片狼藉。

叶成奇怪地说："奇怪了，这些家伙不知道前面是边境线吗？他们的向导吃什么的？要真像顺子说的，背着这么多武器过去，不是给人家练实弹射击去了吗?"

我摇头表示不可能,我知道他们公司的习惯,肯定有当地的向导,而且也许不止一个,这样专业的私人考察公司最擅长的就是调研和公关。这里的形势他们了解得绝对比我们清楚,而且肯定在来之前就定下了固定的线路,不会轻易更改。

胖子怀疑顺子的业务能力,就问他这怎么解释,是不是有别人知道而他不知道的路。

顺子眯着眼睛看了看,道:"这样走只有一个可能,就是他们想从前面的山口绕到其他山上,然后绕过那段边境线,在朝鲜境内再转向三圣山。风险虽然也大,但是比冲击边防线要好很多。他们的队伍比我们庞大,食物充足,或者与朝鲜方面打通关节的话,的确……有这个实力做长途的跋涉。"

"那怎么办?要不要跟上他们再说?"叶成转头问陈皮阿四。

陈皮阿四摇了摇头,也不说话,突然指了指三圣山边上另一面的一座白雪皑皑的小山头,问顺子:"那是什么山?"

顺子拿起望远镜看了看,道:"那是小圣雪山,那一座山是在我国境内的,三圣山和小圣山,加上那一边的大圣山,统称'五圣'。"

陈皮阿四又问道:"从这里走,能不能上到这小圣山上去?"

话音一落,所有人都一愣,不知道这老头想干什么。顺子也感到有点奇怪,道:"问题是没有,一天就到了,而且那里离岗哨很远,风景不错,就是路不太好走。"

陈皮阿四拍了拍裤子上的雪,站起来,对顺子道:"行,带我们去那里就行了。"

众人摸不着头脑,华和尚马上提醒道:"怎么了?老爷子,到那里去太浪费时间,咱们没食物能维持这么久——"

陈皮阿四摆了摆手,指了指一边连绵的山脉,道:"这山势延绵,终年积雪而又三面环抱,是一条罕见的三头老龙,大风水上说这就是所谓的'群龙座'。这三座山都是龙头,非常适合群葬。如果这天宫是在中间的三圣山的崖峭壁上,那边上两个小龙头应该会有皇后或者近臣的陪葬陵。"

三头龙的格局非常奇特，三个头必须连通，不然三龙各飞其天，龙就没有方向，会乱成一团，葬在这里的子孙就会互相残杀，所以如果有陪葬陵，陵墓之下必然会有和中间天宫主陵相通的密道。

历史上有很多三头龙的古墓，比如说1987年发掘的邙山战国三子连葬，就是三个有关系的古墓分列同一条山脉的三个山头，两边的两个古墓本来都有大概半米直径的甬道通向中间的主墓，可惜当时发掘的时候，这些甬道都已经坍塌了，考古队不知道这些甬道是不是真的相连，还是一个象征性的摆设。

我们顺着他的手看去，只见三座雪山山脉横亘在天地尽头，与四周的雪山毫无区别，不知道陈皮阿四的判断从何而来。

陈皮阿四说完，看了一眼闷油瓶，问他道："小哥，我说得对不对？"

闷油瓶破天荒地对别人的问话产生了反应，回头也看了一眼陈皮阿四，不过什么也没说，又转回头去继续看远处的雪山。

我们都不懂大头风水，听得云里雾里，心里感觉有点玄。不过，既然老头子这么说，闷油瓶似乎也同意，那这一套最好还是别怀疑。

下到山下阿宁他们待过的地方时，我们看到满地废弃的行李散在雪地里，很多都被翻掠过了，里面一点食物都没留下，显然所有的装备经过了重新筛选，一些无用的，或者多余的东西都被舍弃了。

胖子甚至还找到了几把枪，但是里面的子弹都被退干净带走了，只剩下空的枪身。胖子喜欢这枪，背起一把想带着走，被顺子拦住了，说如果背着枪，在这里碰到边防军你就不好说话；如果没枪，被查到，他能帮我们混过去，搞得胖子直叫可惜。

过了山下阿宁他们待过的这片平坦坡道，后面就是山谷，我们看到阿宁马队的足迹朝着山谷的深处延伸了过去。

我们也在这里整顿了一下，顺子就带着我们往另一个方向的小圣山口走去。很快，我们就走进了一片白色的世界，眼里看到的，都是漫无边际的雪和难得看见的裸岩和冰锥。

长白山可能是世界上唯一一座可以走上去的雪山,这里比起昆仑山的冰川来说,环境要好上很多,没有那种有裂隙的巨大冰盖,不用担心脚下突然断裂。但是长白山的冰川也是典型的古冰川,山的连贯性不好,什么冰蚀地貌、白洞、巨型冰斗、深不见底的冰井……反正我雪山地貌也没学好,说不出什么道理来,只知道经常一走前面就没路了,万丈悬崖,得从边上绕或者爬着过去,走得也是惊险万分。

一路无话,看上去几小时就到的直线距离,我们居然走了将近一天。到达小圣雪山脚下山谷的时候,已经是当天的傍晚。

我们在山谷之上五六百米的雪坡上打了雪洞扎营,吃了点热的东西。高海拔处的星空无比璀璨清晰,陈皮阿四使用指北针,配合心里的天文罗盘以及天上的星宿排列,大致定出了第二天要走的路线。

这一路走得人困马乏,但是天色尚早,胖子便缠着顺子,问四周还有没有温泉。

顺子也惦记着温泉,不过他说这里海拔已经太高了,他也不常来,要找温泉有点困难,要是觉得无聊,倒是可以四处去走走找找,顺便还可以去看看古代先民冰葬的地方,就在离我们扎营地一公里多的地方。

倒斗的总是对尸体有一种特别的感情,反正闲着也是闲着,听到有死人,我们都好奇起来。

陈皮阿四体力不行了,华和尚照顾他,其他人就跟着顺子往营地左边的山谷走去。走了不到半小时,来到一处悬崖,下面就是冰谷所在,一片漆黑,什么也看不到。

顺子找了个地方停下来,打起一支冷烟火丢下去。

只见冰谷底部的冰层里,果然有很多蜷缩成一团的黑影子,密密麻麻,有的可以明显看出人的形状来,有些则只剩下小黑点。冰谷的四周,甚至还有一些祭祀的痕迹。

顺子说古代山里的村民都流行冰葬,1949年之后还有人被葬入这座冰崖,所以现在还有一些老人到这里来拜祭。这里的冰川是逐年加厚的,所以你看最里面的尸体,那些几乎看不清楚的小点,恐怕有上千年的历史了,而最外面的就是几十年前的。

我粗略数了一下我能看到的黑点,发现成千上万,显然这块冰冻的墓地在几千年的岁月中不知道累积了多少死人。像这样的冰谷,小圣山谷内应该还有,那这座雪山岂不就是一座特大号的坟山?

"这些尸体当中,会不会有当时修建灵宫时候的东夏奴隶?"胖子突然问。

"保不准有。"闷油瓶看着冰谷的深处逐渐暗淡的冷光,不知道在想些什么。

尸体被埋在冰中,也不可能去挖掘。我们看了一圈,索然无味,又去寻找温泉,倒是真被我们找到了一处小的。几个人在温泉中洗了脸和脚,浑身暖烘烘地回到营地,把情况一说,说得华和尚羡慕不已。

在雪山上,说来也很奇怪,人一暖就犯困,人冻得要死的时候也犯困。晚饭是挂面,吃完后困意袭来,外头又起了风,我们早早都进入睡袋休息,顺子守第一班岗。我们人多,不需要一天把人轮换完,今天轮岗的就是顺子、郎风和潘子三个人。

我很疲倦,很快就睡着了。满以为能睡一个甜觉,没想到没睡上一个小时,华和尚、胖子、郎风和潘子同时开始打起了呼噜,声音此起彼伏,就像交响乐一样,我做着噩梦就醒了过来。

这一下子就再也睡不着了,躺着又难受,我爬出帐篷,对顺子说:"我和你换换,你这一班我来,你先去睡一会儿。"

顺子正自顾自地在那里抽烟,看着一边月光下巨大的黑色山体发呆,听到我要换班,摇头说不用。他觉得拿了我们的钱,这点还做不到就不好了。我心说那随便你,便掏出烟去乏,上去问他借了个火,然后一边往炉子里添了点燃料,一边和他开始闲聊。

与向导聊天是一件长见识的事情。我给他讲了很多古董方面的事情,他很感兴趣;他跟我说了很多当地的风土人情和山林趣事,听得我一点也不觉得困,两个人越聊越精神。

后来就聊到了这一次的探险上。顺子告诉我,他当了七年的边防兵,不过有四年是预备役。在当兵之前,他是采草药的,所以对雪山很熟悉,他的战友都叫他"阿郎材",意思是"雪山的儿子"。所以我们跟着他绝对可以放心，像这里的山，能带人进来的人不多，他算是其中一个了。

我心中怀疑，心说那你怎么还没进山就晕了，这肯定是吹牛，但看他说得一本正经，没必要去拆他的台，就顺着他的话听。

聊着聊着，话题多了起来，感觉我们之间的距离也拉近了。这时候，顺子突然就问我："吴老板……其实，你们到底进山来是干什么的，你能不能告诉我？"

我听了就一愣，一下子不知道怎么回答，两个人就又静了下来。

我们的目的，我怎么说呢，说是来找云顶天宫的，他能信吗？说是来盗墓的也不行，说是旅游的又摆明不是，这还真不好说。我想了好久，最后还是叹了口气："你管这个干吗？我不能说。"

顺子似乎预料到我会这么回答，笑了笑："没关系，我只是随便问问。"

我心里觉得不舒服，因为我不想骗他，就随便转移了一个话题，聊别的。我问他既然以前是采草药的，为什么后来做了雪山向导了。

在长白山采草药很赚钱，比做这吃力不讨好的向导舒服多了。现在雪山向导这么少，也是这个原因。

顺子看了我一眼，突然说了一句让我几乎吐血的话。

他道："我不是专业向导，我退伍之后一直在采草药，难得带几次人上山，也不会走得如此深，一般在姑娘湖那边就折返了。这里还是我第一次带队伍进来。"

我笑道："别开玩笑了。"

"真的，吴先生，我实话实说。这个季节，没有专业向导会带你们进雪山，如果我不带你们进来，你们只能自己进来。"他朝我笑笑，"太危险了。如果不是菩萨保佑，其实我们已经死了，能一个不缺地到达这里，已经是个奇迹了。不过你不用担心，虽然我没带人进来过，但是自己走过很多次，熟悉得很，不会出事情的。"

他说话的表情非常严肃，一看就不是在开玩笑。我心中暗骂，又奇怪道："那既然这么危险，你还带我们来？你就这么缺这点钱吗？"

顺子意味深长地看了我一眼，道："钱也是一个原因吧，还有一个原因……是我的父亲，他……十年前失踪了，当时他也是带一批人进雪山，和你们要走的路线差不多，但是最后整批人都消失在了山里。我隐隐约约就记得，当时找他的那几个游客，和你们的装扮很像，也是在冬天，也是非上山不可。所以我看到你们，就突然感觉到自己一定要跟着你们来。一来，我不希望你们像我父亲一样死在里面；二来，我有一种很幼稚的想法，也许你们进山的目的，和十年前那批人是一样的，那也许我就能够知道我父亲到底出了什么事情。当然，这只是我的臆想。"他自嘲地笑了笑，"我的父亲也许只是单纯地遇上了雪崩，被掩埋在这一片雪山里了。"

我领悟道："所以你才问我们进山的目的……"顺子不好意思地点了点头："唉，你不明白那种知道父亲就长眠在这片雪山里，却无法见到的感觉。"

我没想到顺子的内心还有如此细腻的时候，不禁对他有点刮目相看，以前一直以为他只是一个油嘴滑舌的普通导游而已。

不过，十年前进入雪山失踪的游客，和我们打扮很像，难道也是来找云顶天宫的？我心里"咯噔"了一下，随即又否定了自己的想法，不，不可能，长白山里，能让一个人失踪的地方太多了，不可能有这样的巧合的。他的父亲，可能遇到了什么意外而在山里遇难了。

顺子看我不说话，以为自己刚才的那个问题问得有点过分了，对我道："吴老板，我看你和其他人不一样，才和你说这些，希望这些话你别和其他人讲，我怕他们会有顾虑。"

我心说，我肯定不会讲你是第一次带人来这里，不说陈皮阿四会拿你怎么样，胖子都有可能会打死你。

我点头答应。这时候第二班的郎风从帐篷里走了出来，打了个哈欠，看到我们两个在聊天，很意外。顺子收拾收拾东西，在雪地里撒了泡尿就去睡觉了。我和郎风无话可说，也打了个招呼回去睡觉。

在震耳欲聋的呼噜声中，我半梦半醒，梦到了十年前顺子的父亲，一个长着大胡子的"顺子"，带着一群人上山的情形。离奇的是，在梦中，我总觉得那几个人我在哪里见过，翻来覆去，睡得很不踏实。

第二天天不亮，我们就继续顺山脉走势往上走了。

从昨天顺子的问题来看，他应该早已经知道我们不是普通的登山客。我知道我们伪装得也不好，最起码，没有哪个旅游的人会这么丧心病狂地赶路。但是我们也管不了这么多，反正他做长白山的导游，早有接待各种神秘团队的觉悟。这里每年的偷猎者、朝圣者、偷渡采药人，没有一千也有八百，每个人都有秘密，我们是干什么的，就让他去猜吧！

山腰之上的路更加难走，很多地方的路都是斜的，头顶上又是万丈高的积雪山峦，极容易发生雪崩，不能大声说话。路上的雪又实在太厚了，几千年的雪层，下面几乎是空的，有时候一下子就陷进雪里，没到胸口，没人帮忙自己都出不来。我们只能小心翼翼地用长冰锥一点一点地打着脚窝，犹如走在雷区。

胖子脚程最快，一路走在最前面，这和他经历过雪地探险有关。因为高山反应，我们的舌头开始发麻，除了陈皮阿四偶然修改行进的方向，最后四周只剩下喘大气的声音，整个世界安静得似乎已经没有了生命。

过了山腰的雪路，我们走入了一处两面都有巨型雪坡的冰封带。这里常年照不到阳光，雪都呈冻土状，山的坡度越走越陡，温度极低。在里面，我们终于看到了陈皮阿四说的龙头宝穴所在，那是一处几乎与山成六十度锐角的陡坡峭壁，上面覆盖着皑皑白雪。

我们继续向上，一个接一个，尽量错开身形，开始使用冰锥、冰锤，向那一处陡坡爬去。

这小圣山不在长白十六峰之列，所以我们来时并没有太过注意。但它也不是无名的小峰，此峰和对面的大圣峰遥遥相对，中间形成一道山谷，矗立于三圣雪山的前面，犹如两个守门的卫士，这一景观被称为"天兵守仙门"。

从小风水来说，"仙门"两山虎踞龙盘，气吞万象，要不是处在边境，历来纷争不断，这里也必然是一个王公贵胄墓葬的积聚之地。刚才一路走来，连我这样的水平，也看出这里山脉的奇特走势，带着一股劲道十足的龙气。我们对于山上有陵的假设，也更加有信心了。

爬倾斜度不同的陡坡，体力消耗更大。陈皮阿四爬了一会儿，体力消耗到了极限,再也爬不动了,郎风只好背起那老头子,我们走得就更慢了。

又经过了大约三小时的跋涉,我们终于登上雪坡。此时我已经失去神志,完全依靠条件反射跟着胖子。

胖子第一个到达,体力好的他也已经到达了极限,踩上上面的雪后,有点神志不清,装模作样地用力踩了个脚印,张开双手对我们说:"这对我个人来说只是一小步,但是对摸金校尉来说,是一次飞跃。"接着就趴进了雪里,一动不动。

我整个人几乎虚脱了,双腿开始不自主地发软,人开始往下滑。潘子想把我拉起来,但是拉了几下我都使不上力气,他自己也滚倒在地。

我用冰镐子用力刨进雪地,这才卡住自己,其他人也纷纷倒地,大口地呼白气,向四周看去。

这雪坡是一片巨大的区域,左右几乎看不到分界线,如果没有陈皮阿四指路,绝对感觉不到有什么特别的。上面雪覆盖得非常平整,只有几块黑色裸岩突兀而出。三圣雪山此时就在我们的左侧,比昨天看的,近了很多。圣山的顶上覆盖着皑皑白雪,整个巨大犹如怪兽的山体巍峨而立,白顶黑岩,显得比四周其他的山峰更加陡峭。由于夕阳的关系,一股奇怪的淡蓝色雾气笼罩着整个山体,仙气缥缈,景色非常震撼人心。

叶成一边喘气,一边感慨道:"太美了!难怪他们说'到蓬莱仙境,不及长白一眺',爬了这么久,也值得了。"

几个人都是粗人,但都被四周夕阳中的美景陶醉了,特别是在这雪山山峦,那种立于天顶之下的感觉就更加让人感叹。

就在我想掏出相机,把这里的景色拍下来的时候,突然,胖子拍了我一下,让我看他那边。

我顺着他手指指的方向一看,只见一边的闷油瓶已经跪了下来,朝着远处的三圣雪山,十分恭敬地低下了头,原本面无表情的脸上,显露出了一种淡淡的、十分悲切的神情。

第十七章
自杀行为

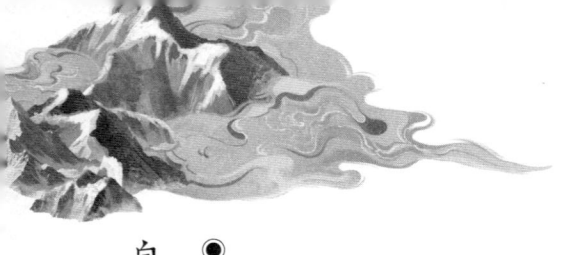

闷油瓶的举动让我们大吃了一惊,不知道他为何对着雪山跪了下来,行了一个十分恭敬的大礼,似乎对这一座山,有着什么特殊的感情。

叩拜完,他又恢复了那种万事不关心、只睡我的觉的表情,爬上一边的裸岩,闭目养神。我不禁又好奇起来,真的是无法看透,他那浑黑不见底的眸子里,到底隐藏了些什么呢?

一路过来,大家都知道了他的为人,特别是我们几个,所以都没人去问他怎么回事,料想他也不会回答。不过,从陈皮阿四几个人的眼神来看,显然也觉得十分纳闷。只有顺子不以为意,大概以为闷油瓶也是朝鲜人呢。

众人各有心思,一边看风景一边休息,片刻之后,我们的体力都有所恢复。胖子点起无烟炉,我们围过去烧茶取暖,同时,顺子也开始做他的功课,喝了几口热酒缓过了劲来,便指了指周围的几座雪山,向我们介绍起了它们的由来。

这是他做导游的本分,这小子十分敬业。

他说在长白山的传说中,这里的小圣雪峰、大圣雪峰和神秘的三圣山,在洪荒时代是一座雪山,大禹治水的时候路过这里,用一把神刀劈了两下,才使得一座山变成了三座山。

中华人民共和国成立前,这里还没有开放,他听他祖父说,这三座雪山上去之后看到的四周风景就截然不同。比如说，在小圣雪峰之上，可以看到三圣和大圣两峰，而在大圣峰上，却只能看到三圣峰，看不到小圣峰，非常奇怪。而最奇特的还是在三圣山上，除了能看到两边的两座大小圣峰，还可以看到在三圣山后边和其遥遥相对的、一座比三圣山更加巍峨的雪山，叫作天梯峰。那一座山终年被云雾笼罩，不见其面目，传说山上有一道天梯，可以直达天宫，是人间和仙境的通道。如果天高气爽，就能看到天梯峰与大小圣山之间会出现彩虹一样的霞光，犹如仙笔描绘，奇异万分。

胖子听了，对我们道："这传说肯定是搞错了，天宫明明是在三圣山上，怎么会跑到天梯峰去了？留下这个传说的人肯定眼神有问题。"

华和尚想了想，摇头，解释说："不是，我来之前研究过这个传说。我猜这也许是云顶天宫修建的时候，天梯峰和四周雪山的白雪产生折射形成的海市蜃楼。因为天梯峰终年有雾，大雾就成了反射的幕布，映出的云顶天宫的形象隐在雾中，好像天宫真的在天上一样。"

海市蜃楼这种现象大多发生在沙漠、湖泊之中，雪山之中非常罕见，恐怕还不是偶然，而与这里是龙脉的源头有关。这种现象在风水上叫作"影宫"，我只在一本古书上看到过一次，也不知道具体有什么讲究，宝穴之内，异象丛生，发生什么都不奇怪。

我们用方言对话，我用的是杭州话，华和尚他们用的是长沙话，顺子听不懂，也没留意去听。讲完风景之后，他站起来对我们道："几位老板，你们先休息一下，吃点东西，然后想干什么干什么，但是得抓紧时间，天快黑了，这里也没办法搭帐篷，天一黑路就不好走了。我们还得连夜找个比较平坦的地方，晚上还可能起风。"说着就倒了茶水，分给我们，自己很识相地站到远远的地方休息。

我看了看表，离太阳下山还有一个多小时，时间说长不长，说短不短，休息也休息够了，似乎该干正事了。

不过四周一片白雪覆盖，没有一点特别的痕迹，这里如果有陪葬陵，也肯定是被埋在了雪里，入口应该在我们脚下的雪层中。雪山环境和地面上大不同，我们都没有经验，不知道该如何下手。

我们都站了起来,围到陈皮阿四身边,想商量下一步如何是好。

陈皮阿四经过这么高强度的跋涉,还是没有缓过来。郎风把酒葫芦递给他,让他抿了两口;华和尚给他揉了揉后背,促进血液的流动,他的脸色这才逐渐缓和过来,但是整个人看上去还是非常萎靡。听到我们问他,只是略微看了看四周的山势,对我们道:"宝穴的方位就在我们脚下,我也没有好办法,先下几铲子看看雪下面有什么再做打算吧。"

众人点头,其实我也知道没有更好的办法。倒斗倒斗,万变不离其宗,寻龙点穴之后就是探穴定位,历代不同的只是探穴用的工具,过程几乎都是一样的。所以说,如果没有开棺那一刻的兴奋,盗墓其实是一项挺枯燥的活儿。

雪比泥软得多,探铲打得很顺,华和尚他们手脚极快,很快雪地里就多出了十几个探洞。不过,几乎所有的铲子敲进雪坡中五六米,就怎么也敲不动了。胖子以为这是因为叶成像瘦猴一样没力气,就跑去帮忙,用了蛮力,也还是只打进去一点,每次拔出来一看,铲子什么也没带上来。

华和尚看了看铲头,发现铲尖上沾着一点点的冰晶,就知道是怎么回事了。下面是由冻土和冰形成的冰川面,和混凝土一样硬,铲子穿不透,自然也带不上什么来。

"这里下了几千年的雪了,雪积压多了就会成冰,你说会不会陪葬陵被冻在下面的冰里了?"胖子问。

我们都点头,觉得很有这个可能,但是洛阳铲刨不进冰里,就算知道东西在下面,我们也找不到。

潘子对我们道:"主要是这些雪太碍事了,咱们又没有炸药。我当兵的时候听几个兄弟说,他们在大兴安岭的时候,那里的生产大队定期上雪山和雪坡清雪,只要一个炮眼,就能把这些雪全炸下去,省事得很。把雪炸了,雪下的情况就一目了然了,咱们再找就方便很多,也省得挖盗洞了。"

我知道他说的情况,每一次下雪形成的雪层,中间都有间隙的,只要一个小爆炸,整个山体一震,整片的雪层都会滑下来,形成连锁反应,最后一层带一层地往下塌。

大兴安岭林区有几座小雪山,为免积雪太厚发生雪崩危害林区,当地的工兵队经常要在大雪之后人工清雪。当时条件简陋,都是人员自己上去放炮眼,有一定的危险性,现在都是直接用迫击炮轰了。

华和尚捏了捏雪:"炸药我是有,但是你看咱们头顶,在这里放炮会不会是自杀?"

我们抬头看去,上面是高耸的万丈雪崖,前后一直延伸,连着整条雪龙一样的横山山脉。我们在这底下,犹如几只蚂蚁,实在太过渺小了,上面只要飘下一点点雪,我们几个就要长眠在这里了。

潘子看着也有点发晕,不过还是坚持道:"长白山是旅游景点,这里每年都会进行清雪,我感觉问题不大。你不把这些雪清掉,那咱们就趁早回去,你想在雪山里挖藏在雪里的东西,不是和大海捞针一样嘛!我告诉你,藏地雪山找落难的登山队员,也是这么做的,没有别的好办法。老头子醒了,就算定准了穴,你还得用炸药,不然盗洞也绝对打不下去。这一炮,你还就放定了。"

我想想不妥,不同意道:"这风险实在太大了,我宁可花点时间用铲子来铲。"

潘子道:"小三爷,我们就是因为没时间了才用炸药,要有时间我们就等到夏天再来了。无论如何都得试一试,三爷还等着我们回去呢!"

华和尚摆了摆手让我们停下,指了指郎风:"你们不用吵,咱们说的都不作数,听听专业人士的意见。"

我愣了一下,一路过来,我并不知道郎风在他们几个人中扮演什么角色,听华和尚这么说,我还有点奇怪,难道他是这方面的专家?几个人都看向郎风,看他如何反应。

郎风看我们看着他,有点不自在,对我们道:"我认为老潘的说法应该可行!其实,来之前我已经预料到会有这样的情况,做了一定的准备。而且,这个我专业,可以控制炸药的威力,声音也不会太响。只要在雪下面有很小的震动,就可以达到目的了,有的时候甚至只要一枚鞭炮。"

"你确定?"胖子问道,"这可不是炸墓,咱们现在相当于在豆腐里放鞭炮,让你在豆腐里炸个洞,但是表面上又不能看出来,这可是个精细活儿。"

郎风点头:"我做矿工的时候,放炮眼放了不下一万个,这不算有难度的。"

华和尚看向我们,指了指郎风:"你们别看他平时不说话,这家伙是二十年的老矿工,十四岁开始放炮眼,炸平的山头不下二十座,被老爷子看中进到行内才一年,已经被人叫作'炮神',说起炸药没人比他更内行了。"

"你就是'炮神'?"一边的潘子睁大眼睛,显然听说过这个名号。

郎风有点不好意思,挠了挠头,一改前几日的冷酷劲儿:"都是同行给捧的,一个外号而已。"

华和尚对他道:"你也不用谦虚,在这种场合你得发挥你的专长。"然后转头对我们道,"郎风到现在还没失过手,炸东西他说炸成几片就是几片,我绝对相信他。他既然这么说,我认为可以试一下,你们有没有意见?"

胖子看了看我,他有雪地探险的经验,听说过很多关于雪崩的事情,显然也觉得有点玄。不过,他是我这一边的,他看我是想让我表态。

我想了想,陈皮阿四他们是真正的集团化职业盗墓贼,不像三叔还是比较传统,喜欢用老办法进古墓的人。这些人对炸药的依赖程度是我们所无法想象的,而且华和尚这么说了,这郎风应该是有相当的能耐。

于是我心一横,就对胖子点了点头。拼了吧,此时其实已经没有退路了,我说不准炸,他们还能真听我的?

我们同意之后,郎风和叶成取出一把特别的洛阳铲,开始拧上一个特殊的铲头,在雪地上打了几个探洞。

然后郎风用几种粉末调配出了一种炸药,往里面深深地埋进去几个低威力雷管。我知道这种炸药本来就是专门调制的,威力只有十个炮仗左右,是用来钻孔破坏古墓的封石的,给郎风重新调过配方之后,威力肯定更小。

现代化的盗墓贼,大多都有相当的工程学知识,只要几个很小威力的雷管，就能在任何地方炸出一个能容人通过的洞。这一点我早就知道了，不过亲眼看到倒还是第一次。

顺子在边上喝茶，一看这情景就疯了。他见过朝圣者插国旗的，见过偷猎者晚上偷跑出去的，也见过偷渡过境的，但是千辛万苦跑上来，掏出雷管来炸山的，肯定还是第一次。他跑过来一下子拦住华和尚，大叫："你们干什么？老板，你们疯了？！"

话还没说完，身后的郎风一镐子就把他敲晕了过去。顺子摔倒在雪地里，被拖到一边。

我看着都觉得后脑发疼，心说当我们的导游也够惨的，路走得多不说，还要挨这个。不过想想也实在没办法了，顺子能容忍一切，也绝对不会容忍我们炸山，毕竟他还要在这里混下去，不把他敲昏没法继续开展工作。

胖子问华和尚："我们拿这小子怎么办？"

华和尚道："先不管他，我们还要靠他回去，把他带到地宫里去，丢在一边就行了。到时候多塞点钱给他，他还能怎么样？"

郎风的表现极其专业，几乎就没让我们插手。他把雷管根据一种受力结构的模型排列好后，就挥手让所有人都爬到裸岩上去，以防等一下产生连锁反应把我们一起裹下去。

我原本以为雷管爆炸的声音会很大，至少得翻起一层雪浪，没想到郎风一按起爆器，我根本什么声音也没有听到，就看到平整的雪面一下子开裂了，然后大片大片的雪块开始像瀑布一样向坡下倾泻下去，坡度也一下子变得更加陡峭，我们脚下一下子空空如也。

不过这样的倾泻并没有持续多远，滚下去的雪片就停止了。雪坡下露出了一大片混浊的、凹凸不平的白色冰雪混合层，这就是课本上说的第四纪古冰川表面。

胖子在边上闭着眼睛，一直还以为没有爆破。我摇了摇他，他睁开眼睛一看，惊讶道："哟嗬，还真没什么声音，神了！"接着，马上忐忑不安地看了看头顶。

不知道是幸运还是郎风的技术过硬，除了我们上方一点点的雪因为下面失去支撑而下滑以外，似乎没什么问题。等了一会儿，都不见大的松动，我们逐渐放下心来。

我朝郎风竖起了大拇指，潘子也拍了拍他，做了个"你厉害"的手势。

郎风不好意思地笑了起来，可还没等他的嘴角咧得足够大，突然一块雪块就砸到了他的头上。

几个人脸色都一变，胖子忙对我们挥了挥手，低声道："嘘！"

我们下意识地就全静了下来，几个人又抬头一看，只见我们头顶上一百多米的高处，雪坡上逐渐出现了一条不起眼但是让人心寒的黑色裂缝，正在缓慢地爆裂，无数细小的裂缝在雪层上蔓延。随着裂缝蔓延，细小的雪块滚落下来，打在我们的四周。

我顿时浑身冰凉，知道出了什么事情了。

看来郎风"炮神"的这个名号，今天是要到头了。

第十八章 雪崩

"所有人不准说话,连屁也不准放。"胖子用极轻的声音对我们说道,"大家找找附近有没有什么突出的岩石或者冰缝,我们要倒霉了。"

"不可能啊!"郎风在那里傻了眼,"我算准了分量……"

华和尚捂住了郎风的嘴,示意他有话以后再说。几个人都是一头冷汗,一边看着头顶,一边蹑手蹑脚地背上自己的装备,四处寻找可以避难的地方。这上面的雪层并不厚,就算雪崩了,也是小范围的坍塌,但是我们站的地方实在太不妙了,离断裂面太近,雪潮冲下来,我们很容易就会被裹下去,下面又是极高的陡坡,连逃的地方都没有。

此时最好的办法,就是如胖子说的,找一块突起的山岩,躲到山岩底下,或者找一块冰裂隙。不过,这应该是从电影《垂直极限》里看来的,也不知道管用不管用。

我们所在的这一块裸岩太平缓,躲在下面还是会被雪直接冲击到。胖子指了指边上那一块巨大的核桃形石头,那下面和山岩有一个夹角,应该比较合适。

我们和那块山岩之间的雪坡已经全没了,剩下的是冰川的冰面,滑得要命,这时候也没有时间换冰鞋了,硬着头皮上吧。胖子把绳子系在自己腰上,一头给我们,自己就咬着牙踩到冰层上。

一步,两步,三步,每一次迈腿都像踩在鸡蛋上,我就等着"咔嚓"

蛋黄飞溅的那一声，但是胖子这人总是时不时让人刮目相看。三步之后，他已经稳稳地爬到了对面的石头上，拽着腰里的绳子，看了看头顶，招手让我们过去。

我们几个拉着绳子，先是潘子和闷油瓶，接着是背着陈皮阿四的郎风，再就是背着顺子的叶成，我是最后。看他们都平安地过去了，我心安了很多。此时，上面已经有大如西瓜的雪块砸下来，那条雪缝已经支持不住，胖子挥手让我快走。

我拍了拍自己的脸，把绳子的另一头系在自己腰上，然后踩上了第一脚，站上去稳了稳。

我自小平衡性就差，滑冰、骑车样样都要摔到遍体鳞伤才能学会，此时就更慌了，只觉得脚下的冰面，似乎随时有可能消失一样，不由自主地，脚就开始发起抖来。

胖子一看就知道我是最难搞的货色，低声道："别想那么多，才两步而已，跳过来也行啊！"

我看了看胖子离我的距离，果然，只要能够充分发力，绝对可以跳过去，想着我就一咬牙，就踮步拧腰想一跃而起。

可没想到的是，就在一使劲的时候，脚下突然一陷，我踩的那块冰，因为刚才踩的人太多，一下子碎了。我的脚在斜坡上打了个滑，接着整个人就滑了下去。

我手脚乱抓，但是冰上根本就没有什么地方能着力，我一下子就直摔到绳子绷紧，挂在了冰崖上。接着，就听登山扣子"咔嗒"一声，我低头一看，卡头竟然开了，眼看身子就要脱钩。

我心里大骂，这是西贝货！

胖子被我一拉，几乎就被我从石头下面拽下去，幸好潘子及时抓住了他的裤腰带，几个人把他扯住才没事。他们用力拉住绳子，把我往上扯。

但是每扯一下，绳子就松一下。我心急如焚，双脚想蹬个地方，重新系上扣子，但是冰实在太滑，每次只踩上几秒钟就滑下来，人根本无法借力。

眼看着这扣子就要脱了,万般无奈下,我扯出了登山镐,用力往冰崖上一凿,狠狠钉在里面,然后左脚一踩,这才找到一个可以支撑的地方,忙低头换登山扣,还没扣死,突然一阵古怪的震动从我头顶上方传来。

我抬头一看,就看到上面的几个人用一种看白痴的眼神看我。还没等我反应过来是怎么回事,霎时间,只见一片白色的雪雾一下子炸到了半空,几乎遮挡了我的整个视野。

雪崩了!

没有惊叫,没有时间诧异,那一瞬间我不知道自己在想什么,只听到胖子在边上大叫了一声:"抓住登山镐!贴着冰面!"然后一下子我的四周就全黑了。我的身子猛地一沉,似乎突然有十几个人拉住我全身的衣服往下猛扯,腰部的绳子顿时就勒进我的肉里,然后大量的雪气就呛进了我的肺部。

接着,我就陷入了一片混沌之中,巨大的冲力撞击着我身上的每一个地方,我连头都抬不起来,很快喉咙开始发紧,极度的窒息感从肺部传来。我只感觉就像是被扔在糖炒栗子机里,无数冰冷的东西从四面八方挤压我、砸向我,一瞬间,鼻子、嘴巴里全是雪末的味道。

这时候我才想起来,冰是绝好的传震导体,特别是极其厚的冰,有极强的共鸣性。我刚才那一镐子,终于催化了雪崩。

我几乎想抽自己一巴掌,但是此时后悔已经没用了,整个人像陀螺一样被撞得到处打转。我想抓住登山镐,但是连自己的手在哪里都感觉不到。

就在脑子发蒙、不知道该怎么办的时候,突然,我感觉到绳子竟然被人往上提了一提,接着我的身体竟然被拉起了一点。

我心中一惊——是胖子他们在那一头拉,我顿时燃起了希望。绳子还能反应,说明雪崩下来的雪量不是很厚,他们的力气还能传到我这里来。

我忙用力扒拉四周的雪流,身体往上钻。几次趔趄之后,借着绳子的拉动,我的耳朵突然一阵轰鸣,眼前一亮,探出了雪流的表面。

胖子他们躲在一边的岩石夹角下,雪流从石头上面冲过去,在他们面前形成了一个雪瀑,几个人都安然无恙。胖子和郎风扯着绳子,看见把我拉了出来,大叫了一声:"没事吧?"

我大口地喘着气,点了点头,一边还是漫天的雪雾劈头盖脸地朝我砸下来。我用力扯着绳子,顶着雪流开始向他们那边靠拢。但是雪流冲力太大,我根本无法站起来,两只手再用力也无法移动半分,胖子只好拉着我,等待雪流过去。

雪崩来得快,去得也快,半分钟不到,雪流就从我的身边倾泻而过,只留下大量的碎雪。我朝身下看了看,脚下整个山谷都被白雾笼罩了,不由得后怕。要被冲下去,现在还有命在?

我被拉到岩石之下,几个人都心有余悸地喘着大气。胖子拍了拍我,道:"你小子真的算是命大了的,幸好这只是坍塌,雪量少,不然这一次不仅是你,估计我也得被你扯下去。"

我也不知道自己是什么表情,登山帽都掉了,耳朵冻得发红,什么也听不清楚,只好拍了拍他,转头去看一边的冰川表面。

整片雪坡已经全部倾泻到了山谷的下方,一大块巨型的陡坡冰川暴露在了我们面前,不时还有碎雪从上头滚落下来,提醒我们还有二次雪崩的危险。

冰川的表面都是千年雪层底下受压而成的雪压冰,也就是我们常说的"重力冰"。这种冰是自然形成的,在高海拔山区会包裹在整个山体上,形成冰川,一般雪山上都有,处于雪层和山体之间,不会太厚。冰层之上还有大量的碎雪。

除了胖子,我们从来都没见到过实际的冰川。在雪山山谷中,见到如此巨大的一块冰崖暴露出来,在夕阳的照耀下,犹如一块巨型雕牌超能皂,实在是一件让人震撼的事情,我们看得都有点发痴了。

叶成在一边喃喃道:"郎风这一炮,倒也不是没有成果。"

看了片刻,众人逐渐反应过来,华和尚亮起几支手电,朝冰里照下去,想寻找陪葬陵的痕迹,可里面混混沌沌,深不见底。一般的雪山冰川几乎只有一二十米的厚度,这块冰川的厚度似乎有点异常。

胖子眼睛很毒,这时候突然"咦"了一声,似乎发现了什么,从华和尚那儿抢过手电去照。

我们吃力地顺着他的手电光看去,在微弱手电光线的穿透下,我看到胖子照的方向下面,呈现暗青色的半透明的冰川深处,竟然有一个若隐若现的巨大影子,几乎占了半壁冰崖,看形状像是一个蜷缩的大头婴儿。

昆仑胎

● 第十九章

夕阳逐渐西下，只有一点点的太阳还冒在云头上，整块冰层已经逐渐变成了黑色，里面的巨大影子模糊不清。

影子的形状非常奇怪，不伦不类，诡异非常，像是什么冻死的动物幼胎，脑袋大得要命，浑身还长着长刺，看着就让人心里发毛。

叶成张大嘴巴问我道："出来没拜菩萨，老是撞邪。这是什么鬼东西？"

我和胖子摇头，我们也从来没见过。看大小，这东西足有一幢五层小楼的大小，被冻在冰川深处，要是陪葬陵，是怎么修进去的呢？又或者是远古时候的生物？

传说长白山地带在几十万年前还是汪洋一片，靠火山喷发，才从海中隆起。这么大的东西，会不会是当时巨型海洋生物的尸体呢？

想来也不对，古冰川形成的时候，山早就在了，有尸体也早成化石了。

虽然经历了一次惊心动魄的雪崩，但是说实在的，这样的雪崩其实只能叫积雪滑坡，并没有雷霆万钧之势。它去的速度又快，几个人虽然也心有余悸，但是此时都恢复了过来。看到冰中的影子，大家的好奇心都被勾了起来。

我们使用冰锥，在冰川上打出立足的地方，套上绳子，穿上冰鞋，下到冰川的表面，仔细去看冰川内冻的诡异黑影，但是几个人怎么看都看不出门道来。

此时陈皮阿四恢复了意识，华和尚和叶成扶着他也从上面下来。我们小心翼翼地搀扶他到了跟前。

陈皮阿四反应还是不快，揉了揉眼睛，蹲了下去，盯着那冰盖里的影子看了半天，突然"咦"了一声："这影子……难道是'昆仑胎'？"随即又摇了摇头。

"什么是昆仑胎？"我们都没听说过，看他露出如此表情，觉得简直莫名其妙。

"昆仑胎是一种奇怪的自然现象，指在龙脉的源头，也就是俗话说的'集天地之灵气'的地方，往往在岩石、冰川、树木之内，会自己孕育出一些奇怪的婴儿状的东西出来，这些在古籍里就叫作'地生胎'。传说经过万年的衍化，有些地生胎就会成精，比如说《西游记》里的孙悟空。"华和尚给我们解释，"我记得在一本源自唐朝的笔记里看到过，传说西汉末年，在昆仑山的巨型冰斗底下，当地藏民发现过一个巨型冰胎，大如山斗，五官已经具备，还是一个女婴，栩栩如生，于是地生胎就被叫作'昆仑胎'，后来还在那女婴的肚脐眼上修了个庙，叫作'昆仑童子庙'。风水中，昆仑胎是天定的宝穴，和人为推断出来的风水穴位是不同的，要找到一条龙脉中可能生成昆仑胎的地方，是不可能的，只有等到昆仑胎开始形成，偶然被人发现，然后将胎形挖出，再把陵墓修建在其中。这样的宝穴是可遇而不可求的。传说只有通天的人才有资格，历史记载埋在昆仑胎里的，只有一个人，那就是黄帝。"

"还有这么邪门儿的事情？"胖子蹲下来，看着那个影子，"不过，这个昆仑胎不像是人胎啊！"

陈皮阿四也似乎并不能肯定，点头道："我也是猜测，昆仑胎是神定胎位，地生神物。如果这个是昆仑胎，那陪葬陵必然会修建在'昆仑胎位'内，不过，这样一来的话……"他看着远处的三圣雪山，眼睛里现出极端的迷惑。

我知道他的顾虑，接道："这里是天生的宝穴'昆仑胎位'，但是这里只是一座陪葬陵啊！那这样，云顶天宫主陵所在的三圣山，风水要好到什么程度才算完？再怎么样也不能比昆仑胎差啊！"

"是啊，没有比昆仑胎更好的风水了，昆仑胎是天地灵气汇聚的地方，如果要比这里更好，那只有一个可能。"陈皮阿四很疑惑，叹气道，"天宫，真的是修建在天上！"

陈皮阿四说这句话时的表情很真切，我看得出，他不是在戏谑，于是被他说得浑身发寒。胖子就道："怎么可能？！"

"是不可能，所以这里出现昆仑胎，绝对有问题。难道山川的走势被他改了？汪藏海竟然神通到了这样的地步？"陈皮阿四又四处去看周围的山势。

"不，不应该这么想。"我突然有了一个想法，问道，"会不会这个胎形的影子——是假的？是人工修出来的？一种象征性的手法，在古墓葬的设计中很常见，比如武则天陵的形状就像女人的阴户。说不定这影子，只是陪葬陵的影子。"

我有这样的想法很自然，因为我们做古董的，平常的工作就是与假的东西做斗争。我们采购的时候，对所有东西的第一感觉都是假的，所以我听到陈皮阿四说得这么厉害，第一印象就是：会不会是作假的？这也算是职业病了。

况且，把陵墓的入口冻在冰里，修成婴儿状，的确符合汪藏海事不惊人死不休的性格。

陈皮阿四注意力全放在了四周的山脉上，根本没听我说。我转头看向闷油瓶，后者也脸带疑惑，表情复杂地盯着那影子，不吱声。不过华和尚很同意我的说法（看样子他应该也是采购第一线的人员，和我一样有着职业病）。他道："你说的有可能，看这'胎影'之中还有浅淡之分，显然不是一个单纯的东西，似乎有高矮，而且四周还有刺，无法解释是什么东西，可能真的是建筑。"

我心里泛起一股奇妙的感觉，汪藏海把陵墓修成了胎儿的形状，难道是希望这座陵墓像昆仑胎一样成精吗？

这事情如果是真的，那就太匪夷所思了。

胖子道:"还是不要猜了,反正不挖出来,怎么猜也都是猜。有这闲工夫,不如想个办法下去。"

"那要是挖下去,看到的不是陪葬陵,而是一具真的巨型冰——"叶成有点害怕,牙齿打战,"那怎么办?"

胖子拍了拍他:"那你就留在上面,我们下去确认了,再叫你下来。"

我也道:"如果真是个冰胎,那真是天作的奇迹,能看到一眼也是值得的。"

华和尚拍了拍叶成,道:"就你胆子小,跟这几位大哥学着点……现在的问题不是下不下去,而是怎么下去。"他目测了一下冰的厚度,道,"用镐子挖,半个月都不一定挖得到那里。"

我们又不是冰夫子,在冰上作业完全不同于在一般的地面,要考虑非常多的因素,平时身手再好也没有用。

胖子盯着脚下冰川中巨大的影子,对我们摆了摆手,道:"这有什么难的?就包在我胖子身上。"

我看他似乎有点眉目的样子,心中好奇。胖子在队伍中一直是充当急先锋的角色,很少在技术方面发表意见,但是一旦他发表意见,所提出的东西就非常关键,这说明这个人的心思其实相当细腻。我在海底已经深切地感受到了这一点,这恐怕也是他如此贪财却还能够屡次化险为夷的原因之一。但对胖子这个人说话需要技巧,他属于软硬不吃的那一种人,大多数时候,激他比奉承他有用多了,于是我对他道:"你能有什么办法?"

他果然就有点不爽,对我道:"什么话,就许你大学生有想法?我去过昆仑山,昆仑山上多冰,比这厚的冰川多的是,经验比你丰富得多。"

我笑道:"那你说出来听听。"

胖子就哼哼着和我们讲了他当时的向导和他讲过的很多关于冰的故事。昆仑山的海拔比这里要高得多,是真正的高山冰川,那里的大型冰缝因为气温和山体运动会频繁开裂,有时候就会在裂缝中发现古时候奇怪的先民遗迹,甚至有人发现过冻在冰川深处的房子,但是这些东西都是坍塌的,只是残骸。

他当时问为什么这么冷的环境下这些古代遗迹都保存不下来，那向导就对他说，把一座建筑完整地冻在冰里是不可能的，特别是木结构的房屋，遭遇冰崩或者雪崩的时候，肯定会坍塌。

现在我们脚下冰川中的建筑必然是修建在悬崖上的，这里面的黑影子看上去如此完整，轮廓像极了婴儿，就说明下面没有坍塌的迹象，不然，那种架空的建筑，一塌就完全不成样子了。所以，除非冰川中的不是陪葬陵而是石头，不然，这陪葬陵冻在冰里就肯定不是由雪崩造成的，而是人为的。

胖子的理由非常充分，我点头同意他的说法。不过，其他人并没有听出胖子这个假设的意义来，潘子问他道："那又怎么样？"

胖子摆手道："如果不是雪崩，那修建陵墓是在九百多年以前，按理说，九百年累积的雪压冰绝对不可能这么厚，所以这些冰肯定是人为的，我们脚下肯定是一片非常厚的人工冰墙。这冰墙又不可能直接压在建筑上，那肯定有一个弧度，形成一个天然冰穹，压在斜坡上，保护着下面的建筑。类似于冰做的封土堆，冰没有我们想象中那么厚，你看，这里的冰透明度很好，也是一个证据。"

胖子一说，众人哗然，一个个都对他刮目相看，同时就突然感觉脚下不稳当了很多。

胖子还惦记着我刚才看轻他，又知道我是学建筑的，就问我他的说法有没有可能。

我点了点头，说理论上解释得通，而且有可行性。用冰来构架房屋，世界上很早就有了，三国的时候曹操的"一夜城"就是用冰加稻草造的，因纽特人也早就用冰来搭建自己的房屋，最近在丹麦还有现代的冰建筑出现。这些都说明冰的硬度在建筑学上是绝对没问题的。

不过，曹操的"一夜城"是在平原上，要在峭壁上搭建如此宏伟的冰穹，真的可以实现吗？我的看法又有点保留，毕竟是发生在一千多年前，汪藏海就算能超前他们那个时代很多，也不至于牛到这种程度。

胖子听我同意他的看法，马上就得意起来，甩了甩头发，道："瞧，胖爷我这就叫人才。"

叶成问我道:"吴家少爷,那能不能根据建筑学,算出这冰穹的可能厚度?"

我大学里学的大部分知识都还给老师了,不过单位体积冰的重量我还知道,心里默算,套用了几个公式一算就出来一个数字,对他道:"如果像胖子说的,假设使用木头的支撑结构,那我们脚底下冰层的厚度不会超过十米,不然自重太重,会自我坍塌,用什么都撑不住。"

"十米!"几个人面面相觑。潘子道:"我靠,那也够呛了。这儿的冰和其他地方的不一样,硬多了,我们没专业设备。刚才我和郎风用铲子用力敲过冰层,敲了几下,手都麻了,只敲出几个白印,要打穿十米恐怕得花上点时间,一个星期可能都不够。"

重力冰和其他河床上的冰不同,河床冰的原料是河水,里面有杂质而且含有大量气泡,河床的温度也不会太低。但是重力冰是被千年雪一层一层压成的,不仅杂质少,而且雪层底下的冰温可能有零下五十多摄氏度,在这个温度和纯度下,冰的硬度和密度是非常可怕的。

胖子道:"我们不是有炸药吗?干脆我们爬到石头上去,再放个炮眼得了。"

华和尚和我马上摇头。我想着刚才差点就死在雪里,没好气地对他道:"你还真不长记性,刚才还没尝够滋味啊?而且,如果冰川真的是空心的,再小威力的一个爆炸,也可能把整个冰穹给炸裂了——如果你的假设是正确的,采用破坏力太大的方法来打洞就不能考虑,挖到关键的地方,可能连冰铲都不能用,一旦弄不好就是连锁反应。"

胖子对理论科学非常反感,道:"你这是本本主义,冰铲都不能用,那怎么办?难道用调羹来挖?你不要仗着自己是大学生,就在这里危言耸听,人为给咱们制造难题。"

我嚷道:"我比你还急呢,但是事实就是事实,谁要是不信,大可以试验一下。"

一个问题想通了又来一个问题,气氛一下子又沉闷起来,众人都不说话,开始想解决办法。正犹豫不决,突然,闷油瓶拿着顺子烧茶的无烟炉走到了我们边上,往冰上一放,滚烫的炉身马上和冰冷的冰面起了反应,发出"啪啪"的声音。闷油瓶问我道:"这样行不行?"

我一看,心说:"哎呀,对啊,都被冻驴了,没想到这办法。用火不就行了嘛。"

冰的硬度和温度直接相关,温度一升高,硬度就会下降,冰墙表面就开始变脆,冰铲敲击造成的连锁反应就会减弱。我们可以一步一步来,先把表面的冰烘软,然后整块地敲下来,露出里面冻得严实的冰芯,然后继续用无烟炉烤,如此重复直到砸通为止。

实践是检验真理的唯一标准,我们马上做试验,掏出自己的无烟炉,点起来放到冰上,一分钟后用铲子削冰。果然,书上说得没错,脆化的高温冰会整块地裂开。

不过,因为四周气温太低了,这样做进展非常慢,我们轮流尝试,用了将近三个小时,直到天几乎全黑的时候,冰墙上才被我们捣鼓出了一个半米宽、七米深的凹陷。下面冰层的颜色明显变化,冰的纯度也清澈了很多,已经可以肯定胖子的说法对了一半,这绝对不是自然形成的冰。

胖子腰上绑着绳子,双脚撑在冰井两边,最后用无烟炉烤了一下井底的冰面,然后用短柄锤子一砸,想再砸下一块来,没想到"啪"的一声,冰穹裂开了一条缝。一下子,我们感觉到外面的空气灌进那个破洞,旋起了一阵风,温度陡然就降了很多。

胖子又一砸,将底下的冰块砸碎,碎冰跌落而下,果然出现了一个洞口——下面是空的!

众人都松了口气,连胖子也惊讶了一声,叫道:"还真被我猜对了!"

我们将他拉了上来,所有人围拢到洞口,争先恐后地拿起手电朝里面照去。

冰井之内,是一个灰蒙蒙的巨大空间,整个冰穹犹如一个透明的碗扣在一道峭壁上,无数挂满冰凌的木梁从峭壁的山岩上竖起来,交错在一起,形成类似于脚手架的结构,撑着外面的"冰碗"。这些就是胎影身上的刺,峭壁之下是看不到底、漆黑一片的深渊。

而在一百多米落差下的峭壁山腰，我们看到了那黑色胎影的真身。那是一个巨大的胎形山洞，也不知道是人工修造的还是天然形成的，洞口足足有一个标准游泳池那么大，乍一看，像极了一个黑色的巨大婴儿。

我们看得惊呆了，几个人都几乎说不出话来。胖子眼睛很毒，抓住我的手电，移向一个方向："看这里！"

在他的引导下，我们眯起眼睛仔细寻找，这才看到在那山洞之中，竟然还修建有一座横檐飞梁的巨大宫殿，有一部分建筑探出了洞口，用木头廊子支撑在峭壁上，犹如悬空的空中楼阁，而大部分的建筑修建在山洞之中，看不到全貌。

因为常年在低温中，到处凝结着冰屑，露出洞口的那部分建筑看上去灰蒙蒙的，并不明显，所以粗看并不容易发现。

这是陪葬陵的灵宫，也就是摸金校尉口中常提的龙楼宝殿，陵墓中的"陵"这一部分。而埋着墓主人尸体的墓，应该是在这灵宫的底下，山体之内。

我不禁感慨，还以为这里最多只有一个隐蔽的地宫入口，没想到万奴王做的排场这么大，陪葬陵都设了如此巨大的灵宫。那如果云顶天宫没有被大雪覆盖，将是怎么一幅壮观的情景？古人的智慧无法不让人感到畏惧。

胖子首先反应过来，大笑了起来，接着其他人都笑了。大家互相击掌庆贺。我被胖子的屁股一撞，差点从冰上滑下去。

华和尚急忙阻止了我们，他指了指头顶的雪崖，意思是小心再塌方一次。我们都在冰崖上，一个也逃不了。

我们这才强忍住了心头的激动，安静下来，但是几个人的脸上全是按捺不住的狂喜。

现在想想，盗墓贼，就算是天大的盗墓贼，有几个人能盗掘到皇陵这种档次的？如果能进入皇陵一次又能安全出来，已经不会去在乎里面有什么宝贝，就这腕儿你就大了，不说吹牛能吹多少年，自己的心态肯定就不同——这种吸引力，谁也抗拒不了。就连还没有自定是盗墓者的我，也有一股极度的冲动从心里涌上来，简直迫不及待想到下面去看看。

华和尚拍了拍脸,想让自己放松下来,然后转头问陈皮阿四:"我们是现在下去,还是明天再下去?"

陈皮阿四阴阴地看了我们一眼,问道:"明天下去,你们忍得住吗?"

第二十章 胎洞灵宫

我们整顿装备，把无烟炉熄灭收好，把所有的镐子、铲子都折叠起来。几个人都似乎有了默契，速度非常快，很快都收拾妥当，集中到了我们挖出的破口周围。

这是人有了共同目标时候的典型表现，其实说起来很幼稚，收拾得再快，与是不是能早点下去一点关系也没有，因为谁也没有碰过皇陵，再怎么样也要经历一个熟悉的过程。不过，当时就是觉得不能让别人抢先了。

所以就出现了可笑的一幕：围到破口周围之后，大家突然都不知道怎么办了，就好像很多人商量了半天去哪里玩，决定之后发现谁也不认识路一样。几个人面面相觑，都有点愕然。

我看着洞内，心里稍微分析了一下。其他倒还好，有一个致命的问题：我们所在的位置开在深渊的正上方，离灵宫所在的胎洞有一百多米的落差和二十多米的横向距离。我们虽然有足够的绳索，但是无法越过这横向二十米——靠荡是荡不过去的。

身后的陈皮阿四看到我们这个样子，冷笑一声："一群没出息的。"说着，站了起来，让我们都让开。

我在心中暗笑，陈皮阿四的老人心态还是无法避免。一直以来，我们都唯他马首是瞻，刚才胖子露了一手之后，他难免心里不舒服，这时候看到我们这样，就忍不住要口出恶言，来挽回自己的地位。这是很多老人普遍的心态。

我们给他让开一个缺口，华和尚自嘲地一笑，道："老爷子，小的们不是都乐昏了嘛，没见过这么大的阵势。您说这斗……该怎么个倒法？"

陈皮阿四被叶成搀扶着蹲下来，看了看破洞之内，道："万变不离其宗，小心为上。咱们先找一个人上这些撑着冰穹的木头廊柱，顺着廊柱爬到山洞的上方，然后用绳子下到外面架空的建筑瓦顶上。"

我们看向结满冰的木头廊柱，每一根廊柱足有一百多米长，绝对不是一棵树的原木，肯定有木楔子把几根木头连起来，这样的结构承压不成问题，但是不知道能不能承受拉力。如果不行，那就完蛋了，一根木头廊子坍塌之后，下落的过程当中，必然会砸到其他的廊柱，到时候整个冰穹都可能会塌，这样的方法还是十分冒险的。

但是当时大家都急着下去，也没有过多地考虑这些事情，而且，似乎也没有其他更好的办法。

这里适合蹚雷的只有潘子，其他人无论身手、体重都不合规矩，所以潘子只好挑起这个大梁。

我们在他腰上绑上蝴蝶扣的绳子，身上只带一些轻量的装备。潘子看上去有点兴奋，陈皮阿四给他传了一口酒喝，让他镇定一下，道："千万别乐昏了头，咱们目标不是这里，下去给我放亮点。"

潘子点点头，深吸了口气，就小心翼翼地爬入冰井，然后用飞虎爪绕上一边的木头廊子，像特种兵荡绳一样荡了过去，一下子爬到木廊柱之上。

一踩上去，木头廊柱就发出一连串让人十分不舒服的冰块爆裂声。我们顿时都屏住了呼吸，潘子也脸色惨白地一动不动，唯恐廊柱解体断裂。

然而幸运的是，等了有十几分钟，廊柱的那种爆裂声停住了，四周又恢复到一片平静，受力也重新恢复了平衡。

我一想觉得也是，可能是自己多虑了，上面的冰穹如此沉重，木廊子之间的压力非常大，我们就像蚂蚁一样，应该问题不大。

几个人都松了口气，被这么一吓，我们都清醒了一点，那种莫名的激动有一定程度地减退。

潘子继续向前，走得更加小心，几乎是在跳一种节奏极其缓慢的舞蹈，我们的心也跟着他的步伐跳动。好不容易走到了廊柱尽头的山崖石上，下面一百多米就是山洞的所在。

我们给他打下去的手电光太发散了，潘子打起五六支荧光棒，一支一支往下丢去。

黑暗中几道光直落向下，有几道像流星一样消失在了深渊的尽头，有几支掉落十几米后，撞在了瓦顶上，弹了几下停了下来。同时荧光棒里面的化学物质因为剧烈震动而发生反应，光线越来越亮，隐约照亮了冰穹里面的情形。

接着，潘子丢下绳子，一直垂到了下面瓦顶，然后迅速地滑了下去。

看着潘子稳稳地落到了瓦顶之上，我们悬着的心才放下。潘子朝我们打了几个手势，意思大概是：过程安全。

我们又开始兴奋起来，接下来第二个就是华和尚，我们陆续小心翼翼地照葫芦画瓢，一拨一拨有惊无险地下到了瓦顶之上。

一百米的平衡木和一百多米的绳索攀爬可不是儿戏，我到下面之后几乎站不稳，要潘子搀扶才能在琉璃瓦上站定。回忆起在冰木廊柱上的感觉，我的腿不由自主地就开始发软。

七支手电四处去照，发现这一座冰穹中的斜坡峭壁大概呈三十度的夹角，山洞很深，宫殿直入山体内部，看不到最里面的情况。山顶和灵宫之顶几乎贴合，我们所站的瓦顶是其中最外面一层架空"大殿"的屋顶，檐头的飞檐都是朝凤龙头，屋脊两边是镇宅的鸱吻，黄瓦红梁很有皇气。我们几个人歪歪扭扭地站在上面，大有周星驰版《决战紫禁之巅》的感觉。

胖子想去掀一片瓦片看看，却发现瓦片和瓦梁被冻得死死的，根本掰不下来，只得作罢。我们又一个一个小心翼翼地扒着飞檐的龙头，用绳子下到灵宫正门外的门廊处。

门廊是类似于祭祀台的地方，架空铺平的地面都是石板，常年的寒冷让石头脆化，脚踩上去嘎嘣作响，随时可能断裂。这里应该是当年修建入山栈道的尽头，现在栈道已经被拆毁了，一边就是一片漆黑的万丈深渊，而左右两边是一排铜质的覆盖着冰屑的鼎，里面全是黑色的不知名的古老灰烬。

铜器的风格和宫殿的样子，都有非常明显的汉族风格，看样子汪藏海无论到哪里承包工程，设计方面还是无法超出他自己的民族和时代限制。或者说，也可能以当时东夏的国力，只能去掠夺边境民族的东西来凑合了。

另一边就是灵宫的宫门，门前立着一块无字王八石碑，石碑后面就是灵宫的白玉石门，门很大，几乎有三人高、两人宽。石门上雕刻着很多在云中舞蹈的人面怪鸟，说不出名字，在门上方的黄铜门券是一个虎头，门缝和门轴全被浇了水，现在两边门板冻得犹如一个整体。

站在这里看上面的冰穹，微弱的光线从上面透下来，我的眼睛都似乎蒙了一层雾，看见的东西都古老了很多。这种感觉很难用语言来表达。

华和尚要在这里先拍摄一些照片，我们乘机喘口气，四处看看。叶成四处走了一圈，看到下面的悬崖后，感慨道："我真的搞不明白，这万奴皇帝为什么非要把陵寝搞在这种鸟不拉屎的地方，平地上不好吗？这不是折腾人吗？"

我道："做皇帝的想法和平常人是不一样的，也许是和他们的宗教有什么特别的关系。你看西藏有很多的庙宇，都是建在一些人根本无法到达的地方，为的就是要接近天灵，我们这种俗人无法理解。"

胖子摇头表示不同意："我感觉修建在这里的原因很简单，就是不想让别人上来。这皇陵里面肯定有什么好东西，万奴皇帝这老小子捂着当宝贝，死了也不给人，咱们这次得好好教育教育他。"说着就和郎风一起拿出撬杠去撬宫门。

我听着好笑，胖子这人就是实在，要是他做皇帝，不知道会把自己陵墓设在哪里。

玉石石门后面没有自来石，用撬杠用力一卡，两边门轴的冰就爆裂了。我们用凿子将门缝里的冰砸碎了，门才勉强可以推开一条缝隙。一道黑气涌了出来，我们赶紧躲开，华和尚说没事，这是黏在门背后的防潮漆，现在都给冻成粉了。

宫门拉开一条缝后，就再也动不了了，似乎是门轴锈死了。我拿手电往里面照了照，空旷的灵宫里什么都看不见，里面的黑暗好像能吸收光线一般。

叶成迫不及待地就想进去，却被胖子拦住了，他转头问闷油瓶："小哥，你先看看，这地方会不会有什么巧簧机关？"

闷油瓶摸了摸门，又看了看门上的浮雕，看了半天，摇头表示不能肯定："你们跟在我后面，别说话。"

这人说的话一定要听，已经是我们的共识了。我和胖子大力点头，几个人都掏出防身的东西。

闷油瓶闪身，跨过高达膝盖的门槛，一马当先走了进去。我们紧跟其后，越过门槛，忐忑不安地走进去。走到里面黑暗中的那一刹那，我突然感觉到一股极度的异样向我袭来。

我这时想到，近千年来，我们可能是踏入此地的第一批人。想想这一千年里，这座无人注视的巨大宫殿中发生过什么呢？

第二十一章 灵宫大殿

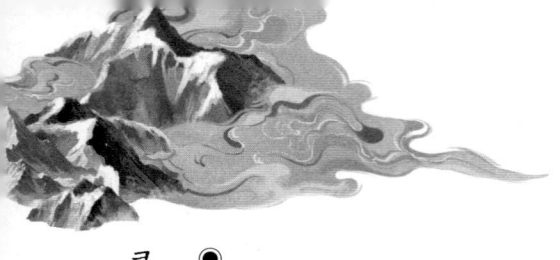

灵宫大殿是整个陵墓地上建筑的主体部分，规模最大。进入之后，第一眼看到的就是灵宫中间灵道两边的石礅大柱子，大概间隔五米一根。我想起影画上他们用"飞来剪"吊棺椁时候的情形，想必这里所有的东西，都是用这样的方式一点一点从我们现在认为最不可能的悬崖上吊上来的。

石柱中间的黑暗里，可以隐约看到黑色的大型灯奴，再后面就是漆黑一片。不知道为什么，手电照过去，竟然没有任何光线的反射，似乎那里是一片虚空一样，也没有看到任何的陪葬品。

胖子打起火折子，想去尝试点燃灯奴，我对他说不可。这座建筑还矗立在这里没有倒塌，低温是一个重要的因素。如果点燃大量的灯奴，造成瓦顶的冰晶融化，可能会造成一些小坍塌，所以还是不要了。

我们只能靠手电在黑暗中前进，所有人都不说话，似乎怕吵醒了这灵宫里的什么东西。四周静得吓人，空气中只剩下我们脚步的回声和大家沉重的呼吸声。

叶成是几个人里最没见过世面的，走了几步就忍不住说道："太安静了，怎么感觉浑身凉飕飕的？越没声音我就越慌，咱们说话，别搞得和做贼——"

话没说完，闷油瓶做了个噤声的手势，让他闭嘴。胖子轻声对叶成道:"你别出馊主意,咱们不就是贼吗?这位小哥的耳朵灵着呢。你一说话,咱们踩到了机关都听不出来,你担当得起吗?"

叶成一听这里可能有机关,忙捂住嘴巴,紧张地看向四周,唯恐有什么暗器飞来。

华和尚道:"也不用这么紧张,这里是祭祀用的,东夏的政权很可能每年还来这里祭奠,有机关的机会不大,而且这里也有点年头,不用担心。"

"胡说。"胖子一听,想反驳华和尚。

我拍了他一下,让他别多事,刚才还让别人别说话,自己说起来没完了。

外面如此厚的冰穹,一旦封闭就很难再打开了,栈道也早就烧了,这说明灵宫封闭之后压根儿就没人打算回来,华和尚不可能没想到。不过,在这种事情上不必增加无谓的恐慌。

我们继续往前,走了不到五分钟,已经来到灵宫大殿的中央,前面出现了一座玉台,四周围着几只人头鸟身的巨大铜樽,玉台之上立着一座很大的黑色雕像,我们必须仰头才能看清楚。这雕像雕的不是人,不是佛,就像一根爬满地衣的扭捏的柱子,谁也说不出那是什么,看上去非常诡异。

胖子问华和尚道:"这是什么?灵宫里不是放墓主的坐像吗?难道墓主是长得这个德行的?这……不是一只大蚂蟥吗?"

华和尚道:"这可能是东夏宗教中被异化的'长生天'——他们的主神。"

"这神长得也太没溜儿了吧。"胖子喃喃道,"和洗衣服的棒槌有什么区别?"

我又拍了一下胖子,让他积点口德,咱们现在还在它的地盘上呢,他就不怕遭到报应?

不过,我知道这诡异的黑色图腾,并不是长生天。我对萨满虽然不了解,但是知道长生天是没有形象的,长生天代表一种无处不在、无限的力量,是一种宇宙崇拜。华和尚这么说要么是在晃点胖子,要么是在掩饰自己的心虚。

这里的环境的确给人一种莫名的紧张感,除了陈皮阿四和闷油瓶还是那副臭脸,其他人都或多或少地有点异样。

但是,如果灵宫之中放的不是崇拜的神龛,那应该就是墓主人的坐像了。难道真如胖子说的,东夏皇族长得是这个样子的?不可能啊!这——这根本不是人的形状,这看上去,更像海地拜物教中的邪神。我在上海看展览的时候看过一次,那边的神才是这么一坨一坨的锅巴一样,犹如巨型的软体动物。

我突然想起那条铜鱼之中的记载:东夏皇族都是从地底挖出来的怪物,难道就是这东西?不会,这东西只能说是个妖孽,我相信东夏人不会蠢到认块锅巴当皇帝。

如果能知道另外两条铜鱼中记载的东西就好了,就不用猜得如此辛苦了,不知道什么时候才有这个机会。

正胡思乱想着,一边的潘子叫了我们一声:"你们看这里。"

我们转过头去,发现潘子已经攀上一座铜樽,从人面鸟的嘴巴里,小心翼翼地捧出了一个东西。

潘子也是个闯祸精,我紧张道:"小心机关。"

潘子点点头,十分小心地去捧。很快,一只镏金青面獠牙的铜猴被起了出来,身上还雕刻着无数奇特的花纹,犹如文身的小鬼。

我们都很好奇,从来没有见过这种设计的樽器。潘子跳下来,捧到我们中间,几个人围过去看。看来看去,只发现这东西竟然是青铜的,其他一点也说不出个所以然。

在考古中这种事情是常见的,因为墓葬一方面是有着严格规定的神秘学,另一方面又是墓主个人的事情,很多墓葬中都出现过无法言喻的陪葬品。那些既定规则的东西你可以去收集和整理,无限接近事实,但是个性化的东西就只能猜了。有很多的东西,历史上只出现过一次,除了墓主,谁也无法知道这是什么意图。

华和尚检查了一遍其他四只铜樽,也发现了相同的东西。他推测说,如果这一根棒槌是他们的主神的话,四周的应该是主神的守护兽,这可能和当地非常地域化的神话传说有关系。咱们不在那个朝代,无法了解真实的情况。只不过让人想不通的是,为什么会是青铜的材料,明朝的时候已经是十分发达的铁器时代了。

在图腾的四周查看了一圈,没什么发现,我们又往里走了走,里面一片黑暗,不知道有多深。

此时,让我感到有点奇怪的是,灵宫大殿之内,祭祀用的巨鼎、长明往生烛、暖阁、宝床、宝座和神位,都没有踪迹。不过东夏国一直蜗居在长白山密林深处,也不知道是个什么样的生活状态,这些东西也许在女真习俗里并没有。

胖子此时已经有点烦躁了,他来这里的目的,就是摸东西,跑了一路却没见到任何可以带走的明器,如何能不郁闷?走着走着他就问我们,能不能让他去那些灯奴后面看看,看看后面的黑暗中有什么。

闷油瓶对他摆了摆手,意思是不行。他取出一支荧光棒,往那边一扔,只见一道绿光闪了过去,掉落到灯奴后面的黑暗里。绿光一下子便消失了,好像是扔进了黑色的棉花里一样。

胖子看着咋舌,轻声问道:"怎么回事?"

闷油瓶摇了摇头,表示不知道。

我对他道:"我们在外面看大殿没这么大,我们的手电没反光,殿墙肯定有吸光的涂料。离群独走,我保证你回不来,还是不要轻举妄动的好。"

胖子道:"那你们拴根绳子在我腰上,摸到东西算你们一份,算你技术入股,百分之……十,如何?"

我最烦胖子这德行,怒道:"你要疯,等我们都出去了再疯,现在别连累我们。"

潘子也道:"你猴急什么?这才到哪里啊?要是等一下你拴根绳子进去,拉出来就剩条大腿了,你说我们是进去找你还是不找你?你看人家陈老爷子的队伍多齐心,你别给我们三爷丢脸。"

胖子"唉"了一声,失望道:"得,你们人多,说不过你们,胖爷我服从组织安排就是了。在没有查明敌情之前,绝对不背叛组织。"

"查明了也不准背叛,你现在就开始捞油水,进了地宫怎么办?你能装得了多少?"我怒目道。

胖子举手表示投降,嬉皮笑脸。我知道他的脾气,现在说什么也没用,拿他没有办法,只好提醒自己留一个心眼儿看着他,免得他闯祸。

再往里走,我们就看到了大殿的尽头。那里还有一道玉门,是用四块汉白玉片嵌接而成的,门轴盘着琉璃烧制的百足蟠龙,门楣浮雕乐舞百戏图,门上雕刻着两个守门的童子,门后同样没有自来石,门是用水浇死的。我们撬开之后,发现门后是通往灵宫后殿的走廊,漆黑一片。

胖子看到门上的两条龙,顿时又来了精神,眼睛发亮,对我们道:"我在一拍卖会上见过这种门,这叫作蟠龙轴琉璃闩,整一扇门拍到了两亿,还是港币呢。哎呀,这门看上去也不是很重……"

我知道他想鼓动什么,泼他冷水道:"你省点心吧,那是炒作,现在现金的古董交易,能超过两千万就是天价了。这门最多就值四十万。"

"不会吧!"胖子不信,"四十万炒到两亿?有这么离谱的事情?"

我心说我口袋里的两条铜鱼都值两千万呢,但是真卖的时候谁会买。现在拍卖行的勾当谁不知道,都是想着三年不开张,开张就吃一辈子,碰到个愣头青真掏两亿买扇门,下辈子的工作就只剩下花钱了。

胖子的世界观顿时被我摧毁了,看着门神情有点呆滞。我们不理他,进入走廊,向后殿走去。

后殿一般就是地宫的入口所在地,一般都会放一口装饰性的棺椁,点着长生蜡烛,终年不灭,或者是堆积大量的祭品,由守陵人定期更换。东夏这种常年处于战争状态下的隐秘边境小国,料想也不会有太多的好东西,不过,地宫入口一般设在里面,我们必须进去看。

进入走廊,两边加上头顶,全是壁画,壁画上蒙着一层冰,冻得灰蒙蒙的。我在缝隙中看过那一块双层壁画之后,一直对这种记叙性的东西感兴趣,于是打起手电看起来。

一看却觉得浑身发凉,只见壁画之上,画的几乎都是盘绕在云雾之中的百足龙,盘起的、飞腾的,满墙都是,乍一看就像爬满了蜈蚣一样。

壁画分成好几个部分,有的壁画画着很多穿着裘皮的士兵,朝天上的百足龙叩拜，有的还画着两条百足龙缠绕在一起，不知道是在交媾，还是在争斗。

每幅壁画之上，百足龙必然都是主体部分，四周的人物都显得非常渺小，而且谦卑至极。显然，东夏人对这种蜈蚣龙的崇拜，比我们汉人对蟠龙的崇拜有过之而无不及。

叶成掏出相机把壁画全都拍了下来，这在卖明器的时候可以用到。因为东夏是不确定的政权，有陵墓的照片，价格能翻上好几倍。

"你们说这陪葬陵里葬的是什么人？万奴的老婆还是手下？怎么净画这种壁画？"叶成边拍边问。

我也不知道，心里也觉得有点异样。

一般来说，陪葬陵的墓主人会有两种：一种是自己的子嗣和亲属，另一种是自己的宠臣。子嗣和亲属的话，壁画的内容应该多是生活场景；宠臣的话，一般就是在朝的场景，比如说，文官治水、武官伐兵之类的画面。画着如此多的神化龙形，如果在主陵里看到还可以说正常，在这里就不对劲了，而且……壁画之中看不见陵墓主人的形象。

就算以龙为主体，这些画突出龙的威严，那在下面虔诚叩首的应该会有一个领头人。因为是陪葬陵，带头人必然是万奴王，而这座陵的主人应该在万奴王的左右祀奉，但是壁画上所有的人都是奴隶或者士兵的打扮，没有任何的领头人。

这在皇陵壁画之中，简直不合常理。不符合三纲五常的壁画，画在这里等于没画。

胖子突然问道："会不会这里的壁画也是双层的？"

我摸了一下，这里的壁画有些已经脱落了，没有什么特殊的，便摇头说不是。那道火山缝隙中的壁画，背后肯定有一个故事，不然在这么一个地方有着两层壁画，实在说不过去。

我一边胡思乱想，一边继续往前走了两百多米。壁画突然没有了，走廊到了尽头，后殿的出口出现在了前方。

出口处无门，不过中央摆着一只青铜鹤脚的灯台，有半人高，造型很奇特，上面起了一层白色的冰膜，使得颜色看起来偏黑。

我们走出走廊,来到后殿之内。胖子打起一支冷烟火四处观瞧,发现后殿的格局和大殿几乎相同,只是小了很多。我们可以直接看到四周的殿墙,墙上仍旧是漫天的百足龙壁画,颜色当初应该都是鲜艳的红色,现在都被冻成灰的了。

后殿之内空空如也,没有任何的陪葬品,就连搜索都不需要,一目了然。中间横放三张黑色的雷纹盘龙石床,上面覆盖着雕刻有云边的木台,都已经被冻得开裂了。

这就是停棺台,棺椁被抬进来之后,暂时就放在这里。这里有三张,显然当时入殓的时候并不是只有一口棺椁,陪葬者的妻儿也同时陪着他下葬了。

当陪葬者的陪葬,听起来就感觉非常不幸,但是在那个年代,也没有办法。

三张石床后边的地上,一块四方形的巨大石板凸出,石板上雕刻着两只人面怪鸟,呈现环绕状,石板的中间浮雕着太极八卦图。这是封墓石,地宫的入口必然在这块石板之下。

除此之外,后殿真的是啥也没有,空旷到了过分的地步。

胖子看了一圈,道:"万奴老儿真吝啬,舍得钱给手下盖房子,舍不得钱买家具,这叫别人怎么过啊?肯定好东西全被他一人占了。"

华和尚道:"别胡说,能盖这么大一个陵墓,还会舍不得几个祭品?这他娘的肯定有什么特别的原因。"

我也感觉没这么简单,这后殿之中的情形有点不太对劲,即便是一个边陲小国,如我们所预料的国力不足,但再怎么说,破船也有三斤钉,没有金银,一般的铜器总会有几件的。

又搜索了一圈,四周也没有通道通往其他地方,我们就来到封墓石板的一边。胖子甩开膀子上去用力抬了一抬,纹丝不动,忙招呼别人来帮忙。

为防石台下面有毒沙、毒水之类的陷阱,闷油瓶仔细地检查了封墓石板边上的青砖地面,确定并无问题之后,郎风把顺子往一边的停棺台上一放,就和华和尚、叶成他们上去推动石板。

几个彪形大汉力气真不是盖的,就听"嘎嘣"一声,石板给移开了少许。他们继续用力,缓缓将整个石板推到一边。

我们往石台下面一看,却吃了一惊。石台之下并没有任何密道入口的痕迹(没有封墓门的条石),而是如边上一样的青砖,只不过因为石板压在上面长达百年,地上有一个四方形的印子,用脚一踹,有凹凸感,石板上的青砖已经被压入地下几毫米。

"怎么回事?"潘子奇怪道,"这封墓石是假的?摆设?"

"不可能,这是最基本的葬式,玩什么都不会玩这个,入口肯定就在这里。"华和尚道。

"会不会封在这层青砖下面了?"叶成问。

我皱起眉头,这些砖头没有被铁浆封死,看上去似乎有点问题,但是要我下结论,我又不知道怎么说。

胖子道:"管他呢,反正没人,难得到一回皇陵,拆了砖头看看就知道了。"

叶成马上附和:"其实我也是这么想的,我们这些人现在已经不能说是在盗墓了,我们现在干脆就叫明抢。盗墓的时候还怕惊动四周的居民,怕遇到巡逻的警察,但是现在最近的警察局也在八百里外,我们根本就不用怕什么。"

我们所有人的肾上腺素都开始过度分泌。挖掘和开地宫永远是令人兴奋的时刻,有时候开棺都没这一刻紧张,这一点谁也无法否认。

闷油瓶蹲下身子,用他奇长的手指夹住一块青砖,用力一拔,硬生生地将砖头从地上拔了起来。叶成和华和尚看得目瞪口呆,嘴巴都合不拢。

胖子很得意,脸上大有"看见没,咱们兄弟厉害不"的表情。闷油瓶却不给他面子,看也不看他。有了一个缺口就好办了,我们忙上去帮忙,用登山镐将砖头挖出来。

让人奇怪的是,下面的砖头仍旧没有铁浆的痕迹,全部是交错结构,并不难挖。

我不祥的预感又重了一点,因为地宫的入口处是堡垒最森严的部分。

当年孙麻子挖慈禧墓,要不是有炸药,连地宫石封的皮都铲不掉。这里如此轻松就能起出青砖,就肯定不对了,会不会下面有什么蹊跷?

但是闷油瓶不说话。一般而言,如果有问题,他肯定能马上发现,他不说话,我说话似乎又没资格。

半支烟的工夫,我们就挖出了一个大坑,最后一层青砖被起出后,数了一下只有七层,大概是因为这里建筑的高度是固定的,要想不撞到洞顶,只能牺牲底下铺地砖的数量。坑底下面,竟然露出了一块黑色的、类似于布满花纹龟壳的石头。

"是不是封石条?"叶成兴奋起来。

"不是。"最下面的华和尚敲了敲,把黑色石头四周的砖头都起出来,砖头下面出现了一只八仙桌大小、黑色的双头石雕龟,龟壳上雕刻的花纹,看起来竟然是一张女人的脸。

"这是怎么回事?"众人不解,这应该是地宫入口的地方,竟然埋着一只石头乌龟。

"怎么没有墓门?"潘子刚才出力最多,喘着气纳闷。

"先搬出来再说,看看龟下面是什么。"华和尚也摸不着头脑,开始乱指挥。

其实不用搬就知道,乌龟下面肯定什么都没有,我已经看到乌龟底下的黑色山岩了——我们已经挖到洞底了。

几个人手忙脚乱地跳入坑内,想将石龟抬起来,才蹲下身子,胖子就"咦"了一声,似乎发现有什么不妥。

我凑过去一看,只见胖子挂在腰上的工兵铲,不知道为什么竟然黏在了龟的背上。胖子用力一掰,掰了下来,一放手,那工兵铲又被吸了过去。

我看着奇怪,难道这龟是用磁石雕刻的吗?

几个人围过去看,都啧啧称奇。胖子掏出一枚硬币往乌龟背上一扔,"当"的一声,吸得牢牢的。胖子自言自语道:"嘿,真逗啊,这么大的磁铁,这墓主人是收废铁的?"

陈皮阿四在上边休息,看我们发现了什么,以为是找到了入口,问怎么回事，华和尚便把情况向他汇报。

　　还没说完，陈皮阿四的脸色就变了，他忙让叶成搀扶他下来，走近那只龟，从自己口袋里拿出指北针。一看之下，他的脸色几乎绿了，狠狠地把那指北针一砸，冷声道："糟糕，我们被骗了！这个陪葬陵是个陷阱，我们中计了！"

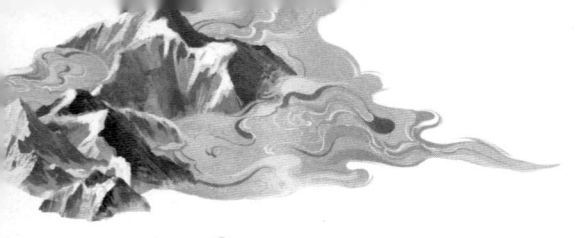

博弈 第二十二章

我看着陈皮阿四的表情,顿时觉得不妙。这个老家伙一路过来,一直闷声不响,只在关键的时候说几句话,从来都没有什么恼火的表情,但是现在,明显是真的大怒了。

华和尚也察觉到了这一点,紧张起来,问道:"老爷子,怎么回事?"

陈皮阿四脸色非常难看,对我们道:"这里的龙脉被人做了手脚,这条三头老龙是假的,龙头的方向错了!"

我心里"咯噔"一下,忙掏出自己的指北针去看。果然,无论怎么转动,指针都是指着黑色的石龟,显然,这古怪的东西磁性极强。

我马上明白了陈皮阿四的意思。看风水脉络的,方位非常重要。刚才一路过来,陈皮阿四都是靠这个指北针,配合自己心里熟背的罗盘来确定龙脉的走向和方位。但是,这里埋着一只磁石雕刻的东西,体积这么大。当我们靠近这座山的时候,指北针里的南北指向肯定会受到影响,那他当时用来判断龙脉走向的依据就是完全错误的!

这三头龙的格局是在这错误的依据下判断出来的,那肯定也是假的了!

也就是说,这里根本不是龙头,什么昆仑胎、外面巨大的冰穹,都没有了存在的理论依据。它们都是一种假象,都是引导我们走入这个陷阱的心理暗示!

汪藏海肯定是想到了以后能找到这里的人，必然有相当高的风水造诣，所以早就做好了准备。在我们还没有进入陵墓，还没有提高警惕的时候，就进了他的套。

我突然感觉到一种无力感，昆仑胎、冰穹，如此巧妙的设计，竟然只是为了一个陷阱！汪藏海果然对盗墓有着深刻的了解。一直以来，我都嘲笑那些笃信风水的建筑师，风水没有给墓主人带来任何福荫，反而为盗墓贼指明了无形的方向，但是我们犯了同样的错误，被一个古人硬生生摆了一道。

现在是和一个死了有几百年的人博弈，结果第一局还没开始我们就被将军了，真是出师不利。

胖子和潘子还不明白，我把事情给他们一解释，胖子还不是很相信，说："不可能啊，那时候怎么可能有这么大的磁石？"

我感慨道："这只石龟，肯定是用磁性陨石雕刻而成的。这东西的价值非比寻常，可是汪藏海用它来压墓，看来为了保护云顶天宫，老汪是下了死力气了。"

"我靠，不可能。"胖子还是不肯相信，说道，"这里修得这么正规……"

说到一半他也意识到了，这座灵宫建筑制式的确正规，但是里面一点灵宫的必需品都没有。其实我们早就发现破绽了，只是谁也没想到整座灵宫竟会是一个圈套，只因为它的制式太正规了。

陈皮阿四脸色铁青，也不说话，只是狠狠地盯着那石龟，眼神非常可怕。

我和华和尚他们在那里合计，这一下子算是完蛋了，我们的粮食肯定不够再转向去三圣山，这一次恐怕要先回山村补给，那这一趟来回，算是完全白走了。而且我们几个损伤都很大，估计回到村里还得花时间休息，这时间损失不起，阿宁他们就算走得再慢，也到了。

现在还不知道三叔这些安排的目的，但是无论从什么角度来讲，我们都已经处在下风。

想到这里，人就不由得有一些烦躁。这件事情其实谁都没有责任，不过，人在遇到挫折的时候，有人是祸头总是有好处的，不然火没处发，只好在那里郁闷。其他人的脸色也不好看，但是如今也没有任何办法了。

胖子看我们都有点泄气，说道："算了，那我们快回去，不过是走错路了，咱们出去再来。阿宁他们才那么几个人，不可能把东西全运出来，咱们动作快一点，还有洋落好捡！"

我一听他脑子里全是洋落，突然生出一股无明火，冷笑摇头说："你知道什么，三叔几乎是牺牲了自己的生意来拖慢阿宁他们的进度，但我们还是慢了一拍。如果回去再回来，不知道要给他们落下多少，三叔可能就会凶多吉少。你只知道明器，什么都不关心，别在这里瞎叫。"

胖子听了也不爽，破口就想戗我，叶成把他按住："好了，好了，现在不是吵架的时候。"

气氛一下子很尴尬，胖子甩开叶成，骂了一声，走到一边去抽烟。华和尚摆了摆手，说道："白走一趟，大家都不好受，现在主要是想办法补救。咱们镇定点，想想怎么办吧。"

胖子道："什么补救，我认为没关系，这么大一个磁石戳在这儿，谁到这里来都要倒霉。你们就敢说阿宁那帮人没中招？说不定他们的方位也全错了，现在已经给边防打成蜂窝煤了。我们应该把这里摸一遍，把能带的都带走，然后用最快的速度折返，在山下重整装备再来，别浪费时间，既然已经中招了，不面对现实怎么行？"

我知道胖子其实说得没错，可能我们到最后还是不得不按他说的原路回去再来，但是现在他这样的论调在这里是不受欢迎的。

潘子马上摇头："说得轻松，要你现在按原路回去，你有把握回得去吗？就算你认识路，咱们走了一天了，你皮糙肉厚的不觉得累，我们可吃不消。就算要回去也肯定是明天早上，小三爷的担心是有道理的，这样耽搁时间，三爷所作的部署就全白费了。"

胖子一听马上就抓狂了："三爷，三爷，去你的三爷！你们连那老瘪三在想什么都不知道，还扯什么淡！胖爷我为什么非得掺和到你们的家务事里来？老子是来摸明器的。不管了，老子自己摸完自己走，你们陪那不阴不阳的老鬼一起去死吧。"

说着，胖子就扯起自己的包，打亮手电，往走廊走去，不过，才走了两步，闷油瓶就拦到了他的面前，不让他继续走。

胖子对闷油瓶有点忌惮，不好对他发作，但是又不好下台，问道："干什么？别拦着胖爷我发财。"

闷油瓶道："你不觉得奇怪吗？我们到了这里，好像情绪都很焦躁，连吴邪都发火了。"

闷油瓶一说，胖子就一愣，马上转过头来看着我。众人都脸色一变，我心里也"咯噔"了一下。

是啊，刚才的无明火就是突然起来的，发得一点道理也没有。我不知怎么的，突然就有一股烦躁从心里散发出来，胖子以前就是这样一个人，再不靠谱的话我都听过，但我怎么就发飙了？这不是我的性格啊！

以我的做事方式，就算真的有人说不中听的话，我也不会在这种场合去挤对他，而且刚才胖子的反应也太大了。

难道真是被四周的环境影响了？我转头看向四周，四面一片漆黑，手电照过去，整个黑暗的空间里只有我们几支手电是亮的，黑暗犹如黑色雾气一样，把我们团团围在里面，非常压抑。但是压抑归压抑，我感觉这不是那种莫名焦躁的源头。

"怎么回事？好像刚才真的有点邪门，突然就发火了。"胖子也醒悟过来，问闷油瓶道。

闷油瓶对我们道："我也不清楚，不过我看这里不仅仅是一块磁铁这么简单，现在一定要冷静。你们争论也没有用，这里既然是陷阱……"他顿了顿，"汪藏海花了这么大的精力设置这里，能放我们进来，不一定能放我们出去。"

我心里的烦躁一下子又浮了上来。一想到闷油瓶的话，我硬把怒火压了下去，说道："那现在怎么办？"

闷油瓶不说话，只是看了一眼陈皮阿四，后者也看了他一眼。闷油瓶道："既然已经入了套，我们只能走一步是一步，现在下结论能不能出去还太早。不过，不管怎么样，我们必须把这只乌龟毁掉，然后在这里搜索一下，确定再也没有同样的东西，不然我们来几次都是一样。"

众人都怒目看向那只乌龟,显然从来没有比现在更恨这种动物。

大磁铁打碎了,也只是变成小磁铁而已,还是会对指北针有影响。要完全消除磁性,只有用火烧。

我们掏出无烟炉的燃料,浇在乌龟身上,然后胖子点起一根烟,猛吸了一口,往里面一扔,火就烧了起来。无烟炉燃料的热量极其大,一下子,我们就感觉炽热的气浪袭了过来。

华和尚拿出指北针,看里面的指针转动。

很快乌龟就给烧得通红,就连四周的砖头也都给烧成了红色,我们趁机靠到砖坑边上取暖。

这里没有任何可以用来焚烧的木头,用高纯度的燃料,很快就烧完了。大概半支烟的工夫,底下只剩下了滚烫的砖头和通红的乌龟。

"怎么样?"我问华和尚,凑过去一看,只见指针已经不再指着那只乌龟了,磁性已经消失了。他又拿着指北针走了几圈,确定地下再无其他的磁石,才点头说"搞定"。

此地不宜久留,既然是个陷阱,我们再无留恋,几个人收拾了一下。我想着闷油瓶说的话——能放我们进来,不一定能放我们出去,心中已经有了一点不祥的预感。会不会我们进到这个后殿之后,外面已经发生了什么变化,有什么不可知的变故正在等着我们?

我脑子里闪过几个不太好的画面,又马上否定掉,现在也只是推测,没必要自己吓自己,走一步是一步就行了。

不过,我的预感总是在倒霉的时候出奇地准确,就在我们准备重新进入走廊的时候,突然,不知道从后殿的哪个角落里传来一连串"咔啦咔啦"的声音。

"咔啦咔啦"的声音极脆,十分刺耳,我们都听到了,马上停住了脚步,转头去看。

声音并没有停止,而是一直在延续。我听了一会儿,发现竟然是从我们焚烧过的那个砖坑里传出来的。

我心里奇怪是什么声音,便小心翼翼地走回去,探头一看,只见坑底的那只乌龟竟然裂了开来,大量的裂缝在乌龟壳上蔓延。同时,我们看到一股奇怪的黑气从裂缝中飘了出来,速度很快,瞬间膨胀上升到了空中,犹如一个巨大的软体生物,从乌龟的体内挤了出来。

接着,黑气和我们头顶的黑暗连在了一起,不停地蠕动,看形状,竟然和我们刚才在外面大殿之中看到的黑色图腾越来越相似。

"这是……长生天!"胖子脸色惨白,大叫道。

"你别吓人。"华和尚道,"可能这乌龟是空心的,热胀冷缩,就裂开了,里面有什么东西给烧焦了。"

胖子变色道:"空心的?那这黑烟会不会有毒?"

"应该不会,没这个先——"华和尚话没说完,闷油瓶突然做了噤声的手势,让我们不要说话。

我被他的动作弄得一下子冷汗都出来了,忙捂住嘴巴。所有的人都屏住了呼吸,四处去看,想知道又出什么事情了。

我四处转头,听到自己的心在怦怦作响,就像打鼓一样,四周却没有什么异样。在这极度安静的后殿中,除了石龟的爆裂声,还有一种非常轻微的窸窣声,不知道是从哪个角落里传过来的。

我听了半天,也没有听出那是什么声音,连它的方位也感觉不出来,好像这声音是直接进入我大脑的。这座灵宫在冰穹里面,不可能被风吹到,这声音肯定不是风声。

上方的黑烟越来越浓,那种窸窣声也越来越密集。很快,四面八方全都传来这种声音,听得人浑身直发痒。

闷油瓶的脸色越变越难看,不停地转身,看着积聚在头顶上的黑气,自言自语道:"烟里面有东西!"

华和尚听着那窸窣的声音,又看了看那只石头龟,似乎也意识到了什么,脸色一下子变了:"这烟是虫香玉?乌龟里有虫香玉!汪藏海想让我们死。"

"虫香玉是什么东西?"我问道。

没人回答我,但是我知道我很快就会知道。闷油瓶指了指一边棺床上躺着的顺子,示意郎风背上他,然后一指前面走廊:"跑,不要回头!不管什么东西掉到身上,都不要停,一直到出去,快!"

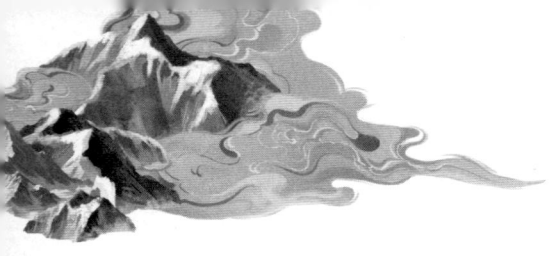

第二十三章 骚动

我一看闷油瓶的脸色,就知道他绝对不是在开玩笑。在鲁王宫里碰到血尸的时候,他都没露出这种表情来,看来这次的事情肯定很严重。

但是此时我又不好去问他到底出了什么事,只得答应一声,拔腿就准备招呼别人跑路。

我认为我对闷油瓶的指示贯彻得已经非常彻底了,没想到一回头,发现叶成和胖子他们已经跑进走廊里了,暗骂一声没良心,忙跟了上去。

冲过了走廊,撞开玉门来到大殿,那种窸窣的声音不减反增。此时,已经可以明显感觉到声音来自房顶的所有方向,就好像无数只脚在头顶摩擦横梁,听着让人直起鸡皮疙瘩。

但是抬头向上看去,却是无尽的浓雾一样的黑暗,什么都看不到,更不知道是什么发出的声音。我们站在这样的黑暗和不安底下,恨不得马上离开,所有人跑起来都几乎是拼了命。

相信所有人都有体会,在黑暗中遇到自己恐惧的东西,你一个人逃跑,跑不了多远就会停下来。但是如果大家一起跑,到后来就肯定一发不可收拾,你的想象力和落单的恐惧不会让你停下来。

不过,人跑步的速度终归有差别,叶成已经给吓破了胆,跑得比兔子还快;胖子跑得也不慢。这两个人速度最快,一下子就飞了出去,我们几乎跟不上,加上黑暗中看背影几乎不能分辨出谁是谁,很快,几个人就拉开了距离。我在后面勉强追着,只能凭借手电的光点来分辨方向。

也不知道跑了多久,我的力气几乎都用光了,脚步不由自主地慢了下来。看着前面的手电光也逐渐变慢,似乎是目的地快到了,我也松下劲来,心里庆幸,幸亏体力比以前好了不少,不然肯定就被他们落下了。

等我跑过去一看,前面几个人都停了下来,撑着膝盖大口地喘气,却不见出去的石门,前面还是一片黑暗。

我问怎么回事,怎么不跑了。

叶成上气不接下气,脸上青筋开始暴出,道:"不对……不对劲……我刚才留意过,大殿一共是五百步距离,我的步长是一米,以这样百米狂奔的速度,估计两分钟不到就到了。可是现在,跑了早已不止两分钟,至少应该看到玉门了,但是前面还是什么都没有,有问题!"

胖子道:"会不会你数错了?哪有人每一步都绝对是一米的?"

叶成自豪地笑起来:"绝对不会错,我的一步就是一米,不超过一厘米的误差,你要不信,咱们可以打赌,我们回来我已经跑了快一千步了,肯定有问题。"

后面的人也跟了上来,看到我们不跑了,速度也慢了下来,跑到我们身边停了下来。几个人都背着沉重的装备和厚衣服,这一通跑下来,全都累得气喘如牛,几乎都要摔倒了。华和尚大口喘着气,道:"怎么停下来了?快跑啊,一口气跑出去再休息。"

叶成一口气把情况一说,华和尚脸色也变了,抹了抹头上的汗道:"怎么回事,我们进来的时候没走岔路啊,怎么一往回走就找不到路了呢?"

我想了想,心道,肯定又是中招了,这里必然用了什么我们不知道的手段,便对他们道:"果然小哥说得没错,汪藏海根本就没想让我们出去。"

"那怎么办?"胖子问,"我们换个方向,往左跑!"

我左右转了转头:"不行,既然原路都回不去了,肯定是朝任何地方跑,都会跑到四处不着边的地方,永远到不了头,不用白费这个力气。"

叶成骇然道："我靠,那我们岂不是要被困死在这儿了?"

我在海底墓穴中领教过这些机关的厉害,但是也摸到了一些门路,对叶成说:"那倒不至于,我们有这么多人在,肯定能出得去,只要集思广益,就不会有问题。毕竟,汪藏海只能在他的能力范围内动手脚,机关再精密,也肯定是有破绽的。怕只怕汪藏海困住我们不是本意,那头顶上的怪声,才是我们要担心的东西。"

我又抬头看了看上边,窸窣之声已经密集到让人发痒的地步,心中骇然。叶成用手电扫来扫去,上面灰蒙蒙一片,只能隐约看到彩绘的房梁,快要把人逼疯了。

华和尚道:"待在这里不动也不是办法,要不我们兵分四队,朝两个方向跑,这样总归有一队能先出去,不至于全军覆没。"

胖子大叫道:"你看看清楚,人还没到齐,我们就这么几个人,怎么兵分四队?"

众人一听,忙四处看,一数手电,果然,几个人顿时就蒙了。

闷油瓶、陈皮阿四、背着顺子的郎风,还有潘子都没赶上来。我靠,一半的人都没了,我还以为他们都在我们四周。

刚才跑的时候乱成一团,也没有注意到他们是什么时候掉队的。现在回头去看,四周看不出一点光线,根本无从寻找他们的下落。难道是刚才跑的时候跑岔了路?如果跑进了这里的黑暗当中,那就麻烦了,在这种情况下走散,几乎等于自杀。

我捏了捏眉头,仔细回忆了一下刚才的细节。我们并不是跑在最后的,那些人,比如说潘子,他一向的习惯就是在最后,这是他当兵养成的习惯,这样可以监视所有人的行动;陈皮阿四年纪大了,也是在我们后面;郎风背着个人,行动不便,也跑不快;而闷油瓶是职业级别的突然失踪人员,他在遇到情况的时候一般会习惯性地殿后,然后突然失踪。

这些人都在我们后面,显然他们失踪的时候离我们并不远,刚才我们跑得太疯狂了,一点也没有察觉到。

华和尚他们一下子没了头儿,不知道该怎么办才好。胖子扯起嗓子就大吼了一声:"老潘!你们在哪里?"

他的声音一落,忽然就听到一边传来了郎风的声音。这声音根本无法让人辨别方向,叫得却极其响,只听郎风大叫道:"我靠,和尚!快把手电灭了!看头顶!"

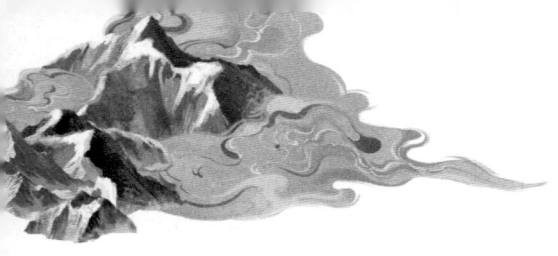

第二十四章 墙串子

"灭手电?"我一听,蒙了,已经少了这么多人,还灭手电,要是再少了怎么办?这不是找倒霉嘛,忙看向华和尚,想他老成些,看他怎么反应。

华和尚也紧张得要命,看见我看向他,竟然还问我:"灭不灭?"

胖子关掉手电,道:"听他的,灭了看看!"

我马上关掉手电,华和尚他们也陆续关掉,四周一下子就陷入了绝对的黑暗当中。我们赶紧抬头看房顶,一开始还是一片漆黑,什么也看不到,胖子正想骂人,忽然上面就亮了起来。我们马上看到,无数绿色的小光点密密麻麻地聚集在房顶上,乍一看,好像看到了漫天的星海一样。

"这是……五十星图?"

我听到边上华和尚惊讶道,抬头再一看,果然,上方的绿色光点组成的形状,隐约是一个五十星图的样子,但又不是很像,因为这些绿色的光点竟然是移动的。

"这下发财了,这么多夜明珠!"胖子惊讶道。

"不是,夜明珠哪有这么小。"我冷汗都下来了,"在动,是虫子!"

"虫?什么虫?"胖子一下子就紧张了,大概是想起了尸鳖,"萤火虫?"

"不是,萤火虫是一闪一闪的,我没——"话还没说完,我突然感觉到脖子里痒了起来，好像什么东西掉进了我的领子，忙用手一摸，摸到了一团东西，一捏就被我捏死了。

当时凭借着手感，我就感觉到不妙，这是节肢动物，而且好像长了很多的腿。

我把这东西用手指从脖子里捏出来，打开手电一看，心里忽然一毛，忙扔到地上。

那是一只巴掌长、长得非常像蜈蚣的虫子，前后的触须很长，身体细长、分成十五节，每一节的背上都有一个绿点。但是，它和蜈蚣明显不同的是，这虫子的脚非常长，几乎和它的身体等长，而且非常多，犹如很多毛长在躯干两侧。

我知道这种虫子叫作蚰蜒，有的地方管它叫墙串子或者蛴蜡。这东西非常邪门儿，我小时候什么都敢碰，但是就是不敢碰它，总觉得一看就浑身不舒服。我们家乡的传说，这东西只要爬到你的身上，给它爬过的地方全都会腐烂。最可怕的是，这东西会往人的耳朵里钻，现在看到，我一下子就浑身发麻。

墙串子在《聊斋》里面也有记载，最大能长到三尺，而且和蜈蚣、蜘蛛一样，都是妖性很重的东西。

看到这虫子我就全身发紧起来，突然头上又痒了起来，一摸又是一只，是从上面掉下来的。

我顿时大叫起来，忙把它拍掉，然后戴上了登山服的帽子，一照地上，我靠，不知道什么时候，地上已经爬了好些这种虫子，而且还有更多不停地从上面掉下来。

下面的人无可避免地中招，华和尚反应没我这么快，已经跳了起来，不停地将他脖子里的东西拍出来，但是一点用也没有。那东西见缝就钻，很快就钻到了他的衣服里面。而且地上的虫子也不知道怎么回事，全都围向我们，从我们的鞋上往上爬。

胖子一只手拿出脸盆罩在头上，另一只手用工兵铲不停地拍打。我看到叶成抱住了脑袋，赶紧去帮他，拉开他的手一看，只见他的耳朵里已经爬进去了好几只。

有些墙串子和蜈蚣一样有剧毒，甚至毒过蜈蚣，我宁可身上爬满蝎子，也不愿意招惹这种东西。我让他侧转头低下，拍打他的脑袋，好把虫子拍出来。

我们边拍边跑，但哪里都像下雨一样，墙串子不停地往下掉。正在我们要抓狂的时候，忽然"啪"的一声，远处的一盏灯奴亮了起来，不知道是谁给点燃了。

我正在纳闷这时候谁还有心思去点灯，忽然地上的墙串子就起了反应，开始向灯奴的方向爬去。

远处传来顺子的声音："几位老板，点起火！这些虫子会在温暖的东西上产卵，不要让你的身体成为四周最暖的东西。"

原来是顺子这小子，我心道，看样子他醒过来了。

我和胖子一听，赶紧爬上一边的灯奴。这东西是用石头雕刻而成的，造型是一个人背着一个盆子，盆子里面就是灯芯。灯奴有一人多高，我爬上去一看，盆子里的万年油都被冻成肥皂了，里面爬满了虫子。

我拿起打火机烧了烧灯芯，火苗一开始很小，但是随着里面万年油的融化，慢慢旺了起来。油盆子里的墙串子看到火苗，竟然毫不犹豫地围了上去，几只墙串子缠绕在一起，被火烧得噼啪作响。

我再一次打开手电，向屋顶照去，上面的横梁彩画已经发生了变化，似乎刚才的图案是由这些虫子排列而成的。这时候其他地方也点起了灯奴，火光在黑暗中显得非常灰暗，我还是看不到边上的人，但是已经知道了他们的方位。看来这里的黑暗并不是不能用光来穿越，而是我们的光线不够强而已。

头上还是有零星的虫子掉下来，但是大部分都掉到灯奴那个方向去了。我们几个用手护着头，向一边的灯光跑去，跑了几步就看到郎风还有顺子。郎风倒在了地上，不停地抽搐，顺子一边摸着后脑，一边给他拍身上的虫子。

我跑上去，问顺子他怎么了，顺子道："完了，虫子跑进他脑子里去了，进得太深，挖不出来了。"

胖子"啊"了一声，不由自主地挖了挖耳朵，自言自语道："幸亏我耳屎多。"

我问顺子:"还有没有的救?"

顺子摇头道:"不知道。在我们村里,一旦中了这雪毛子,死活是听天由命的。"

我翻了翻郎风的眼睛,已经没有知觉了,看来真的够呛。不过,这其实也是好事情,因为这家伙是陈皮阿四手下的人,到时候如果和陈皮阿四翻脸——这是迟早的事情——肯定非常难对付,现在他中了招,我们手里就多了一分胜算。

潘子从远处叫了一声,让我们全部围过去。我对顺子道:"先不管了,人集合到一起再说吧,你脑袋没事吧?"

顺子点了点头,纳闷道:"我怎么突然就晕过去了?我记得你们要炸山,怎么,这里是什么地方?"

我一时没反应过来,胖子马上道:"你真糊涂了,我们本来只是想放个礼炮,没想到雪崩了,有山石掉下来,砸到你头上了,把你砸晕了。我们被雪裹到了这里,好像是座庙,我们也弄不清楚是怎么回事。"

顺子想了想,道:"我没一点记忆了,不过,你们怎么可以在雪山上炸东西?简直太乱来了……不行,你们回去得给我加钱,这买卖不合算。"

胖子还想说话,我怕胖子扯到哪里去都不知道了,拍了拍他道:"别扯淡了,这事情咱们待会儿再说,快点过去。"

说着,我和胖子两个人一起抬起郎风,想把他抬到潘子那里去。郎风个子太大了,我们两个几乎用尽了全部的力气,才勉强把他推得坐起来。

郎风抽搐着,脑袋已经挺不直了,耷拉在一边,我想着怎么把他抬得立起来。这个时候,胖子突然皱了皱眉。

我顺着他的目光看去,发现郎风的后脑有一块被打过的痕迹,虽然不是很明显,但是仔细一看能发现。

我心里"咯噔"了一下,这说明郎风并不是中了毒,而是被人打晕了。我看了一眼正在背郎风背包的顺子,刚想问他是怎么回事,胖子嘘了一声,示意我别说话。

我看了看胖子的眼色,不知道他什么用意,只好还了一个眼色过去,然后抬起郎风,吃力地往潘子的方向去了。

经过一段黑暗,我们到达了潘子的那盏灯奴之前,陈皮阿四和潘子都等在那里,唯独不见闷油瓶。我问潘子:"那小哥呢?"

潘子道:"不是和你们在一起吗?我一直没有看到他。"

我向四周望去,除了我们和顺子点起的那两盏灯奴外,没有第四盏灯奴亮起来,远处只有两点朦胧的火光幽幽地毫无生气地立在那里。

按理说,在那种环境下,听到顺子的叫声,怎么样也会点上边上的灯奴,不然肯定会被这些墙串子围死的。如果他不点上,难道是在听到顺子叫之前,已经像郎风一样中招失去了知觉?

也不可能啊,像他那样的蚊香体质,应该什么虫子见了他都怕才对。

胖子对着四周的黑暗大叫了一声,声音一路回旋,在空旷的灵宫里面绕了很久,可是没有人回答,好像闷油瓶根本没有进来过一样。我静下来一听,也没有任何呼吸声和脚步声。

我心里明了,以这个家伙的身手,应该没有什么东西能够在毫无声响的情况下制住他。如果他这样无声息地消失了,肯定是他有什么特殊的理由,或者发现了什么东西,自己离开了队伍。即使我们现在跪下来给他磕头,他也不会出现的。

潘子和胖子又叫了几声,确定没有回应,就打起手电准备去找。我把他们拦住,道:"这时候千万别走散了,我们先把伤员处理好,然后一起去找。"

众人一想觉得也对,马上围到了郎风边上,陈皮阿四检查了一下郎风的伤势。以他这种老狐狸的性格,我看到他几乎立即就发现了郎风后脑的伤口,但是他一点惊讶的表情也没有露出来,而是看了我一眼,不知道在想什么。

我忽然感觉到有不对劲的地方。不对啊,刚才背着郎风回来的人,是胖子和我,按一般的逻辑关系,陈皮阿四不可能会怀疑在山村里临时找来的顺子,那他就很可能认为,击伤郎风的是我和胖子中的一个,或者是我们两个。

那他以后会对我们采取什么策略,这事情就不好说了。这真是把枪口往自己身上拽啊。

话说回来,顺子是退伍兵,怎么说也是边防第一线的正规军,要说他打昏一个郎风,也应该不是什么困难的事情。他可能是忌讳着我们,到底我们的身份不明,又明显都不是什么好东西,所以暂时装傻来迷惑我们。那我也不能去拆穿他,这里环境这么复杂,多一个朋友好过多一个敌人。

当时就不应该找个当兵的来做向导,我自己在心里嘀咕,感觉到关系乱成一团,不知道该怎么处理才好。

一边的顺子将郎风放倒,然后从口袋里拿出两支牙签,将他的耳朵撑开,将里面的墙串子剔了出来,扔到地上,胖子马上一脚踩死。

顺子和我们道,这种虫子他们叫作雪毛,是非常罕见的中药,一般是在雪线下活动的,在雪线上从来没有见到过,不知道这里怎么会有这么多。郎风脑子里中了虫子,估计坚持不了多长时间了。

一般来说,通过耳朵进入大脑,那是扯淡。我摸了摸郎风的下颌,发现红肿,肯定是墙串子在他耳朵里咬了一口导致他中毒了,没有顺子说的那么严重,只不过这些虫子到底是从哪里来的,真的让人搞不懂。

胖子看着头顶,道:"肯定是藏在屋顶的瓦片里,给那个什么虫香玉一熏,就醒了过来,这一招还真狠。不过,那老汪难道知道我们会烧磁龟?"

我心说那是肯定的,既然把磁龟埋在封墓石的最下方,必然是希望盗墓贼发现,然后对它进行破坏。不论是烧还是砸,估计都会导致虫香玉的挥发,熏醒隐藏在宫殿瓦顶上的蚰蜒,但是对灵宫有所敬的人如果不破坏,那磁龟在这里,就能永远保证云顶天宫的安全。

华和尚带了一些药品,给郎风注射了一支,说是暂时可以保住他的命。注射完了之后,我们将郎风的外衣脱掉,将衣服里面蜷缩着的虫子拍掉。清理干净了,潘子对陈皮阿四道:"四阿公,这虫子的毒性很厉害,我们最好快点儿离开这里,要再有人给蜇一下,药品就不够了。"

陈皮阿四看了看四周，皱起眉头。叶成叹了口气，把刚才我们发现自己被困的事情说了一遍给潘子听。潘子一听之下也是疑惑到了极点："你确定？不会是我们走岔了？"

叶成刚想说话，顺子"嗯"了一声，说道："奇怪。"我回头一看，原来是他刚才点燃的第一盏灯奴的火光，在远处的黑暗里消失了。

灯奴里面的灯油几百年没用了，现在能点着已经谢天谢地了。我对他说这没有什么好奇怪的，但顺子还是皱着眉头，又拍了我一下，让我再看。

我有点不耐烦了。这个时候，我看到我点燃的那第二盏灯奴的火苗抖动了起来，似乎有什么人从旁边走过，带动了风，吹动了火苗。

大殿之中绝对没有风，如果边上没有东西经过，绝对不会发生这样的事情。

我以为是闷油瓶回来了，想叫一声，胖子却捂住了我的嘴巴。我看到火苗的光隐约照出了一个人的轮廓，但肯定不是闷油瓶，因为这个影子太高大了。

我感觉有点不对，但是火光太暗了，实在连个轮廓也照不清楚。陈皮阿四看了几眼，突然手一扬，打出一颗铁弹子，直掠过远处灯奴的火苗边上，劲风带起火苗，亮了一下。我们马上就看到了一个脖子长得有点异样的人影，站在灯奴的边上。

第二十五章 百足龙神

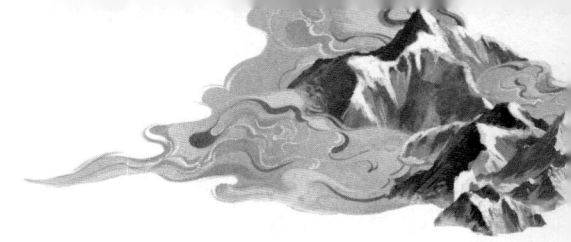

陈皮阿四的铁弹子飞过之后,闪动的火苗瞬间又暗淡了下来,那边的人影变得模糊,一下子又看不清楚了。铁弹子最后不知道打在了什么上面,发出一声脆响,滚落到地上,声音在空旷的灵宫里回荡,听得让人直起鸡皮疙瘩。

火光闪起的那一刹那,所有人都被这影子吓了一跳,顺子更是惊慌,吓得轻声叫道:"这是什么东西?"

华和尚马上把他的嘴巴捂住,不让他继续说话,几个人的手都下意识地按到自己的刀上。

陈皮阿四对我们摆了摆手,让我们不要这么紧张,然后给华和尚使了一个眼色,后者马上几步跳上一边的灯奴,一手将火拍灭了。

我不得不佩服陈皮阿四的冷静,在这么诡异的环境下,任谁也不会想到把自己身边的光源拍灭,都是希望自己身边越亮越好,但其实身处在黑暗中才是最安全的。

灯奴一灭,四周又一下子暗了下来,如浓雾一般的黑暗将我们包围了起来,另一边的灯奴却显得更加明亮。

我们"啪啪啪"把自己的手电也灭了,一起屏住呼吸,看着那边的影子。身边的黑暗一下子刺激了我的神经,我感觉到心脏跳动得非常厉害。

这影子明显是一个人的，大部分的身体还是隐没在黑暗中，让人觉得非常异样的是他奇长的脖子，和他身上一些让人难以言说的、似乎是刺或是触须一样的东西，看上去竟然不像是人类，而像是一种……一种鸟类。

我本能地感觉到一阵寒意，除了闷油瓶，其他人都在四周了。这影子看着又肯定不是闷油瓶，难道这里还有其他人？

那他是什么人？怎么会出现在雪山顶上的灵宫中呢？难道刚才这里的雪崩引起边防的注意了，这人是来探路的？

也不会，先不说雪崩发生在山谷里，就是真发现了，赶过来起码也要一天时间，不会这么快到达。

我突然又想到，这个灵宫是汪藏海设下的一个陷阱，既然是一个陷阱，必然是险恶万分，落入陷阱的人绝对想不到里面等着他的是什么。这个影子，会不会就是汪藏海设立这个陷阱的时候，安排在这里的怪物呢？

我们大气也不敢出，死盯着那个影子，指望着能从它的动作和形状中推断出是什么，最起码能让我们知道这东西到底是人还是其他的什么东西。

但是奇怪的是，那个影子也是直直地站在那里，犹如一座泥雕，连晃也不晃，似乎根本不是活物。

等了片刻，双方都没动静，胖子开始沉不住气了，轻声说道："不对劲啊，是活物它就得动，这东西一动不动，是不是我们看花眼了，那是那些灯奴映在柱子上的影子？"

叶成道："胡说，灯奴不是都在边上站着吗？怎么能自己走到这边来？"

胖子轻声道："不是说天地灵气，琵琶都能成精吗？说不定这里的石头灯奴就成了精了，自己能走动。"

我被他说得浑身不舒服，一下子也没有多余的智慧来判断胖子说的话。早几个月的时候我连粽子都不信，现在我见过的粽子可以搓上两桌麻将了，要说世上没有妖怪，我真不敢判断。但是胖子说是这石头灯奴成精，我感觉更多的还是一句玩笑话，胖子越是在危险的时候说话越是不靠谱，这也和他的性格有很大关系。

但是胖子有一样没说错，只要是活的物体，它肯定得动啊，就算是个粽子，它也不可能像石头那样站在那里。这影子一动不动，就太奇怪了。

不管是什么东西，我们也不能一直在这里僵持着。虽然我看不见，但是我知道这里四周爬满了墙串子，如果再有人被咬，虽然不致命，但是雪山上缺医少药，也是要命的事情。

我们轻声一合计，想法基本相同。胖子用非常低的声音道："那咱们就别在这里欣赏它的身材了，偷偷摸过去看看，要真是个人，摁倒就揍！"

几个人答应了一声，我感觉到身边有风一闪，心急的已经摸了过去。一片漆黑也没办法布队形什么的，我硬着头皮朝着那唯一的火光走去。

那灯奴离我们也不是很远，走了几步那影子就越来越清晰，我看着也越来越怪，不自觉地，一种不祥的感觉越来越强烈起来。在几乎走近那灯光能照到的区域的时候，我下意识地放慢了速度，埋伏在黑暗里，缓慢地轻轻地靠过去。

那黑色的影子几乎就在我的十步之外，我眯起眼睛看着他，一点一点地，我的心跳越来越快，冷汗开始不停地往外冒，祈祷着老天不要让我看到我不想看到的东西。

可是，随着越来越靠近的视野，我已经逐渐意识到老天可能不会保佑我这种盗墓掘坟的人。眼前的那东西越来越清晰，一下子我连脚步也迈不动，只觉得浑身发软，最后竟然整个人都僵在那里无法动弹。

我都无法用言语来形容我看到的，那只能说是一条巨大的"蚰蜒"形状的东西。我知道最大的蚰蜒能长到一米多，但是这一条显然更大，像蛇一样扬着半个身体，缠绕在一座灯奴上。我们看到的脖子，其实只是它的两只大毒颚和长触须形成的影子，无数的长脚垂着，整条巨虫一动不动，似乎正在吸从灯油里挥发出来的气体。

在蜈蚣科里，加勒比海加拉帕戈斯蜈蚣能够长到四十到六十厘米，但是长到一米多的至今还没有发现。从这么巨大的体形上来看，这条虫子的寿命，恐怕有上千年了。

　　四周传来了几个人的呻吟声，我甚至听到胖子非常轻地说了一句："你大爷的！"显然其他几个摸过来的人也看到了，开始不敢相信自己的眼睛。我想到我们在半路上看到的那块刻着蜈蚣龙的黑色巨型墓道封石，忽然明白了为什么东夏人的龙会长着蜈蚣的千足！

　　看样子是他们退入深山之后，看到了这么巨大的蚰蜒，把它神化为龙的化身了。

　　脑子里一片混乱间，我听到有人打了几声呼哨，意思是："退回去！"当时也不知道这话是谁说的，我不自觉地就往后退去，一直退，一直退，也不知道退到了什么地方，四周一看，一片漆黑。

　　原来华和尚把我们那边的灯奴灭了之后，我们没有了后退的目标，一退之下，全都走散了。

　　我重新打起手电，想点起一盏灯奴，来吸引他们的注意力，却看到不远处那巨型蚰蜒的影子晃动了一下，它边上的灯奴熄灭了，一下子巨型蚰蜒就消失在了黑暗里。

　　我忽然想起顺子说的蚰蜒有趋热的习性，顿时感觉不妙。同时在很远的地方，华和尚打起了一支冷烟火，叫道："大家千万别点灯奴，所有人看着我的冷烟火到我这里集合。"

　　我听到许多只脚在地板上爬动的声音，频率极快，我一听也不知道它往哪里爬，反正声音是越来越响，赶紧撒腿就跑。

　　混乱中，我听到胖子在另一个方向叫道："为什么不点？点上这个东西，暂时拖一下那大虫子，不点它就直奔我们来了，它这么多脚，我们跑不过它啊。"

　　华和尚道："不行！我闻了那灯油，那油里面也有虫香玉，味道一散发出去，更多的这种……这种东西就会爬出来，到时候更麻烦。"他顿了一下，显然不知道怎么称呼这种巨大的蚰蜒。

　　我一听可能还不止这一条，顿时心里就毛了，一边朝华和尚的冷烟火跑，一边大叫："那我们拿这条怎么办？"

华和尚道："到了这里我自有办法，小心自己的身后，这种虫子爬得非常快！"

很快我就冲到了华和尚的身边，一下子四周出现了很多手电的光束，几个人从黑暗里冲了出来。我们跑得上气不接下气，连话都说不上来。胖子捂着胸口一边看着周围的黑暗，一边就问华和尚："好了，到地方了，有什么办法快说！那东西马上就要过来了。"

说着，我就去听一边那种让人觉得很抽筋的爬动声，但是这一听，那声音却消失了，似乎那大虫子并没跟过来，而是停了下来。

华和尚也是喘得非常厉害，一边咳嗽一边拍了拍背包，说道："其实也不是什么特别的方法，我们还有炸药，炸死它。"

胖子一听失声笑道："那好吧，这光荣的任务就交给你了。你去吧，我会帮你照顾老爷子的。"

华和尚说道："不用我去，我已经安置好了，自然会有人去。"

我忽然从他的言语里感觉到一丝寒意，同时也意识到了什么，转头一看，变色道："郎风呢？"

华和尚不说话，只是看向一边的黑暗，说道："准备好，就要来了。"

话音未落，忽然"轰"的一声巨响，一边的黑暗里忽然闪出一团耀眼的火光，我们条件反射般地全部扑倒在地，大量木头碎屑一下子雨一般落到我们头上，整个地板狂震，弹起的木板子几乎撞到我的鼻子。冲击波不大，但是声音很响，震得我的耳膜嗡嗡响，一时间什么都听不清楚。

我抬起头一看爆炸的方向，只见地板给炸出了一个大坑，边缘已经烧了起来。那条巨大的"千足蚰蜒龙"整个脑袋被炸碎了，身体还在不停地扭动，而爆炸的地方，竟然是我们刚才安置郎风的地方。

我顿时就明白华和尚做了什么，难怪刚才那"千足蚰蜒龙"没有追到我们这里来，它是被一边昏迷的郎风给引了过去，而华和尚又把炸药安在了他的身上。

我简直不敢相信自己的眼睛，转头看了看华和尚和陈皮阿四那边，几个人都没什么表情，似乎这事情和他们一点关系也没有。

陈皮阿四看到我的表情，拍了拍我，轻声对我道："前走三，后走四，你爷爷没教你吗？如果是我，他们同样也会这么对我，做这一行，就要有这样的觉悟。"

"前走三，后走四"是土夫子的土语，意思是做事情之前考虑三步，做之后要考虑四步。土夫子在地下，每动一样东西都是性命攸关的，所以你在做任何事情之前，都必须考虑到后三步会发生的事情和解决的办法。如果发现你无法解决，这事情就不能做。必须把这样的考虑方式养成习惯。

陈皮阿四这样说的目的我也明白，其实像郎风这样的情况，他跟着我们活着出去的机会已经非常渺茫了，他的意思就是，早晚是死，不如让他死得痛快点。

我爷爷也在他的笔记里提过，在地下的时候，有时候等你意识到危险的时候已经晚了，所以在危险产生之前就要考虑到它。盗墓是个细致活儿，又要有胆子，古来不知道有多少半吊子脑子一热就下古墓的，直接就成了陪葬。

话虽然这么说，但郎风就这样死了，也实在是太可怜了，让我一下子觉得连站在陈皮阿四的边上都觉得害怕。

可惜此时我也无法表达自己的心情，只好深呼吸一口，尽量装作什么事情也没有发生。

前面的火光逐渐熄灭，这里的木头板子经过长年的冰冻，空隙里面全是空气中的水分凝结成的冰颗粒，越烧越多，越多就越烧不起来。

我们几个向着那个地板上炸出来的坑走过去。我的脚步变得十分沉重，很害怕会突然看到什么郎风的肢体。胖子和潘子却没有什么大的反应，似乎已很习惯了这种事情，或者说，他们可能认为把郁闷表现出来没有用。胖子看我有点无法释怀，还拍了拍我，轻声道："算了，反正是他们的人，说不定身上还背着人命债呢，出来混总归要还的。"

顺子还不明白发生了什么事情，几乎被吓得有点傻，呆呆地跟着我们。

我走到地板被炸出的破洞处，用手电往下面一照，木头地板下面的砖头给炸出了一个大坑，地下用黑色的石条做了加固的廊子，也给炸裂了，露出一道缝隙，下面是空的。

我知道下面是什么地方，因为这座灵宫的这一部分是修建在陡坡上，但地板是平的，那下面肯定就会用梁柱撑起来的一个三角形空间。所有修建在陡坡或者悬崖上的建筑，比如说布达拉宫，都是这样一个结构。

缝隙中有冷风刮出，显然与外界相连。我回忆了一下，下面的三角空间四周也用白浆墙围着，不知道是一个什么情形，但是有风吹进来，似乎可以从这里出去。

这里显然有什么问题，地面上布满了蚰蜒，如果硬要从正门出去，恐怕会越走越危险，此时炸出了一个坑洞，正好可以让我们脱身。

胖子跳入被炸出的坑中，下面的洞还不能容纳一个人通过，要挖大才行。华和尚也跳了进去帮忙，胖子问我："这样挖下去有没有关系？"

我让他们不要乱来，冬天的石廊子本来就冻得发脆，刚才的爆炸肯定已经把下面的承压结构完全破坏了，这下面不知道有多高，万一突然塌下去，不是塌一个人、两个人，很可能这附近整块地面都会凹陷下去，到时候灵宫就会成为我们的封土。

于是我们在胖子和华和尚腰里系了绳子，另一头系在一边一根巨大的柱子上。我们全都把扣子扣到绳子上，这样一旦发生坍塌，也可以互相照应。

准备妥当，胖子开始用锤子砸下面的石板，没想到才砸了一下，突然"咔吧"一声响从他脚下传来，下面碗口粗的梁子竟然被他踩断了一根，他的脚一下子就陷了下去，一直没到了大腿根。

我被吓了一跳，还以为说塌就塌了，幸好只是脚陷了下去。胖子骂了一声非常难听的粗话，想把脚扯出来，扯了半天，扯到膝盖，却怎么也扯不出来。胖子自己也感到有点奇怪，突然，他的脸色就变了，大叫道："不好，有东西在扯我的脚！"说着人就直往下滑去。

华和尚忙下去拉住他的两只手，用力往上扯，其他人也过来帮忙，想把他的脚拔出来，却没法把他拉到砖坑上面来，似乎下面真的有什么东西把他抓住了。

叶成打开手电，往下一照，众人顿时倒吸了口凉气，只见从胖子踩塌的石廊子的洞中，竟然伸出来一只青紫色的干手，死死地抓在了胖子的脚踝上。

第二十六章 夹层

这真是万万也想不到的情况，所有人都慌了。

潘子一手翻出自己腰间的折叠铲，跳入坑中，抡起来就砍，但是胖子的脚甩来甩去，却没砍中，一下子劈在一边的石头上，火星四溅。胖子一看潘子用的力气这么大，大叫："你砍准点，别砍到胖爷我的脚！"

潘子也大叫："你别动，不然老子从你大腿那儿砍！"说着抡起来又是一下，没想到这一下还是没砍中。

胖子大叫："换人，换人！这小子看我不顺眼，要公报私仇了！"

一边的叶成和华和尚跳下去帮忙，想按住胖子的腿，没想到叶成下去还没站稳，人突然也一陷，下面整个石廊子又塌了一块，他整个人都缩了下去。

真是添乱，华和尚忙上去一把抓住他，自己又没站稳，一个趔趄撞到了我拉着胖子的手。我的角度本来就不好用力，一撞就脱了手，胖子整个人就被拖了下去。

事情发生得太快，加上光线不佳，所以才如此慌乱。几个人滚成一团，胖子像肉球一样，一下子摔进了坑底，我和潘子被他带得重重地摔倒在砖坑的斜坡上。当时我就感觉到有点不妙，还没站起来，就听一连串"刺啦"的声音从砖层下传了上来。

我一听脸色就白了，这声音我太熟悉了，这是我们做建筑受力实验的时候，受冻石质材料大范围纵向开裂的声音。

还没等我想明白，四周就突然一震，整个坑往下猛地一陷，坑下面那部分的石廊子就坍塌了。所有人都没反应过来，突然就失去了平衡，都像坐滑梯一样顺着斜坡滚了下去，裹在砖头里摔到了木头廊塌出的凹陷里。

我还没来得及庆幸自己有先见之明，屁股就一麻，已经摔到了一处斜坡上，然后人就直往下滑去，幸好有绳子绑着，被硬生生绷住了才没继续滑下去，接着四周的砖头劈头盖脸就往脑袋上砸下来。

我屁股摔得生疼，捂着脑袋想坐起来，但是屁股下的斜坡太陡峭了，脚根本借不到力气，只能用手挡开砖头，问其他人有没有事。没人回答我，只听到一连串的咒骂声和砖头的碰撞声。

好不容易砖头不往下掉了，我才能抬头，看了看四周，发现一片狼藉，有几支手电全被裹到砖头里去了，有几支沿着斜坡摔到了下面的黑暗中。幸好这些登山用的德国货结实，一支也没碎。不过一点点光从人和砖头的缝隙里透出来，仍旧什么都照不清楚。边上一片漆黑，头上隐约可以看到一个大洞，是石廊子的破口，我们就是从上面滑下来的。

这里应该就是灵宫大殿的下面，陡坡山岩上架空的那一块空间，我们正摔在陡坡上，要不是有绳子，我们早就滚下去到底了。

叶成就挂在我头边上，被砸得不轻。我拉住他问有没有事，他回答我说吃过中饭了，被砸傻了。

华和尚在黑暗中就叫："小心，这里可能有个粽子，抄家伙，有蹄子的都把蹄子拿出来！胖子，你在哪儿？抓你脚那玩意儿还在吗？"

胖子在最下面，我们和砖头全摔在他身上，就听他的呻吟声从砖头堆里传出来："还抓着呢，都快摸到我大腿根了，老子把他夹住了。快把我拉出来，不然你胖爷我的老二要保不住了！"

"那是我的手！"一边的潘子大骂！

"我靠！"胖子怒道，"你耍流氓也不会挑个时候！"

没有手电，几个没被压住的人只好摸黑扒拉砖头，将砖头顺着斜坡扒拉下去。潘子先被我挖了出来，不过他的手被胖子夹住了，拔不出来。

我们又继续挖，很快把胖子也挖了出来。他如释重负，喘着大气说："你们这些个挨千刀的，还真舍得压我，幸好老子带着神膘，不然这一次就归位了。"

潘子没空和他斗嘴，说："你脚上那东西呢？"

黑暗中胖子动了动脚，似乎感觉了一下，说道："没了！摔成这样还能抓着不太可能，可能被我们撞到斜坡下面去了。这种地方怎么会有粽子？"

华和尚道："肯定还在附近，大家都小心点，拿好黑驴蹄子，先把手电找出来。"

我忙去砖头下摸手电，摸来摸去摸不到，倒是一边的叶成摸到了，把手电从砖头堆里拉了出来，四周顿时就亮了起来。他拿起来马上就朝下面照。

我正在他下面，反感地挡住手电光，刚想让他调暗一点，忽然，我看到叶成的脸瞬间就绿了。

我一看他的表情，顿时就开始冒冷汗，心说，难道在我边上？忙咬牙转头一看，就看到我的肩膀边上，离我的鼻子只有一尺距离的地方，赫然探出了一张青紫色的干枯怪脸。

我吓得"哎呀"了一声，人往后一缩，左手抄起一块青砖就拍了过去，也不知道拍中了没有，转身就往上爬。

这时候，另外几支手电也都给挖了出来，四周一下子全亮了。我往上爬了几步，因为上面就是叶成，根本让不开，又滑了下来，往边上一看，不由得倒吸了一口凉气。

只见这灵宫大殿地下的陡坡悬崖上，被修成了一层一层像简陋的梯田一样的突起，在这些突起之上，几乎整齐地坐满了这样冰冻的青紫色古尸，一层一层，看上去好像庙里的罗汉堂。它们缩在一起，密密麻麻的，面目狰狞，看体形显然都是给冻死的，全部像和尚盘腿一样打坐在这里，影影绰绰看不到头，也不知道到底有多少。

叶成是这里胆子最小的，发抖道："我靠，这里是和尚堆金身的藏尸阁？"说着竟然有点腿发软。

陈皮阿四按住他,摆了摆手,对他道:"不用怕,只是尸体而已。"说着,指了指我的脚下。我低头一看,只见我们脚下的砖块中,竟然也有一具已经被踩碎的"木乃伊"。

"这里的尸体都冻得跟石头似的,一碰就碎。"陈皮阿四道,"这些东西已经不可能尸变了,这里应该没有粽子。"

"那刚才抓我脚的是什么东西?"胖子问。

陈皮阿四道:"你的脚刚才可能是正巧被尸体的手钩住了,不然要是粽子,你以为你还能有腿在?不信你看看自己的裤管。"

胖子低头看了看自己刚才被抓住的裤管,果然有一个破洞,一只呈钩状的干手,就在他脚下不远处的砖头堆里。我捡起来一看,坚硬无比,不可能伸缩去抓人家的腿。

顿时,所有人都松了口气,潘子还夸张地"唉"了一声:"胆子这么小,看也会看错。"

胖子大怒,想反驳又实在找不到理由,只好在那里生闷气,喃喃道:"刚才那手真的是抓了我的脚了,被钩了、被抓了我还分不清楚?不信拉倒。"

我们用手电向四周照去,这里是大殿之下,空间很大,因为尸体排得很密,看不到尽头。不过,除了尸体,倒没有什么其他令人起疑的物体。

潘子问华和尚:"这里怎么会有这么多尸体?老子连听都没听说过。"

"看情形应该是个殉葬的隔层,这个……我完全看不懂了,没有任何朝代的皇陵是这个样子的……这些尸体到底是什么人?"华和尚自言自语。

我压住恐惧,用手电照其中一具尸体,发现尸体的五官保存得还算完好,眼睛都闭着,脸上皱纹横亘,却都没有胡子,浑身都覆盖着一层薄冰。让人害怕的是这些古尸的皮肤,都是青紫色的,嘴巴张得很大,里面长的竟然是獠牙。

"这些可能不是人类。"胖子看着道,"你看这口牙,亲个嘴儿能把人家脸皮给捎了去。"

"不是人类？"叶成脸色又白了，"那是什么？妖怪？"

"有可能就是传说中的'雪人'，只不过这些没毛。"胖子开始胡扯。

"放屁！"华和尚喝道，"什么妖怪、'雪人'的，这些尸体的牙齿是自己磨尖的，这是古萨满教的一个习俗，后来因为太麻烦，用面具代替了。这些肯定不是明朝那个时候的女真人。你看这些尸体的衣服，都非常原始，不是女真或者蒙古的样式，还有你看，尸体外面有的还裹着麻布，这是冰葬形成的木乃伊。"

我突然想起在小圣山谷扎营那一晚看到的冰葬坑，道："难道这些尸体是汪藏海挖山修陵的时候，挖出来的冰葬的先人遗骨？"

华和尚点头："肯定没错，这一处胎形山洞，以前可能是个墓地。当地上古先民在这里进行冰葬，不过被汪藏海规划成假陪葬陵了，这些尸体肯定是挖掘山洞的时候挖出来的。"

胖子问："如果真像你说的，为什么不直接烧掉，把这些尸体摆在这里的目的是什么？"

"谁知道。你看这些木乃伊这么可怕，萨满教有很多原始诡异的行巫仪式和诅咒，据说都需要借助尸体。这里的布置，可能和萨满巫术有关，也许会有什么诡异的事情发生。说不定我们在上面怎么走也走不出去，就是因为这些尸体，咱们必须小心一点。"

我想起秦岭之中的尸阵，似乎有着大量尸体的地方，总会发生这种类似于鬼打墙的事情。难道真的是邪术在作怪？

萨满教并不是完全的宗教，它其实是一种原始巫术，也就是说，它是有实用价值的，和药理、精神崇拜有着相当的联系，我对萨满的了解仅限于清宫戏里跳舞的萨满法师。不过，据说萨满巫术和中国的奇门遁甲一样，在历史上分段地失传了，一部分好的东西引入了藏传佛教，一部分邪恶的东西则突然消失。从古籍上可以看到，远古早期，萨满巫术很多仪式极其阴邪乖张，有着大量关于诅咒、尸体方面的内容，都和蛊术有着千丝万缕的联系，而悝人就是信奉蛊术的，这两者之间是不是有什么共同点？

胖子听了华和尚的话，恍然大悟道："难怪，进到这个灵宫总感觉脚下直烧,浑身不自在,原来底下埋了这么些个粽子,万奴老儿的良心真是大大的坏了。"

华和尚道:"我也是推测,现在最重要的是怎么出去。咱们分头找找四周有没有出口。"

说完,华和尚又道:"但是要小心,怎么说这里也看着有点邪门,总归会有安全隐患,而这里的山崖太陡了,一旦出事,想跑也跑不了。"

众人答应。胖子早就等不及了,几个人解开登山扣,拿起手电,就分散开去,开始小心翼翼地在这陡峭的峡壁上寻找。

在这么多尸体中行进并不是一件让人愉快的事情,但是有点奇怪的是,尸体越多的地方,你倒越觉得不慌,可能是害怕到了一定程度后就会有一种逆反式的情绪。

尸体排得极密,每一排中间并没有留下供人行走的空间,我们几乎都是从尸体和尸体的缝隙中挤过去的。尸体有老有少,全都已经冻得犹如青紫色的岩石。我看到有些尸体还戴着铜质的法器,都已经完全锈绿。几乎所有尸体的下半身都和下面的岩石融合在了一起,你若要搬动它,除非将它敲碎。

找了半天,我的这个方向并没有收获,看着自己离其他人越来越远,总觉得心里不安,正想假装找完了回到破洞处问其他人的结果,就听潘子叫了一声:"死胖子,你在干什么?"

我们顺着潘子的声音朝刚才胖子寻找的那个方向望去,只见胖子不知什么时候停止了搜索,反而是在下面的尸堆中,面向我们阴阴地蹲在那里,面无表情地张着嘴巴,乍一看上去,脸上竟然泛起一股青紫色,和边上的尸体无异,不知道在搞什么鬼。

第二十七章 藏尸阁

整个藏尸阁里一片漆黑，几支手电的光束交叉在一起，光线凌乱。胖子所在的角落离我们几个人都很远，手电照到那边，由于四周的尸体遮挡，影子一层叠了一层，纵使照得透彻，我们也看不太清楚。

只不过胖子脸上的那种青紫色却不会看错，那种诡异的、木然到阴森的表情，和边上的尸体实在太像了，更是让人直冒白毛汗。

潘子原本以为胖子又在瞎闹，又叫了一声，胖子还是毫无反应，犹如雕塑一般一动也不动。潘子看出苗头不对，对我们道："好像是出事了。"

我皱起眉头，不知道说什么才好。胖子的表情和动作与这里的尸体如此相像，如果不是他在耍我们，就肯定有不妥的事情发生了。但是其他人都没事，怎么偏偏又是他？看他这副德行，难道是被这里的鬼附身了，还是中了萨满的诅咒了？

我们逐渐顺着陡坡滑下去，靠近胖子蹲的那个地方，也没看到他周围有什么和其他地方不同的东西，全是青紫獠牙的尸体。走到离他还有四五米距离的时候，潘子摆了摆手，让我们别动，然后给华和尚打了个手势。

在陈皮阿四的团队里，郎风是胖子这样的先锋类型，华和尚是师爷，叶成类似于打杂的，几个人还都有自己特别的能力，但是现在郎风死了，华和尚的能力也不弱,所以潘子会给他打手势。

我感到了差距,如果是我们这一队,打先锋的人倒是很多,但是勉强可以成为师爷的我就太弱了。想想少了闷油瓶之后,如果对方没有华和尚,那有事情就得我上了,我和华和尚的能力差得太远了。

华和尚看到潘子的手势,点了点头,他们两个人各自翻出猎刀,反手拿住,就向胖子摸了过去。

两个人很快就摸到了胖子边上,而胖子却没有转头看他们,好像那些搞行为艺术的街头艺人假扮的雕像一样,岿然不动。

我的手心里全是汗,不知道为什么总感觉有点不对。这时候,前面的两个人停了下来,其中潘子已经离胖子非常近了,几乎抬手就可以碰到他。可是,这两个人突然向后面摆手,让我们别靠近了,自己也开始往后退。

我的心脏开始狂跳,不知道他们看到了什么景象。只见潘子退到我的身边,转头对我们道:"麻烦了,他身后的那具尸体有问题。"

"什么麻烦?"我问道,"是个大粽子?"

潘子让我们别问,做了个手势让我们跟着他。

我们跟着他穿过几具尸体,下了几层梯田,来到了胖子的侧面。他一指,我顺着他指的方向一看,只见胖子后面,盘坐着好几具青紫色的尸体,但是其中有一具,与众不同!

只见这一具尸体脑袋极大,几乎有普通人的三倍大,五官都看不清楚,犹如一个大头的还未发育成熟的婴儿,有一条奇怪的舌头从那具尸体的嘴巴里伸了出来,竟然盘绕在胖子的脖子上。

我顿时就头皮发麻,心狂跳起来,脖子几乎都僵硬住了,捂住嘴巴不让自己惊叫出来,轻声道:"那是什么?"

"这可能是一个尸胎,那尸体所在的位置,肯定是整个灵宫的养尸穴。这具尸体正好在这个点上,时间一长,就起了变化,变成了现在这个样子,再有个几百年,恐怕就要成精了。"陈皮阿四在另一边轻声道,说完后,表情突然变得很奇怪,好像想到了什么事情,又道,"不对!这条龙脉不是假的吗?怎么会出现养尸穴?这……"

华和尚一看陈皮阿四的表情，似乎也突然明白了，表情一变（我感觉华和尚其实早就想到了，但是为了照顾陈皮阿四的面子，所以经常等到陈皮阿四想到之后才做出反应），问陈皮阿四道："老爷子，难道，这是个'连环扣'？"

"连环扣"是一种骗术，是外八行里老千一个"雀"字局里的伎俩，讲的是把真的东西做成假的，再做成真的，然后留一点破绽，让其他人看的时候，看到破绽，看破最外面"真"的面纱，以为这东西是假的，其实这东西确实是真的，也就是空城计的一种。

陈皮阿四冷笑了一声："是啊，假的，假的龙脉上怎么会有养尸穴呢？汪藏海这老家伙，'连环扣'玩得很绝，可惜你百密一疏，终于还是出了破绽了。"

我还没听懂，问华和尚到底是怎么回事。

华和尚解释说："真是太悬了，我们差点就被骗了，幸亏摔到了这里来。你记不记得，我们发现方位被作假了之后，一直以为这条龙脉是假的，但是这里出现了尸胎，假龙脉上没有宝穴，是不可能出现尸胎的，这样就出现破绽了。看样子那磁龟也是汪藏海陷阱的一部分，是想让我们误以为自己上当了，误以为整条龙脉都是假的，其实龙脉是真的，只不过格局并不是三头龙，那只磁龟只是将一条普通的龙脉格局修改成了群龙座的极品大局，这其实很容易。"

我"哦"了一声，顿时有了点眉目，风水方位其实在决定一条龙脉的好坏上非常关键。比如，一条独眼龙，自西向东，那就是腾龙，自东向西，就是伏龙。你埋一只磁龟，改变一下当地的风水方位，那伏龙就可以伪装成腾龙。（后来我查了一下，原来三只龙头全部朝东，才能叫作群龙座。而长白山三条圣山脉全都是朝北，那只有中间的三圣山才是龙头，其他边上两条叫作双蛇盘护，也是风水佳穴，但是不宜葬人，只适合修建庙宇。而磁龟一放在那里，北就变成了东，陈皮阿四才会作出了错误的判断。）

我不禁感慨，这样复杂的设局，这种斗智的程度，简直不可思议。想想我们刚才完全被骗了，如果不是发现了这里的尸胎，我们肯定是灰溜溜地回去了。

我们和汪藏海，中间隔了一千年的岁月，但是我突然就感觉到他的思想几乎就在我的面前流淌。他在一千年前定下的计策，竟然还能够把我们玩得团团转，这个人到底是什么来路？

潘子在一边轻声道："你们竟然还有心思说这些，现在死胖子怎么办？对付这东西黑驴蹄子管用不管用？"

陈皮阿四摇了摇头，表示不知道，华和尚也皱起眉头，显然都不知道怎么对付。

这种时候是最讨厌的，我们不知道胖子这样被舌头绕着，会不会有什么危险，但是贸然去救又怕形势恶化，两边都无计可施。潘子和我急得满头是汗，又不知道如何是好。

没想到的是，我们那边没动，胖子那边倒是先有了反应。胖子突然摔倒在地上，然后就被拖着动了起来。那大头尸胎蜷缩着爬动，用舌头扯着胖子，开始朝陡坡的下方迅速地拉去。胖子僵得和石头一样，一点反应也没有。

要是给它扯到下面去，那胖子就死定了，形势一下子就升级了。潘子叫了一声"追"，我们马上就冲了下去。

那大头尸胎一见我们冲了下来，马上加快了速度，顿时，胖子就在坡道上滚了起来，一路把那些尸体撞得七零八落。我们在斜坡上根本不能跑，干脆像坐滑梯一样顺着就滑了下去。

很快就追下去十几米，突然，我们看到胖子在斜坡上消失了，一瞬间就不见了，大家大惊失色下冲到那边，马上就看到斜坡之上竟然有一个洞，胖子已经被拖进了洞里，只剩下两只脚在外面。

潘子一跃而起，猛虎扑食一样扑了过去，一下子抓住胖子的两只脚，然后用力去拉。我"哗啦"滑过了头，又双脚乱蹬爬回去，也去帮忙。接着叶成、顺子和华和尚也冲了下来，华和尚扯下一条登山绳绑在胖子的腿上，这样，除非把胖子拉断，否则那尸胎怎么也拉不赢我们。

我们这么多人，很快胖子就给硬生生扯了上来。那条舌头紧紧勒在胖子的喉咙上，几乎抠进了肉里。胖子青筋直暴，双眼翻白，几乎就不行了。潘子翻出军刀,抬手就是一刀,洞里顿时传来一声女人的尖叫,舌头断裂,胖子就被我们拉了出来。

我们赶紧扯开那条断舌,丢进洞里去,然后给胖子按胸口,胖子的身体马上就能动了,开始摸着脖子大口地喘气和咳嗽。潘子怕那东西又蹿出来,猛扯出工兵铲,用手电照着洞里,不过照了一会儿就放下了武器,似乎是尸胎已经钻下去了。

我们都松了口气,忙给胖子捶背,捶了半天他才缓过来,心有余悸地看着那个破洞,说道:"谢谢,谢谢各位好汉。"我问胖子到底是怎么回事,怎么一动不动像弥勒佛一样。

胖子自己也不知道,说就感觉找着找着脖子一凉,就不能动了,看和听都行,但是身体就怎么也动不了,好像是被冻在了冰里。他在那里猛地使力气,但是连转一下眼珠子都不行,可把他急坏了。

潘子大笑:"听刚才那声尖叫,这是个女尸胎,估计是在这里太寂寞,看你和她体形相似,想拖你下去陪她,这叫作来自地狱的搭讪。"

胖子苦笑,推了他一把:"你才和她长得像呢。"

潘子笑着躲他的推手,人往后一仰,所有人都没有想到的是,就在这个时候,那个巨大的胎头突然又从洞里探了出来,满嘴是血,一下子咬住了潘子的脚。潘子根本没反应过来,猛地就给拖进那个洞里去了。

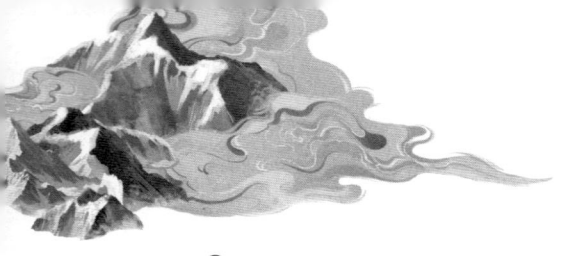

第二十八章 排道

我们猛冲过去的时候已经来不及了，潘子已经跌得没影子了。洞里有转弯，手电照不到底下的情形，不知道他是死是活。

我脑子一热，就想跳下去，但是胖子比我更快，扯住自己脚上的绳子，拔出军刀就跳入了洞里，一瞬间就滑得没影了。我还想再跳，被华和尚拉住了，说洞里直径太小了，连你也跳下去，下面打都没法打，如果有用，胖子一个人就能把人救上来，如果没用你跳下去也是送死。

我"咳"了一声，探头看洞里，却什么也看不到，就听到胖子不断滑落的声音，上面的绳子迅速地给拉进洞里，不由得心急如焚。

只过了一分钟，绳子突然就停了，接着绳子的那头传来了震动，胖子在下面很深的地方大叫了一声："拉绳子！"

我们赶紧拉动绳子，拼了命地往上拉，很快，胖子拖着潘子就出现了，潘子还在不停地踢脚，显然那尸胎还是没松口。

陈皮阿四让我们让开，自己皱起眉头，翻出一颗铁弹，狠狠就打在尸胎的大头上，尸胎这才尖叫一声松了口，但是松了之后马上就想冲上来。

陈皮阿四就不给它机会了，又一颗铁弹，把它打了个跟头。它翻身再冲，又是一颗，这一次把它打得滚了下去。

我们乘机把他们两个都拉出了洞来，几个人马上远离了洞口。华和尚抡起工兵铲等在一边，果然没几秒钟，那东西又猛地蹿了上来，华和尚"当"的一声生生把它拍了下去，我们就听一声惨叫，它迅速跌落到了石洞的深处。

胖子脸色苍白，一边喘气一边对潘子道："瞧见没有，看来你家媳妇还是喜欢你多一点。"

潘子被吓得够呛，摆了摆手："不说了，咱们扯平。"又问华和尚，"这个洞是不是尸胎的窝？要是的话，老子炸了它，让它早日投胎。"

华和尚摆手："不是，尸胎又不是动物，哪儿来的窝？这个洞确实奇怪，你们刚刚跌下去的时候，在里面看到什么了？"

胖子道："又没带手电，什么也看不到，不过摸到了好几块石板，这洞应该是人工修的。"

人工修的？华和尚看上去有点在意，我也把目光重新投向这个大洞。

洞口看上去有点像井，还有点深度。我以为这是个废弃的桩孔井，看看又不是，这个井口的直径有点大，当时的桩孔并不可能打到这种程度；井洞的边缘有修凿的痕迹，也不是天然形成的那种火山熔岩孔。我拿手电照了照，里面的尸胎已经不见了，看样子是摔到里面去了，不知道是不是已经被华和尚拍死了。这东西除了长得可怕一点，倒也不是很厉害。

里面的井壁刚开始还有一些石板镶嵌，到后面就没有了，而且非常不平整，有点像某些人的十二指肠的内壁。有风从井里吹过来，夹杂着一丝潮湿的味道。我探头进去几米，里面一片漆黑，不知道通往何处。

胖子看着奇怪道："有点像东北的地窖口子。该不是修这座灵宫的时候，工匠用来腌白菜的地方吧？"

华和尚没去理他，用手感觉了一下洞口："风是从这里吹过来的，这井不是实心的，肯定是通到什么地方去。"

胖子问："会不会就是通到天宫地宫里去的后门？难道是你们说的三头龙之间的密道？"

我轻声说："三头龙局已经证明是假的了，而且就算是真的，密道也应该开在地宫里，怎能开到这里来？"

胖子道:"你不懂,这叫声东击西。你没听说过吗?'最危险的地方就是最安全的地方',说不定这就是那'汪汪叫'的计策。"

胖子一时记不住汪藏海的名字,随口就给他起了个外号,我听了差点笑出来,没好气地说:"拜托你放尊重点,怎么说汪藏海也是这一派的大师,你见了也得叫声祖师爷。"

胖子道:"你少给我认祖宗,什么祖师爷,他要是认我,我还不认他呢。咱们别扯这个了,拿这个洞怎么办,要不要进去看看?说不定还真让我说中了。那尸胎在这里也是个祸害,要是在这洞里做了窝可能还会害人,咱们下去把它干掉。"

华和尚摇头说:"不可能。既然群龙座是假的,就没有必要挖通三座山,这样倒也合情理,他们根本就没有人力和精力做这么巨大的工程,修一个云顶天宫恐怕就够呛了。这个洞在这里,恐怕大有学问。"

我看他眼睛有点放光,显然有想法,就让他说出来,大家也好商量商量。

华和尚道:"我只是初步的一个构想,说出来你们可能不信。"

胖子道:"没事,先说出来再说。如果有错误,同志们会帮你改正的。"

华和尚失笑,点头道:"好,那我就来说说。其他先不说,暂说这洞的口子开在这灵殿下面的这块地方,就非常耐人寻味。你想,把这口子开在这里,肯定是出于隐蔽的考虑,又有风吹出,说明这个洞是通往什么地方的一条通道。再看,洞壁上有的修凿痕迹全是反凿子,就是说这个洞是从里面开出来的,而不是从这里打进去的。三个要点,按照我们的经验,我们可以推断出这可能是一条排道,可能是修墓的工匠给自己留的后路,如果古墓被封,可以从这里逃跑。"

我奇怪道:"排道?不会吧,这么说,这下面还是有地宫的?虽然这里不是三头龙,但还是修建了陪葬陵?"

华和尚却摇头:"可能性不大,我们在封墓石下面没有发现地宫的入口,有地宫入口必然是在那里,如果没有入口,就肯定没有地宫,这是万古不变的真理。把入口修在风水位之外,于主大不利。"

胖子道："'汪汪叫'这个人，做事情很乖张的，也许他就是把入口修在了别的地方。"

华和尚摆手："千万别想得这么复杂，汪藏海还是有时代局限性的。要是他连《葬书》都不遵守，乱来一气的话，我们死一万次都不够。"

我一想觉得也是，如果连《葬书》都不遵守了，那就不用看风水了，像成吉思汗一样随便找个地方刨坑埋了，万马一踏，到现在都没人找到。我问他道："那既然下面没地宫，你说这条排道是通向什么地方的？"

华和尚道："排除法。第一，这条排道修在这假陪葬陵的下面，那么肯定是和云顶天宫的工匠有关系；第二，附近什么地方可能会修建这样的排道？毫无疑问，只有云顶天宫的地宫！所以我的结论——排道十有八九是从三圣山下天宫地宫一路挖过来的。"

我马上叫道："这怎么可能？这也太远了。他们如果真是要挖一条排道来做后路，也不用把口子挖到这里来，大可以直接做到三圣山上，那样不是可以省不少力气吗？而且在山里挖出这么长一条排道，需要多少时间？少说也要二三十年吧，这样的工程是人能做到的吗？"

华和尚解释道："云顶天宫这样的浩大工程，在古时候肯定需要花费六七十年，甚至几代人才能修建起来，我想里面的工匠在知道自己最后必死的情况下，偷偷挖一条排道出来，并不是不可能。至于他们为什么要把洞口开在如此远的另一座山上，肯定有他们自己不得已的原因，我们下去看看，必然能知道。"

一直听着的叶成问道："和尚，对你这想法，你自己有没有把握？"

华和尚顿了一下，说道："说实话，我不敢说，不过我觉得值得我们去尝试一下，总比咱们出去之后再跑一趟强。现在所有的迹象都表明这是一条排道，如果我料错了，那下面是其他地方，进入也不是坏事情。这种排道，咱们也不是第一次见了，应该不会有什么危险，没人会在自己逃命的路上设机关的。"

我一琢磨，华和尚的说法实在是非常有吸引力，一来，这里风水的说法太乱，我已经搞不清楚陈皮阿四他们说的话了，这里的风水是好是坏我也没兴趣；二来，另一边阿宁他们的进展不知道怎么样了，我们已经浪费了很多时间，到现在还不知道三叔安排这一次"下地"的目的，要是因此一个来回全盘皆输，我真是对不起他老人家了。

另外，还有一个考虑就是，顺子可能基本上知道了我们是干什么的。他现在闷声不响地站在一边，也不说话，但是这个人不笨，我一直看着，他的手从来就没有离开过他的刀超过两尺，说明这个人已经在戒备我们了。这人一旦回到村里，谁知道他会干什么，说不定马上就会把我们卖了。陈皮阿四肯定也考虑到了这一点，如果我们不得已要出山重来，那进村之前第一件事肯定是杀人灭口或者重金收买，到时候再找向导，就不一定能找得到。一来，我们去一次雪山，自己回来了向导没回来，谁还会再带我们进去？二来，村里能带人上雪山的人，恐怕也不多了。

几个人商量了一下，权衡再三，意见却不统一。叶成怕那尸胎，坚决不赞成下去，潘子也觉得玄乎，胖子和我都觉得可以试一下，华和尚就去请示陈皮阿四。

陈皮阿四一直坐在那儿闭着眼睛听我们说话，华和尚问了几遍，不知道为什么，他一点反应也没有，似乎是睡着了。

胖子有点按捺不住，就去拍他，道："老爷子，您倒是说句话，别在这儿装酷呀！"一推之下，陈皮阿四晃了一下，却仍旧没有睁开眼。

华和尚一看，脸色一变，猛跑过去，一抓老头子的手，脸一下子就白了。胖子一看，也跑过去，一摸老头子的脖子，顿时变色道："我靠，死了！"

众人一听，都愣了一下，什么？死了？怎么可能，几分钟前不是还好好的吗？

但是一看胖子的脸色、华和尚脑门上的汗和毫无反应的陈皮阿四，我们都意识到了不对劲，马上围了过去。

一边的老头子像是僵直了一样，闭着眼睛，一动也不动地坐着，犹如冰雕一般。

我摸了摸陈皮阿四的手腕，一下子也摸不到脉搏在什么地方，只是感觉他的皮肤又干又涩，而且凉得可怕，里面的肉似乎都僵了。

难道真是死了？我心里骇然，就在我们研究那洞的时候，陈皮阿四坐在这里，心脏就慢慢地停止了跳动？

虽然这很符合低体温症的死亡方式，但是低体温症起码需要在低温下二十分钟才会真正断气，我们才坐了五分钟都不到，他怎么就会突然死了？这也说不通啊！

我心里还存着一丝希望，胖子这人说话不靠谱，他只是摸了摸陈皮阿四的脖子，就判断死亡未免也太武断了。陈皮阿四有可能只是休克了，刚才一路跑得太快，九十多岁的老人怎么可能受得了？

然而华和尚皱着眉头，翻开老头子的眼皮，用手电去照后，脸色越来越难看，最后他回头看了一眼叶成，摇了摇头。

华和尚有一定的医学知识，看到他摇头，我们顿时就吸了口凉气，知道不会错了，真的是死了。

潘子轻声问道："怎么回事？怎么死的？"

华和尚叹了口气，不知是不知道还是不想说，阴着脸一下子瘫坐在地上。胖子拉了潘子一下，道："这么大年纪了，怎么死都行啊。"

我不禁一叹，果然对九十多岁的老头来说，来到这里，实在是太勉强了，发生这种事情虽说是意外，却也在情理之中。这陈皮阿四大概自己也想不到，竟然会这样死掉，也算是他的报应了。

我爷爷最后也是这样突然去世的。当时我在吃饭，前一分钟他还让我给他拿酒，后一分钟他就去了。我父亲说，很多盗墓的人因为早年接触了大量的墓气，心脏都会受到一定程度的损害，结果，老了后大部分都是这样死的。也好，这是最舒服的死法。

我们都有点不知所措，一来，陈皮阿四是他们的瓢把子，现在他死了，叶成和华和尚待在这里就没意义了；二来，我们是得了一个大便宜，顺利到达这儿。但是陈皮阿四一死，闷油瓶又不在，靠胖子和潘子两个带我们，恐怕也够呛啊。

就在我飞快地琢磨的时候，陈皮阿四忽然一颤，我一惊，以为是条件反射的尸动，谁知道"啪"的一声，我的脖子就被他死死地捏住了，同时他人猛地一直，眼睛睁了开来。

我们全给吓了一大跳，叶成直接一滑，摔下去五六米，胖子和潘子

— 169

也忙往后一退。胖子惊叫道:"诈尸!"

我赶紧想把他的手给掰开,没想到这老头枯树枝一样的手力气极其大,像老虎钳子一样,动也动不了。我忙咳嗽着大叫:"拿……蹄子来,快快!"

话还没说完,陈皮阿四突然就松开了我的脖子,把我一推,骂道:"你在胡扯什么?"

我脑子已经混乱了,赶紧退到胖子身后,却被胖子卡住不让过去。这时候我忽然一想,不对啊,诈尸还会说话?再一看陈皮阿四,人的精神也上来了,呼吸也恢复了。

我们几个一脸疑惑地看着陈皮阿四,也不知道刚才到底发生了什么事情,胖子更是眼睛直瞟向陈皮阿四,非常疑惑。但是这时候陈皮阿四好像又恢复了正常一样,一点也看不出刚才脉搏停止跳动过,似乎刚才的那一刹那我们看到的都是幻觉。

华和尚呆了半晌,才反应过来,问道:"老爷子你没事吧?你刚才这是……"

陈皮阿四似乎一点也不知道自己刚才死过一次了,莫名其妙地看了他一眼,点上一支烟,说道:"什么?"

华和尚看着陈皮阿四的表情,也有点犯晕,不知道说什么好。

陈皮阿四冷冷地看了他一眼,道:"你放心,老头子我没这么容易死。"

我看着陈皮阿四的样子和语气,和刚才无异,也不像被什么鬼借尸还魂的,忽然感觉刚才是不是被他耍了?但是他干什么要玩这种把戏啊?一把年纪了。

陈皮阿四"复活",一下子谁也没反应过来,但是看他的样子,我们也不能把他摁倒解剖看看是怎么回事。我心里又逐渐怀疑是不是刚才华和尚和胖子弄错了,老年人的脉搏本来就很难摸,两个半吊子医生可能根本就没摸对地方,而陈皮阿四的年纪大了,偶尔发一下呆,也是很正常的事。

几个人都是一脸疑惑,但是都没办法表露。

华和尚虽然感到奇怪,但是一看陈皮阿四没事,也就放下心来,于是把我们刚才讨论的事情又说了一遍。陈皮阿四看着那洞口琢磨了一会儿,说道:"有点道理,似乎值得试一下。"

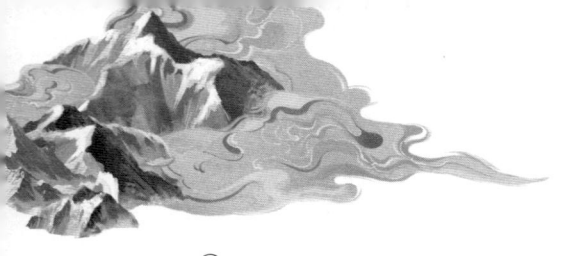

第二十九章 进入排道

我们围到这个洞边上,讨论下洞的具体问题。我们几个虽然都经历过不少洞穴的探险,但都是在平原和山区,和这里大不相同,所以需要从长计议。

这个洞刚开始是斜着四十度左右下去的,底下很深,并不好走。刚才胖子他们摔下去,要是控制不住姿势,也是十分危险的,很可能会在洞里打起滚儿,那摔到底脑袋可能就撞扁了。

潘子甩下去一根荧光棒,黄色的冷光迅速滚落,在很远的地方弹跳几下,消失不见了。

如果华和尚的说法是对的,回忆两座雪山之间的走势,这个洞穴肯定是一路向下然后再往上的"V"字路线,两座雪山因为属于同一条山脉,所以山峰之间的峡谷海拔也很高,这条"V"字路线的距离,应该不会超过五公里。

当然,如果当时的工匠大脑短路喜欢"Z"字形挖掘,那我们也没有办法,不过,这种情理之外的事情应该不用考虑。

既然是人工挖掘出来的通道,那就不用担心氧气的问题。我们商量完之后,决定先由潘子探洞。这次准备好了武器,万一那尸胎还在里面,就地把它解决掉。

潘子刚才被拖了进去,很没面子,在手上吐了口唾沫,就掏了登山绳子，一头系在胖子的腰上，一头扔下洞口，一马当先爬了下去。过了一支烟的工夫，我们才听到他的叫声，让我们下去。

我们也陆续地滑下洞口。洞道修凿得非常粗糙，石头里进外出，一路滑下去屁股被硌得生疼。我一边爬一边观察边上的岩石。这些都是火山喷发的时候涌出的玄武岩，上面有大量的气泡。这些石头密度很不稳定，有些硬得像铁一样，有些却软得像豆腐，不知道当年开凿的时候是什么样的情形。

我们一个一个地下去，胖子最后一个下来，一下子一堆人都挤在了上面石道斜坡的尽头，我们大口喘着气。我们在这里看到很多黑色的液体，肯定是尸胎的体液，却不见尸胎的影子，可能往洞穴的更深处跑去了。

这个冰封下的狭洞倾斜着下去，到了下面转弯的地方，变得竖立、狭长起来，再往里面，洞穴的高度似乎继续在增加，豁然开朗，空间似乎变得很大，但是一片漆黑，手电照不进去。

我一开始还以为这是他们在挖隧道的时候故意设置了一段比较宽的隧道，这在我们开盗洞的时候也有讲究，叫作"鸽子间"，这地方是用来囤积空气和放置"土"的。当然，鸽子间的做法复杂，你在地里挖出这么大一个可以让两个人转身的空间，而不从盗洞口翻出一点土星子，有一个非常非常巧妙的窍门。

但是手电一照，我们就呆住了，原来这条排道到了这里竟然已经到了头了。前面急速收缩变窄，最后只剩下一条大概只能供一个人侧身进入的石缝隙，犹如一道不规则的剑痕，深深地刺进山岩里面。

潘子问道："不是说这是工匠逃生的密道吗？怎么变成'瞄人缝'了？这还走得过去吗？"

华和尚想了想，忽然做了恍然大悟的表情，说道："我猜对了，我想他们挖这一条排道可能是利用了天然的火山溶洞。火山洞在火山地带的岩层里面非常常见，四通八达，最长的火山溶洞全长可以达到几千公里，就像蜘蛛网一样密布地下。可能这一条火山缝隙能够一直通到对面的三圣山，正因为这样，他们才可以挖通这么长的一条密道，原来是利用了

—— 173

大自然预先设好的通道。"

胖子道:"难道我们也得进这缝里不成?你们都还行,我这体形可够呛啊。"胖子在海底墓穴里就说要减肥,但是到现在也没见成效,看着他的身材,还真是够呛。

华和尚道:"这应该不用担心,这种火山溶洞都是树枝状结构的,这些孔洞应该都通到更大的缝隙里,这在地质学上就叫'地下走廊'。有的地下走廊规模非常大,里面甚至会形成自己独特的生态系统,我相信进去不久缝隙肯定会宽起来,因为这种地质破坏都是从内部开始的。"

华和尚言之凿凿,我却不是很相信他。不过,这时候确实也没有理由反驳他,于是大家休息片刻,整顿装备,由胖子打头,继续朝着缝隙内爬去。

缝隙里面是一片漆黑,而且手电都没有用处,因为那种黑是全方位的。在欧洲,人们认为所有的这种缝隙都是通向地狱的通道。我虽然有过很多这样的经历,但是进入缝隙的一刹那,心脏还是不安地跳动起来。

一个接一个收着腹部进入了缝隙之后,我们侧着身像螃蟹一样走。这个地方的洞壁已经没有了人工的痕迹,里面几乎不能转头,看着前面,满眼都是琉璃花的痕迹,大量各种颜色的岩溶滴覆盖着所有岩石,上面结满了结晶透明的冰霜,像凝聚的水柱均匀排列。

我在学建筑的时候学过一点地质学,脑子里有模糊的记忆,眼前的东西应该是火山喷出岩,和我们在遭遇暴风雪的时候进去避难的那一道火山缝隙一样。这种地貌的产生又不同于常见的火山岩洞,缝隙是在火山喷发的一刹那形成的,然后被火山碎屑流以极高的速度冲出来。它的特点是形成的火山缝隙极长,但是隧道单一,不会形成火山岩洞一样的迷宫洞群。

缝隙刚开始的一段非常狭窄,我们不得不学着霹雳舞的动作挪动,没十五分钟已经累得浑身酸痛,想想当年那些逃难的工匠,爬出来也挺不容易。不过走着走着,缝隙真的如华和尚所说,逐渐变宽,最后竟然能转过身子前进。

缝隙里面仍然一片漆黑,但是四周的琉璃和熔化的云母反射着我们的手电光,使得四周的光线产生一种魔幻的效果,加上大面积的火山碎屑覆盖的熔岩刺、绳状结壳熔岩、熔岩钟乳让人目不暇接,非常漂亮。

走着走着,我们就逐渐发现了一些人类活动过的迹象,比如说,废弃的铁锈工具、篝火的痕迹,都非常古老。

一路上没有碰到任何奇怪的东西。缝隙里面非常干净,直走了将近六个小时,我们到达了华和尚所说的地下走廊规模的隧道,这里面的缝隙已经非常宽阔。

缝隙到了这里,我们又发现了大量人工修凿的痕迹,在一边的缝隙壁上,修凿出了很多简陋的台阶,一直向上。这台阶说是台阶,其实只是一些突出的石头,要是脚大如胖子的,恐怕走几步就要晕。

我们停下来休息。我略微计算了一下我们行走的距离和下来的坡度,发现我们这个时候所处的海拔高度已经低于雪线,可能已经位于两座山峰之间的峡谷下方。如果我们在地表上,就算是直线行走,最起码也要花八个小时,现在在地下行走,我们节约了不少时间,而上面的边防线,要是知道有这么一条地下走廊,肯定会大跌眼镜。

来到了这里,如果继续在缝隙的底部行走,那我们可能就要走到地心去了。这些简陋的台阶,估计是说明这条隧道进入了第二个阶段,台阶的尽头,也许就是云顶天宫的神秘地宫。

休息了片刻,几个人都按捺不住自己的心情,于是马上再次起程。不过,这一路走起来就没有那么顺利了。

我们几个都用登山绳子互相连起来,然后尽量贴着一边的峭壁,踩着开玩笑一样的"石阶梯",一点一点走上去。刚开始还好,等到爬到一定的高度后,马上就觉得自己像一个攀岩运动员,但实际上又没有半点攀岩的经验,这种感觉别提多慌了。

胖子的脚大,这些阶梯他踩着就像踩高跷一样,所以没走几步,脚已经开始发抖,我看他直念阿弥陀佛。

所幸一路走得小心,几乎是像女人做针线活儿一样,一点一点地向上爬去。很快,下面已经是一片漆黑的深渊,无法估计出高度,看着就会头晕,要不是刚才我们是从下面上来,我真的会以为下面是通着地狱的。

随后这几个小时,我们越走越高,最后都无法判断自己是在哪个位置,也无法判断时间,几个人都进入了一种茫然的状态,但是没有一个人提出来休息,不知道是因为盗墓人天生的贪欲,还是因为这里的环境实在无法休息。你可以想象你的一只脚踩在一块巴掌大的石头上,另一只脚悬空,而下面是万丈悬崖,如何休息得了?

走着走着,忽然四周传来了水声,我们打起手电一照,原来一边的峭壁上,竟然有好几处泉水瀑布,顺着峭壁流淌,大小不一。看上面的水汽,看样子还是温泉,温泉水不知道是从哪里流出来的,水声很大,似乎这附近有地下水脉活动。

胖子建议我们爬过去洗把脸舒服一下,最近的温泉离他只有一只手的距离。其实这一路走来我们已经很累了,加上上次有过在温泉边上休息的记忆,几个人都想在这边停一下,可是顺子摇头道:"不行!"说着指了指温泉边上的岩石。我们一看,第一眼没有发现什么,但是仔细一看,几乎打了一个寒战。

只见温泉边上的岩石上,有很多非常奇怪的纹路,我第一眼以为是火山纹,但是仔细一看,汗毛直竖,原来这些纹路不是岩石上的,竟然是一条条手臂粗细的蚰蜒。这些蚰蜒的颜色和边上的琉璃火山石一模一样,不仔细看根本分辨不出来。

我们四处看去,才发现这边的石头上面几乎爬满了这些东西,一动不动,似乎都死了一样。

一下子,我们都安静了下来,胖子轻声道:"怎么回事,咱们怎么进虫子窝了?"

顺子轻声道:"雪山上的生物一般都集中在温泉边上,所以不要一看到温泉就想着下去舒服,有些温泉里甚至都是蚂蟥。不过现在气温还偏冷,这些趴在这里的东西处于半死状态,没有特别强烈的刺激,它们是不会醒过来的。我们快走,过了这一段就没事了。"

几个人马上开动,胖子踮着脚,边挪边问道:"特别强烈的刺激是指什么?"

话音未落,顺子突然摆了摆手,又让我们全都别动。

我们不知道又出了什么事,马上就停止不动,像木头人一样呆在了那里,都盯着顺子看,但顺子只是看着一片漆黑的峭壁深渊。

静了片刻,我们逐渐听到一种让人发毛的窸窣声,似乎有无数只脚正在摩擦峭壁的岩石,向我们靠拢过来。

"关手电。"顺子轻声道。

我们马上关掉手电,转头一看,我靠!几乎整个峭壁,目所能及的地方,全是大大小小幽幽绿色的光点,数量之多,多如繁星。在这黑暗中,这亿万的光点犹如魔幻,而我们就如置身于群星宇宙之中,那种壮观,无法用言语来表现其万一。

然而低头一看,我们又突然发现身边的景象实在不算什么。只见深渊底下的虚无黑色中,一条绿色的银河蜿蜒而去,宛如深黑色幕布上华丽的翡翠流苏,穿过无边的黑暗,从天的这一头,一直甩到那一尽头。

我张大了嘴巴,不敢相信自己看到的,这底下蛐蜒的数量,恐怕要以亿万来计。

就在我们被这壮观无比、简直可以用仙境来形容的景色震撼的时候,忽然,从下面的光点中,闪出了几点巨大的红色荧光,那几点荧光扭曲着,在星海之中挪动,一下子又消失在了黑暗中。显然,下面的蛐蜒,有一些块头不会太小……

第三十章 火山口（上）

黑暗中传来顺子的声音："这种虫子在我们这里被当成神来膜拜，因为它可以活很长时间，而且一只蛐蜒死了之后，它的尸体会吸引很多同类，所以我们走的时候要特别小心，千万不要踩到它们。"

说着，他打开手电，手电一开，四周的绿色星海马上便消失了，一下子又变成无边无际的黑暗。

这些蛐蜒的保护色太过厉害，如果我们不关掉手电，根本无法察觉。我不由得一阵后怕，要是刚才爬的时候，不小心摁死一只，恶心不说，弄不好就死在这里了。

我们收敛心神，继续顺着石头的阶梯缓慢地向上爬去，小心翼翼地过了温泉这一段区域，石纹蛐蜒逐渐减少，到了后来就看不到了，显然就如顺子说的，雪山的生态链都是围绕着温泉的。

不过刚才的那种景象，真是太壮观了，如果有机会，我真的很想多看几眼。很难想象这么丑陋的虫子居然能够组成如此美丽的景象，这个世界真的是太神奇了！

没有了石纹蛐蜒，我们的速度也相对快了起来，但是上方的黑暗似乎无穷无尽，不知道什么时候我们才能走出缝隙，走到这条天然排道的另一个出口。

胖子边爬边问："对了，老爷子，我问你个事儿。在车站那儿，你和我们讲的那九龙抬尸是怎么回事？我一直想听，可就没听您再提起过。"

陈皮阿四停下来看了他一眼，又看了一眼华和尚，示意他来说。华和尚就解释道："我们也不知道，我们所有的信息都是从那条龙鱼上来的。九龙抬尸可能是一种失传的丧葬制度，那原文字的记载，似乎是说万奴皇帝的棺材是由九条龙抬着，九条龙守着他的尸体，没有任何人可以靠近。不过，女真语言几乎失传了，我翻译的也不知道是不是那个意思。"

接着，他把原文念出来给我们听了一遍。女真的发音实在是太陌生，我压根儿什么都没听懂。

"哇，要是这鱼上面的字是真的，那我们要开那万奴皇帝的棺椁，岂不是还得先学哪吒，大战龙王三太子？"叶成开玩笑道。

"那你就别操这份心了，我看这九龙抬尸棺，大概也就是棺材下面雕刻着九条龙这样的性质，意思一下。"胖子道，"要真有龙，那咱们就发财了，逮它一条回去，往故宫里一放，保管人山人海，光收票子钱就得好几万。"

我道："就你这点出息，光惦记钱了，你要真逮得到龙，那你就是孙大圣，我还没见过孙大圣是你这身材的。"

胖子听了大怒，骂道："胖又怎么样？胖爷我上天下地，靠的就是这身神膘，晃一晃风云骤变，抖一抖地动山摇——哎呀！"

胖子话还没说完，忽然一阵乱风从峭壁的一边吹了过来，吹得他几乎摔下去。我赶紧扯住他，把他拉回贴到悬崖上，转头一看，原来是缝隙到前面就到头了，阶梯已经到了缝隙的尽头，再走过去，外面似乎是一个很大的空间，但是一片漆黑，什么也看不清楚。

到了！我心里突然一阵激动。

几个人不再说话，闷头向着边缘的极限靠拢。那里有一个突出的山岩，我们爬了上去。华和尚先打起一支冷烟火，往四周照了照，除了我们站的地方，前面什么都照不到。

然后他把冷烟火往峭壁下一扔，冷烟火直线坠下，一下子就变成一个小点。看着它一直变小，掉落到地的时候，几乎都看不到了。

我们不由得咋舌，前面到底是什么地方？怎么好像是一个被悬崖包围的巨大盆地一样？

"照明弹。"陈皮阿四说道。

"砰"的一声，马上，流星一样的照明弹划过一道悠长的弧线，射入面前的黑暗里，直射出去一百六七十米，开始下降，然后一团耀眼的白色炽球炸了起来，光线一下子把前面整个黑暗都照亮了。

我想举起望远镜往前看，但是手举到一半我就呆住了，我的耳朵一下子听不见任何声音，时间也好像凝固了一样。

白色光线的照耀下，一个无比巨大的火山口出现在了我们的面前，它的直径最起码有三公里，灰色玄武岩形成的大盆地，犹如一个巨型的石碗，而我们立在一边的碗壁上，犹如几只小蚂蚁，无比渺小。

"想不到直接就连到火山里来了。"边上传来一个人的声音，但是这个人是谁我已经分不清楚了，脑子里只剩下眼前的壮观景象。

如果说九头蛇柏和青铜古树只是给我一种奇迹的感觉的话，那这个埋藏在地下的火山口盆地，简直就是神迹了。

盆地里面覆盖着大量已经死去的树木，显然这个火山口曾经暴露于大气中，这里原先必然是一个"地下森林"，可能是由于火山喷发，或者突然的火山活动，这里的树木都硫化而死，现在森林的遗骸还矗立在盆地之中。

"看那里。"继续有人叫道，我已经分不清楚是谁。接着又是两发信号弹打了出来，飞向火山口的上方。

在加强光线的照耀下，我们看到一片宏伟的建筑群，出现在了火山盆地中央地下森林深处，黑黝黝的巨大黑色石城，无法看清楚全貌。

那难道就是我们这一次的目的地——万奴皇帝的陵寝？云顶天宫的地宫，竟然在火山口之中？

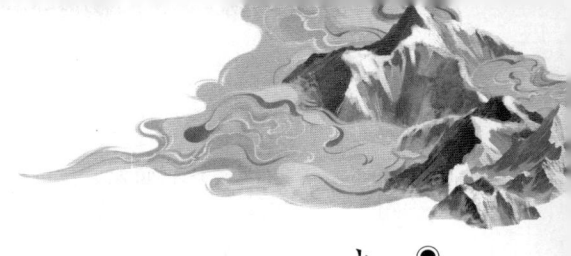

第三十一章 火山口（下）

建筑群规模之大，超乎我的想象。要是这些建筑下面就是地宫的话，那这里的规模恐怕可以跟秦始皇陵有一拼了。

按照海底墓穴影画里的景象，真正的云顶天宫本来应该在我们的头顶上，那雪崩之后，上面的灵宫可能被全部压垮，不知道我们头顶上到底有多少积雪作为这地宫的封土。

重新打出的信号弹都熄灭在了黑暗里，黑暗重新包围过来，我们的光线又变成手里几盏明显电力不足的手电。

除了顺子，所有人脸上都带着一种近乎狂热的兴奋。盗墓代表着人类一种最原始的欲望，求得财富和探寻死亡，这种刺激，恐怕是人都无法抗拒。

足足过了十分钟，我们才缓过来，准备下去。陈皮阿四对华和尚道："把没用的东西留下，准备绳子，我们轻装上阵。"

华和尚马上开始准备，我们整顿了一下装备，把一部分没有必要的东西放在这里的平台上，免得负重攀岩，产生不必要的风险。

接着，我们全部戴上防毒面具，然后按标准登山步骤，一步一步地用绳索爬下悬崖。

下面是大量死去的树木，弥漫着奇怪的气味，就连防毒面具也无法过滤掉。所有人下来之后，就听到潘子说："这里是个死坑，我们得快点,待久了,可能会缺氧而死。我在部队的时候听过,这种地方鸟都飞不过去。"

那是火山活动所挥发出的含硫毒气,毒性之烈,难以想象。

华和尚打起照明力度很强的冷烟火,照亮了四周的环境。我们环视了一圈,发现脚下是用石板铺成的两车宽的石道,几乎是笔直地通向前方。这是陵墓的神道,直通向陵墓的正门,隐隐约约能看到尽头一片黑色的巨大影子。

华和尚问陈皮阿四:"咱们怎么走?"

"顺着神道,先进皇陵再说。"陈皮阿四回道。

我们都没有对付皇陵的经验,此时也没有其他的想法,于是不说废话,跟在他后面,一路小跑跟了过去。

翻过很多倒塌在神道上的死树,我们很快来到了一处石门处,石头很高,有点像我们在古村中见到的牌坊。这是皇陵的第一道石门,叫作天门,过了石门之后,神道两边便会出现大量的石头雕刻。

经过石门的时候,陈皮阿四道:"出来的时候,记得倒走,免得撞了断头门。"

我在爷爷笔记上看到过这个讲究,这第一道石头门,有着很诡异的身份,进门之前,就是屠杀抬棺和送殡队伍的地方。入殓大典完成之后,所有人出这道门的时候,都会被咔嚓一刀,所以这一道门等于阴阳之门。盗墓者要是顺着神道而入,或者是进入地宫的第一道大门,那出来的时候,必须倒着出来,不然就很麻烦。

当然,几乎没有土夫子有机会能顺着神道进入皇陵盗掘,我们可能是极其稀少的几个之一。历代能够盗掘皇陵的人,不是军阀就是枭雄,他们当然不怕所谓的断头门。

过了天门,神道两边每隔五米就是白色石人石马,我们不考古,这东西也搬不走,一路看也不看,就直奔前方而去。

跑着跑着,忽然,跑在我前面的胖子停了下来,我跟在胖子后面,撞了个满怀,摔倒在地。

这一下实在突然,胖子也被我撞得差点扑倒,我忙问他干什么。

胖子转头看了看身后，脸色苍白，轻声说道："好像路边站着个人。"

前面几个人发现我们停了下来，都折返回来。潘子问："怎么回事？"

胖子把他看到的一说，其他几个人都有点不信，潘子道："是石头人吧，你看错了吧？"

胖子摇头："一闪就过去了，我刚反应过来，你看我，一下子一身冷汗，应该没看错。"

"有没有看清楚？"

"好像是个女人，也不能肯定。"胖子道，"跑得太快，我没看清。"

我们都把手电照向后面的几个石头人，石头人每隔五米一个，刚才一瞬已经跑过六七个了。手电能照到的范围内，没有胖子说的那个女人，她也许还在更后面。

华和尚问："老爷子，要不要回去看看？说不定是那帮人里面的那个女的。"

华和尚指的是阿宁，我心说怎么可能，他们走的是云顶天宫的正门，就算他们已经成功越过边防，那现在也应该是在我们头顶上打盗洞，绝对没有我们这么快。

胖子也道："那肯定不是，要是那娘儿们，老子肯定一眼就能认出来。"

陈皮阿四犹豫了一下，马上对华和尚道："你和其他人先过去，"然后拍了顺子一把，"你陪我去看看。"

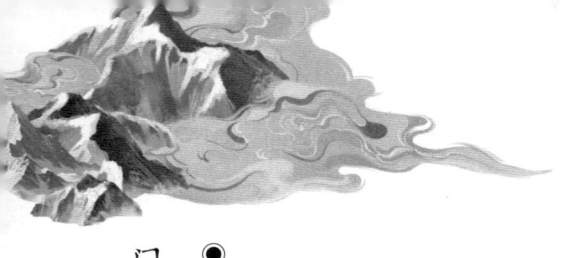

第三十二章 门殿（一）

顺子被拍得一愣，不知道怎么回事。不仅是他，其他人也都愣了一下，不知道陈皮阿四怎么了。

当时那一刹那，我甚至以为陈皮阿四想支开我们，杀顺子灭口，但是一想又不对：一来，他九十多岁，要杀一个退伍的壮年正规军军人，就算是偷袭，也未必能得手；二来，我们回去还得靠着顺子，所以他应该不会借这个机会杀他灭口。

我对陈皮阿四的这个举动不是很理解，于是拍了顺子一下，让他小心。

顺子也不知道有没有意识到，看了我一眼，就跟着陈皮阿四走了过去。

我们马上回头，顺着神道继续向前跑去，身上的装备幸亏放掉了很多，不然这样的运动强度，恐怕没人能坚持得住。

这一条神道一共有六道石门，这是汉家佛教的六道轮回，而女真信奉萨满，这儿汉人设计的痕迹随处可见。

我跑得飞快，不由得已经有点眩晕的感觉，身上裸露的皮肤开始瘙痒起来，可见四周的空气实在是不妙。

不知不觉，手电的光圈已经可以照射到一些黑色的残垣断壁，很快神道尽头的祭坛到了。祭坛的后面，六十级破败的石阶之上，便是皇陵的正门。

在我们一般人的墓葬观念中，陵和墓经常是混为一谈的。其实陵和墓是两种不同的东西，陵就是用来祭祀和举行入殓仪式的地上建筑，而墓才是指地下的地宫。

陵和墓并不一定要在一起，很多的陵墓地点相差十万八千里，比如成吉思汗陵就在内蒙古鄂尔多斯草原中部，但是陵中的棺木里只有附着成吉思汗灵魂的驼毛，而他的尸体和陪葬品藏于草原的何处，无人知晓。

这云顶天宫有三层的结构，我们头顶上在海底墓穴中看到的那些宫殿是象征性的灵宫，与地下的皇陵和地底的王墓构成三千世界，也象征着万奴王神人鬼的身份变化。

整片皇陵的建筑风格和明宫很像，在峭壁上看的时候，规模巨大，皇气逼人。由于大量使用那种黑色的石料，所以在壮观之余，还显得有一丝诡异和神秘。但是我们一进入陵宫，这种感觉就消失了，满眼是萧索和残破，如果不是一些大型的犹如庙宇一样的楼殿还耸立在那里，我们不免就要失望。

这里空气不流通，也没有狂风日晒，建筑应该保存得非常好才对，怎么会残破成这个样子？

我们踩着巨大的可以并驰十辆马车的陵阶，走入皇陵的正门之内。那巨大的陵门早已坍塌，打满乳头钉的巨大门板倒在地上，我们旁若无人地走了进去。

正门进去，是陵宫的门殿，《葬书》中说，四道龙楼盘宝殿，九尾仙车入黄泉，这就是四道龙楼里面的第一殿。此时我已经觉得口鼻的内部犹如灼烧一样难受，便招呼他们几个动作快点。

门殿大概有两个篮球场大，两边是迎驾的铜马车，在后面的深墙边上，左右各是两座黑色雕像，已经蒙尘。雕像面目狰狞，冷面怒目，似乎是萨满的图腾，上面的辅梁柱已经倒塌，云纹瓦当摔了一地，幸亏这里不会下雨，不然早就给淹了。

我们见没有什么特别起眼的东西，就想穿过门殿，向皇陵的中心走去，才走了几步，胖子忽然脚下一滑，不知道踩到了什么东西，"哎哟"

一声,摔了个仰面朝天。门殿地板上全是碎瓦片,这一跤摔得他要了命了,疼得直龇牙。

我一下子觉得奇怪,这地面这样,要是绊一跤还说得过去,怎么会滑倒?胖子自己也觉得奇怪,一边捂着屁股,一边就走回去,看自己踩的地方。

那地方只有他摔倒时划出来的一条痕迹,踩到的东西已经不见了。他顺着痕迹看过去,翻了几片瓦片,也没发现什么。

"你别不是鬼绊脚了?"潘子问胖子。

胖子摇头,忽然感觉到了什么,招手让我们停下,自己蹲了下来,翻起了自己的一只鞋。

我们围过去一看,原来他那登山鞋的鞋钉里面,竟然卡着一枚子弹壳。

众人脸色一变。潘子接过来,闻了闻,随即想到自己戴着防毒面具,又用手捏了捏,道:"有温度,还是刚从枪膛里打出来不久的。"

"有人先到了?"我一愣,难道阿宁他们这么神通广大,竟然能够比我们还快?

但是,为什么要在这里开枪呢?

"点个火,看看四周还有什么!"潘子道。

华和尚马上打起冷烟火,扩大照明的深度。我们四处查看,门殿里面一片混乱。我们分散开来,很快就在一根柱子上发现了一大串连续射击的子弹孔,直射着就上去了。

"看上去好像是有什么东西顺着这柱子下来,然后子弹就跟着它扫了下来。"

潘子走上去,看了一眼子弹孔,挖了一下,摇头道:"不是,正好相反。看这子弹偏移的角度,枪口是顺着柱子往上甩的。"

胖子用手电照着子弹孔,一点一点地看上去,最后一直看到了高高在上的横梁上。我们马上看到一个黑色的影子,悬挂在横梁上。

看影子的姿势,应该是一个死人,似乎是阿宁队伍中的,因为我看到一把56式老步枪挂在他的肩膀上,他整个人却无力地垂在那里。

众人都吓了一跳，不明白这个人怎么会死在横梁上。我们把手电照过去，看到了那人的脸。死的是个男人，脸上戴着小型的鼻吸式防毒面具（这东西非常先进，重量很轻，效果也比我们脸上的好，我最近才听说有这个东西，没想到这时就给我看见了）。由脸型判断，他应该有斯拉夫血统，他眼睛瞪得牛大，不知道是怎么死的，因为面具的关系，看不到他的表情。

尸体由一根什么东西吊在悬梁上，距离太远，也不知道是不是绳子。

几个人想爬上去，被潘子拦住。这个人死得那么怪，肯定有问题。这时候，胖子拍了拍我，指了指横梁的其他地方："各位，还不止一个。"

我们看过去，只见上面横梁的其他地方还有六七具尸体，都是悬空挂在上面，犹如吊死鬼一样。

这些人都是清一色的登山装，身上都挂着56式的国产步枪。我不由得感觉到一股异样，56式步枪的破坏力很强，有这东西在手，粽子也吃不消十几发子弹，是什么东西杀了他们？而且就算这里有过枪战，这些尸体怎么会跑到横梁上去的？

我越想越觉得不对，这地方邪门儿，不宜久留，忙招呼几个人，快点通过门殿。

可是转头一看，发现胖子不见了，再用手电一打，发现胖子不知道什么时候已经踩着一边的雕像正往横梁上爬。

第三十三章 门殿（二）

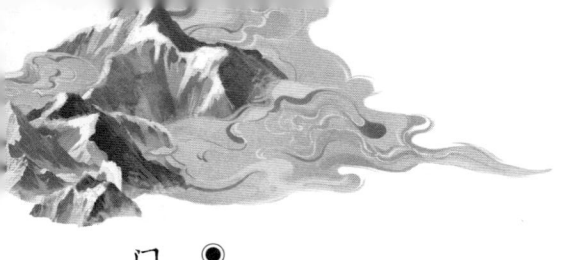

"你搞什么？快下来！"我急得大叫。这样的局面，他竟然还会往横梁上爬，我真不知道他脑子是怎么长的。

胖子不理我，他的身手很快，几步便已经探到横梁之上，回头道："慌什么？你胖爷我又不是三岁小孩子，有不对劲儿我自然会下来。"说着便顺着横梁，向离他最近的尸体走去。

我一下子明白了，知道胖子是盯上那把56式步枪了。这家伙手里没枪，一路上一直不自在，现在看到这么好的枪怎能不兴奋。这家伙无组织无纪律惯了，我气得七窍生烟，也拿他没有办法。

胖子再小心翼翼地走了几步，他的体重很厉害，整个门殿的檐顶都顺着他脚步的震动，发出一种让人不安的声音，同时大量的碎木屑从上面掉了下来。我们条件反射般地往后直退，怕胖子把头顶整个结构给踩塌了。

潘子拍着身上的木屑骂道："你给我悠着点儿，等一下咱们几个的命都给你断送了。"

胖子做了个抱歉的手势，大跨步走到那尸体的边上，第一件事情就是把尸体身上的56式步枪钩了上来，拿到手，马上退膛看子弹，然后从上面扔给潘子，又把尸体身上的子弹包挑了过来，背到自己身上，最后才去看那尸体。

我看着胖子一点一点地把尸体的防毒面具解了下来。面具里面是一张中年老外的脸，整张脸扭曲着，脸色发青，嘴巴张得出奇地大，似乎死的时候正在大叫。死亡应该是瞬间的，所以死的时候表情才会凝固得如此强烈。

我看他脸色发青，大叫："别碰他！看他脸色，应该是中毒死的。"

胖子点了点头，戴上手套，然后去看吊着尸体的"绳子"。这些人肯定不会是自己吊在上面的，那这些绳子是怎么回事，我们都很想知道。

然而胖子上去看了一眼，脸色仍然很是疑惑。

我问道："发现什么了？"

胖子道："这些好像是头发啊……"

"头发？"我奇怪道。

胖子点了点头，道："还挺长，怎么这些人难道都是娘儿们？"胖子将尸体提起来一点，"不对……这头发是从他脖子里出来的，不是头发。我靠，难道是胳肢窝毛？这老外就是厉害，胳肢窝毛都这么长。"

说着，他已经掏出匕首，想把吊着那人的"头发"切断，把尸体放下来让我看。可是他用匕首划了两下，那"头发"却没有断，似乎非常坚韧，又拿出打火机，想烧一下看看。

我心说，我可不想看这种尸体，就对他大叫："算了，我没兴趣看尸体，你快点下来，别搞了，万一有毒就麻烦了。"

胖子一想觉得也是，收起打火机，回道："再等一下，马上，马上！"说着却向另一具尸体跑去，看样子他是一把枪也不想放过了。

我看着这尸体似乎也没有什么危险，也就不去阻止他了。他还是老样子，到了尸体边上先把枪钩下来，丢给我，然后又想挑那尸体的子弹袋。就在这个时候，我忽然看到这一具尸体的手动了一下。

我神经一紧，忽然意识到不对，胖子正要去摘他的防毒面具，我忙大叫："等等！这个好像还活着！别摘他面具！"

胖子"啊"了一声："真的？"说着，按了一下尸体的脉搏，脸色也一变，忙拿出打火机，将上面的"头发"烧断，这尸体马上就从横梁上掉了下来。我和华和尚将他接住，放倒在地上。华和尚戴上手套，一翻他的脖子,只见这吊着尸体的"头发"果然是从这人的背上长出来的。

华和尚又翻了翻他的眼皮,摇了摇头,道:"死是没死,不过也差不多了,瞳孔几乎放大了。"

我看着这人似乎是中国人,习惯性地问:"还有没有的救?"

华和尚摇了摇头:"咱们犯不着救他,一来也只能让他多撑一会儿,死的时候更难受;二来带着走麻烦。"

我道:"那他还没死,把他丢在这里好像不太好吧?"

华和尚笑着摇头,似乎觉得我很好笑,一把抽出腰里的军刀,把那人的脖子扯了起来。我一看顿觉不妙,忙一把拉住他,道:"你干什么?"

"他现在中毒了,死的时候很难受的,我给他放血,可以死得舒服一点。"

我一听傻了,这是什么逻辑?刚想摇头说不行,突然,那"尸体"痉挛了一下,手猛地就拉住了华和尚的手,睁开了眼睛,人还在不停地发抖。

华和尚吓了一跳,忙把手挣开,退后了好几步。

那人看了看我,又看了看华和尚,显然意识有所恢复,突然就挺起身子,痛苦地叫了起来。我一点也听不清他在叫什么,忙去压他,但是这人力气很大,我和华和尚都被甩了开去。那人在地上翻来滚去,撕心裂肺地大叫,嘴巴越张越大,竟然张到了人类绝对不可能张到的极限,而且脖子也膨胀起来,好像要爆炸一样,大量腥臭的液体从他嘴巴里吐了出来。

潘子看不下去,拉上枪栓,"砰"的一声,送了那人一程。

枪声之响简直出乎我的意料,我耳朵一下子就是一疼。只见潘子这一枪直接打中他的心脏,大量的血从尸体中涌了出来,尸体扭动了两下,停下来不动了。

"他刚才在叫什么?"华和尚一头冷汗,问,"有人听懂了吗?"

"客家话,他叫成这样,我也听不懂多少,不过似乎是在叫'背上,背上'。"叶成道。

"背上？难道他背上有什么蹊跷？"华和尚将尸体翻了过来，想割开他的衣服，看看背上到底怎么回事。

我看着到处是血，感觉头开始晕起来，只好转过头不去看，让胖子快点下来。

胖子还蹲在房梁上，居高临下地看着我们，这时候已经点起烟来。看我转过来，马上道："别催了，你快和我老娘一样了，我保证，抽完这烟我就下来。"

我心说，你戴着防毒面具怎么抽，一看他，突然一愣，随即头皮一麻，一声大叫就摔倒在地上。

只见胖子的肩膀后面，竟然冒出了一张陌生的瞪着眼睛的白脸，仔细一看，竟然是一个奇怪的人趴在胖子的背上，而胖子似乎一点也没有察觉到。

第三十四章 门殿（三）

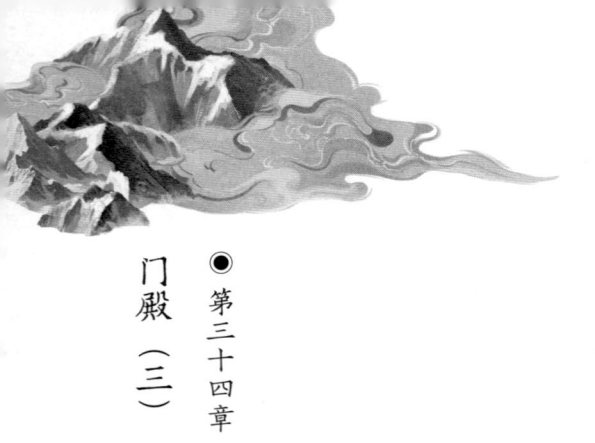

几个人都被我的叫声吸引，转头一看，叶成就怪叫了一声，大家都不约而同地后退了一大步。潘子条件反射，"咔嗒"一声上弹，枪就抬了起来，却没有开枪。

说来也奇怪，不知道为什么，我从来没有听过有人在墓穴里用手枪打粽子，从来没有，不知道这是祖宗的规矩，还是如果这样做了，会有什么我们不知道的后果。后来问了华和尚，他说表面原因是很多尸体都有尸毒，要是个毒粽子，这一枪下去，尸水溅到哪里哪里就废了，而且枪的声音太容易招惹麻烦了，但是实际上是怎么回事，他也不清楚。

胖子正琢磨着怎么把烟塞到防毒面具里去，一下子就被我们的动静吓了一跳，不知道怎么回事。但是一看潘子的枪指的地方，是他头边上，就知道瞄的不是他，他马上意识到了什么，转头就往后看去。

这一看，他就和那脸对上了，胖子一下子就蒙了，手里的香烟掉到梁上，人僵在那里。

趴在胖子背上的人鬼气森森地缩在胖子的肩膀后面，也没有因为胖子的转头做出任何反应。两个人就这样大眼瞪小眼，"含情脉脉"地看着。

这人是从什么地方冒出来的？我脑子里炸开了锅，刚才我们进来的时候都用手电扫过一遍了，虽然没有很仔细，但是这么大一个人，肯定是躲不掉的。也就是说，刚才我们进来的时候，这人还不在这里，那他怎么就能突然出现在胖子背上？

会不会是阿宁他们一伙的，在这里着了什么道，还是死在这皇陵中的冤魂？

我古怪的事情见多了，可是处于阴森的地下皇陵之中，一下子也是头皮发麻，汗毛直竖，不由得也感觉自己的背上好像有什么东西趴着一样，浑身不自在。

胖子脸色惨白，冷汗直流，不过他到底是个人物，这时候已经反应过来了不敢动，但缓缓地做了一个手枪的手势，估计是让潘子开枪。

潘子摆了摆手，让他把头移过去点，自己好瞄准。这时候华和尚举起两只手，轻声说："等等，先看看，别是个活人。"

"长成这样能叫活人？"潘子轻声道。

华和尚摆手让他别说话，自己用手电一点一点移向胖子肩膀后面的地方。手电照上去，那人被光线一照，头一下子转向我们。我看到一张无法形容的脸，整张脸凹陷下去，鼻子的地方只有一个大洞，眼窝深得畸形，两只眼睛犹如手电筒一样反射着手电的光芒，嘴巴的地方看上去竟然像一只猫头鹰。

潘子犹豫了，枪就松了下来，看向我们："是只夜猫子？"

我心说，怎么可能？这里的空气质量这样，基本上不可能存在生物，夜猫子不可能在这里生存，而且如果这是夜猫子，那也太大了。

可是单看这张脸，还真是非常像。夜猫子飞翔的时候是没有声音的，难道就是这样，它从瓦顶上无声息地飞了下来，停到了胖子的身上？那胖子怎么会一点感觉也没有？

胖子脸上的汗就像瀑布一样，一边还在让潘子开枪，一边手开始往腰上的匕首伸去，大概是看我们没反应，自己忍不住要动手了。我忙向胖子一摆手，让他别动，没搞清楚之前，万万不要硬来。

胖子朝我龇牙，表示抗议。

没想到他才一露牙齿，背上的东西突然像是受了刺激，凹陷的脸突然扭曲了起来，往后一仰，嘴巴就张了开来。我靠！一口两寸长的獠牙！那肯定就不是鸟了，而且嘴巴越张越大，很快就超过了人类所能张的极限。

我一看糟糕，胖子要倒霉了！潘子猛地把枪托压紧自己的肩膀，一瞄那嘴巴，刚想开枪，突然"嗖"的一声，一道劲风在我面前飞过，一个东西从门殿外面被扔了进来，一下子打在潘子的枪上，使得枪头一偏，一连串子弹就贴着胖子的耳朵扫了上去。胖子吓得大骂："你打哪里啊？"

我转头一看，陈皮阿四和顺子冲了进来，陈皮阿四对潘子大叫："放下枪！"

上面那东西已经朝胖子的脖子咬下来了，胖子脑袋一撞，把那家伙的脑袋撞开，然后扭过身子就反手扳住后面那东西的嘴巴，想把它给甩下去，但是那东西不知道是怎么趴在他背上的，怎么甩都甩不掉。胖子大叫："快上个人来帮忙！"

叶成拔出刀就想上去，我大叫："不行！梁要塌了！胖子，你快跳下来！"

胖子根本没听见，还在那里大叫："你们几个没良心的，快点！"

陈皮阿四猛一甩手，一颗铁弹子就打在胖子脚上，胖子"哎呀"一声吃痛，脚一松一滑，整根梁柱因为他的动作"咔嗒"一声往下一斜，胖子一下子就平衡不住了，人一倒就摔了下来。

横梁离地的高度，摔下来不是说没事就没事的，幸好下面挂着一具尸体。他下来的时候用力扯了一下，在半空缓冲了一下力道，就摔进地上的瓦砾堆里。我们赶紧冲过去一看，几个人都一愣，胖子背后那东西不见了，什么都没有……

我一下子想起柱子上那些弹孔，马上意识到不对，一甩手道："那东西没掉下来！当心头顶！"话还没说完，头上一个影子闪电般掠过，一边的顺子一个就地打滚，左肩膀上已经多了三道血痕。

我马上端起枪，但是老56式步枪比我想象中要重多了，我端得不是很稳，抬了两下，枪口竟然没抬起来。胖子爬起来，一把夺过我的枪，凭着感觉就朝顶上扫了一圈，大量的瓦片稀里哗啦地掉了下来。我们的手电全部过去给他照明，但是等枪烟雾散尽，顶上什么都没有，刚才那东西不知道到什么地方去了。

"这到底是什么东西？"胖子心有余悸。

"你还问我们，它趴在你身上你都没感觉，你干什么吃的？"潘子大骂。

胖子大怒，刚想骂回去，忽然人一顿，我们转头一看，我靠，那张怪脸不知道什么时候竟然从潘子的肩膀后面探了出来，幽幽地看着我们，而潘子自己也一点都没有发觉。

我们马上全部退开，潘子一看我们的反应，脸马上绿了，叫道："你们干什么？"还没等他回头，他肩膀后的那东西猛地就张大嘴巴，露出一口獠牙。

胖子抬枪一个点射，"砰"的一声，那东西半边脑袋就给轰飞了。顿时，绿水四溅，溅了我们一身，一股极度难闻的味道弥漫开来。

我以为搞定了，一看又不对，那张半个脑袋的巨大嘴巴里面，竟然还隐约有着一张小脸！

"该死！"我听见一边的顺子轻叫了一声，一个飞扑就撞到了潘子身上，潘子被撞得飞了出去。他倒地后一个转身就坐了起来，不知道什么时候军刀已经在手，反手就往身后捅。

但是他身后的东西已经不见了，坐在他身后的是刚撞他的顺子，那一刀就捅了过去。幸好顺子反应快，一把压住他的手，把他手给扭了过来，同时大叫："刚才谁开过枪？"

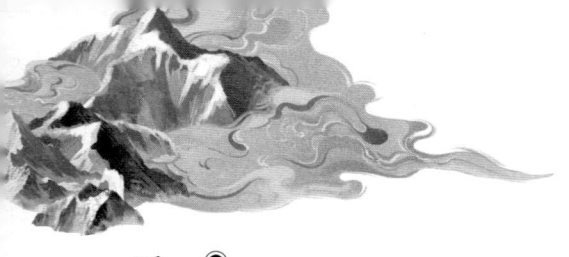

第三十五章 门殿（四）

胖子马上举手："我！"

"还有我！"潘子也举起了手。

顺子不知道为什么，眉宇间突然多了一股不容置疑的气质，一甩手，道："开过枪的人留下！其他人跑！一直往前跑！绝对不能回头！"

我一看，哎呀，我们的人几乎全都留下了，那我怎么办？跟着陈皮阿四岂不是等宰吗？忙也举手："我……我忘记了，我也开了！"

叶成他们一下子也不知道怎么反应，这时候，我们就听到门殿顶上传来了瓦片碎裂的声音，似乎有很多东西正在爬上门殿的瓦顶，数量之多，难以想象。几个人都大惊失色，不知道到底出了什么事。

"来不及了，还不走！"顺子大叫。

陈皮阿四看了我们一眼，一甩手，对华和尚他们说："走！"说着，三个人快速跑出了前殿。

我心里觉得奇怪，但是形势已经不容我多想，头顶上的瓦片碎裂声越来越多。胖子甩出自己的子弹带子给潘子，两把枪都上膛。我们围成一个圈，问顺子："上面到底是什么东西？我们怎么办？"

顺子沉声道："不知道。"

"那你让他们跑什么？"潘子奇怪道。

顺子道："我只是想让你们和那老头子分开来，这不是我的主意，是你们三叔的吩咐。"

我们一听,全都转头看向他,心说,什么,我三叔吩咐的?潘子就问道:"那你是什么人?"

"别问这么多了。"顺子道,"我现在带你们去见你们的三叔,到时候你们自己去问他吧。"

我浑身一紧,刚想问:我三叔现在也在这皇陵里?突然,头顶上发出一连串的破碎声,瓦片像下雨一样直往下掉。我们护住头全都往上看去,只见在手电的光斑里,无数的影子在挪动,似乎都是刚才的那种东西。

顺子甩手道:"刚才你们枪声一响,这死树林里面到处都能听到响声,它们都向这里围过来了。"

"那我们为什么不跑?"潘子听着四周已经密集得让人无法分辨数量的爬动声,紧张地问,"在这里不是等死吗?"

"等他们再走远一点。"顺子一边看了看身后,陈皮阿四似乎已经跑远了,一边转头道,"走!"说着,一拍我,一马当先地向着前殿的出口跑去,我们紧跟其后。

门殿之外可以看到神道的衍生殿,前面有一道汉白玉二十拱长桥,桥上吊着两条不知什么材质的盘龙,顺着桥两边的栏杆缠绕着,成色极好,竟然没有一丝缝隙,似乎是整体雕刻而成。桥下就是内皇陵的护城河,地下不知道有没有水。

我们才跑出几步,后面劲风忽起。我们几个全部就势一滚,胖子回手就是一个无目标的点射。黑暗中我听到一声轻微的嘶叫,不知道打中了什么,一团东西就摔进了桥下的深渊里。

黑暗中弥漫着一种躁动,我隐约感觉到这种东西似乎能飞,手电狂扫却什么也扫不到。

我们爬起来继续往前跑,头顶一阵一阵似乎有东西在贴着我们的头皮盘旋。胖子对着上面边跑边扫射,很快我们便跑到了桥上。突然,我感觉背上被什么东西带了一下,一下子就摔了出去。我一个翻身爬起来,还没反应过来,胖子一枪托就从我耳朵边砸了过去,我就感觉一个东西从我背上摔了出去。

我回头一看，只看见一个黑色的影子正挣扎着爬起来。潘子抬手就是一枪，把它打成两截，接着胖子就对着上面狂扫了几枪，子弹的曳光闪过，无数影子盘旋在我们头上。

"这些到底是什么？"我咋舌。

"太多了，打不光，我们怎么走？"潘子大叫道，问顺子，"三爷到底在哪里？我们怎么走？"

再往前就是四道龙楼殿的第二殿，到了那里免不了又要和陈皮阿四碰头。说实在的，和他们几个人在一起我心理压力很大，而且现在已经有了三叔的下落，我恨不得马上找到他，问问整件事情到底是怎么回事。

"你们三爷应该在地下玄宫了。"顺子道。

"地宫？"胖子又是一枪托，也不知道打下了什么东西，"太好了，省事了，地宫的入口在什么地方？"

顺子道："我不知道。"

几个人一下子都愣了，看向顺子，一看他的表情就知道他不是在开玩笑。胖子就骂："你不知道你还说带我们去见他，这皇陵这么大，我们怎么找？"

一般来说，地宫的正规入口就在顺着神道进入的第三道龙楼——天殿之内，但是必然是压在铜鼎之下，有七十多道青砖加上铅浆铁水的装甲等着我们，现代工兵团没有十天半月也挖不开。但是地宫肯定有秘密入口，而且应该就在皇陵建筑之内的中轴线上，慈禧陵的地宫入口就是在陵宫影壁里，但是现在这情形哪有时间去挖洞。

顺子非常镇静，矮着身子，对我道："你三叔说，这里是玄武拒尸之地。他说告诉你这话，你自然就知道地宫的入口是在什么地方，你想想有没有印象。"

我感觉奇怪了，玄武拒尸是玩笑之说，也就是风水理论中，集合了世界上最差的风水的地方，这种地方和理论中极品宝穴"九龙盘花"相同，是理论中的东西，世界上是不会有的。我问道："他真这么说？还有没有说别的什么？"

《葬书》上说：地有四势，气从八方，故葬以左为青龙，右为白虎，前为朱雀，后为玄武。玄武垂头，朱雀翔舞，青龙蜿蜒，白虎顺俯。形势反此，法当破死。故虎蹲谓之衔尸，龙踞谓之嫉主，玄武不垂者拒尸，朱雀不舞者腾去……

顺子矮着头看着四周，急促道："没了，当时你三叔似乎在躲避什么人，所以非常匆忙。你三叔安排我在村子里接应你们，带你们进山，然后就是带这几句话。"

我听着，忽然站定，心里哑然。如果这里真的是玄武拒尸之地，那葬在这里，后代死绝，老婆偷人，发生任何事情都不奇怪，那汪藏海和万奴皇帝有这么大仇？

而按照陈皮老头的说法，这里的风水应该是极其好才对，怎么会是玄武拒尸呢？

我一下子就后悔以前没有好好地留意这些，如果来此之前能看懂一些东西，现在应该也能领悟出那是什么意思了。

胖子也懂这些东西，甚至有些方面比我知道的还多一点，但这时候也很疑惑。他叫道："放屁！不可能，皇陵玄宫所在，怎么可能是玄武拒尸的地方？"

潘子在一边又是一顿扫射，将下来的东西逼开，回头道："也不是不可能啊，风水是对人来讲的，你没听那和尚说吗？这皇陵里埋的不是人啊，说不定这种奇怪的格局差异和这有关系！"

我知道潘子的话纯属气话，以东夏国微薄的国力，建造这些建筑应该已经倾注了全部的力量和资源，能够发动如此巨大工程的，只有万奴王一个人。而且我不相信当时的末代万奴王还有如此的威信，建造这座皇陵必然夹杂某种宗教的成分，那个时期，万奴王很可能是人神一体的宗教偶像。

铜鱼上说历代的万奴王都是从地里来的妖孽，我认为不能直白地去理解。铜鱼之上的信息应该另有隐讳，具体是指什么，可能要破译了我手上的那两条铜鱼才能够知道。

但是胖子不买账，一听潘子这么说，怒道："你别不懂装懂，不是人,难道会是条狗吗?不论陵墓里葬的是什么东西,按照风水上的讲法,都不应该选择'败穴'之地。你以为棺材里是妖怪,那葬它的风水就该与人相反吗?没这回事!而且你看这里的规模,少说也是个城邦级别的,何必为妖孽修建如此规格的陵寝?"

潘子的业务知识没胖子丰富,一下子语塞,不知道反驳什么好。

顺子对我们道:"几位老板,我听不懂你们说什么,别闲扯淡了,到底是怎么回事?谁懂谁说,快点!"

胖子道:"这还不简单?《葬书》看过没?你知道什么叫'地有四势,气从八方,前为朱雀,后为玄武'吗?玄武就是后面的意思,拒尸就是拒绝尸体,拒绝了那就是没尸体的意思,合起来说就是后面没尸体,那不就摆明了吗?尸体在前面!"

我一听,心说瞎扯,这句话是这个意思吗?要是郭璞(《葬书》作者)还活着,肯定会把你掐死。

顺子不懂这些,还真信了,道:"这范围也太广了点,要说在前面,是在什么的前面?就凭这个也找不到入口啊!"

我对他说:"别听胖子胡扯,哪有这么解释《葬书》的。三叔既然没有直接把玄宫入口的方位说出来,肯定是因为照直说,你反而无法转达。那就不能单纯从字面意思去理解他的话,像胖子这么猜是没用的。"

胖子不服气,问道:"那你有什么眉目?"

我摇头表示暂时也没有头绪,需要好好想想。三叔精通古代密码和密文,应该从那方面去下功夫,而且既然他认为我能理解,肯定有他的理由,但是现在显然不是思考的时候。

说话间,我们已经退到了石桥的末端,再过去就是皇陵的广场,黑暗中可以隐约看到石桥末端的地方竖了两块并排的石碑,都有十米多高,一块已经断了,底下由黑色的巨大赑屃驮着,石碑后面不远处是一片高耸的巨大黑影。

我知道这里是"皇陵界碑",石碑之后应该就是通往"往生殿"的长生阶,也就是通往幽冥界的大门。"皇陵界碑"可以说是真正的人间与幽冥界的分界线,因为"皇陵界碑"之后的地方,守陵人都无法进入。

几百年前,皇陵封闭的那一刻起,就没有人再踏足界碑后面的那一片区域了。

看见石碑的一刹那,我突然有了一种非常不祥的预感,似乎前方那一团巨大的黑影中,在这死寂的皇陵内城的某个角落里,有什么东西正在等着我们。

就在这个时候,跑在前面的胖子突然停了下来,一下子张开双手,把我们都挡了下来。我上去一看,原来石桥的末端竟然已经坍塌了,石桥和对面"皇陵界"之间,出现了一道三四米宽的深渊,手电照下去,一片黑气蒙蒙,不知道有多深。

"怎么办?"我看向潘子。潘子想也不想,端起枪就道:"还能怎么办?一个一个跳过去,快!"

我一看这距离,不由得咽了口唾沫,奥运会选手那些人能跳多远?八米左右?三米多不算太远,但是对我这样整天不运动的人来说,想要轻松跳过去,还真有点悬。

一边的胖子已经把枪交给顺子,然后退后几步,助跑一段后猛地一跃,在空中漫步而过,滚倒在对面的石地上。顺子把枪再甩给他,然后把我们身上的装备也先甩过去,接着也跳了过去。潘子要给我殿后,让我先跳,我看着前面的深渊,心里一横,死就死吧,便对对面的胖子大叫了一声:"拉着我点!"

胖子满口答应。我退后几步,定了定神,猛地一阵加速。可倒霉的是,就在我想起跳的时候,潘子突然在后面大叫:"等——"

此时我已经刹不住车了,一下子高高跃起,猛地向对岸跳去,还下意识地回头一看,奇怪潘子为什么要叫我。

这一看,就看到一个巨大的黑色影子从我左上方俯冲下来,凌空就抓住我的后领子,爪子一下子钩住了我的衣服,把我往边上一带。我在空中的姿势就失控了,接着那爪子一松,我整个人翻了一个跟头,就往深渊里掉去。

刹那间我脑子里一片空白,也不知道怎么办好了,眼前的一切就好像慢动作,看着胖子冲过来,一跃而起想在空中拉住我,但是他的手就在我的领子边上擦了过去，接着潘子举起枪，对着我的头顶"啪啪啪"就是三个点射，子弹呼啸而过，然后我就掉入了一片黑暗之中，他们的手电光瞬间就消失了。

下落的过程极快，我在空中打了几个转，同时脑子里瞬时闪过一连串的念头：这下面是什么？下面是护城河道？一般的护城河有多深？有水吗？我会摔死，或者被这里硫化的水化成一堆骨头吗？

还没等我想到这些问题的答案，我的背就撞到了一根类似于铁链的物体，整个人差点给拗断了，疼得我眼前一花，接着身体绕这铁链打了一个转，又往下摔去，还没等我缓过来，又撞上另一根铁链。这一次因为刚才的缓冲，撞得不重，我伸手想去抓，但是抓了个空，我继续下落。

这一连串的撞击把我撞得晕头转向，连坠落时蜷缩身体的姿势也摔没了，接着我就脸朝下重重地摔在了地上。我自己都听到我全身的骨头发出了吱吱声响，接着耳朵就"嗡"的一声什么也听不见了。

第三十六章 护城河

落地后我完全蒙了,脑子里还不知道是怎么回事,也不知道自己是死了还是没死,接着就有一股辛辣的液体从喉咙喷了出来,倒流进气管。我不停地咳嗽起来,血从我的鼻子里喷出来,流到下巴上。

足足过了半支烟的工夫,我才缓过来,感觉一点一点回归到身上。我颤颤巍巍地坐起来,四周一片漆黑,什么都看不见。我摸了摸地上,都是干燥的石头和沙子。这护城河底是干涸的,幸亏这些石头还算平整,不然我就是不摔死也磕死了。

防毒面具已经裂了,镜片一边碎了,我摸了一下,发现整个防毒面具都凹了进去,再一摸前面,发现我脸摔的地方有一块很尖锐的石头。看样子是多亏了这面具的保护,我的脸才没摔烂,不过这一下子,防毒面具算是完全没用了。

我艰难地扯掉后扣,小心翼翼地把它从脸上解下来,才拿到手上,面具就裂成了四瓣,再也戴不起来了。

没有了面具,四周空气中的硫黄味道更加浓郁,但是吸了几口似乎也没有什么大的不适,看样子潘子所说的这里毒气的厉害程度,并不真实,或者护城河底下的空气质量还可以。我暗骂了一声,把面具扔到地上,吐掉残留在嘴巴里的血,抬头去看上边。

护城河最起码能有十几米高,上面是灰蒙蒙一片,我只能看到胖子他们的手电从上面照下来,四处晃动,似乎在搜索我,还能听到一些叫声。但是也不知道是不是摔着的缘故,我的耳朵里满是刚才落地一刹那的"嗡嗡"声,实在分辨不出他们在说什么。

我尝试着用力叫了几声,但是一用气,一股撕裂的剧痛就从我的胸口扩散到四周,声音一下子就变成了呻吟,自己也不知道自己在说什么,甚至不知道自己到底有没有发出声音来。

为了让胖子他们知道我还活着,我捡起刚才扔掉的防毒面具,用力敲击地面,发出"啪啪啪"的声音,声音不大,但是在安静的护城河底,却反弹出了回音,十分清晰。

敲了一会儿,突然,一支冷烟火从上面扔了下来,落在我的边上。我骂了一声躲开,接着,我就看到上面一个人的头探出了桥的断面,看脑袋的大小似乎是胖子。

我爬过去,捡起冷烟火对他挥了挥,他马上就看到了,大叫了一声,但是我一点也听不出他到底在说什么,只好发出几声毫无意义的声音。胖子把头缩了回去,不一会儿,从上面就扔下一根绳子,晃晃悠悠地垂到河床底部,胖子背着自动步枪开始往下爬。

十几米也就是四五层楼的高度,说高不高,说低不低,胖子一下子就滑到了底部,放开绳子先用枪指了指四周,看没有什么动静,才跑过来,蹲下来问道:"你没事吧?"

我嘶哑着,有气无力道:"没事?你摔一次试试看。"

胖子一看我还能开玩笑,松了口气,对上面打了个呼哨。很快,潘子和顺子背着装备也从上面爬了下来。

他们扶起我,先把我扶到一边的一块石头上,让我靠在那里,接着让顺子按住我,拿出医药包,给我检查身体。

我看到医药包,就稍微安心了一点,心说,幸好准备还算充分。潘子确定我没有骨折,拿出一些绷带,帮我包扎了一下比较大的伤口,然后骂道:"叫你停你怎么还跳?也亏得你命大,不然你死了我怎么和三爷交代?"

我一听大怒,骂道:"你还说我?我都在半空了,你才叫停。这又不是放录像带，还能倒回去——"话没说完，突然胸口一阵绞痛，人几乎就扭曲了起来。

潘子一看吓了一跳，忙按住我，让我别动。

我咬牙切齿，还想骂他一句，但是实在疼得不行，连话也说不出来，只能在那里喘气。

胖子在一边递给我水壶，说道："不过你也算命大了，这样的高度，下面又是石头，一般人下来绝对不死也残废。"

我接过水壶，心说，这应该叫命贱才对，刚才肯定是因为撞到那两根铁链子，自己才没死。也不知道是走运还是倒霉，最近老是碰到高空坠落这种事情，而且还都死不了。

喝了几口水，嘴巴里的血都冲掉了，喉咙也好受了一点，我就问他刚才那到底是什么东西。潘子说这次他们看清楚了，肯定是一只怪鸟，而且个头很大，有一个人这么高，可惜没打中，不然就能看看到底是什么了。

胖子道："真邪乎，刚才我在神道那边看到的人，可能就是这东西。人头鸟，可能是种猫头鹰。"

顺子看了看上面，说道："奇怪，那些怪鸟好像不再飞下来了。"

我也看了看头顶，果然，刚才那种无形的压力明显消失了，也没有什么东西再俯冲下来。

"是不是这里有什么蹊跷，它们不敢下来？"

潘子也有点犹豫。胖子道："这样吧，我先四处去看看，要是这里有问题，我们还是马上上去。你们待在这里，小吴，你先休息一下。"

我点点头。潘子说他也去，两个人就分别走开。

不多久，在搜索的胖子就朝我们打了个呼哨，似乎是发现了什么。

潘子横起枪，朝胖子的方向看去，只见胖子已经顺着桥走出去老远，手电光都模糊了。在他手电的照射范围里，我们看到他的身后有一大片黑色影子，似乎有很多的人站立在远处的黑暗里，黑影交错，连绵一片，数不清到底有多少。

我们全都戒备起来，潘子"咔嗒"一声子弹上膛，顺子拔出了猎刀。

潘子就对着胖子叫道:"怎么回事?什么东西?"

胖子在那边叫道:"你们过来看看就知道了。"

从刚才我们在桥上的感觉来看,护城河有六十多米宽,纵横都非常深远。相比河的绝对宽度,胖子站的地方其实离我们并不远,但是因为四周浓重的黑暗,我们根本看不清楚他手电照出来的东西。

不过,听胖子的语气,那里似乎没有危险。

顺子看了看我,问我能不能走,要不要去看看。我点了点头,他扶着我将我拉起来,三个人一瘸一拐,就往胖子待的地方走去。

护城河底全是高低不平的黑色石头,有些石头的形状十分骇人,看得出原来修凿的时候,肯定是十分巨大的工程。胖子照出来的那一大片交错的黑色影子,正好位于上边石桥的桥墩下。

我们艰难地走到胖子的边上,那些影子也清晰起来。我走到近前,从胖子手里接过手电去照,这才看清那是些什么东西。

胖子站的地方,河床出现了一个断层,断层之下是一条大概一米深的沟渠,沟渠大概有二十米宽,无数黑色的真人高的古代人俑和马俑,夹杂着青铜的马车残骸排列在沟渠之内,连绵一片。凑近其中几个,可以发现人俑的表面被严重腐蚀,面目模糊,五官都无法分辨,很多人俑还拿着铜器,更是烂得一片色彩斑斓。

这些人俑大部分都站立着,靠得极密,也有很多已经倒塌碎裂,东倒西歪地堆在一起。从我这里看去,目力加上手电光所及的地方,似乎全是这些东西,一大片黑蒙蒙的,在阴森的皇陵底部,如何不让人毛骨悚然!

"这些是什么东西?"顺子看得目瞪口呆。

"这好像是殉葬俑,这些是车马俑,象征的是迎宾或者帝王出行时候的队伍——"我结巴道,"奇怪,这里怎么会有这些东西?不是应该放在地下玄宫或者陪葬坑里吗?"

胖子也知道这茬儿,也觉得奇怪。这地方是皇陵,不是儿戏的地方,地下玄宫中东西的数量、陪葬坑中所有殉葬品的摆设,都是相当讲究的,不像一般王公贵胄的陵墓,可以随性而来。皇陵讲究一个气、一个势,这种把殉葬品堆在露天的做法,相当于一块上等白玉上的一块老鼠斑,大忌中的大忌,在当时要是给皇帝看见,肯定是要抄家的。虽然当时东夏是一个边陲隐秘小国,但是既然修建陵墓的是鼎鼎大名的汪藏海,肯定不会犯这种低级的错误。

胖子爬下沟渠,一手戒备地端起枪,一手用手电照着一具无头的人俑,对我道:"看服饰好像是少数民族的。"说着,就想用手去碰。

我提醒他道:"别乱动,这东西神神秘秘的,摆在这里,指不定有什么蹊跷。"

胖子不以为然:"怕什么,难道还能活过来不成?"不过,我的话还是有点作用,他把手缩了回来,背起枪,一手拿手电,一手就抽出了腰里的猎刀,用力戳了那人俑几下,人俑毫无反应。他转头道:"货真价实,石头人。"

潘子看着好奇,也爬下了沟渠,走到胖子身边。我看着还是有点不舒服,道:"你们小心点。"

胖子摆了摆手,表示不屑与我交谈。他把猎刀插回皮套里,尝试着抬了抬最近的一座人俑,问道:"小吴,你是干这一行的,这些玩意儿值钱不值钱?"

我点点头:"这东西有点花头,不说整个,就是局部也有人要。我知道一个兵马俑的头就值两百万元,还是美元,那些马头比人头少,更珍贵,价格就说不好了。"

胖子惋惜地看了一眼四周,露出痛心疾首的表情,道:"可惜,可惜,这东西不好带——"

我心里还是感觉到很奇怪,这些东西实在不应该出现在这里。听人说,古墓中每一件东西,背后都是一个故事,这些东西在这里,应该有着什么讲究或者故事,那么当时的设计者到底有什么用意呢?

按照两边的距离来看,这些人俑站的沟渠,位于护城河的中央最深的地方,在皇陵刚修建完成的时候,这些东西应该都沉在护城河的水底,被水面所掩盖,人俑模糊的面部也是它们曾经长期浸没在水中的证据。也就是说,当时皇陵修建完成之后,上面的人是看不到这些东西的存在的。

那把这些人俑放在这里，有什么意义呢？难道这些是建筑废料、人俑的次品？工匠偷懒把这些垃圾沉到护城河里了？又不像，摆得如此工整，不像是堆放次品的方式。

当真是无法揣测古人的心思啊，我心里感慨。要不是我摔下来，在桥上根本就看不到桥下的东西，也算是机缘巧合，这是不是上天想昭示我什么？

这时候，胖子突然"啧"了一声，说道："你们有没有发现，这里所有的人俑，都是面朝着一个方向，做着走路的姿势，和咱们在市场上看到的很不相同。"

我本来没有注意到，但是胖子一说，我也就顺着他的意思去看，果然是如此。

本来陪葬俑朝一个方向排列，是很平常的事情，从来没见过乱七八糟面向的情形，但是胖子说的走路的姿势，倒是十分奇特，我从来没见到过。我用手电仔细地照了照人俑的下部分，突然，一股奇怪的感觉涌了上来。

"这些人——"我皱起眉头道，"好像是在行军。"

"行军？"潘子看向我。

我点点头："从马车和人物的衣饰来看，这是一支帝王出行的队伍。你看这些马、这些车、这些人的动作，它们都在朝同一个地方走。这些人俑这样摆列，它们的姿势，似乎是在表示这样一种动态情景。"

我们都朝人俑队列的朝向看去，只见这支诡异人俑的长队，延伸到了护城河深处的黑暗中，无法窥知它们的"目的地"是哪里。

第三十七章 殉葬渠

如果没摔蒙，我可能还想说咱们过去看看，但是看到远处那种深邃的黑暗，这句话就没说出口。胖子没感觉出我的胆怯来，说道："你说得有点道理，那它们是去哪儿呢？咱们要不去看看？反正这河也不长。"

潘子马上摇头，不同意道："咱们耽搁不了时间，小三爷受了伤，要再出点什么事，跑都不行，咱们还是别把精力花在这里了。三爷给我们传的话，咱们都还不知道是什么意思，与其节外生枝，不如趁这个时候好好想想，三叔说的地宫入口究竟在什么地方，正巧那些怪鸟似乎也不飞下来。"

这话正合我意，我马上点点头，然后咳嗽了几声，表示自己受伤严重，顺子也不表态。胖子看我们这样，不由得有点悻然，耸了耸肩说那算了。

顺子把他们拉上石俑渠，我们又回到了我摔下来的地方。潘子从背包里拿出风灯，点燃了给我们取暖。我一算，到这里已经快一天没吃东西了，肚子马上就叫了起来，于是四个人坐下来吃了一点干粮。

翻开我们的行李才发现，大部分的食物，竟然都在陈皮阿四那伙人的包里，我们身上带的食物明显已经不够了。特别是胖子，这一顿下来，他包里基本就没吃的东西了。但是，几乎所有的装备都在我们这里，像绳子、爪钩子、火具等必需的探险用品。

潘子查看了一下,对我们道:"看样子陈皮阿四在分配我们装备的时候,已经下了功夫了。装备全都是我们的人背,食物都是他们的人来背,这样两边谁也落不下谁,谁也不能自个儿跑掉,这一招我还真没注意到。"

胖子嘲笑道:"你注意到什么了?幸好我也没指望你和你们那个三爷,每次碰到你们,一定做亏本买卖,在火车上我就料到有这一天了。"

潘子"呸"了一口,道:"你少说风凉话,你也不是什么好东西,你不给我们闯祸我就阿弥陀佛了。"

顺子怕他们吵起来,道:"几位老板,有力气吵架,不如快点想想你们那个三叔说的话是什么意思!"

我也拍了潘子一下,让他别动气,问顺子道:"当时三叔来找你,是个什么情况,你要不详细和我们说说,那一句话太笼统了,我们连皇陵都没进呢,真不知道该怎么去想。"

我一问,胖子和潘子也静了下来,一起看向顺子。

顺子坐了下来,皱起眉头道:"那大概是一个月以前,当时我也是带客人上山,当然没你们上得这么厉害,就是四周走走,看看雪山。你们三叔当时是混在那些客人当中的,后来在山上过夜的时候,他突然就把我叫出去,神神秘秘的,说他现在要自己一个人上雪山去了,让我别跟其他任何人说,接着给我点钱,让我大概在这个时间,在山脚下等一个叫吴邪的人,然后带你们进山,只要能把你们带到他面前,就给我一大笔钱。他就是在那个时候和我说的这一句提示,他强调的是,只要是'你',一听就马上懂。"

"他确实这么说?"我问道。

顺子点了点头,表情很肯定。

我就感觉到有一点奇怪,这话似乎是在强调听的人,而不是话的内容。只要是"我",听了就能马上懂,难道我身上有不同于其他几个人的特质吗?

"那你怎么懂得支开陈皮阿四之后才告诉我们这些东西?"胖子问。

顺子"嘿嘿"一笑,露出了与以往截然不同的一种表情,道:"我也不是傻子,你三叔告诉过我你们的人数,说如果人数不对,就只能把话传给你一个人听。我一看到你们,当时就感觉到你们这一队人气氛有问题,似乎有两股不同的人混在一起。当时我又不知道你们是干什么的,只好先装傻看看,到底我收了别人的钱了,万一弄得不好,耽误了你们的事情就不好了。"

我看着顺子的表情,就感觉到一种狡狯,心中就一个疙瘩,心说,原来从上山开始,他的那种憨厚都是装的。那真是人不可貌相,难怪越走到后来,这小子就越镇定,原来是露出本来面目了。

潘子是老江湖了,这时候就沉下了脸,道:"没这么简单吧,我看你好像还知道什么……"

顺子幽幽地一笑:"我退役前是在这里当兵的,雪山我走得多了,我的父母是土生土长的朝鲜族人,动乱的时候从朝鲜逃到这里来的,在山里躲了好几年。这山里,古时候的传说多了,我们碰到的怪事情也多了,每年怀着各种奇怪目的进山的人数不胜数,你要说我什么都不知道,我总归还是知道一些东西的,所以我一看你们往这山头走,就猜出你们想干什么了。"他顿了顿,意味深长地看了我一眼,"要不是有你们三叔的嘱咐,在山腰雪崩的那个地方,我就绝对不会让你们再往前走了。"

潘子看了看我,又看了看胖子,一下子也讲不出话了。

呆了半晌,潘子拿出一支烟,递过去,道:"顺哥,有眼不识泰山了,那咱们现在是自己人,来,抽一根。"

顺子没接那烟,抬头道:"我是个实在人,别说废话,我帮你们不是喜欢你们,我是求财。你们那个三叔,答应给我的数目,够我用两辈子了,所以我怎么样也得把你们带到他面前。你们还是快点想那句话是什么意思吧。"

潘子被他弄得很尴尬,只好把烟叼到自己嘴里,苦笑着看了看我。

我问顺子:"那你把三叔当时的原话重复一遍给我听听。"

顺子回忆了一下,道:"当时他似乎是这么说的——'等吴邪到了,你告诉他,地宫的入口在玄武拒尸之地',然后我就问他那是什么意思,他说只要这么说,如果是'你',就肯定能知道了。"

"还是同样。"我叹了一口气,心说,整句话听下来,关键还是"我",但是这句话我明明一点也听不懂。三叔他到底哪里来的这种对我的信心,这不是坑我吗?

几个人都看向我,眼里露出殷切的神情。我摇了摇头,直叹大气。

胖子看我想不通,问道:"会不会是这样,这个提示和你们以前自己家里发生的事情有关系,所以只有你们吴家的人才知道?"

"不能这么说。"我道,"我了解三叔的个性,他不是那种讲一个超级复杂的暗号,然后让我们来猜的人。他既然是让顺子传话,那这句话绝对是意思非常明确,肯定是哪里差了,我们想错了。"

"不过三爷既然说,是'你'一听就能知道,而不是'我们'一听就能知道,那肯定有一个你们之间有共同点的暗号。"潘子道,"不如想想你们之间有什么共同点就好了。"

我感觉这也不太靠谱,不过,此时也没有别的办法,就掰着手指头琢磨起来。

我和三叔的共同点其实也不太多,而且还必须是我和三叔的。潘子他们如果也是就得排除,比如说,大家都是男人,潘子也是男人,那就不算了,算起来,我们都姓吴,应该算一个,但是这和那暗号应该没关系吧。

除了这些,要说能算共同点的,就是我和他都住在杭州,现在主要的生活地盘是杭州。

等等!我想到这一点的时候,突然人就打了一个激灵,好像脑子里出现了什么东西,一丝灵感突然就出现在了我的脑海里——

玄武拒尸——三叔的暗示——杭州——"我"一定能听懂……

我恍然大悟,这四个字,竟然是这个意思!

第三十八章 无聊暗号

玄武拒尸！狗屁的玄武拒尸。

我想通了之后，一切都豁然开朗，不由得笑起来。这完全是一个误会，三叔说的四个字，根本就不是这四个字，因为我们对《葬书》先入为主的概念，一听到发音相近的四个字，就把它对号入座了，而且正如我预料的，这个暗号其实根本就不是暗号。三叔用了一个非常巧妙的办法，使得他这一句几乎是直白的话，可以在别人面前传达，但是真实的意思只有我能知道。

看来三叔早就想到了，可能与我一起来到这皇陵之中的，不一定都是他安排的人。

几个人看我的脸色剧烈变化，马上就知道了我已经有所醒悟，忙问我想到了什么。

我解释道："我们真的想错了，三叔说这句话'我'能听懂，最重要的原因不是我和他的共同点，而是因为我是一个从小在杭州长大的人。"

几个人还是不明白，胖子问："这么说，这话和杭州的风景有关系？不会啊，你胖爷我去过杭州啊，没听过有叫'玄武拒尸'的景点啊！"

潘子摇头，说道："你扯哪儿去了，肯定和风景没关系，从小在杭州长大的人，也不一定熟悉杭州的名胜古迹。你看我们家三爷，在杭州也定居快十年了，他就知道个西湖，上次带我们去宝石山上喝茶，还给我们带迷路了呢，最后走到天黑，一看，到玉泉了。"

我点点头，确实，我也是这样的人，谁说做古董的就得喜欢古迹？我也没走过多少景点。

胖子皱起眉头，对我道："和风景也没关系，那是什么？你还是直接说吧，我都快急死了。"说着就擦汗。

我也不想卖关子，对他道："这很简单，在杭州长大的，虽然不一定熟悉风景，但是，绝对能听得懂杭州土话，这一点才是关键。"

几个人都一愣，呆了好久，显然有一些感觉了，但还是不了解，胖子问道："是发音？"

我点点头，在这几个人中，只有我是精通杭州土话的。潘子常年在长沙，杭州话能说能听懂点，但是要说到深处去，就不行了；胖子是京片子，一听就知道常年混在北京城；顺子就更不用说了，普通话都说不利落。如果三叔用杭州话说一句，确实只有我能听懂。

可惜的是，顺子因为汉语不好，只记得了发音，没听出前面的话和后面的语调变化，所以用他那嘴巴念出来就成了一句完全不着调的话。

潘子拍了拍自己的脑袋，说："我靠，这我还真想不到，那'玄武拒尸'，用杭州土话来念，是什么意思？这好像也难念啊。"

我笑道："听我来分析就行了。其实三叔的暗语不是四个字，而是'玄武拒尸之地'这六个字，第一个字'玄'，杭州话的发音同'圆'，又相似于'沿'；'武'的发音和'湖'的发音是一样的，但是在杭州，'湖'这个发音，既可以说是湖，又可以说是河；'拒'和'渠'，发音是一样的；'尸'和'水'同音；'之'和'至'同音；'地'和'底'同音，连起来就是——沿河渠水至底！"

我一解释完，几个人"啊"了一声，都露出恍然大悟的神色。胖子点了点头，显然我这样翻译十分合理，没有任何破绽。

潘子啧道："三爷就是三爷，这句话要是给陈皮阿四听见，他打死都想不到是这个意思，肯定绞尽脑汁去琢磨'玄武拒尸'的意思。"

"河渠水？"半晌胖子才道："可是，这里没有河渠啊，皇陵中会有河吗？"

我道:"陵墓中肯定没有,陵墓中可以有泉,但是应该不能有河,因为河的水位不受控制,水太高了会淹,水太小就会破势,而且河水会暴露古墓的位置。这里说的河渠,可能就是指这条护城河。"

潘子脸上的肉都激动得抖了起来,道:"那咱们是误打误撞,还走对了路了?"

"也不好说。"我摇头,毕竟没进过皇陵,不知道里面的情况。不过,按照现在的迹象和以前看过的资料推断,我的分析还是有道理的。

"如果说河就是护城河,那渠,该不会就是我们刚才看到的那条——"胖子站起来,看向一边那条全是石头俑的殉葬渠,那简直就是契合三叔的暗号出现的。我们也都转过头去,心跳加速起来。

"不过,"潘子有点不确定,"那渠里没水。"

我摇头道:"三叔当时还没进这个皇陵,他说的这句话应该也只是他从其他什么地方得到的提示,有可能是什么古籍或者地图,而当时制作这种地图或者古籍的人,大概也想不到,有朝一日,护城河里会一点水也没有。"

这里河壁堆砌的岩石上有被腐蚀的痕迹,这条河里原来肯定也有水,但是经过千年的岁月,引入河水的源头,或是地下河,或者温泉,可能干涸了,河水得不到补充就逐渐渗入地下,最后一点也没剩下。

胖子沉不住气了,"咔嗒"一声拉上枪栓,对我们歪了歪脖子:"同志们,难得咱们的个人利益和集体利益高度统一了,还等什么?一起上吧。"

这一次胖子的提议,我们都找不出理由来反驳。但是马上出发,他显然太过猴急了,潘子把他拉下来,道:"既然有眉目了,现在倒是不急。你看看小三爷受这么重的伤,还没缓过劲来,你是想一个人去,还是让我们把他扔在这里等死?"

胖子呆了呆,想想也在理,但是他实在心急难耐,拍了拍顺子,道:"那咱哥俩儿先去探探,勤鸟吃头菜,让他们俩在这里歇着,保证拿到的不比那个老三爷给你的少。"

谁知道顺子也摇头,道:"老板,我的任务是把他,"他指了指我,

"带到你们那个三爷面前,之后你们的死活都不关我的事,但是现在我得看着他。"

我听了"嘿嘿"一笑,对胖子道:"现在知道这里谁是大人物了吧?"

胖子"呸"了一声,不爽道:"得,你们都在这里休息,胖爷我自己去,等我摸几件宝贝回来,看你们眼红不眼红。我把丑话说在前面,摸到就是我的,可不带分的,你们谁都没份儿!"说着端起枪就走。

可走了几步,他突然停住了,顿了顿,转头又走了回来。我们几个都哈哈大笑,说他干什么,又不敢了。

胖子哼着气,一脚踢开自己的背包,坐到风灯对面,道:"什么不敢,你们还真想让我去?胖爷我没这么笨,等一下我把东西摸出来,你们三个人上来抢,我猛虎难敌群狼啊。给你们占便宜,指不定还被你们谋财害命,我才不干这缺心眼的买卖呢。"

潘子看胖子一直不爽,这时候乘机奚落道:"你这叫小人之心,别以为我们都跟你似的。"

我怕他较了真,打断他们道:"行了,都别说了,现在算起来也该半夜了,虽然这里看不到天,但是我们也得抓紧时间休息。"

潘子看了看表,就点了点头,把风灯调大,一下子四周暖和起来,然后扯出充气的睡袋,吹了气,几个人都睡了进去。

胖子点起一支烟,说自己睡不着,他来守第一班。我看了他一眼,对他说:"你可千万别半夜自己摸出去找东西,进了玄宫随便你拿,这里就消停点,你别被我看扁了。"

胖子大怒,说他是这样的人吗?他守夜,保证我们安全。

路途疲倦,算起来上到雪顶已经是傍晚,进到冰盖中的宫殿,一路过来,已经快用了十个钟头,相当于强体力劳动一天一夜,其中包括攀岩、狂奔、跳远,以及跳远失败摔楼。我想着都累,一进睡袋,很快就睡着了。

这一觉睡得很香,因为我是伤员,没让我守夜,我醒过来的时候,四周还是一片漆黑,风灯暗了很多,守夜的人已经换了潘子。他正靠在石头上抽烟，一边的胖子呼噜打得像雷一样。

我看了看表，也只是睡了五个小时。不过大伤的时候，睡眠质量一般都非常好，因为身体得到强烈的修补，人基本都处于半昏迷状态了，但是醒过来脑子是清醒的，身体却更累，腰酸背痛得厉害。

我揉了揉脸，爬出睡袋，一边活动手脚，一边让潘子去睡一会儿，说我来守。潘子说不用，在越南习惯了，不在床上，一天都睡不了三个钟头。

我也不去理他，坐到另一边的石头上，也要了一支烟抽，吸着醒脑子。

两个人沉默了一会儿，突然潘子就问我，能不能估计出三叔现在怎么样了，会不会有什么事儿。

我看他的表情，是真的关切和担心，心里有一丝感慨。按照道理，潘子这种战场上下来的人，看惯了枪林弹雨、生离死别，不应该有这么深沉的感情，但是事实上，潘子对这个老头子的忠心和信任，让我这个亲侄子都感觉到惭愧，也不知道潘子和三叔以前发生过什么，有机会真要问问他。

我安慰他道："你放心吧，那只老狐狸绝对不会亏待自己的。他这种人，命硬，要是出事，也不会等到现在才出事，咱们现在只要顾好自己就行了。现阶段，让别人担心的应该是我们，因为我们还什么都不知道。"

潘子点了点头，叹了口气，有点懊恼道："可惜我脑子不行，三爷做的事情，我总搞不懂，不然这种危险的事也不用他亲自去做，我去就行了。"

我心中苦笑，心说，三叔做的事情也不见得非常危险，我反而感觉最危险的是我们。老是跟在三叔后面猜三叔的意思，然后被他牵着鼻子走，这样下去，运气再好也有中招的时候。

就比如这一次，从三叔可以提前给我们地下玄宫入口的线索来看，似乎他身上有什么东西，让他预先知道了这里地宫的结构。"沿河渠水至底"，这是一句文言文，三叔讲话不是这种腔调的，这句话肯定是来自古籍。而据顺子所说的，三叔他是一个人进入雪山的，显然他并没有落在阿宁他们手里。如果他顺利进入了这个火山口，那他很可能已经在皇陵的地下玄宫之中了。

可以推测的是，那让他预先知道地宫结构的"东西"，应该就是他前几个月去西沙的目的，也可以解释为什么阿宁公司里的人竟然会在这里出现。他们的目标应该也不是海底墓穴，而是这里的云顶天宫，和三叔合作去西沙，只不过是在海底墓穴中寻找这座长白山地下皇陵的线索。

而阿宁在海底古墓中，和我们分开过很长的时间，在我们疲于奔命、被那些机关陷阱弄得抓狂的时候，这个女人在后殿中干了什么？是不是也和三叔一样，拿到了通往这个地下皇陵的关键？这个我们就不得而知了，不过，刚才在前殿看到的装备精良的尸体，证明阿宁的队伍已经先我们到达了这里。根据顺子所说的，他们这么庞大的队伍，是无论如何也通不过边防线的，可是他们竟毫发未伤地过来了，说明他们必然知道一条谁也不知道的隐秘道路。

这至少可以证明，阿宁他们也知道我们不知道的事情。

这就是我们和他们的绝对差异了，我们是完全"无知"，地下玄宫之中有什么等着我们，我们根本无法估计，这其实是最糟糕的处境了。然而我们还必须继续前进，不能后退，这是糟糕之中的糟糕。

这些我都没有和他们说，因为对潘子来说，三叔就是一切，三叔要他做的事情他就必须去做，不用管动机；对顺子来讲，他完全是局外人，这就是一笔买卖，他只关心最后的结果；而胖子就更简单，他是为了"夹喇嘛"而来的，陵墓中的东西才是关键，我们的三叔，对他来讲只是一个"麻烦"的代名词而已。这些分析出来的东西，似乎只对我自己有用，只有我一个人是在扑朔迷离之中的。

其他人都活得如此简单，第一次让我感觉到有点羡慕。

又聊了一会儿其他的，潘子就问我身体行不行。我感觉了一下，经过睡眠，我的身体已经好转了很多，此时不用人搀扶应该也能够勉强走动，只是显然打架还是不行的。潘子说还是再休息一下的好，难得这里这么安静，似乎也很安全，恐怕进了地宫之后，就再没这种机会了。

我一想觉得也是，就想再进睡袋睡个回笼觉，却睡不着了，一边的胖子不停地用一种我听不懂的方言说梦话，似乎是在和别人讨价还价。在他说得最激动的时候，潘子就拿石头丢他，一中石头，胖子马上就老实了，但是等一会儿又会开始，十分吵人。我疲倦的时候完全听不到这些，但是现在要入睡，就给这搞得够呛。

我闭着眼睛，又硬挨了两个小时，潘子手里一块石头挑得太大，把胖子砸得醒了过来。这一下子谁也别想睡了，胖子一嚷嚷，把顺子也给吵醒了。

整理好东西，又随便吃了一点干粮，我们重新走回到河中心的殉葬渠处。黑色石头人俑还是无声地矗立在那里，长长的队列，一直延伸至两边无尽的黑暗之处。

我被搀扶着爬下殉葬渠，走入人俑之中。在上面是俯视着人俑，所以感觉并不是很强烈的，但是一到下面，人俑就变得和我一般高，四周的幢幢黑影，我心里产生了一股强烈的不安。

胖子用手电照了照沟渠两边，问我道："你们的三爷让我们顺着水走，但是这里现在没水了，咱们该往哪里？"

我看向潘子，他经历过特种战，应该对这种东西有点研究。

潘子走近一座人俑，摸了摸上面的裂缝，指了指人俑面朝的方向："看石头上水流的痕迹，那边应该是下游。"

胖子凑过去，却看不出什么所以然来，不信任道："人命关天，你可别胡说。"

潘子不去理他，招呼着我们小心点，几个人开始顺着沟渠，向护城河的黑暗处走去。

护城河的长度，我一点概念也没有。在悬崖上用照明弹看的时候，整个皇城是一个远景，我们大概只看到建筑物的顶部，护城河被四周茂密的死树林遮挡着。而在上面桥上的时候，手电的光芒又不足以照出黑暗中的全部，所以在万般寂静的护城河底，沿着殉葬渠直走了有半个小时，却还是没有走到头。

殉葬渠高低不平，有几段里面的人俑碎裂得十分严重，似乎被什么巨大的东西踩过。那种坚硬的不知名的石料，都裂得粉碎，在沟渠的底下，甚至不时还有人俑的头颅和四肢出现，似乎殉葬渠底下的土里，还埋着一层这样的东西。

或者可以这么想，这条沟渠会不会原本是要被埋藏的，但是因为某种原因，工程停顿了，所以还有这么多的人俑没有被掩埋。

越走越黑，本来手电照在一边的河壁上还有一点反光，至少还有参照物，走着走着，就连一边高耸的河壁都找不到了，四面都是黑咕隆咚的。我们不由得放慢了脚步，潘子提醒我们机灵一点，千万不要分神。

这个时候，走在最前面的胖子停了下来，我们正要上前，看到他做了一个让我们停下的手势。

我走到他的身边，顺着他的手电看去，只见殉葬渠的尽头已经到了，人俑的队伍消失了，面前是一块巨大的石头河壁，应该是到了护城河的另一面了。河壁上似乎雕刻着一个乐山大佛一样的巨大的东西，因为手电根本照不出全貌，也不知道具体是什么，只看到河壁的根底下，有一个被碎石掩盖的方洞。现在石头已经被搬开了不少，露出了一个黑漆漆的洞口。

这和刚才我们进来的排道一样，这个洞也是当年修陵的工匠们偷偷挖掘的通道之一，这是他们在地宫封闭之后逃生的唯一通道。

"又是一个反打的坑道？"潘子惊讶道，"开口怎么会在这里？这不可能啊。"

"怎么不可能？"胖子道，"又不是你修的。"

潘子道："这里当年是在水下，你以为那些工匠全是鱼吗？"

我摆了摆手，让他们别吵。这时候顺子"嘿"了一声，说道："过来看，这里有东西。"

说着，用手电照过去。我们一看，只见方洞一边的石头上，有人刻了几个字。

第三十九章 水下的排道

方洞有半人高，四方形，打得非常粗糙，边上全是西瓜大小的碎石头，里面也有不少。显然，有人曾把这个洞堵上过，而方洞内黑漆漆一片，不知道通向哪里，有点像我们在南方经常看到的水库涵洞。

在方洞一边的碎石头堆里，有一块比较平整，上面很粗劣地刻了几个字，是非常仓促刻上去的，刻得非常浅，要不是那几个字是英文字母，在这种皇陵里面看着非常刺眼，顺子还不一定能发现。可惜刻的是什么，根本无法拼出来。

是三叔刻上去给我们认路的吗？我当时就这么想，但是三叔的洋文很不靠谱，他这种脑子怎么会想出来刻洋文当暗号？这实在不是他的风格。

胖子好奇地走近去看了看，然后就"咦"了一声，招手招呼我道："小吴，这几个扭扭曲曲的洋文，咱们好像在哪里见过。"

我走过去，才看了一眼，心里就不由得一跳。

不是好像，这几个符号我们的确见过，这是我和胖子在海底墓穴下到碑池之中的时候，胖子在池壁上看到的。看到这个符号之后，闷油瓶突然就冲下那个碑池，之后他就想起了海底墓穴中发生的事情。这些符号怎么突然出现在了这里？

当时，我一直以为这符号是当年三叔带文锦他们下去的时候，那几个人刻上去的,但是突然又在这里出现,显然就不对了。

看雕刻的痕迹,是用登山镐胡乱刻的,而且痕迹如此新,那要么就是三叔留下的,要么就是闷油瓶或者阿宁留下的,因为这里也就这几个人能有登山镐。留这个符号的人,肯定也已经进到方洞里去了。

此时我突然有了一个念头,心说会不会海底墓穴中的那个洋文符号是闷油瓶刻下的,所以他看到这个符号之后才会说:"这个地方我来过。"

还真是有这个可能,他再出现的时候,我得问问。

潘子看我发呆,问我怎么回事。我把我和胖子在海底墓看到符号的事情和他一说,潘子也感觉到很新奇,不过他道:"我跟三爷十年了,往少了说也盗了不下五十座墓,其中大的也有几个,没见他留过暗号,而且三爷ABCD都认不全,这肯定不是三爷留下的。"

我心说,那就是阿宁或者闷油瓶了,转头对他们说:"不管怎么说,看样子路没错,这洞已经有人进去过了,地宫的入口应该就在这下面,咱们是不是马上进去?"

"进!"胖子马上道,"还等什么?几路人马都在我们前头,胖爷我向来都是打先锋的,碰上你们几个倒霉孩子才混得给人殿后。咱们就别磨蹭了,等会儿人家都办完事出来了,咱们都没脸跟他们抢。"

潘子对我道:"你别问我们,你身体行不行?"

我点头表示没问题:"胖子说得对,咱们不能拖了,反正碰到粽子,我就是没受伤也得死,现在受伤了,也就死得快一点而已,不怕。"

胖子在一边已经卸下自己的背包,听我这么说,"喷"了一声:"你就不会说点吉利的?也不看看咱们现在要去什么地方。"

我瞪了他一眼,道:"有你在,脑门上贴两个门神都没用,你先管好你那手。"

我们各自准备自己的装备,刚才我们是行军的打包方式,现在我们把风灯、燃料这些东西全都放进包里,然后把冷烟火、冷光棒、炸药全都拿出来,系在武装带上。胖子和潘子各自拉开枪栓,退下子弹匣子,把子弹带上的子弹退下来装枪,上满弹药后,猎刀、匕首都归位。

枪太长,在方洞之中可能无法转身,于是胖子把枪给了顺子,自己拿出登山镐。几个人测试了一下手电的光度，胖子拿出自己的摸金符，捏在手里朝天拜了拜。

顺子也是用枪的行家，拿过枪"咔嗒"两声，熟悉了一下，大有怀念之感，然后对我们道："几位老板，我不懂你们这行，不过我要提醒一句，在长白山上钻洞，要小心雪毛子。如果看到苗头不对，先用棉花塞住自己的耳朵，这东西现在这个季节脑壳还没硬，只能钻耳朵。等到了夏天，壳硬了之后，能直接从你皮里钻进去，就露出两根后须，你一扯后须就断，整只虫子就断在里面了，你得挖开伤口才能挖出来。还有，这东西也钻肛门，坐的时候千万小心。"

胖子嫌恶地看了一眼顺子，下意识地勒紧了皮带，道："现在虫子也有这嗜好了？"

顺子道："我不和你们开玩笑，中招了自己想办法，别来问我。"

我们感到下半身发凉，都点了点头。胖子当下一马当先，探身爬进了方洞之中，我们紧跟其后，鱼贯而入，开始向着地下终极的未知世界前进。

方洞之中必须猫着腰走，洞是平行挖掘的，我们边走边看四周的情况，因为高度太低，走得很慢。这里的岩底非常结实，看敲凿的痕迹，这条坑道显然用了最原始的办法挖掘，我在猜想修这么大规模的皇陵用了多少时间，怎么着也要二十多年吧。很多皇帝在登基的时候就开始着手修坟墓了，二十多年，挖掘这条坑道也是十分勉强，看样子当年外逃的应该是很大规模的一批人。

越往里走，越能看到很多人到过的痕迹，登山鞋的鞋印就不止一处，雪毛子没有出现。不过，我发现在坑道的顶上有一些奇怪的岔洞。

这些洞都不大，只能够容纳一个人，而且洞中有斜坡，笔直向上一段后，就会向下大转弯。这样的洞大概每隔十米就有一个。

自从涉足这一行以来，爬洞不知道爬了多少次，还从来没见过这样结构的洞。从建筑核算学的角度来说，打这些洞的工程量几乎和打整条坑道一样多。那这些洞必然有不得不打的绝对理由，不然就是不经济的，可是又实在看不出这些洞有什么存在的价值。

潘子在后面对我说："小三爷，你有没有发现，这条坑道有点眼熟？"

"眼熟？"我顿了顿，转头问他为什么这么问。

潘子道："咱们在山东瓜子庙的时候，过的那尸洞，进洞的隧道不也是这个德行的？那老头子不就是躲到上面的洞里来害咱们几个的？"

听他这么说，我又仔细看了看洞的顶上。在山东的那时候，我慌都慌死了，并没有太过注意那尸洞的头顶，现在也无法比较，不过潘子既然这么说，那就应该不会有错。我也心生奇怪，问他道："你确定？"

潘子倒也不确定，说："我们也是听了那老头的话才知道上面有洞，自己过的时候一片漆黑，并没有发觉。"

我停了下来，仔细看了看这些岔洞，马上就明白了它的作用，道："当时那个尸洞也是个水盗洞吧？"

潘子点头说是，我道："这些岔洞其实是用来呼吸的。你看，水灌入这条排道的时候，因为岔洞的弯曲结构，会在岔洞中留有空气，这样只要游一段，然后头探入岔洞中呼吸一口，再继续前进就可以了。"

胖子惊讶道："这么巧妙的办法，这么说，当年这一条排道的确是在水下的？"

我道："差不离吧，看样子，瓜子庙的那一条水盗洞，说不定也是汪藏海的人挖的。"想想又不对，那条盗洞之古老，三叔推断是在战国时期，可能是鲁殇王进山修陵的时候挖的。难道是汪藏海去了之后看到，借鉴了古人的技术？倒也十分有可能。

走了很长时间，也不知道走了多少距离了，排道逐渐变宽，终于看到了出口。我们爬了出去，面前竟然是一条极深的河渠，十几米深，五六米宽，河渠中已经没有水了。

我看了看河渠修凿的情况，说道："这是引水渠，护城河的水从这里引出去，保持水是活水，不会发臭，而且可以防止水的倒灌。"

河渠两边都有供一人行走的河埂，上头还架着一座石桥。我们小心翼翼地走过去，来到河的另一岸，胖子问现在怎么走。

我道："这条渠和外面的渠是相通的，应该算一条渠，我们跟着水走。"

潘子蹲下去看了看水流向的痕迹，指了指一边："那里。"

我们继续往前，不多久，前方河埂边的石壁上出现了一个四方形的方洞。

胖子打起冷烟火丢了出去，照出了方洞外面地面上黑色的石板。显然，这是地宫的封门石。胖子钻了出去，连续打起很多冷烟火扔到四周，接着向我们打招呼，我们才从坑道中爬了出来。

出来的地方是一间用黑色岩石修建的墓室，不高，人勉强能站直，但是很宽阔，墓室的四周整齐地摆放着很多瓦罐，可能是用来殉葬的酒罐，每一只都有半人高。粗略估计有上千罐，看样子万奴皇帝可能是个酒鬼。

四面黑色的墙上有一些简单的浮雕，雕刻着皇帝设宴时候的情形。浮雕保存得并不好，可能和这里与外界相通有关系，这里的火山气体虽然没潘子说的那么致命，但是腐蚀性肯定比一般的空气强，这里的壁画能保存下来，已经是个奇迹了。可惜保存下来的那些画只能看出个大概。

在墓室的左右两面墙上，各有一道石头闸，后面是黑漆漆的甬道，一股阴冷的风从里面吹出来。胖子捡起两支冷烟火，一边扔进去一支，都没看到头。

猴头烧

● 第四十章

潘子看我脸色不对，让我休息一下。我实在有点吃不消了，就坐到酒缸上喘气，其他人重新收拾了一下装备。顺子从来没进过这种地方，捡起一支冷烟火，就好奇地四处看，说道："还真是不来不知道，这长白山里竟然还埋着这样的地方。这次算是长见识了。"

"再走下去还有你没见过的呢。"潘子在一边道，"我估计当年大金国掠夺北宋得来的那些东西，和南宋岁岁进贡的宝贝，要不就是落在成吉思汗的手里，要不肯定就在这个地方。"

"别想得太美。"胖子道，"当年南宋进贡的大部分都是绫罗绸缎，这种东西不经放，又不好出手，我看就算有也烂得差不多了。咱们别老是惦记地宫里的东西，还是多考虑考虑眼前比较好。"说着就去研究那些酒缸，想去搬动一罐，看看罐底写着些什么。

我对他道："这种缸子太糙了，你别折腾了，送给别人卖羊杂碎、腌菜别人都不要。"

胖子道："谁说我惦记这缸了，别以为你胖爷爷我只好明器。"他用匕首敲开一罐酒的封泥，顿时一股奇特的味道就飘了出来，说香不香，说臭又不臭，闻多了还挺过瘾，也不知道是什么酒。

古墓藏酒，我在大量的典籍中看到过，但是亲眼见到还是第一次，这时候也好奇起来，就凑过去看。

酒是黑色的,很纯,里面的水分基本上已经没了,只剩下半缸。懂酒的人都知道,这就是陈年酒的特征,这半缸就是酒的精华所在,实在是诱人,不过再怎么说,这东西也放太久了,不知道当年的保质期是多久。

我记得中国最古老的酒是1980年在河南商代后期古墓中出土的,现存故宫博物院,大概有三千年的历史了。听说开罐之后酒香立马就熏倒了好几个人,也不知道那帮人当时有没有喝过,不然也能有个借鉴。

胖子用刀蘸了一点,想尝一口,我拉住他:"你不要命了?过期食品,小心食物中毒。"

胖子道:"你不懂,窖藏酒放几千年都不会坏的,千年陈酒下面的酒糟吃了听说还能长生不老呢。咱们老祖宗倒斗,有的还就为那酒去的,尝尝味道不会有事的,最多拉个肚子。"

还没说完,潘子过来,"当"一脚就把那酒坛子踢翻了,黑色的酒液和罐子底下的酒糟子洒了一地,一股浓郁的奇香顿时扑鼻而来。胖子刚想大怒,潘子对他道:"先别发火,你看看那酒糟里面是什么。"

我和胖子转头一看,只见黑色犹如泥浆的酒糟里面,有很多暗红色的絮状物,犹如劣质棉被的碎片,这种东西我们在浸水的棺材里经常看到。

胖子用匕首拨弄了一下,脸色就变了。我凑过去一看,顿时头皮就一麻,感到一阵剧烈的恶心,差点儿就吐出来。

那些红色的絮状物,是一具还未完全泡烂的婴儿尸体,肉已经完全溶解于酒中了,但是皮和骨头都在,所以形成破棉絮状的一团。

潘子看着目瞪口呆的我们,蹲下道:"这种酒叫作'猴头烧',这不是人,而是未足月的猴子,是广西那边的酒,可能是女真的大金还鼎盛的时候,南宋进贡的窖藏酒。"说着拍了拍胖子,用匕首挑起那团"棉絮",做了一个"请用"的手势,"能不能长生不老我不知道,不过听说壮阳的功效不错,你别客气了。"

胖子恶心地用刀拍掉,骂了声娘,问潘子道:"你小子怎么知道得这么清楚?你喝过这酒?"

"我在山西的南宫见过这种瓦罐,当时大奎和我们另一个伙计取了一罐出来,我始终认为不妥当,就没碰,但是他们不在乎,结果喝到见了底才发现下面的东西,后来为这事大奎在医院躺了两个月。"说起大奎,潘子又有些感慨,"我对你实在算不错了,要是有心害你,我等你舔上一口再踢翻罐子,有你好看的。"

胖子脸上直抽动,想发作又没借口,样子十分好笑。

此时冷烟火都陆续灭了,黑暗袭来,我们重新开启手电,四周的气氛一下子压抑起来。

休息了片刻,重新开路,胖子要回他的宝贝步枪,又拉枪上膛,这其实是有枪的人给自己壮胆的习惯性动作。他看了看两边两条墓道,小声问道:"往哪边走?"

我们都定了定。这时候顺子指了指左边:"这边比较稳妥一点。"

一般这种情况都是潘子和我回答,现在顺子突然冒出来一句,胖子莫名其妙:"为什么?"

顺子用手电照了左边甬道口的地面,我们看到,在甬道的一边一个很隐秘的地方,又刻着一个洋文的符号。"我刚才偶然看到的,我想这是有人在为你们引路。"他对我们道。

第四十一章 记号

我蹲下身子，再一次试图辨认这几个奇怪的洋文符号，但是同样无果，线条过于凌乱，虽然能够看出和我们刚才在方洞口看到的是同一个词语，但是到底是由哪几个字母组成的，无法拆解，我甚至怀疑这到底是不是英文。

胖子也很好奇："你确定这不是你们那个三爷留下的？"

潘子点头，表示绝对肯定："三爷没这么花哨，他要留记号，一般就是敲出个坎就行了。这肯定不是三爷留下的。我觉得小心点好，记号不一定全是用来引路的。"

我明白他的意思，如果这记号不是引路的，那可能就是一种危险的警告。

不过，我在海底墓穴里看到那符号之后并没有发生什么危险的事情，而且甬道就两条，不是走这一条就是那一条，两条都没把握，随便选哪条都一样，此时犹豫似乎没什么意义。

还是胖子在前面带头，我跟在胖子后面走进甬道。

里面非常宽，足可以并排开两辆解放卡车，胖子一进去，就说这是条骡道，就是施工的时候走骡车的道。这确实有可能，因为我从来没见过这么宽阔的墓道，地面上还隐约可以看到当年的车辙痕迹。但离奇的是，甬道里面竟然很冷，温度不知道降了多少，而且还有冷风从里面吹过来，似乎是通着外面。我们都知道无论什么古墓，都很讲究密封性，这风从哪里吹来的？

"这是自来风。"潘子被气氛感染，压低声音对我说，"咱们老祖宗说这叫'鬼喘气'，在大墓里经常有这种事情，不过没什么危险。"

"有解释吗？怎么产生的？"我问道。

潘子摇头："传下来大多只有个说法，没人去研究过，而且这事情最好也别去研究。"

我心说也是，在那个时代，盗墓都是为了温饱，只要知道危险不危险就行了，各种奇怪的现象到底是怎么产生的，实在无暇顾及。

甬道刚开始的一段还算平整，到后来就发现坍塌跟地面碎裂的情况，很多黑色的石板都从地上翘了起来，使得地面高低起伏，这是地壳运动造成的自然破坏。甬道的两边每隔一段距离都有一种加固的拱梁，上面都雕着单龙盘柱，很多都开裂了，我想如果没有这个加固的措施，这条甬道早就塌了。

一路无话，几个人安静地走了七八十米，胖子突然停了下来，在前面道："门？"

我们都停了下来，将手电照向前面，只见甬道的尽头出现了一道黑色的石头墓门，门上飞檐和瓦当上都雕刻着云龙、草龙和双狮戏球的图案，门好像是金属的，左门上雕刻着一只羊，右门上雕刻着一只不知名的东西。我们走近一看，石门关得紧紧的，门缝和门闩的地方都用铜浆封死了，但是左边门的羊肚子上，被人炸开了一个脸盆大的破洞，冷风就是从这里吹出来的。

"这不是门。"我推了推，"打不开的就不是门，这是封石，是用大块的黑石头垒砌，然后用铜水封死冻结成一个整体，做成门的样子。胖子说得没错，这条甬道是骡道，修得这么宽，应该是为了便于骡子驮这些石头。"

胖子蹲下来看了看墓门上的破洞："墓道里有封石，看样子这条墓道应该挺重要，能通到地宫的中心，路算是没错，那标记看来真的是给我们引路的。而且洞都开好了，他们已经进去了。"说着探入半个头，把手电伸进去，照里面的情形。

我问他："怎么样，里面有什么东西？"

他说："还是墓道，里面还有一道封石，看样子万奴皇帝从小缺少安全感。"

我说："扯淡，你家的门还三保险呢，封石最少也有三块，三千世界，你懂吗？"

胖子没听到我说什么，他把手电往里面一放，然后缩身钻进了门上的洞里，到了封石的对面。我听到他打了个磕巴，自言自语道："好冷。"

潘子把枪给他递进去，跟着他也爬进去，我跟在后面，顺子殿后，都爬进了洞里。后面果然还是墓道，温度比另一面更低，人马上就有浑身发紧的感觉。正前面还是一道封石，不过这一道就比较简陋，没有外面的飞檐。封石上同样被炸了一个洞，比刚才那个更大。

我们不做停留，继续爬了过去，后面还是一样，墓道继续延伸，面前又是封石，上面还有洞。

"还没完没了了。"胖子嘀咕道。

我道："这很正常，一般的封石都七八吨重，长一点的墓道会有六七重封石，这些算是好的，厚度可能只有一半。咱们的老祖宗假如没炸药，拿这种封石塞道的古墓是一点办法都没有的。"

说话间我们穿过了最后一道封石，面前出现了一个十字路口，另一条和我们所在这条甬道垂直交叉的墓道从我们面前穿过，而这条交叉的墓道比我们所在的甬道宽度还要宽一半，高度更是高得多。

我们陆续走到十字路口中央，发现这一条墓道不是刚才的那种黑色，而是一片丹红，上面是大量鲜艳的壁画长卷，几乎连成一体，一直覆盖到手电照不到的地方，连墓道的顶上也全是彩色的壁画。

我赞叹了一声："这条肯定是主墓道了，直接通到椁殿的直道——整座地下玄宫的中轴线，不然不会修饰得如此华丽。"

"别感慨了，咱们是贼，还是老问题，往哪里走？"胖子问道，"快找找，附近还有引路的标记没有？"

我们经过几次在狭窄坑道中的穿越，早已经失去了方向感，要分辨这条主墓道哪一头通往地宫中心,哪一头通往主墓门,只能靠前人的提醒,不然就只有丢硬币来猜了。

我们的手电光在墓道里划来划去,寻找那种符号,红色的壁画发出一种让人感觉十分不安全的光,这里的壁画就是我们在上山之前,在温泉缝隙中看到的那种风格,全是腾云的仙车和仕女,似乎没有什么特殊的意义。当然,如果让考古的人来说,还是可以说出一些名堂,但是在我们看来,没有叙述性质的壁画就纯粹是装饰性的,我们看不懂象征意义。

才找了一会儿,一边的潘子突然就"咦"了一声,招呼我们过去。

我们凑过去,果然又发现了一个符号被雕刻在一边的墓道墙角处。

"这省事了,碰到倒斗界的好心人了。"胖子道,"咱们一路顺着走就行了。"

这时我却摇了摇头,因为我发现,这一个符号和我们之前看到的那几个,已经不同了。

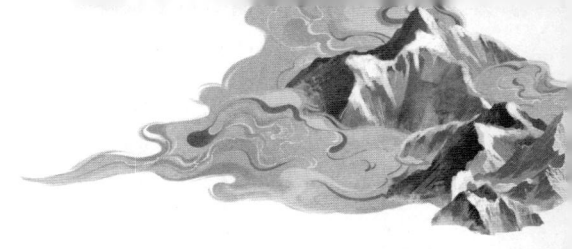

第四十二章 一个新的记号

海底墓穴中符号的样子,我已经记不清楚了,但是刚才刻在护城河底和甬道口上的两个符号我还记忆犹新,现在这个符号,和那两个完全不同。

胖子、潘子他们,对英文字母实在是没有概念,只要是英文,他们就认不出区别来,所以刚才没有在意,但是我这个上过大学,考过英语四、六级的人,即使成绩再不济,也至少知道这两个是不同的单词。

我一直认为这只是一个单纯的引路符号,类似于任何一种简单的图形,只有"往这边走"的意思。但是如果单纯就是引路,符号不应该变化,按照人的一般心理,进入墓道之后,注意力应该完全在四周的环境上,雕刻符号的时候,不可能有意识地去变换花样,而且符号雕刻得也非常匆忙,说明这个留记号的人,并不是在非常从容的情况下做这件事情,这也更排除了他心血来潮变化符号的可能性。

现在出现这种现象就只有一个理由,那就是这些符号它是有不同的意义的,它在引路的同时,也似乎在告诉我们什么信息。

问题是,那到底是什么信息呢?这洋文不是英文,却是由英文字母组成的单词,实在看不出是什么语言。但是常见相似的如德语、法语也肯定不是,因为字母的排列太没章法了。

而且我们在河底和甬道口看到的那两个符号,进入之后没有遇到什么危险,那么假设意义是可以安全进入,那现在这一个不同的符号刻在这里,意思肯定就不同了,难保不会就是一种警告,表示墓道的这个方向有什么可怕的危险。

胖子他们听了我的想法也觉得有点问题,我们停在原地,暂时不敢轻举妄动。

不过,到了这里已经是一个不大不小的突破,可以说已经成功了一半,此时墓道走哪边这种问题显得并不重要,就算没有符号指路,我们也并不惊慌。

只不过进入地宫,特别是主墓道之后,凡事就必须特别小心了,因为只要古墓之中有机关陷阱,那肯定就在这一段了,在这里花点时间是必须的。

潘子对我道:"小三爷,咱们这里也就你有点洋文知识,连你也不认识,那就没法认识了,你要不把这几个英文字翻译成中文,咱们不知道整句话的意思,也能猜啊。"

潘子一点英文都不会,他大概是认为英文实际和中国字一样,是一个字母一个意思。我懒得给他扫盲,对他们道:"要说猜的话,不如猜这符号是谁留下的,以及他留下来的目的,这样猜到意义的可能性还大一点。"

胖子奇怪道:"谁留下的我们不知道,但是留下的目的我们还用猜吗?这肯定是给我们引路的啊!"

我摇头道:"我以前也这么想,但是现在就非也,如果真是为了我们留的,至少该写我们看得懂的符号,雕刻这些符号的人用的形式如此晦涩,现在看来目的并不是帮助我们,我们可能只是捡了个便宜,这符号是给别人看的。"

潘子想了想,觉得有点道理,又问道:"那别人是谁呢?"

"阿宁他们人多,可能分批行动了,这符号可能是他们几个小队之间的暗号。"胖子道。

我点头,表示有这个可能,但是没有根据,实际情况就无法猜了,于是接话道:"也有可能是其他原因,这个现在猜也没用。"

最让我在意的还是这个符号里包含的信息，这种符号应该是类似于国际探险地图的图例，有的原始丛林小道，在地图上的标示都有危险等级之分。一个符号除了告诉你这里可以走之外，还可以告诉你在这条道路上会碰到什么东西，比如，河道中有河马，就会有河马意义的暗号。

到了这里，这个符号竟然变了，那这个特殊符号的意义就让人不得不上心了。会不会是表示这条墓道中有粽子呢？这真是让人郁闷。

我想起越野车上面的"熊出没注意"，也许留下这个符号的人也有着探险理论化的做事方式，这个符号，也许就是"粽子出没注意"的意思。随即我又想到如果能活着出去，是不是该在我的金杯小面包车上贴一个，以表示我的个性。

潘子不知道我在胡思乱想，突然对我道："也不对，我觉得这个符号表示的信息不可能有什么危险方面的提示。你想，墓道之中有没有危险，要走过才知道，没理由他们走过之后，再返回来刻这个符号。也就是说，这个符号是那人即将进入这个墓道的时候刻的，表示自己走了这个方向了，告诉后来人自己的行走顺序，至于里面是什么，当时他刻的时候是并不知道的。这其实有讲究，叫作'追踪语言'。"

我没听说过这东西，胖子问他："什么叫追踪语言？"

潘子道："我当兵的时候学文化课，因为是在丛林里服役，所以学过很多关于救险的东西。追踪语言，就是一旦在丛林里遇险迷路，你在自己找出路的同时，必须标示你的行走路线。这种标示的方法是有特别规律的，后来的救援队看到你刻的符号，就知道你在这一带做了什么事情，比如说，食物充足的情况是一种符号，食物吃完了的情况又是一种符号，队伍中有人遇难了，又是一种符号，救援队跟着你的符号走，就可以一路知道你的近况。如果事情极度恶化，他们就可以用这个符号作为依据升级营救策略。听说这是老美打越南人的时候发明的东西。"

胖子问他："那你学过，你能看懂吗？"

潘子摇头道："我是说也许，这个暗号和我当时学的东西完全不同，我也认不出来，但是我相信这应该是追踪语言的一种。我们没有必要去破译它，这个符号的变化，也许只是说他在这里扭了脚。"

胖子叹了口气，道："情况不妙啊，如果真是追踪语言，那说明留下这个符号的人并不是志在必得，而是为了自己的第二梯队做准备。也就是说，他并没有信心自己这一次进入这里能活着出来。"

潘子道："对！所以说了这么多，也没有实际作用。我看，既然这符号不是留给咱们看的，咱们就当没看到。我们现在的主要任务就是找到三爷，符号不是三爷刻的，也就是说三爷不一定是走的这一条道，跟着走就算走得再顺也没用。我们走我们自己的，以前倒过不少斗了，也不是没碰到过这种情况，我就不信咱们连探个墓道都摆不平。"

这论调符合胖子的胃口，胖子点头同意，对我们道："老潘，这句像是人话了。那不如我们兵分两路，你和小吴走那一边，我和顺子走这一边，咱们看看谁的彩头亮，反正是直路，如果走到底发现不对，折回来就是了，另一队走对的，就在椁殿外等其他人。在这里犹豫，也不是办法。"

我感觉这样不妥当，道："话是这么说没错，只怕这主墓道不是这么好走，你看地下的四尺石板，这种墓道很可能装着流矢和翻板的机关，别是两队走到最后都死在墓道里，咱们一分开就永别了。"

胖子嘲笑我道："照你这么说，你就不该来，你吃饱了下这儿来干什么？既然下地宫了，这点儿破事就不该怕。"

我心说这是我想来的吗？老子的志愿一直是当一个腰缠万贯的小市民，也不知道今年走的是什么运，犯的净是粽子。现在我倒是已经不怕粽子了，但是连小心都不让我小心，这叫什么事儿！

潘子的想法和我相同，对胖子道："不，小三爷说得对。就说一个理由，阿宁马队里的人肯定就在附近了，咱们不防范着粽子，也要防范人，两把枪的火力总比一把强，而且万一一队人出去就消失了，没回来，那另一队怎么办？咱们还是在一起好，有个照应。"

一直没说话的顺子也表态："不管怎么样，我必须把吴老板送到，我肯定得跟着他。"

胖子举手向我们三个投降："你们两个这是搞个人崇拜，孤立我啊！算我倒霉，那你们说怎么样就怎么样吧，大不了一起死。"

潘子道:"我们就先走这个刻了符号的方向,如果不对,再回头,事事小心就对了。"

我们点头答应。我心里明白得很,反正事已至此,我们在这里讨论得再好也没用,现在走哪边,怎么走,全靠运气了。

于是我们起身,潘子扯出类似于盲人棒的折叠探路棍,敲着地面,我们就向刻了符号的那个方向走去。

大家一路走得是极其小心,我心中其实已经非常厌烦这种走路都不得安宁的地方,但是也没有办法,既然来到这里了,总不能少了这一步骤,否则之前的千辛万苦不就白费了。

本以为会在这墓道中消耗至少半个小时的时间,没想到的是,这一段墓道极短,不到二百米便陡然变阔,尽头处出现了一道巨大的玉门。

我一眼便认出这是冥殿的大门,因为墓道口的墓门不会用如此好的石料。门的下半截已经给炸飞了,露出很大一个空洞,显然已经有人进入过了,不知道是阿宁他们,还是其他人。

我心中暗喜,这么说我们还是走对路了,门后面就是整个地宫的核心部分,我脑子里马上浮现出很多经典陵墓的结构。这里虽然是东夏的皇陵,但是由汉人主持建造,想必和中原的墓葬不会有太大的区别。进入之后会看到什么呢?我不禁有一些紧张,不知道万奴王的棺椁是什么样子,四周有没有陪葬的棺材。

墓室的玉门十有八九会有机关,两边的石墙很可能是空的,里面灌着毒石粉,而且这种机关往往没有破解的办法,因为墓室一关就没打算再开,就算你是设计这门的工匠,关上之后你也进不去了。

不过这门已经被炸成这样了,估计有机关也给破坏了,这一点倒不用担心。我们几个俯下身子,鱼贯而入,进入了门后的墓室之中。胖子谨慎起见,打起了冷烟火,让照明力度加大,一下子就看清楚墓室里的布置。

在冷烟火亮起的一瞬间,一幅让人窒息的情景出现在了我们面前,所有人都没有想到自己会看到如此的情景,几乎都僵立在了原地,无法动弹。

—— 237

第四十三章 无法言喻的棺椁

这个墓室比刚才看到的葬酒室高度和宽度都大了将近十倍，四根满是浮雕的巨型廊柱立在墓室的四个角落里，墓室的地面上到处堆着东西，冷烟火一亮，我们就发现那是小山一样的金银器皿、宝石琉璃、珍珠美玉，手电照上去，流光溢彩，简直让人不能正视。

"我的爷爷——"胖子眼睛瞪得比牛还大，脸都扭曲了。

我也给惊得够呛，几乎站立不住。潘子喃喃道："我说什么来着？女真的国库，南宋的岁贡，我没说错吧？"

涉足这一行这么久，见到的都是破铜烂铁，我以为这一次也逃不过宿命，没想到这小小的边陲弱国的皇陵内，竟然会有如此多的宝贝。难道真的如潘子所说，大金灭国之后的宝贝，全都给囤到这里来了？这里的东西随便拿几样出去，就够吃一辈子了。

胖子想滚到金银器堆里去，我都有上去滚滚的冲动，但是心中还有一丝理智，拉住胖子让他不要得意忘形。很多墓葬的金器上都喷着剧毒，滚到里面被毒死，太傻了，这些东西最好还是不要碰。

可是我拉住了胖子，却没拉住潘子，他已经冲进金器堆里，抓起了一大把金器，目瞪口呆地看着。金器反射出的金光照得他的脸都是金色的了，他浑身都在发抖。接着，他松开手，那些东西就从他的手指缝里摔落下去，发出金属撞击的声音。

我看潘子抓了几把也安然无恙，知道金器并没有毒，一下子放宽了心，忍不住也上去抓了一把，那种沉甸甸的感觉，几乎让我控制不住地大笑起来。我不知道是谁说的，人类对黄金的喜爱，已经写入了基因中，变成了与生俱来的、不可抗拒的本能了，真的说对了。

就算如我这样的人，看到黄金的那种激动，是由心里发出来的，我就算想骗自己也骗不了，我喜欢这些东西。

几个人一下子就把什么都忘记了，我们跑到这一堆里，捧起一捧东西来，又跑到那一堆里，拿出一只镶满宝石的头箍仔细地看。这些东西都是真正的极品，只要有一件，放到博物馆里就是镇馆之宝，现在这里却有这么多，随便拿，随便踩，都不觉得可惜。

胖子在一边已经开始往他的包里装东西了。他把他的装备都倒了出来，什么都不要了，用力往包里塞，塞满了，又觉得不对，全部倒出来，又去塞其他的东西，一边装还一边发出毫无意义的声音。

但是很快我们就发现，无论怎么装都带不走这宝藏的十万分之一，装了这些，马上又会发现更好更珍贵的东西出现在它下面，装了那更珍贵的，又发现从来没见过的珍品，这一下子简直无从下手。

疯狂了很久，直到我们筋疲力尽，从极度的兴奋中平静下来，我才感到不对劲，为何进来之后就没有听到顺子的声音？

我擦了擦头上的虚汗，从珠宝堆里站了起来，用手电四处照，看到顺子正站在一座金器堆上，不知道在看什么东西。

我走过去，问他在干什么，看到这些黄金不兴奋吗？

他没有说话，而是指了指下面。我用手电顺着他的手照去，发现在几堆金器的中间，无数财宝围绕的地方，里面竟然蜷缩着几个人，一动不动，似乎已经死了。

我顿时就吓了一跳，刚才的兴奋突然就消失了，起了一身鸡皮疙瘩。

胖子和潘子看到我和顺子都呆立在那里，以为我们又发现了什么宝贝，飞奔过来一看，却是几个粽子，不由得也吃惊不小。

我们走下金器堆中的那个凹陷，反手握住手电，仔细照了照，发现确实是死人，而且死了有一段时间了，尸体的皮肤冰冻脱水呈橘皮状，奇怪的是这几个人穿的竟然是腐烂的呢子大衣,是现代人的衣服,身边还有几个烂得不成样子的老式行军包。

胖子奇怪道:"怎么回事?这些是什么人?咱们的同行?"

我摇头,戴上手套翻了翻那些人的背包和衣服。这种装扮应该是在20世纪80年代到90年代比较流行,现在东北农村四五十岁的人也会穿,我们在营山村就见过不少这样打扮的半大老头。看腐烂的程度,这些人死在这里应该五到二十年了。

潘子问:"会不会是长白山的采药人或者猎户,误进到这里,走不出去死了?"

"不太可能。"我扯开一具尸体的衣服,那是一具女尸,我又看了看女尸的耳朵,上面挂着老式的耳环,手上还有手表,早就锈停了,"你看,这是梅花表,老款式,当时就算市长级别的人也不一定搞得到,这女的来头不小,不像是农村里的人。"

"那会不会是以前80年代的迷路游客?"潘子又问,"我们一路跟过来的符号,是他们刻的?"

我摇头,符号不可能是他们刻的,因为那符号我在海底墓穴中看到过,肯定是相关的人刻的,不是阿宁他们,就是闷油瓶。说是迷路游客倒有可能,但是真的迷路可以迷路到这种地方来?地宫墓道,没有相当的胆量,普通人是不敢下去的。

不过,如果这女人有点来头,比如说是什么领导人的子女,或者和地方的官僚有点联系,失踪了说不定会在当地影响很大。顺子年纪不小,当时可能会听到,就想转头问他,五到二十年,他们这里有没有出过什么比较轰动的失踪事故。

转头一看,顺子却没有跟着我们跑下来,还是待在那金器堆边上,表情十分僵硬。

我心说奇怪,难道顺子也像胖子一样被尸胎的舌头勒了?又没看到他的脖子上有东西啊,我看他竟然还有点发抖,就感觉到不对。

胖子对他道:"怎么了,怕死人啊?刚才怎么没见你怕啊。"

顺子不理胖子,脚步沉重地一步一步走下来,来到其中一具尸体前,蹲了下来。我发现他紧张得几乎要摔倒,突然就想到了是怎么一回事。

胖子还想去拍他,我拦住胖子,对他摆了摆手。胖子轻声问我:"他怎么了?中邪了?"

我摇了摇头,这几具尸体,如果我猜得没错,可能就是顺子和我提起的,他父亲十年前带入长白山的队伍。而顺子现在看着的那具尸体,有可能就是他的父亲,所以他才会做出如此紧张的举动。

想不到,真的给他料中,跟着我们,可以找到他父亲的遗体……

可是,这是巧合还是什么?十年前的队伍,是误入了这里,还是有着其他我们不知道的隐情呢?

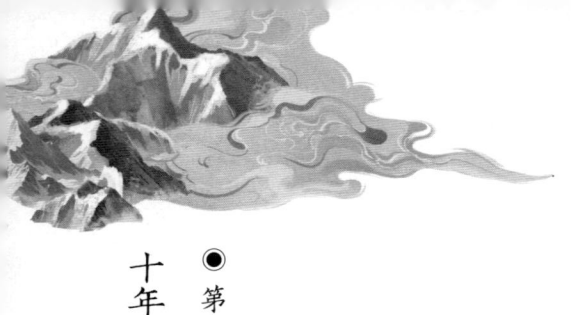

第四十四章 十年前的探险队

顺子最后并没有哭,激动了片刻后,人也放松了下来,恭敬地给他的父亲整理了头发。但是尸体已经严重脱水了,头发一碰就往下掉。我知道这小子心里肯定还是不好受的,也许这十年内他还有着父亲还活着的侥幸心理,现在希望破灭,人可以说轻松了,也可以说绝望了。

胖子和潘子不知道怎么回事,看得莫名其妙,直冒冷汗,我就简单把我猜到的事情和胖子、潘子说了,相信我也没猜错。

胖子听了直流眼泪,说:"我家老头子也去得早。顺子,你的心情我可以理解,不过人嘛,总要往好的方面想,十年后父子还能重逢,老天也算照顾你了,你看开点。"

胖子一哭,潘子眼眶也湿了,说:"好了,好了,你们都还有老爹,我连老爹的面都没见过。三爷一直像我爹一样,现在也是生死未明。"

我忙道:"你们有病啊,顺子都没哭,你们两个凑什么热闹,快看看他们为什么会死在这里。"

他们既然能走进这里,没有道理出不去,死在这里肯定是发生了什么意外。我们现在同样也身处这个墓室之中,我可不想步他们的后尘,同时我也感觉这几具尸体出现在这里有一点蹊跷——顺子的父亲不说,只是一个领路人,其他几个人,按照顺子说的,也是在不适宜进山的时候非要进山不可吗?那就应该不是普通游客。他们是不是也有什么不可告人的目的？进这里是巧合吗？我一定要知道。

我们去翻找这些人的背包，背包里什么东西都有，像腐烂的松垮垮的小说、笔记本、铅笔、牛筋绳索、行军帐篷、老式手电、老版瑞士军刀（竟然还能用）、韩中辞典（1986年版）、泡泡糖、老式打火机、酒壶、口红、卫生带、医药盒子（包括纱布、酒精棉花和几种药酒）和军用指南针等。

小说是《钢铁是怎样炼成的》，老书了，我都不敢去翻，一翻肯定就散架了。笔记本也都是老式的工作笔记，我小学的时候见过老爹用，一共有三本，翻开来一看，都是一些账单和电话号码，当时的笔记本也就是这些功能。此外，也没有任何东西能证明他们的身份，最主要的是，没有一个人带了身份证。

我们把这些东西全部摆成一列，几乎设备齐全，虽然没我们的先进，但是要出去应该不成问题，再险恶的环境，这些装备也可以应付了。

这就奇怪了，我心里琢磨，无论怎么样，在有能力离开的前提下，这些人要死，也应该死在出去的路上，而不应该是坐在这里，似乎是等死一样的，难道是舍不得这里的宝贝？这更不可能。

难道死在这里是另有蹊跷？我心里突然涌起一股不祥的感觉，觉得这个墓室之中似乎有什么东西在看着我们，不由得打了个寒战。

一边的胖子看着这些我们陈列出来的东西，突然"啧"了一声，道："同志们，你们有没有发现这些东西里面，少了什么？"

我们都在琢磨，听胖子这么问，又仔细看了看那些东西，但是在我的概念里，我感觉所有不可缺的东西都在了，实在想不出缺了什么，问他道："少了什么？"

胖子道："食物！没有食物！所有人的包里都没有食物。"

他一说，我们顿时就一个激灵，再看向这一排东西，果然，全都是装备，没有任何可以用来充饥的东西。

我奇怪道："真的没有食物，这说明这些人不是因为意外死的，如果因为意外死亡，可能不会这么巧，所有人都没有食物。不对啊，那他们难道是……吃光了食物，在这里饿死的？"

这又说不通了，人从没有食物到饿死，只要有水，体形正常的人足够可以坚持一个月的时间（你两米二七却只有九十斤的人就不要来找我抬杠了），只要他们有心出去，就不会在这里饿死。这些人如果饿死在这里，那只有一个解释，他们出不去。

想到这里，我就想起了海底墓穴中会消失的墓道门，忙跳起来跑上金器堆去找我们进来的墓门，那墓门还在，根本没有消失，才松了口气，却又怕那门突然消失，有点不知所措起来。

胖子知道我在担心什么，对我道："如果真的遇上了那种情况，咱们这一次有炸药在身上，也不用怕。"我这才觉得心安了很多。

"会不会是这样，"想来想去想不明白的时候，潘子问顺子道，"你知不知道你父亲带的探险队是几个人？"

"好像只有七个人，我母亲说的，但这只是她看到的，实际有几个人她也不知道，反正我父亲临走时是和七个人一起出发的。"

"那这里有……一、二、三、四、五、六，六具尸体，至少有两个人不见了。"潘子道，"这些人死在这里，会不会是那两个人见财起意，把人杀了，有两个人跑了？"

我摇头表示否定，这些人一点也没有打斗的迹象，看临死时的动作和表情，是蜷缩在一起的，不像是中毒，也不像是受外力死亡的。最让我感觉到不妥当，一定要弄清他们死因的是，尸体的表情完全相同，无一不透露出一种深切的绝望，似乎陷入了一个毫无希望的境地之中。

我是第一次看到这样的尸体，心中无法释怀。我有一种预感，当年在这里发生的事情，肯定很不简单，而越往深入去推测，我越觉得四周开始笼罩起一股无法言喻的寒冷和不安——在这堆金山之中，有什么东西正在注视我们的那种毛骨悚然的感觉越来越明显。

琢磨了半天也没琢磨出什么名堂来，胖子他们就按捺不住了，又想去捣鼓那些金器。我这一次很冷静，把他们都拦住了，说："这几个人死在金器堆里，我实在放心不下，我们先不要动了，别忘了我们来这里的目的。"

我一说他们才醒悟过来，胖子一下子就想到了什么，道："我还真晕了,忘了来这里干什么了。那符号引我们到这里来,门也给炸开了,但是里面只是一个藏宝室,没有棺椁。我看那个符号的意思也知道了,就是有明器的意思,符号肯定是阿宁他们留的,以便他们的第二梯队来运宝贝。"

我道:"门倒可能是这几具尸体炸的,不过这里只是一个放陪葬品的墓室,那棺椁肯定不在这里,我们要向相反的方向走。"

虽然不合情理,我一直以为这条墓道是主墓道,一边是墓门,一边是地宫中心,现在看来却不是,难道这一条仍旧不是主墓道?那这地宫到底有多大啊?别是迷宫一样。这么一想倒是想起那些符号,难道真的是因为地宫太复杂,他们才留下那些符号的?

"那这些东西怎么办?"胖子有点舍不得。

我道:"你随便拿一样走就足够你过半辈子无忧无虑的生活了,也不用太贪心,而且以后也不是不能回来。"

胖子看到那几具尸体之后,显然心中也犯嘀咕,但是什么都不带走又不可能,于是挑了几样小的金器揣到兜里。顺子坚持要把他父亲的尸体带出去,用背包袋子把尸体背到了身上。尸体已经脱水,没有什么分量,也不难背。

我们最后看了一眼金光璀璨的金山玛瑙堆,狠了狠心,又鱼贯走出了墓门下的炸口。

刚出墓门,我就又听到胖子"咦"了一声,我心里早就有点预感,忙打起手电四处一照,不由得就出了一身白毛汗。

外面墓道上的壁画,竟然和刚才走的时候不同了,不知道何时,红色的壁画全部变成了一个个黑色的、脑袋奇大的人影。

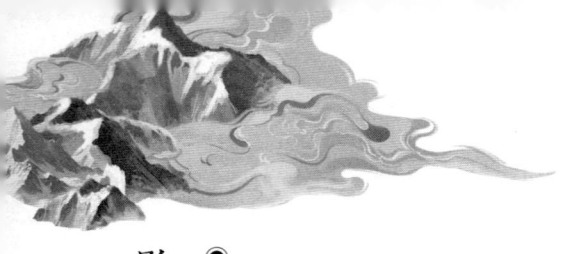

第四十五章 影子的道路

顺子和潘子看得瞠目结舌，自言自语："怎么回事，走错门了？"

"不是！"我和胖子都有经验了，马上就知道了是怎么一回事，"这墓道移位了，我们在墓室里面的时候，老的墓道移到了其他的地方，一条新的墓道移动到了这里。"

"这样都能做到？"潘子张大嘴巴。

"能！"我和胖子都用力地点了点头。我心说何止这些，在汪藏海设计的墓穴中，发生什么事情都不奇怪。

我心里有点害怕，但是又有点安心，因为墓道一改变，我就突然明白了顺子的父亲和另外几具干尸会活活困死在黄金之中的原因，如果不是通晓汪藏海的计策，那这里诡异的墓室、墓道变化，足可以把人逼疯。我们在海底墓穴中就几乎给骗得丧失了理智，但是一旦知道了这里墓道突然变化的原理，就一点也不可怕了。

这墓道一变化，我们来时的十字路口必然就不存在了，要回去也不可能了。虽然不知道这条新的墓道尽头是什么，但是如果我们留在这里不走，那下场必然就和那几具尸体一样了。

我当时琢磨的是，最多也就是墓道尽头什么都没有，是死路，这也没什么大不了的，那些尸体困在这里也至多是这样的原因，没有炸药，来时的路又突然消失，自然会不知所措，露出那种绝望的表情。

事后想起来，我到底还是太年轻了，尸体脸上那种绝望的表情之深切，预示着他们遇到的事情比我想象中要匪夷所思得多，而我当时想得实在是太简单了。

我把想法和其他人说了，又给潘子和顺子解释了墓道变化的原理，他们这才醒悟过来，露出了"不过如此"的表情。不过潘子就想得远了一点，道："如果是这样的，理论上这个地下玄宫的结构会无限复杂，我们会不会像深陷魔方中一样，走进去就怎么也走不出来？"

我让他放心："应该不会。汪藏海的伎俩说实话也只是给盗墓贼施加心理压力，真的要做到困人到死，也不容易，我估计最后很多人都是给折磨得精神崩溃才死的。"

总之，这条新出现的墓道，我们必须要走一走，然后想想办法。实在出不去，就如胖子说的，可以先确定一个方位，然后一步一步炸出去，我们现在有炸药，腰板就硬了很多。

说着，我就带头走入了墓道中，胖子他们紧跟在后。我突然感觉到不对，这四周的壁画太瘆人了，这么多大头影子，简直就像四周站满了这样的东西一样，让人极度不舒服。我想，是不是这密道的尽头就有这么一个东西，它的影子照到墙上的时候，我们肯定发现不了！

不过走也走进来了，再退回去太丢脸了，我只好硬着头皮走在最前面，尽量不去想这些东西。很快，身后的墓门就看不到了，我们走到了两头不着边的地方。

身后的潘子边走边问顺子父亲和探险队的事情，顺子和他讲了一些。潘子就对我们说："刚才我们一路过来，所有的封石都是用定向爆破炸出洞口的，是最新的技术，说明他们不是顺着我们进来的路线进来的，看来这里肯定有不止一条路出去。"

我道："肯定的。你看阿宁他们走得那么快，走原路竟然可以比我们先到就知道了，我们还是输在情报太少上。"

只不过不知道阿宁他们现在到哪里去了，他们应该也到过刚才的那个藏宝室，是不是出来也碰到了墓道移动？还有，三叔是不是也是这样？

我心里实在没底,我们已经按照三叔的暗号来到地宫之内了,他没有后续的暗号给我们,看样子进入地宫之后,他可能也像没头苍蝇了。

我们边说边走,走了大概二十分钟,照向前面的手电光出现了反光,证明墓道的尽头到了,我们不由得都紧张起来,马上安静下来,放慢了速度,一点一点地走过去。很快,墓道的尽头又出现了一道玉门。

玉门刚出现的时候,我猛地就震了一下,因为这道玉门和刚才那道实在是一模一样,随即一想,古墓中的门大部分都是一个工匠负责的,当然会很相像。门的石料质地还是很好,门下方也有一个破洞,也是给人炸出来的。

看样子还是有人来过了,那就好,不管是谁来过,对我们来说都是好事,至少证明没有机关陷阱。

我们再一次鱼贯而入,因为没多少冷烟火了,这一次胖子没舍得点,而是打起了几支火折子。我们四处一看,不由得一愣。

墓门后面是和刚才的藏宝室一模一样的房间,墓室内成堆的金银宝器堆成小山一样,墓室的四个角落里四根巨大的柱子,格局几乎一样。

我心说,这地宫中这样的房间还不止一间,那堆积的财宝到底有多少?难怪东夏王朝这么羸弱却仍旧可以修建如此雄伟的陵墓地宫,原来是因为囤积了如此多的宝贝,想来独裁政权都会这么干,成吉思汗的宝藏在蒙古的草原之下,希特勒的纳粹黄金听说是埋在了西藏,女真大金耶律兄弟的就在这里了。

正胡思乱想着,突然,一边的胖子叫了我一声,声音之大,把我吓了一跳。

我以为出了什么事,朝他看去,只见他张大嘴巴,站在一座金山上,不停地想说话,却一口气卡住,什么都说不出来。我忙跑上去一看,不由得也大吃了一惊,只见在这里的宝藏包围中,也蜷缩着几具尸体。

我奇怪地问道:"顺子,你有几个父亲……啊不,你父亲的队伍到底有几个人?"话还没问完,我突然看到一个让我毛骨悚然的现象,只见那堆尸体边上的金器堆里,被人整齐地摆放着一串东西。我用手电一照,正是我们刚才在另一间藏宝室里整理出来的,顺序、类别都一模一样。

胖子再也忍受不住，在一边打起了冷烟火，一下子就把整个墓室照亮了。我们走下去仔细一看，这些分明就是我们刚才拿出来的东西。

胖子骇然道："怎么回事？这……有人模仿我们的行为……"

我皱起了眉头，站起来，环视了四周，一股熟悉的感觉袭来，哑然道："不是……是我们又走了回来，这里就是我们刚才出发的地方！"

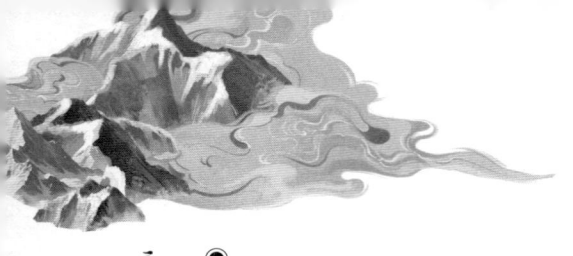

第四十六章 永无止境的死循环

几个人的脸色都是铁青的,我们四处去看,越看就越确定,地上到处都是我们的脚印,这里的确就是刚才我们发现顺子父亲的那间墓室。只不过奇怪的是,我们是怎么走回来的?

墓道是笔直的,我们走的时候,没有转一个弯,四个人一具尸体,都可以证明,按道理,绝对不会走了二十分钟,却回到原点。这简直太匪夷所思了,简直是鬼打墙嘛。

胖子有点犯嘀咕,看了看来时的墓道口,道:"难道我们走的时候,不知不觉就走了回头路?这么邪门啊。"

潘子道:"不会吧,要是走了回头路,咱们四个人不可能都不知道,我记忆里一直就是笔直地走,这墓道又不长,也没有岔路,没理由记错啊。"

胖子道:"那就是鬼打墙了!顺子,是不是你老爹和咱们开玩笑啊?你可得教育教育他,咱们在办正事呢。"

顺子被胖子气得够呛:"你少胡说。"

我拦住他们,现在这个时候实在不适合扯皮。我浑身都出了冷汗,因为我感觉到,最不想发生的事情,可能已经发生了,但我心里还是不敢完全肯定,道:"你们不要吵,要看看是不是真的走了回头路,只有一个办法,我们再走一遍看看。"

几个人面面相觑,看到我的表情,他们大概都感觉到了不妙。

当时我心里想的已经是那几具干尸的表情了,那种绝望的表情,难道他们就是在这里,被这种方式困死的?没有了食物,而且怎么走都会回到原来的房间,这也太匪夷所思了。但是我的直觉告诉我,我可能猜对了,而且困死他们的事情,现在已经同样发生在我们的身上。

我现在必须做的,就是证明我的这个预感,或者说我心里想否定这种恐怖的预感,所以我迫不及待地走进了墓道里,其他人忙跟上了我。

因为走过了一次,确定没有机关陷阱,这一次我们走得非常快,我几乎是一溜小跑地冲在最前面,眼睛死死地看着两边的路,确定没有任何的岔路,我也没有莫名其妙地转回头。

这一次不到十分钟我们就跑完了全程,在感觉即将要看到墓道尽头的时候,我几乎在不停地祈祷,希望自己的预感不要实现,但是最终,当我看到那扇几乎一模一样的玉石大门的时候,我的心顿时就凉了,冷汗不由自主地往外冒。

走入大门,胖子就冲上了那座金山,然后他就跪了下来,捂住了自己的脸。我冲上去一看,五具尸体、我们排列开的东西全在……我们又回来了。

我的预感应验了,在百分之百全神贯注地确定没有岔路和回头的前提下,我们一路直走,竟然还是走回了起点。

胖子跑得累了,大喘气道:"这是鬼打墙,这绝对是鬼打墙,咱们怎么走都是一个循环,这墓道的两头都是这墓室,咱们这一次要去见顺子的爹了。顺子,你倒是和你爹说说,别玩儿我们,不然咱们就把他扔这儿自己走了。"

顺子已经给惊讶得够呛,没工夫和他拌嘴了。我也心慌意乱,不住地转身看四周的墙壁,但是又不知道自己在看什么。

"冷静!冷静!"潘子在一边大口地喘着气,"千万不要乱,小三爷,你自己不是说汪藏海的东西充其量只是制造心理压力的小伎俩吗?我们千万不要明知道这一点还中招,现在一定要冷静,肯定有什么地方不对了。"

经潘子一说，我突然如醍醐灌顶，一下子清醒了不少，那种绝望的感觉顿时淡了，忙点头道："你说得对，这肯定是机关，我们在海底墓穴中已经证实了，没有什么鬼打墙的事情。汪藏海善于使用巧妙的机关，来营造诡异的气氛，如果不知道底细，很容易就被他牵着鼻子走。"说着，忙用力揉自己的脸，让自己从那种窒息的感觉中脱离出来。

这些话其实是说给我自己听的，说完之后都不知道自己说了什么。

事后想起来，当时我应该是已经感觉到事情超出了我的控制，想用这些话来暗示自己不要放弃。

因为刚才走那条墓道的时候，感觉太真切，我其实根本无法想象怎么用机关来实现这个现象，脑子里首先出现的就是墓室或者墓道的移动，但是这不可能，马上就被我否定了。我们走得并不慢，墓室如果能移动，它需要多快的速度？墓道就更不可能，我们在其中，只要有一点震动，我们绝对可以知道。但是如果不是墓道和墓室移动，那这就无法解释了。

虽然我不停地告诉自己这是机关，但其实心里已经知道不对了，这用机关无法解释。但是这样说出来，对其他人还是有好处的，至少可以减少恐慌。

不过，我是小看胖子他们的心理承受能力了，潘子比我要镇定得多，他擦了擦汗，问我道："不管是鬼打墙还是机关，都得解决，现在怎么办？要不要再走一次？"

我一咬牙："再走！这一次咱们走慢一点，好好感觉一下脚下或者四周的动静，我就不信没破绽。"

于是，我们又走进了墓道之内，这一次走了四十分钟，还没走到底我们就知道失败了，因为墓门一模一样，一路上什么也没感觉到。

其后我们不知道又走进去了几次，全都以失败告终，我逐渐感觉到了那些尸体的绝望，几个人的脸色也越来越差。

我觉得这样折腾下去不是办法，回到墓室之后，我让他们别走了，既然走了这么多次，基本上什么都排除了，那这个机关肯定是用我们根本想不到的办法设置的。

胖子累得几乎虚脱，但还是坚持想继续走，他的想法是，也许某时某刻，以前的那条墓道会回来，那时候我们就可以脱身了。

潘子听了他这话，只说了一句："你死了这条心吧，那条墓道绝对不可能回来了。"

说着，就看了看一边的那几具干尸，意思很明显，那几具干尸走入墓道的次数，绝对比我们多得多，但他们还是被困死了，所以走墓道是没有用的，再走一万次也没有用，我们不用去考虑这么走运的事情。

胖子顿时就泄了气，坐下来，道："照你这么说，咱们不是死定了？这几个人在这里，肯定什么都尝试了，我们再做一遍也没有用啊。"

潘子道："你少想这些，现在就这样想，那你干脆自己撞死好了，等到我们把能做的都做了，再来想绝望的事情，现在趁还有力气，不如想想办法。"

我想起尸体食物的事情，问道："要不要现在把食物限量一下，我们要做好长期作战的准备，活得时间越长，出去的机会也就越大。"

潘子叹了口气，摇头道："小三爷，不瞒你说，我们其实还不如他们，我们的食物不多了，最多只能吃两顿，还不管饱，我看不用限量了，该怎么吃就怎么吃，保持精力充沛。我估量着，如果两天之内我们还出不去，估计什么办法都没了，那就该用炸药了。如果炸药也没用，那就等着别人来给我们收尸吧。"

两天……我心里抖了一下，这几具干尸在这里待了多长时间？我们能在两天内出去吗？这真的是一点把握也没有。

胖子的肚子已经在叫了，就问潘子："那炊事员同志，咱们能不能提早开饭，先把分散注意力的事情解决了，才有力气来想别的事情。"

胖子一说我们都觉得饿了，潘子没有办法，只好点上炉子做饭。我们的食物其实只剩下挂面了，刚吃下去的时候还可以，但是时间撑不了多久。胖子埋怨没有肉，我说："有速冻排骨，你要吃得下去，顺子不介意，我们就不介意。"

吃完面之后，浑身发暖，人的精神头也很足，几个人就开始琢磨。我回忆下地宫的整个过程，惊险万分，没想到下到地宫之后仍旧不安稳，这个地宫，汪藏海肯定有一个设计主旨，到底是什么呢？

地宫都是回字形的,灵殿在最中间,是制式最严格的地方,汪藏海必然不敢动手脚,回字地宫周边是殉葬坑、陪葬坑、排水系统和错综复杂的甬道、墓道,这么说我们现在还在地宫中心的外延。

我尝试估计出我们下来的垂直距离和水平距离,凭借我对地宫大小的估计来判断自己的位置。但是这似乎非常困难,我们在那条水下排道中已经昏了头,不知道方向,鬼知道我们最后出来的洞口是朝什么方位的。

正在我飞速转动大脑的时候,一边也装模作样想事情的胖子,突然做出了一个恍然大悟的表情,对我们道:"我想到了!"

第四十七章 胖子的枚举法

胖子突然说他想到了，我们都大吃了一惊，但是随即已经做好了听他胡扯的准备。胖子这人的不靠谱我们几乎都习惯了。潘子就问他："你想到了什么？"

胖子道："我想到了我们应该用什么办法去思考办法。"

我一下子还没有听懂，后来才明白，顿时发怒："你不是在想怎么出去，反而在想该怎么想办法的办法？"不过，问完我突然又想到以前胖子的一些灵犀妙语，心说还是先听听再说。

胖子道："咱们这么零散地想办法是很浪费时间的，不如这样，我们把所有的可能性全都写出来，然后归纳成几条，之后直接验证这几条，不就行了？"

我听不懂，就让他实际做给我们看。他在金器铺满的地面上整理出一块石头面，然后写下一、二、三、四几个数字，说道："现在有几种假设，你们都提一下，不要具体的，要大概的方向就行了。"

潘子就道："有机关。"

胖子在"一"那个地方写了"机关"。然后顺子就说道："可能有东西在影响我们的感觉，我在电视里看到过，比如说心理暗示或者催眠，让我们自己不知不觉地走回来。"

胖子对顺子道："不用说这么详细。"接着在"二"的后面写了"错觉",然后看向我。

我道:"理论上,也有可能是空间折叠。"

"你这个不可能,太玄乎了。"潘子道。

胖子道:"不管,有万分之一的可能性,我们就承认。"说着也写了上去,在"三"后面写了"空间折叠",然后接着说,"我认为是有鬼。"说着也写上了"有鬼"。

"你这样写出来有什么意义?"潘子不理解地问。

胖子道:"你们念书多,不懂,老子读书少,凡事都必须用笔写下来,但是这样有个好处,几件事可以一起做,你事先一理就知道,能节省不少时间。咱们不是只有两天了吗?还是得省点,对了,还有五吗?谁还有五?"

我看了看这四点,这确实已经是量子力学、玄学、心理学、工程学四大学科都齐了,第五点一时半会儿还真想不出来。

胖子看我们都没反应,道:"好,咱们先来验证第一点和第二点,这两点正好可以一起处理。"

我看胖子志得意满、胸有成竹的样子,顿时觉得不妙,这家伙是不是有什么打算了?只见他拾起地上的步枪,对我们道:"这条墓道有一两千米,56式满杀伤射程是四百米,但是子弹能打到三千米外,我在这里放一枪,看看会有什么结果。"

我一听顿时醍醐灌顶,一下子对胖子佩服得五体投地。墓道影响了我们的感觉,但子弹是没有感觉的,墓道能够影响我们,但是影响不了子弹。如果这里的情况可以用常理解释,那么,子弹必然会消失在墓道的尽头,不会回来。

这个试验完美的地方,就是子弹的速度,这么短的墓道,两三秒钟之内,子弹就能完全走完,没有任何机关陷阱可以在这么短的时间内发挥作用。

但是如果这里的情况真的超出了常理,进入玄学的范畴,那么子弹就会像我们一样,在墓道中进行一百八十度转向。

这个办法简单又漂亮,非常符合科学精神,我这个大学生都想不出来，这实在让我感到很惭愧。

不过又一想，这一招也只有胖子这样的人才能想得出来，这是最简单的逻辑思维。

要判断是不是有错觉的影响，就要找不会受错觉影响的东西，要找东西就要就近找，三段式一考虑，马上就出来了这个办法，也并不复杂。我突然就感觉到，汪藏海可能遇到对手了，像他这么处心积虑的人，可能就怕胖子这种单纯的思考方法，任何诡计都会被简单化。

胖子说做就做，我们跟了过去。他拉上枪栓，就想对着墓道开枪。

我忙大叫："等等！"

"怎么了？"他问道。

"不要这样。"我道，"如果，我是说如果，这里真的邪门儿到那种地步，那你开枪出去，几乎是一瞬间，自己就会中弹。"

胖子的脸色变了变，显然认为刚才提出的第一点和第二点的可能性很大，根本没有考虑到第三、第四点会不会是真的，不过经我一说他就点了点头，把枪往边上挪了挪，子弹是抛物线，如果射回来，应该落在枪口偏下的地方。

我们全都躲到门口，还没做好心理准备，胖子突然就开枪了，"砰"的一声巨响在墓道里炸起，接着是一连串回音，但几乎就是同时，我们看到墓门剧烈一抖，炸起了一连串灰尘。

我脑子"嗡"的一声，心说不妙，忙探出头去一看，胖子还僵直地保持着开枪的姿势，但是他的枪下边五六厘米地方的门上，出现了一个弹孔，炸起的烟雾还没有散尽。

第一点和第二点，几乎在一秒内被排除，试验进入了量子力学和玄学阶段。

第四十八章 倒斗和量子力学

再次回到藏宝墓室中坐下,气氛和刚才就完全不同了,因为事情已经超出了我们的控制,甚至我认为这是机关的假设,现在也不存在了,我们进入了一种无法言喻的状态中去。任何科学的推理经过了这么一个简单的试验,便宣告完全失效。

因为没有任何人类的力量,能够使得一颗子弹,在几秒的瞬间转如此巨大的一个弯。

要用科学来解释这种现象,恐怕搬出量子力学都不一定摆得平。

"这是真的鬼打墙!"顺子脸色极度难看,又看向放在一边的父亲,露出了十分悲切又恐惧的表情。

我知道他此时想到了什么,他也明白了,那几具珠宝中的干尸,脸上为什么会有如此绝望的神情。在这样的境地下,一次又一次地尝试,一次又一次地回到起点,直到弹尽粮绝,如何能不绝望?恐怕他们死的时候已经万念俱灰,仍旧没有琢磨出一点眉目。

而我们,可能就是下一批,很快这里就会多出四具干瘪的尸体,同样是一脸深切的绝望,让后面的牺牲者来猜测我们死前所想。

胖子面前的地面上还剩下两点可能性,第三点是我随口胡说的想法:空间折叠。

我之所以会想到这一点,是因为我刚才突然想起在过火山缝隙的时候，闷油瓶在我面前消失过几秒。我当时百思不得其解，现在想来，也许真的和空间折叠有关系，因为刚才的试验实在太可怕，简直是一种伪科学试验，一下子我的玄之又玄的空间折叠假设，变成了最有可能的解释。

如果不是胖子把这些东西列出来，我恐怕看到这一次试验之后，肯定慌得什么都忘了。

沉默了很久，胖子才道："好吧，咱们都亲眼看到了，就不说什么废话了，咱们怎么来证明第三点？"

"不！不用证明。"一边的潘子突然说话了。

潘子看问题非常透彻，总是能够直接看到事情的本质，就像刚才胖子还奢望那墓道会出现，潘子立即完全否定一样。这和潘子是从战场下来的也有关系，他思考问题是不带一丝侥幸心理的，所以我一听他说话，就很害怕，怕他说出很多是事实但是不应该说出的话来。

只听他道："这里只有六具尸体，我们假设一共进来的是八个人，那有两个人必然是出去了。虽然不知道他们是怎么出去的，但如果是像小三爷说的第三点，那绝对是一个人也出不去，所以我们不用考虑，考虑第三点就等于承认自己死定了。"

这话说得几个人都全身发凉，胖子抗议道："你怎么能确定进来的是八个人，说不定进来的时候就只有六个了呢？"

潘子叹了口气，道："死胖子，你还不明白，他们进来几个人其实不重要。"

这就无法证明了，吵也没有用处，我心想：现在他们到底进来几个人对我们的处境是一点也不重要，但是对我们的士气非常重要，如果有两个人成功地出去了，那我们的心境就完全不同，我们就可以思考他们出去的方法，至少有一点希望。想着，我就不管他们，走到尸体旁边去看他们的笔记，想看看会不会有什么线索，也许有人会写日记什么的。

不过，刚才看笔记本的时候我已经粗略翻了翻，没有大篇幅的文字，小篇幅的文字又多是记账，或者是短小的信息，所以也看不出什么名堂来。

我琢磨着这些人死到临头的时候,还会不会写东西呢?想着我就突然想到,他们临死的时候,恐怕连灯都没有了,电池早就耗尽,也没有取暖的东西,所以才会在黑暗中蜷缩成一团挤在一起。如果是八个人进来,那最后两个人会是在什么时候出去的呢?肯定不会是在他们清醒的时候,如果是那样的话,其他人也应该能出去。难道是他们已经饿得神志不清,且没有灯光,一片漆黑的时候,所以走了两个人其他人也不知道?

那走出去的关键,难道是黑暗,不用灯?

想着我就感到一阵寒意,这里是古墓,如果是在黑暗中走如此狭长的墓道,那真是要了人命了。

其他人看我来找资料,也围了过来,开始帮忙找起来。老是坐在那里空想总不是办法,有时候也需要看点东西刺激一下。

我想着最后没有光的事情,就让他们不要浪费电了,把手电都关了,剩下取暖的炉子也可以照明。我们围在炉子面前,三本笔记和一本小说,每个人翻了起来,逐字逐字地找起了线索。

我翻的这一本笔记本里字体娟秀,应该是一个女人写的,翻了好几页,写的都是人名和电话号码,后面还有请客吃饭的名单,还有长白山旅馆的电话,有的地方还画了一些简易的地图,还有一些地址以及备忘录。我看到在1994年的时候,好像这个女人还生过病,住过院,这里写着要复诊。

再往后翻就是白纸了,但我还是一页一页地翻,希望她能写点什么,正翻着,一边的胖子道:"这里有一条线索。"说着就念道,"今天,卖掉了从海里带出来的最后一件东西,拿了三千块钱,一千五还给老李,欠款还清。看来这家伙是打鱼的。"

我苦笑摇头,再去看一边的潘子,他看的笔记本最薄,几乎什么都没有,已经看完了。我又去看顺子,只见他正津津有味地看着小说,显然是跳到主人公走前最激情的那一页去看了。

胖子看得不爽,一把就抢了过来,骂道:"让你找线索,你看黄书,你的心大大地坏了!充公!"

一抢之下，小说突然就散了架，纸头飞了一地。我一边数落胖子，一边打开手电去捡。几个人捡着捡着，突然潘子就道："哎，这里有张照片。"说着，从纸里拾起一张发黄的黑白照片出来。

我接过来一看，脑子里顿时就"嗡"了一声，几乎背过气去——这照片不是其他的，正是三叔他们去西沙之前在码头的合照！

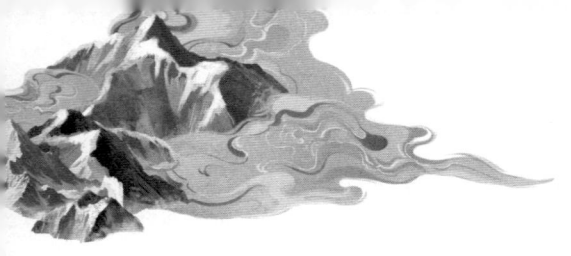

第四十九章 来自海底的人们

我身上还有内伤,如今一看之下,差点儿一口血喷出来,把其他几个人吓了一大跳。潘子忙给我顺气,问我怎么回事。我发着抖拿起照片,把照片上的闷油瓶和三叔指给他们看,另外几个人顿时脸色比我还要难看。

我简直不敢相信这是真的,转头看着一边的几具干尸,心里乱成了一团麻。

这张照片不会出现在无关人等身上,难道这十年前进入长白山,给困死在这里的神秘队伍,竟然就是海底的那一帮人?这几具干尸,就是文锦和李四地他们?难怪三叔怎么找也找不到他们,原来早就死在了这里!

看这服装,的确吻合,还有这照片,但是这些人为什么要来这里呢?难道也在海底墓穴中发现了什么东西,给吸引到长白山来了?

等等,不对啊,我突然想到了三叔,想到闷油瓶,天哪,几乎海底墓穴中的所有人,现在都在云顶天宫中了,这帮人十年前就来了,而三叔、闷油瓶也在最近赶到,他们到底为什么非要来这里不可?

我心中那些已经被我淡忘的谜团顿时复活了,无数的问题涌向我的大脑。

潘子他们不知道三叔的往事,看到照片后的震惊程度还在我之上,我只好耐心地解释了一遍,听得其他几个人目瞪口呆。胖子道:"不会吧,等等,我想到更多,似乎去到海底墓穴的所有人,包括阿宁,还有我们,也都到这里来了,难道海底墓穴中有一个诅咒,只要是到了那里的人必须爬长白山?"

胖子当然是胡说,我却感觉不寒而栗,但是心中有一些东西也明朗化了。看来海底墓穴似乎只是一个跳板,关键是在这里。

我翻找了尸体上所能找到的一切,但是再无任何线索,这些人谁是谁,我也搞不清楚。我心乱如麻,晕头转向地就往墓道里走去,连手电都没有拿。

胖子忙拉住我让我冷静,说急也没用,这些人还不是给困死在这里?你死了倒是可以问问他们的灵魂,这是怎么回事。

我坐下来喘气,逐渐安静了下来,心里的想法已经变了,自言自语道:"我一定要出去,我一定要找到三叔问个明白,不然,我死也不会闭眼的。"

胖子道:"可是到现在还没找到任何线索可以证明他们之间有人成功出去了,搞不好这里根本就出不去,是一个封闭的空间,你就算不闭眼也没有用。"

胖子的话一出,其他人就无话可说了,大家都在考虑自己的事情,气氛差到了极点。我的喉咙开始痒了起来,似乎感冒了,开始咳嗽起来,又咳出了血,这才想起自己的内伤还没好。

潘子看我这样,对我们道:"今天先休息吧,反正一时半会儿也出不去,不如好好睡一觉,这样脑子更清醒。小三爷,你也不要想太多了,我知道你心里的疑团太多了,但是要弄清也不是一时半会儿的事。"

我摆手,怎么睡得着?还不如在这里继续想,想到实在坚持不住了才能睡着,不然只能越睡越累。

胖子也不知道在抽第几根烟了,一边抽一边喃喃道:"其实,我想起来,早知道刚才就不按那个符号走了,听我的多好,一帮人给困住了,另一帮人还能想办法……那符号,现在想起来倒可能是这几具尸体留下的了。你看,事情都赶巧了,也许他们也像我想的一样,分队走了,那两人压根儿走的就是墓道的另一边。"

我摇头说不会，一帮人被困了，另一帮人回来找，还不是同样中招？到时候更郁闷，而且说不定走没有符号那一边更凶险，不知道有什么等着我们呢。

不过深入去想又不可能，因为既然已经给困住了，那另一帮人回来的时候，墓道已经变化了，他们无法找到这个墓室了。那几个符号，是不是另一边的幸存者留下的这里有一队人失踪的符号？

想着想着，突然我浑身一抖……一道闪电从我的脑子里闪了过去……符号……

我猛地坐了起来，对他们道："我突然想到一个很诡异的破绽，这墓道是一个悖论！"

"什么？"

我皱了皱眉，想想自己应该怎么说，我道："我怕你们听不懂，比如说，我们走着出去，在黑暗中，无论什么原因导致了我们这样，我们都必须有一个掉转方向的过程，尽管这个过程我们自己一点都不知道，对不对？"

其他几个人点了点头。我继续道："比如说我，拿着一支笔，在墙上一边画一边往前走，那这出口处的墙上，肯定也会留下一道长长的痕迹，一直跟着我，那等我在无意中掉转方向的一刹那，你们猜会发现什么？"

胖子几乎跳了起来："你会看到前面的墓道墙壁上，已经有你画过的痕迹了！"

"不只这样！"我道，"最关键的是什么？就是我转身之后，左右就发生变化了，那我拿着笔的手，就会在墙壁的另一边开始画。"

"对！"潘子也皱起眉头道。

"这是逻辑推论。"我道，"也就是说，如果按照逻辑来解释，墓道中间必然会有一个转折点！在转折点上，我们就像走入一面镜子一样，直线走到自己的相反方向，你们承认不承认？"

众人都点头，只要符合逻辑，就肯定是我说的那样。

我道："好，那你们再想一下，如果我们这么走过去，真的碰到了我说的那个'反射面',那么这个反射面有多厚?"

"多厚?"几个人还在消化我前面的话,一头雾水。

"是啊,肯定会有一个厚度,如果没有厚度,那么你身体前一半通过的时候,你身体的后一半,就会……"

潘子瞬间就理解了我的意思,一下子冒出了一头的冷汗,下意识地接道:"互相重叠!"

"对!因为在那个位置上,你的前半部分已经给反射回来,但是你的后半部分又没有通过'镜面',所以,如果我的说法是正确的,那我们在通过反射'镜'的同时,必死无疑!会变成一坨怪物!你的脸会撞到你的后脑勺!"

"可是,我们走了这么多次,都没有死啊。"胖子奇怪道。

"这就是我要说的,这个镜子面肯定有一个远大于人的厚度,一个反射的过渡段,我们走入这一段之后,从这一头进去,在里面行走一段距离后,再从另一头出来,完成了空间的折叠。"

众人又点头表示同意,这推论天衣无缝。

"问题是,我们不知道这段距离有多少。我们假定只有两三步路,我举一个例子,比如,我们走进了那一段'镜子空间'之中,但是胖子不走进去,而是待在镜子空间之外,而镜子空间只有两三步,你前后两边都能看到,你猜会发生什么事情?"

潘子理解得最快,喉咙几乎都僵了:"会……看到前后出现了两个同样的胖子。"

"好,这里出现了一个悖论,在你后面的胖子,往你前面看的时候,能不能看到你前面的那个胖子呢?又或者你去牵其中一个胖子的手,会发生什么事情?"

潘子赶紧做了个打住的手势:"别……别说了!"

"这说明什么?"一边的胖子也是脸色惨白。

"我们不用继续试验也可以确定,这个所谓的'镜子空间'是不存在的!而且这个墓道反射,怎么走也走不出去的逻辑基础也是不存在的,这个墓道的存在是不符合逻辑的。"我压低了声音,"汪藏海不是神,他不可能自己创造物理规则,这里的机关和汪藏海无关,这些人也不是因为这个而困死的,我们现在面临的情况是一个特例,是一种新的状况!我们被这些尸体误导了,而最可能造成我们这种状况的……"

我把手指小心翼翼地指到了胖子写的第四点上去,动了动嘴巴,用唇语道:"我们身边有鬼!"

第五十章 犀照

现在回想，当时如此一本正经地说出这几个字，自己的神经已经给折磨成什么样子了，要是平时，或者压力再小一点的时候，根本就不可能有这种想法。

胖子、顺子他们完全被我的表情所感染，一个个脸色惨白。咽了口唾沫，胖子也用唇语说道："你确定吗？那现在怎么办？"

我当时的想法是，这条墓道的逻辑基础是不成立的，那么形成这种现象的原因必然和逻辑无关。但是如果不是做梦的话，其他的东西都无法逃脱逻辑的束缚，也就是说我们现在看到的，或者听到的，很可能都是假象，那么我们周围是什么景象就很难说了，而能够让四个人同时产生假象的，我认为只有恶鬼的力量，只有恶鬼才可以不讲逻辑。

但是如果真的有鬼的话，我们又变得束手无策，因为我们根本看不到它，自然也无法去对付它，就算我们去骂，或者随便用什么方法都好，对它一点用都没有。这样就变成我最讨厌的情况，明知道敌人就在我们四周，我们却对付不了。

而且我们也不知道鬼是什么类别的，如果是植物鬼就麻烦了，它自己没有思维，就算我们用计都没用，只有硬碰硬找到它才行。如果是冤鬼就好办了，它能够思考，我们就可以将它逼出来。

我考虑再三，感觉这鬼很有可能就是我们面前这几具干尸中的一具，可能这里有人的魂魄放不下凡尘俗事,还在这里游荡,看到有人来陪,自然想捉弄一番,但是又不知道到底是哪一具。

我想了一个办法,先排除顺子的父亲,老爹十年不见儿子,自然不会拿儿子的命来开玩笑,那就是另外的五具。

我走到尸体前,让大家都跪下,然后用废纸折了几个金元宝,烧给他们。我一边烧一边磕头:"我是吴三省的侄子,我找我三叔有急事。你们哪位在施法,请笑纳纸钱之后就放过我们吧,我们真的赶时间,要不留下这个胖子陪你们玩,放我们其他人出去。"

胖子一听大怒,潘子和顺子马上一边一个挟持住他,不让他动弹。胖子大骂:"吴邪,你这卑鄙小人,老子咬死你!"

我念完之后,四处看了看,周围一点变化都没有,尸体也没有变化。我意识到没用,挥手让他们放开胖子。胖子紧张地瞪着眼观察四周,发现什么变化也没有,不由得就冷笑:"你看,鬼大叔还是公平的,看不上你这几个臭钱。"

我道:"也许人家看不上你呢,真是的。"

这时候顺子在一边道:"不对,咱们是不是应该这么想,你看我父亲在,就算有人对我们不利,我父亲也会帮忙的,如今没用,是不是作恶的不是这几个人的鬼魂?"

如果是平时,听了如此幼稚的话我肯定已经笑出来了,可是现在我则听得一本正经,还去考虑它的可能性。考虑之后,我道:"说不定你父亲已经走了,或者作恶的不止一个,他打不过。不过我感觉可能不是这里的几个,这些人都是成年人了,而且和我三叔关系都不错,我想不会搞这种花样的恶作剧,可能是小鬼,尸体并不在这里。"

说是这么说,可是如果真的是我说的那样就难办了,因为我们看不到这鬼在哪里,说不定就趴在我们背上,我们都不知道,看不到就无从下手。想着我就叹了口气,问:"你们谁有什么办法?偏方也行,有能看到鬼的吗?"

潘子道:"我听说只要在眼睛上涂上牛的眼泪,就能看到鬼了。"

胖子打了个哈哈:"那寻找牛的任务,就托付给你了。"

"不，也许不需要牛的眼泪，也能看到。"我突然想到了一个办法，"但是要牺牲一下胖子。"

胖子一下子紧张起来："你该不是想杀了我，让我的灵魂去和鬼谈判吧？我可不干，要是你们把我杀了，我肯定和那鬼合谋，把你们整得更惨！"

这家伙倒是又想出了一个办法。我大怒："你想到哪里去了，我是要你的摸金符用一下！"

"你想干什么？"胖子捂住胸口，"这可是真货，弄坏了你赔得起吗？"

"摸金符是天下最辟邪的东西，要是真货，咱们怎么会落到如此田地？我刚才已经看过了，这东西是假的。"我道。

"假的？"胖子摘下来仔细看了看，"你确定？"

"当然，这是用犀牛角做的，老子是专门做这一行的，能不知道？你看，穿山甲的摸金符是越戴越黑，你自己看你的犀牛角，已经开始发绿了，我不会骗你的。"

"我说怎么这么倒霉！"胖子大怒，"那龟儿子又晃点了我一次，难怪每次都不灵，胖爷我这次要是有命出去，不把他那铺子给拆了，我就不姓王！"

我从胖子手里接过他的摸金符，安慰了他几句，他又问我打算怎么用，是不是用来按他们脑门上。

我道："自古有一个传说，叫作'犀照通灵'，你听说过没有？"

胖子不解："该不是前几年放的香港片子？"

"差不多，就是那个意思。"我点头，"只要烧了这个东西，用这个光，你就能看到鬼了。当然，我也没试过，不知道是不是真的。"

我当时自己都觉得荒唐得要命，不过牛眼泪都拿出来说了，犀照有何不可？也是病急乱投医了。

《晋书》中曾经有这样的记载："峤旋于武昌。至牛渚矶，水深不可测，世云其下多怪物，峤遂燃犀角而照之，须臾，见水族覆出，奇形怪状。其夜梦人谓之曰，'与君幽明道别，同意相照也'。"大意是说，中国古人通过燃烧犀牛角，利用犀角发出的光芒，可以照得见神怪之类。古人的说法总归能有点用吧。

说着，我拿出了无烟炉，就将摸金符放到上面焚烧了。一开始还烧不着，后来就有一股奇怪的味道散发出来，绿色的火苗中闪烁出奇异的光亮。

我举起这一只无烟炉，举高让它照亮尽量多的地方。我们都四处转头，寻找四周是不是出现了什么刚才没有的东西。在墓室中走了一圈，却什么都没有，其他人也都看不到什么。

"也许那鬼躲得远远的。"顺子道。

"不会。传说如果是鬼打墙，鬼是趴在人的背上的。"

我们又看了看各自的背上，仍旧什么都没有。胖子喃喃道："早就说传说是不作数的，浪费我的摸金符。"

潘子泄下气来："看来这一招也没用了，咱们碰到的是第五种情况，也就是无理可循的情况，现在应该怎么办好？"

我心里叹了口气，刚想说话，突然，胖子冲我做了一个噤声的手势，潘子也做了一个别说话的动作。我眼皮一跳，顺着胖子的眼神抬头一看，只见在我们的上方，墓室的顶上，隐隐出现了一个黑色的"小孩"。

第五十一章 出口

我的血液一下子就结冰了,潘子一手去拿枪,胖子则一点一点把手里的犀照灯举高。

随着摸金符越烧越亮,那黑色的"小孩"也越来越清晰起来。我仔细一看,这……这不是我们在藏尸阁中看到的那个大头尸胎吗?怎么跟到这里来了?难道它一直跟着我们?

"原来是这东西在捣鬼!"胖子大吼一声,"咔嗒"一声就把枪端了起来,无处发泄的怒气顿时就爆发出来,一连扫射了几次,顿时把那东西打得黑汁四溅,摔落到地上。

我们马上后退了好几步,尸体发出一种类似于婴儿的尖叫声,猛地撞翻了无烟炉,闪电一般向着黑暗中逃去。

"不能让它跑了,不然我们还会中招!"潘子叫道,"追!"

四个人爬起来就狂追过去,几乎是一瞬间,我们看到外面的墓道壁画已经变成了原来的图案,鬼打墙失效了!

"出来了!"胖子大喜,"不用给困死了!"

尸胎跑得飞快,以惊人的速度冲入了墓道的黑暗之中,向墓道的另一头跑去。我们知道自己绝对不能停下来,一旦停下来,百分之百就会重新回到那种境地中去,我真是死也不想再经历一次了,而且也不可能有第二个摸金符给我烧了,所以四个人几乎拼了命一样地跟在它后面,竟然没有落下。

也就是跑了七八分钟的时间，一千米左右的墓道就跑完了，尽头出现在了我们面前，那是一道阶梯，直通向下，尸胎闪电一般冲了下去。

我们狂奔着鱼贯而入，什么机关陷阱都不管了，要死就死吧。就算四个人只剩下一个，也要把这东西干掉，以解心头之恨！

几乎是十级并成一级，我们如袋鼠一样狂蹿而下，但是我们跑楼梯总归要比跑平路慢上半拍，那尸胎却一点也不减速，几乎一瞬间就消失在了楼梯下的黑暗中。我明知道追上无望了，却刹不住车，想停下来，结果左脚绊了右脚，一连几个滚就摔到了石阶的尽头，摔得头破血流，手电都飞掉了。

我心中暗骂，刚想站起来，却听到枪声从一边传来，而且非常密集，不像是胖子和顺子那两把枪能发出的声音。

我爬起来就看到一边传来的光线，但是光线又不强，正想走出去，跑在我后面的潘子和胖子就赶到了。

我奇怪他们怎么跑得这么慢，胖子道，顺子路过十字路口的时候，按原路回去了，他父亲也找到了，也摸到这么多金子，根本不想再跟着我们冒险。他说他在外面的雪山上等我们一个星期，如果一个星期后我们还不出去，他就自己回去了。

我暗骂一声这个没良心的，不过他也够了，跟着我们吃了这么多的苦头。这时候胖子也听到了枪声，一下子警觉起来。

我们用手电照了照四周，发现这墓道另一边楼梯的尽头是一个楼台，外面是几道长廊子，也就是说，这是一个两层的巨大墓室的入口，但是两层的墓室之间并没有天花板，只有几道架空的长廊，在长廊上可以直接看到下一层的景象。

这叫作连天廊，看上去雕龙刻凤，其实是有功能性的，是在巨大的墓室中吊入棺椁的设备，看样子外面连天廊的下面可能就是一个棺室了，现在密集的枪声正从下面传来，而且外面到处都闪动着手电的光芒。

我们心里奇怪到底发生了什么事情，难道是刚才那个尸胎跳下去造成的？那么多枪在扫射，大象也能给放倒了，还打不中一个尸胎？

三个人排着队去了楼台，外面的连天廊很窄，我们小心翼翼地爬上去，往下一看，发现下面竟然是一个巨大的圆形墓室，足有五六百平方米。有点意外的是，阿宁的队伍就在廊下，十几支冷烟火扔在四周，把整个墓室照得通明。只见他们围成一圈，不停地用枪在扫射周围的东西，但是我又看不清楚是什么，仔细一看，才发现那都是手臂粗的蚰蜒，满墓室都是，密密麻麻，简直就像海洋一样把阿宁他们围在了中间。

而在墓室的中央，有一个倒金字塔形的棺井，井底有八口巨大的黑棺，围着中间一口半透明的巨型玉石棺椁，玉石棺椁已经被打开了，在下面的冷烟火映照下，玉石棺椁流光溢彩，反射出诡异的光芒。我看到蚰蜒似乎就是从这棺椁之中源源不断地爬出来的。

我心里"咯噔"一下，心说，这难道就是蛇眉铜鱼上记载的九龙抬尸棺，盛殓万奴王的宝匣？看样子这帮外行触动了什么机关，或者干脆就只是踩死了一只蚰蜒。

此时也管不了那么多了，下面的十几个人已经疲于应付，但是蚰蜒潮水一样涌上去，根本就没有用，打死一只其他的就更疯狂。

"我们要不要帮忙？"胖子问我道。

潘子摇头："等他们再死掉几个。"

胖子笑道："你不如现在直接扫射他们，死得更快。"

我心里也很矛盾，这倒不是救不救的问题，问题是救了之后他们会怎么对我们。阿宁在海底墓穴中就要置我们于死地，我们命大才侥幸逃脱，而我之前也救过她，不见得她买我的面子，不过不救，看着如此多的人全都在我们眼皮底下死去，我恐怕会内疚一辈子。

另外就是救不救得了的问题，我们在上面开枪于事无补，要救他们只能用绳索将他们拉上来，但是他们现在全力扫射才勉强能够维持，绳子一垂一停，下面肯定有人伤亡。

正在犹豫的时候，突然，我看到在阿宁的队伍中，有一个老外正背着一个人，看上去非常面熟。我马上拍了拍潘子，指给他看。一指之下，他顿时就惊叫了一声："那是三叔！"

"你确定？"我看着也像，但是不敢确定，潘子一说，我心里就更觉得像了，忙往这个人上方走近了几步，想仔细去看。

没想到才走了一步，我的脚就感觉不对劲，低头一看，只见刚才逃下来的那个尸胎，竟然吊在石廊的下方，正好我就这么巧，走到了它的上面，它干枯的手一下子就抓住了我的脚，用力地往下拽。

我心里大怒，心说，这东西肯定是记上仇了，老是找我们的麻烦，但是人在石廊上，我的平衡感又差，被它一拉，我就站不稳了，顿时趴在了廊子上。

潘子和胖子同时举枪，这家伙真是不长记性，这么近的距离顿时脑袋就给打烂了，大脑袋只剩下一半，接着抓着廊子下部的爪子就脱手了，整只尸胎摔入了廊下，同时拽着我的脚。

我被这么重的东西一拉，惨叫了一声，也摔了下去，接着尸胎就先落在了阿宁他们那群人中，他们的注意力全部在边上的蚰蜒上，哪里顾得上头上，顿时就给吓得屁滚尿流，四散摔倒，接着我也从空中落了下去。

后来据胖子说，我落下去的动作就像是自己跳下去的一样。但是我确实是不得已摔下去的，接着我就狠狠地踩在了那个尸胎已经被打烂的脑袋上，顿时黑血四溅。

幸亏这石廊不算太高，不然我这样硬生生地摔下去，肯定得崴脚。但是摔下去之后，我只是一个轻微的趔趄就站住了，向四周一看，顿时发现四周的蚰蜒像见了鬼一样四处逃窜。一瞬间，蚰蜒潮水一样地退去，很快地上只剩下了蚰蜒的尸体。

我被吓得够呛，好久才回过神来，也不明白发生了什么事，抬头一看，却见所有人都看着我，脸上满是惊骇的表情，就好像看到了什么怪物一样。

第五十二章 闷油瓶第二

我坐在自己的背包上,阿宁队伍中的医生帮我包扎了伤口——我手上的伤特别严重,缝了三针才算缝合起来,这是被尸胎从石梁上拽下来的时候割破的。我自幼虽然不是娇生惯养,但是也没有做过什么粗重活儿,所以这样的磕磕碰碰就很容易受伤,换作潘子八成就不会有什么事。

医生给我消了毒,让我不要碰水,也不要用这手去做任何的事情了。我点点头谢了谢他,他就去照看别人了。

从石廊上掉下来之后,阿宁他们对我这种"出场方式"吃惊到了极点。阿宁一开始竟然还没有认出我来(事实上我当时蓬头垢面,她最后能认出我已经很了不起了),直到胖子在石廊上招呼他们一声,她才反应过来,更是惊讶得说不出话来,还用一种不可置信的眼神看着我。

两帮人僵立了很久,才逐渐有所反应。我走动了一下,着急想看看那人背的是不是我三叔,可是我一动,围着我的人就全都自动后退了好几步,好像见了鬼一样,有几个还条件反射地又端起了枪。

胖子和潘子在横梁上刚松了口气,一看只好又迅速把枪端了起来。我赶紧举起双手表示自己没有敌意,阿宁也忙挥了挥手,对她的手下道:"自己人,合作过,放下枪。"说了好几遍,她的手下才将信将疑地把枪放下来,但是几个老外还是非常紧张,眼睛死死地盯着我。

我看到他们脸上的筋都鼓得老高,显然情绪已经受到强烈的刺激,再有一点惊吓,可能就会崩溃了,于是也不敢再有什么动作,就站在原地,不知道怎么办才好。

阿宁皱着眉头,从她的表情看,显然是不知道我们也在这里,抬头问我:"你们……怎么会在这里……"

胖子在上边嘿嘿一笑:"这叫白娘子找对象,有缘的千里来相会,无缘的脱光了搂在一起还嫌对方毛糙——我说我们路过你信吗?"

胖子说着就和潘子从石廊上跳了下来。这时候阿宁队伍中有几个人显然认出了胖子,都惊讶地叫了起来,显然胖子在这里出现,触动了他们某些糟糕的记忆。

胖子走到我们面前,大概是因为他和这些人合作过,气氛这才稍微缓和下来。几个神经绷紧的人这才松了口气,放下枪上的保险咒骂,有个人还自言自语:"这下好了,在糟糕的地方碰上了糟糕的人。"

我想起第一次遇见胖子的情景,感觉这句话还真是贴切,不由得就想笑。

胖子瞪了那人一眼,又和其他几个可能比较熟悉的人打了招呼。阿宁还想问他问题,我和潘子已经忍不住了,就跑向那背着人的老外那里,查看他背着的人到底是不是三叔。

这些老外似乎对我非常顾忌,我跑过去他们都远远地走开,那背人的老外倒似乎不怕,看到我的目标是他背上的人,便将人放到了地上。我上去急忙翻开他头上的登山帽。

登山帽中是一张十分憔悴、胡子拉碴的脸,我几乎没认出来,只觉得像是三叔,仔细一看,我才"哎呀"了一声,差点儿吼出来。

果真是失踪多时的三叔,那个老贼!几个月不见,这老浑蛋竟然似乎老了十多岁,头发都斑白了,乍一看根本无法认出来。

这样的见面说实话我真的没有做好心理准备,我认为我最后会在一间墓室中见到三叔,然后三叔会告诉我一切,又或者在我危险的时候,他会出来搭救我……但是他竟然就这样马马虎虎地突然出现在了阿宁的队伍里,我看得真切,却突然不相信起来。

我真的又看到三叔了?我找到他了?我僵在那里不知道该做什么反

应，也不知道自己是在做梦还是产生了幻觉。

三叔似乎神志不太清楚，眯着眼睛，也不知道能否看见我，但是我看到他听到我叫的时候，突然有一丝轻微的反应，干裂的嘴唇微微动了一下，好像在说："大侄子？"但是随即就没有动静了。

我突然心里一酸，一种难以言说的感觉涌了上来。看到这老家伙平安，我顿时放下心来，那种没了主心骨的焦躁感一下子消失了，可是又有一股极度的愤怒涌了上来，想上去把他推倒狠揍一顿。两种感觉混合在一起，脸上不知道是什么表情，但肯定十分好笑。

一边的胖子不知道和阿宁在说些什么，似乎吵了起来，我也无暇顾及了。潘子看到三叔这个样子，上去摇了他好几下，又解开他的衣服。我一看就蒙了，只见三叔的衣服里竟然全是黏液，仔细一看，胸口都是烂疮，无数的硬头蛐蜒挤在了他的皮肤之下，显然三叔想把它们扯出来，但是蛐蜒的尾巴一碰就断，蛐蜒就断在了里面，伤口也不会愈合，时间一久全都化脓了。

潘子一把扯住边上的老外就要揍他，被其他人拦了起来。潘子一边挣扎一边大叫："你们对三爷做了什么，竟然把他搞成这个样子？"

我看着那老外看到伤口的惊骇表情，知道他们肯定也是不知情，但是三叔这样子也太惨了。我发着抖问那老外："你们是在什么地方找到他的？他怎么会这个样子？"

那老外几乎要吐了，转过头去，道："就是在这里的棺井下面，我们刚发现他时，还以为他已经死了，后来发现他还活着，领队说这老头知道很多事情，一定要带着他走。我不知道他身上有这些东西，不然我死也不会背他！"

"一定是你们！"潘子在一边大怒，"老子在越南见过，那些越南人审问犯人就是用这一招，就是从你们美国人那里学来的，你们肯定逼问过三爷，老子杀了你们！"

其他人都围在我们的四周了，我摆了摆手，让潘子冷静一点，道："和他们没关系，如果是他们干的，他们不会不知道死蛐蜒会吸引同类，也不会这么惊慌。"

阿宁走过来一看,也倒吸了一口冷气,马上招来了队医,几个人手忙脚乱地把三叔弄正了。就在这个时候,我突然感觉三叔偷偷地往我的口袋里放了什么东西,动作很快,那一瞬间我感觉口袋动了一下。我呆了一下,心中一动,一瞬间脑子就"嗡"的一声,马上知道了,三叔可能是清醒的!心里顿时一惊又一安,惊的是他假装昏迷,不知道有什么目的;安的是,能做这种小动作,说明这老家伙的死期还远着呢。我用眼角余光一看四周,发现其他人都被他的伤口震惊到了,没有注意到,于是不动声色地继续扶着他,但是手用力捏了捏他的肩膀,表示自己知道口袋里有东西了。

三叔的眼神又涣散起来,队医用酒精给他擦了伤口,然后用烧过的军刀划开皮肤,用镊子将里面的蚰蜒夹出来,再放出脓水。因为这里太冷了,很容易结冰,我和潘子就燃起无烟炉,不停地烘烤三叔。

伤口一共有十六处,有几只蚰蜒拉出来的时候还是活的,给直接扔进火里烧死,最后把伤口缝合起来。潘子全神贯注地看着整个过程,我想给他使眼色都不行。我心里有事,但是这样的情况下我突然走开也不妥当,想知道三叔在我口袋里到底放了什么东西,只能硬等着。

好不容易所有的问题都处理好了,队医给他盖上了毯子,让他睡在一边,潘子就问怎么样了。队医叹了口气,道:"我能做的都做了,现在他是伤口感染,等一下我给他打一针抗生素。但是他现在已经有点高烧了,能不能撑到出去,要看他的个人意志。你们不要去吵他,让他睡觉。"

我这才有借口将潘子拉开,这时一动才发现自己滚下来的时候也弄得浑身是伤,竟然站不起来了。

队医给我也包扎好伤口后,就去看其他人。阿宁的队伍有十六七个人,冷烟火都逐渐熄灭了,四周黑得过分,实在数不清楚,胖子又被阿宁拉到一边,不停地在说着什么,我也看不清那里的情形。我想拉潘子到个没人的地方,但是潘子竟然有点蒙了,只顾坐在三叔边上,有点反应不过来。

我心里实在恼火,关键时候一点忙也帮不上,只好自己想办法避开四周的人。

阿宁的队伍分成了两批人,一批受伤的休整,一批下到棺井之下,这些人似乎对我没有恶意,这可能和胖子与这些人都认识有关系。但是也可能因为我刚才震退蚰蜒的关系,我走到哪里,他们都用一种奇怪的眼光来打量我,这圆形的墓室又是如此空旷,实在没有地方能让我躲。

我心一横,就走到被我踩烂的尸胎那里,假装蹲下去看它,这才没人围上来看我。

尸胎就像一只巨大的虾蛄,五官都被我踩得模糊了,我一看就头皮发麻,但是也管不了那么多,掏出口袋里的东西一看,竟然是一张小字条。

回头看了看没人在身后,我就紧张地展开一看,上面写了几行字,一看我就惊讶地叫了一声,这些字的前半部分不是三叔的笔迹,看字形,好像是闷油瓶写的,上面写着——

我下去了。
到此为止,你们快回去,再往下走,已经不是你们能应付的地方。
你们想知道的一切,都在蛇眉铜鱼里。

署名更是让我吃了一惊,竟然就是我们看到的那个奇怪的符号……这果然是闷油瓶留下的,到底是什么意思呢?

再下面才是三叔非常潦草的字,看样子竟像是用指甲刻出来的,但是还算清晰,写着——

我们离真相只有一步了,把铜鱼给阿宁下面的乌老四,让他破译出来,没关系,最关键的东西在我这里,他们不敢拿我们怎么样。

显然三叔到了这里的时候,肯定在什么地方发现了闷油瓶的这张字条,而且这张字条肯定是写给我们的,看来闷油瓶想阻止我们下去,看字条里的意思,似乎还有什么通道,他去了一个十分危险的地方。而三叔显然不领情。这真是要了命,这老家伙到底想干什么?到底三叔那里还有什么关键的东西?闷油瓶既然不想让我们下去,那符号是留给谁的?难道是留给他自己的?

我的脑子顿时神游天外,其实这一段时间我感觉越来越多的线索出现了,但是因为之前的谜团都太杂乱,所以一旦有新的想法就特别混乱。我想到海底墓穴中的符号,闷油瓶看到那个,才知道自己去过那里,如今他刻下符号,难道……他知道自己会丧失记忆,所以事先留下了自己的符号,以便下一次到来的时候,能够凭借符号想起来?

太乱了,我的头又开始疼起来。这时候,阿宁和胖子向我招呼了一声,我吓了一跳,回头一看,他们正让我过去,于是索性不想了,把字条一折,塞回口袋里,就走了过去。

阿宁给我递了壶水,我喝了一口。她道:"我和王先生谈了一下,我们准备正式合作,你怎么看?"

合作?我看到她紧身衣服里面的胸,想起了在船上的事情,有点不敢正视,想起闷油瓶的警告和三叔的话,一下子不知道怎么说才好。

找到了三叔,我心里一安,这一安中也有自私的成分在,就是可以出去了,其实我心里所想的还是自己能够摆脱这个地方。但是正如三叔说的,我们似乎离真相非常近了,看样子三叔自己也有谜题,如何救他出去,说不定他自己也是一问三不知。如果我们能够忘记还好,如果不行,以三叔的性格,必然还要再来一次,我能坐视不理吗?

想了想,我还是咬了咬牙,道:"怎么个合作法?你说说看,说实在话,和你合作我真的要考虑考虑。"

她看到我的样子,笑着摇了摇头:"那个,在岛上来不及向你们道别了,现在谢谢你救了我,我在海里……那是有苦衷的,我没想过要害你们。"

我想起海底墓穴里的事情,叹了口气,心说鬼才信你。我点上一支烟,道:"真想合作的话,就告诉我是怎么一回事,你们在海底到底要找什么东西？你们来这里又是干什么？"

胖子在一边道："对，大家坦荡荡的才好做事情。"

阿宁露出了惊讶的表情："你不知道？你三叔没有把事情告诉你吗？你们……什么都不知道就这样拼了命地乱跑？"

我苦笑了一声，心说，要是三叔把事情告诉了我，我才不理他的死活呢，摇了摇头："他没说，我一直是个无头苍蝇。"

阿宁皱起秀眉看着我，看了很久，似乎发现我没在说谎，道："难怪，我一直以为你是个特别厉害的角色，一点也看不出你在撒谎的样子，原来你的确什么都不知道。"

这个时候我突然感觉有点异样，为什么这女人突然来找我们合作？他们这么多人，兵多粮足，我们只有三个人，何必与我们合作呢？就算是因为我能够震退蚰蜒，大不了绑我就行了。难道……我看了看四周——他们的处境不妙，或者有什么不得已的理由吗？

阿宁看我的表情，大概猜出了我的想法，也不点破，叹了口气："其实，我们这些小角色知道的也不多，只不过给老板卖命而已。"说着就让我们坐下，招呼了另一个老外过来，阿宁给我介绍，说这老外叫柯克，是个汉学专家，专攻的就是东夏，整件事情他知道得最多，可以问他。那老外和我握了握手，道："本来我们是严格保密的，但是现在这种情况……你想问什么，就问吧。"

我心里"咯噔"一下。

他继续说道："很遗憾，关于我们老板的目的，我无法告诉你，说实在话，我也只是个领队而已，我和阿宁只知道我们需要进入一个地方，拿一件东西出来，然后就完成了。具体高层要这些做什么，我真的不知道，所以我们在海底墓穴的目标可以说一共有两个，一个是一只玉玺，你们中国人把它叫作鬼玺，听说可以召唤阴间的军队。另一个就是这里地宫的结构图，可惜的是，我们都没有弄到手，最后还是我们阿宁出马，才拿回了应该得到的一些东西。"

"鬼玺？"我听了几乎跳起来，"你是说鲁殇王的鬼玺，在海底墓穴中？"

听到我们说起了鬼玺，胖子也挺感兴趣，凑了过来。阿宁似乎很厌恶胖子，但也没有办法。

那个柯克点头道："是的，相信你们也知道了一些吧，鲁殇王陵被汪藏海盗掘之后，后者用蛇眉铜鱼替换了鬼玺，我们一直以为鬼玺被他拿到自己的坟墓里去了，却怎么也找不到。而那天宫的结构图，恐怕就是落在了你们的三叔手里。我们到现在都不知道被这只老狐狸摆了多少道了，但还是得和他合作，他的情报比我们准确得多。"

我点头苦笑，这个我也深有感触。那胖子在一边道："那你说阿宁和我们去海底的那一次，她带出了什么东西？"

柯克张嘴就想说，阿宁却拦住了他，对他道："该说的说，不该说的你别多话。"

胖子怒道："你这是什么意思？"

柯克却似乎不太领阿宁的情，大笑一声，说道："你就算现在不告诉他们，总归还是要拿出来的，况且你现在就算有这些东西也没有用。"

阿宁看了我们一眼，跺了一下脚，似乎很不甘心："我千辛万苦弄出来的东西，真是便宜你们了。"

这个时候我感觉非常奇怪，阿宁他们怎么这么合作？后来和三叔聊起这个事情，三叔就说："那个时候其实阿宁他们已经走投无路了。她除了和你合作别无其他办法，因为他们到底是业余的，就算技术和装备再好，也比不上我这个半桶水的土夫子。但是她又非常聪明，她其实已经巴不得把所有的事情都告诉你，但还是一点一点和你抠，想从你嘴巴里也抠出一点东西来交换，这就叫老江湖。幸亏我有意什么都没告诉你，不然你肯定给她全套去，那三叔我的计划就全完蛋了。"

阿宁说着，就从口袋里掏出了一沓东西，递给我。我还以为她会拿出什么明器之类，接过来一看，原来是一沓照片，拍的都是壁画。我一张一张翻开来，她提醒我不要弄乱顺序。我仔细地看了几张，发现从来没有见过这些壁画，问道："这是从哪里拍来的？"

柯克道："就是你们一起下海的那一次，从主墓室拍下来的，这是叙事壁画，非常关键，你可以看看，里面画的是什么内容。"

我数了一下，一共是十五张壁画，上面都有变化，显然都是有联系的，但是壁画之间没有什么必然的情节联系。我看到有画着攀登雪山的情形，有画着俯视山陵的情形，有画着攀岩的情形，有画着士兵战斗的情形，每幅壁画的画面，都没有什么必然的联系之处。

柯克看我的表情就知道我看不懂，他拿出一张给我看，道："你看看这是第一张，你看到的是什么？"

画面是几个女真打扮的人，正在捆绑一个汉人。我道："是不是在战场上抓俘虏？"

"可以这么说，但是你猜这俘虏是谁？"柯克故作神秘地笑了笑。

我仔细地看了看壁画照片，发现这俘虏的样子竟然和瓷画上的汪藏海形象非常接近，惊讶道："这是汪藏海？女真人在抓他？"

柯克道："对，这是第一张，就是这样的画面，说明什么？说明汪藏海修建这里，可能是被迫的，他是被掳来的。"

我顿时看出了点苗头来，又去看其他几张，道："那这些照片？"

"都是汪藏海被掳去之后，他在东夏人手里经历的事情。我们虽然无法完全看懂，但是从前面的照片上也猜了个八九不离十。"

我仔细看了其中一张，突然发现了不对的地方："这一张……"

柯克一看，点了点头："你眼睛很厉害，这一张也很关键。你发现没有，这就是那火山口里的皇陵，当时汪藏海被掳去的时候，那皇陵就已经存在了，而且已经非常破败了。"

我"啊"了一声，难道我们头顶的皇陵不是他修建的？

柯克道："我们研究过，上面皇陵的整体样式，是殷商时期的，但是被他硬改成了明式，东夏人掳他来，不是让他修皇陵，而是让他来改造皇陵，因为皇陵经过了实在太多的年份，已经无法再用了。"

"那这里的地宫什么的，也是早就存在了？"胖子问。

柯克点了点头："我们就是靠这些照片，找出了通往这里的旧路，但是，还有些照片无法理解，比如说这一张。"

那是一张无数恶鬼从石头中蹿出的壁画，是倒数第三张。还有一张，竟然是描绘了一团黑色的软体生物一样的东西，是从什么巨大的悬崖爬上来的，而上面有人往下倾倒着什么东西。

我看得神经紧张，正想坐下来仔细看看，这时候，阿宁突然向我伸出了手，道："好了，我们的事情说完了，照片你随时可以看，现在你是不是也得告诉我们点什么？"

"告诉什么？"我莫名其妙。

"我的事情我都和盘说了，你们和吴三省的事情，"阿宁看着我，"你不会比我这个女人还小气吧？"

我心说，你说的这些是什么狗屁啊，说了等于没说，重点根本就没提，你还以为我是以前那个什么都不懂的吴邪？便脑筋一转，问她道："你们这里是不是有一个叫乌老四的人？"

阿宁点了点头，奇怪道："怎么，你认识？"

我从口袋里掏出了两条铜鱼，在他们面前一晃："你们要知道的事情全在里面，乌老四如果没死，就让他出来！"

一刹那，我看到柯克几乎摔倒在地，阿宁的眼神都直了，结巴道："天！你竟然有两……条……"我一移动手臂，他们的眼睛就跟着我转。

第五十三章 蛇眉铜鱼

我实在是不想把蛇眉铜鱼交出去,但是想起三叔的交代,脑子一热就拿了出来,没想到阿宁他们的反应这么大。

隔了好久,他们其中一个才反应过来,问我道:"你从哪里弄来的?你……简直是神仙,难道说你们在鲁王宫里……这是龙鱼密文!我一直以为只有一条,没想到……"

我没心思和他们说这些,摆了摆手,道:"你们这里有人会看吗?"

阿宁马上大叫了一声:"乌老四!"边上一个中国人走过来,一看我手上的鱼,脸色也变了,忙冲过来,大叫了一声:"天!"

我对他道:"能翻译吗?"他猛点头,像接神物一样接了过去,用手电开始照鱼的鳞片,很快大量的女真字就显示在了地上,边上马上就有人帮忙抄写下来。

阿宁的手下到底厉害,一边抄,一边就能翻译,比华和尚强多了,抄完之后,基本意思我也懂了。起初我听得莫名其妙,根本是似是而非的意思,但是越听到后来就越清晰,有点像叙事诗。我也无法全都记住,但是其中有几段让我印象深刻。

全篇的内容非常精练,开头就是几句话,表明了这篇龙鱼密文所隐藏的秘密十分重大,汪藏海刻录下来,本希望永世不见天日,但是如果有人看见,希望此人是汉人而不是女真人这样的说法云云。

后面就记录了他被掳获到东夏之后的事情，和壁画上的记录非常相似，但也只是提到了几句，他为了拿到一些东夏没有的宝物，先后带人盗掘很多古墓，而在灵气最盛的地方，偷偷将铜鱼放入，以使得这个秘密有机会让人发现。

我听着就"啊"了一声，心说竟然是这样。再往后听，后面的内容就让人匪夷所思到了极点——里面记录的，是他在改造东夏皇陵的过程中，竟然逐步发现了东夏王的一个诡异秘密。

之所以让我感觉非常惊骇，是因为华和尚和我说过这一段的前半段，也就是东夏的万奴王是从地底爬出来的怪物，是妖孽，而我听到的这一段，正好与华和尚说的有关。

里面说的是，汪藏海在这里被困了长达十年的时间，曾经被领去看一扇被称为神迹的地底之门。传说历代的万奴王，不是世袭的，而是在前一代死亡之后，从那道地底之门中爬出来的。而那道地底之门，也只有在前任万奴王去世的时候才能够打开，否则，地狱的业火就会烧尽那个开门者及一切，使得长白山没有白头。我听着感觉像是火山爆发，心说，难道万奴王是从火山里爬出来的？

而他有幸目睹了一次这种王位的更替，让他感觉到非常恐惧的是，从地底之门中爬出的万奴王，竟然是妖怪，根本不是人。

上面记载，这地底之门就在皇陵之下，长白山山底，年代源于上古，恐怕是夏时的产物，而通往地底之门的通道，由一种长着人头的鸟守卫。

我想起那种怪鸟就直冒冷汗，但是更诡异的内容还在后头。

在另一条铜鱼上，竟然记载了他偷偷潜入地底之门的经过，这些我完全听不懂，不知道他在说些什么，显然是他回来之后，在极度惊骇的时候刻的，有些语无伦次。

胖子也听着，这时候忍不住插嘴道："不是说地狱的业火会烧尽那个开门者的一切，怎么他进去就没事？这就是胡扯。"

我心说，他肯定用了什么我们不知道的方法，但是这里的记录实在太乱了。这时候，突然有人过来汇报，说是又发现了符号。

我们走过去一看，只见在棺井中的几口棺材都给开了，里面的东西全给暴露了出来，在棺井的一边，竟然有人开启了一道暗门，暗门内又出现了一个符号。

"这符号不是你们留下的？"阿宁问道。

"不是，我们也很纳闷。"我假装不知道。

旁边一个人报告说："这里的棺椁全是影棺，是假的，里面只有用玉做的尸体，真的棺椁不在这里。我们刚才一开，开启了虫香玉的机关，结果全是蚰蜒爬了出来，现在小心地找了找，没想到这里还有一条密道，而且也有人进去了，看样子是个双层墓，真的棺椁可能还在这下面，这是元朝时候比较流行的墓葬方式。"

我看着这宝石琉璃制成的巨大棺椁，心中骇然，又往开启的暗门看去，发现这条暗门非常不同寻常，因为这条暗道非常陡峭，似乎是以挖掘深度为目标的，心中"哎呀"了一声，看样子，闷油瓶不让我去的地方，就是这里了。

阿宁看了看我，看来心中和我所想的一样，她挥了挥手，想让人下去，但是所有人都没动，他们都看向我和胖子。

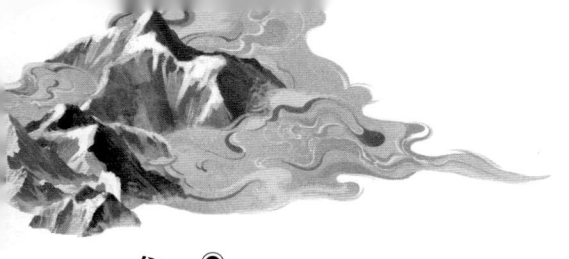

第五十四章 唯一的出口

墓道倾斜向下，角度越来越陡，我和胖子将手电直射下去，看不到一点到头的迹象，尽头处永远是深沉的漆黑一片。

我有点慌起来，我们一路往下已经走了很长的距离，已经深入了长白山的内部，如果再这样一直走下去，我们会走到哪里？地心吗？

可是就算是地心，我们也必须走下去，因为闷油瓶留下的引路符号明白无误地指示我们，他就是朝这个方向走的，我们每走一步，都离事实的真相近了一步。

我们别无选择，只得硬着头皮走下去。借着手电的灯光走了有二十多分钟，胖子对我道："小吴，你有没有发现，这条墓道里有点暖和起来了？"

我点点头，道："也许我们的目的地靠近火山的地层活动区域，那里有熔岩或者温泉活动，温度才会逐渐升高，汪藏海当年到底挖到了什么地方？"

胖子也无法回答这个问题。

又前进了一段时间，胖子突然回头问我："你老实告诉我，你和那小哥有什么特殊的关系？"

我被胖子问得呛了一声，不知道该怎么回答，随即想到是自己理解错了，他问的不是我想的那种关系。

刚才的一系列事情发生得太快，我其实自己也没有完全反应过来，现在想想，胖子并不知道我的血在秦岭中已经出现了和老闷的宝血一样的现象，他第一次看到如何能不吃惊？为了不在阿宁面前露短，所以当时没问出口，现在只有我们两个人，他自然要问上一问。不过以他的性格，让他正儿八经地来问也是不可能的，他问我和闷油瓶的关系，应该只是在奇怪，为什么我的血也可以"驱虫"。

按照凉师爷的说法，我的血的奇特能力应该是和吃了熏尸的麒麟血有关系，但是我实在想不起我是否吃过这种东西，对麒麟血又一点也不了解，无法确切回答他，而且我刚才也很意外，根本是无意识的行为，也不能单单就断定，是我的血在起作用。

胖子见我不回答，以为我认同他的想法，道："他说不定是你失散多年的哥哥、弟弟或者表亲之类的，又或者是你父亲的私生子，你们家都遗传了这一种特殊的能力。"

我骂道："你别胡说，我老爹就我一个儿子，他那种学究要是有私生子，那世上就真没男人靠得住了。"

胖子还是认为其中肯定有蹊跷，我实在不想和他讨论这些，就把话题岔开了。

走了很久，墓道终于到了尽头，走出墓道，突然就是一阵暖风吹来，让我精神一振。我忙打亮手电向四周看去，发现这里是一处修建在悬崖上的廊台，就和我们来的时候在冰穹中看到的假灵宫的祭祀台一样，脚下的地板是用廊柱架空在悬崖上的，廊台的中间立着一只巨大的黑鼎，鼎的一脚已经陷入石头地板中去了，呈现出一个要倾倒的姿势，显然我们在这个平台上走动的时候也得小心，底下的石头都老化了。

而平台的边缘都是悬崖，上面也是一片漆黑，看不到顶。

胖子发牢骚道："怎么又……到头了？没路走了，还是没有棺椁？这万奴王到底躲什么地方去了？"

我道："这还不是最奇怪的，我们是沿着那小哥的符号来的，一路上都有非常明显的线索，但是你看，这里一个人也没有，难道说，这些人发现这里是死路，都回去了，还是……"我看向一边的黑暗，"飞走了？"

胖子道:"也许这里的悬崖可以下去。"说着掏出了一支信号枪,装填上信号弹,向前方发射了一枚。

我们走到廊台的边上,信号弹在高空突然燃烧,在这无比漆黑的空间中,就如同一个小太阳,一下子就照亮了我们眼前的情景。

借着信号弹的镁光,我看到这里其实是一处巨大的山体裂缝,我们所在的廊台修建在一边的裂缝峭壁上,而我们对面两百多米处,是巨缝另一边的峭壁,遥遥相对,给人的感觉就像身处非洲巨大地表裂谷中的悬崖上。我们都不禁发出了一声惊呼。

信号弹逐渐下落,落到了廊台之下,照出了我们下方的情形,出现在我们面前的又是一幅让人震惊的景象,只见下方深不见底的裂谷中,无数碗口粗细的青铜锁链横贯两边,将裂谷连在了一起。

随着下落的光源看到,在廊台下二十米,到一片混沌的裂谷深处,也不知道有多少这样的锁链架在那里,几乎看不到稀疏的地方,而在深处的锁链上,还密密麻麻地挂着很多东西,好像很多铃铛一样,实在太远,看不清楚。

这时候胖子在廊台的一端找到了一根攀岩绳子,从平台的一端垂了下去,一直垂到下面最近的一根青铜锁链上方,系在了那里。

胖子皱起眉头道:"够呛,那小哥倒也锲而不舍,看样子他爬下去了。我们是不是也得跟下去学猴子?"

我道:"看下面锁链的密集程度,想必不会难爬,只不过这里到底是什么地方?为什么会有这么奇怪的设置?难道万奴王的棺椁会在这裂谷下面?你有没有想过,当时他们如何将那巨大的棺椁运下去?"

胖子道:"真有这个可能,古人总会有他们自己的巧妙办法,我们是上去通知那几个老外,还是自个儿先下去?"

我道:"下去之后还不知道能不能上来,咱们犯不着给他们当探路狗,把他们叫下来,他们的装备和技术都比我们好,还能有好处,况且潘子也还在上边,反正三叔也已经找到了,多花一点时间就多花一点时间。"

胖子想起柯克那满身的肌肉,也同意了我的说法,我们又从原路返回，因为知道路长，走的时候不知不觉都加快了速度。

阿宁他们早就等得心急了，还以为我们出了事，见到我们回来了，才松了口气。我接过潘子递的水，喝了一口，就把看到的东西说了一遍。

一听说下面有横亘的青铜锁链，阿宁忙掏出她从海底墓穴中拍下的照片，指着其中的一张，只见照片里的壁画上，很多东夏勇士正背着弓箭，攀爬在一道悬崖峭壁上，而背景就是无数类似于锁链的东西，显然描绘的就是东夏人探索那道巨型地下裂谷时的情形。

我道："看样子，那些锁链也不是东夏人设置的，他们当时也应该很好奇这些用锁链封锁着的裂谷底下是什么情形。"

胖子道："这些青铜链条，会不会是修建这里的先民的什么防御措施，用来防止下面的什么东西爬上来？比如说，壁画中描绘的那种巨型黑色软体的东西。"

我点头道："有可能。"又问阿宁，"这一幅壁画是第几张？下一张是什么？"

阿宁道："按照叙述壁画的一般规律，这应该是倒数第六张，后面还有五张，依次是……"

阿宁将最后五张照片摊开，我看到后一张照片里的壁画，是很多东夏勇士搭弓射箭的情形，似乎有一场惨烈的战斗，但是壁画上又看不到敌人，不知道他们在和什么搏斗。我想起那种在空中飞行的时候看不到身形的怪鸟，心中就一紧，心说，难道下面也有这种东西？

而再下一张，就是很多恶鬼从石头中钻出的情形。

壁画和壁画之间似乎并没有太多情节上的联系，但是看上去又给人无限的联想，很有意思。

阿宁问我："是不是又看出什么蹊跷了，吴超人？"

我自嘲地笑了笑："倒也不是看出了什么，你看，在攀爬悬崖的壁画后面就是战斗的画面，我感觉这也许是告诉我们，下到裂谷中之后会遇到什么危险，有武器的人把武器都准备好。"

几个人都当我是精神领袖，我说什么就是什么，柯克忙端起自己的M16，做了个包在他身上的手势。我们收拾起行囊，向深切入长白山内的墓道走去。

我跟在队伍的最后,去看三叔怎么样了,他还是昏迷不醒,也不知道他在这里看到了什么骇人的东西。潘子让我放心,他说就算是爬,他也要把三叔一起拖出这个鬼地方。

在墓道中走着,看看前面神经紧张的众人,我心里有一种奇怪的感觉,在陈皮阿四和三叔都不在的情况下,我不得不担当起这些人的领袖,这种感觉我从来没有感受过,有一种莫名的快感。但是,我的想法和我的决定真的是正确的吗?会不会我正在将这些人全部推向死亡呢?想到这里,我又犹豫不决起来。

不久,所有人都来到了廊台上,胖子又发射了一个信号弹,让众人看裂谷四周的壮观景色,我和潘子掏出绳子准备攀爬到下面,这是一个极度冒险的决定,但是我们的去路已经被完全封死了,没有别的选择。

不知道下面是一个什么情景,阿宁这一批人也不是什么好货色,我掏出所有的绳子后,将胖子拉过来,告诉他要小心一点,现在我们都落了难,大家看上去都很合作,一旦到了下面,出路有了眉目,就要小心那臭女人翻脸不认人。

胖子拍了拍我的肩膀,给我使了个眼色,意思是早就留了一手了。怕我不放心,他又扯开衣服的一角让我看了看,他的腰间绑着剩下的十根雷管。

我们试验了一下,闷油瓶的那根绳子非常结实,潘子还是做先锋,第一个爬了下去,下到锁链上之后,他像单杠运动员一样,挂下自己的身体,轻松地就跳到了下面的另一根锁链上,这样重复五六次,已经下去了十多米,给我打了个 OK 的手势。

阿宁他们的装备比我们好得多,柯克带上发散式的指引头灯,把自己变成一只移动的灯泡,第二个爬了下去。我们以柯克的脑袋为指引,陆续爬下廊台,来到悬空的锁链世界中。

在平台上觉得风还不是很强烈,但在锁链上,从谷底吹出的风就格外让人感到凛冽。我站在锁链上面,感觉好像在帆船上拉帆,船在动,帆也在动,十分心慌。

不过锁链的密集程度颇高，攀爬还是十分方便，不论青铜锁链设置在这里原来的目的是什么，现在反倒是给我们这样的人架了一个方便的梯子。爬得久了，各种动作都熟练起来，也掌握了一些窍门，大有蜘蛛侠再世的感觉。

如蜘蛛一般，十几个人缓慢地向下，一路上并无突发事情发生，锁链的牢固程度也让我们叹为观止。四个小时后，头顶的廊台已经变得很小，我们进入了裂谷深处，已是我们在上面目力所不能及的范围。那些在上面看不清楚的、挂着巨型铃铛一样的青铜锁链出现在了我的视野里。

谨慎起见，我吹了一下蝙蝠哨，让最下面的柯克和潘子停了下来，用阿宁的夜视望远镜向下看去。幽幽的绿色视野中，我看到那些挂在锁链上的东西，原来都是一些吊死在那里的人，一条黑色的头发般的丝线从他们后颈处延伸出来，挂在锁链上。看数量，底下的锁链上密密麻麻，几乎无法尽数。

汪藏海的龙鱼密文中透露，我们所遇到的那种在空中飞行时看不到，只有在落地的时候才出现的人头怪鸟，喜欢将猎物挂在枝头上风干备用，这里有这么多尸体，难道下面是它们的巢穴吗？

难怪闷油瓶让我们千万不要下去，可是我们现在也没有其他路可走，不下去搏一把，还不是一样死？我压下心头的恐惧，打了个手势，示意所有人戒备，继续向下。

已经走到了这里，就算下面是地狱，我们也得硬着头皮下去了。

第五十五章 "守护神"的巢穴

尸体都穿着破烂的盔甲,有些被风干成木乃伊了,有些则已经成了半骷髅状,这些应该都是当时的女真勇士,被猎杀在了探路的途中。不过他们当时的武器太简陋了,我们现在有这么多的M16和56式,火力非常猛,想到这一点,我就心安了不少。

进入挂尸锁链的范围之后,我们又向下爬了五十多米,上下左右都是尸体,那种腐烂空洞的眼神望着你,着实让人不舒服,气氛一下子阴郁起来。

为防止出现视线死角,或者驱散这种恐惧,有几个人打起了冷烟火,四周的亮度达到了空前的强度。

让人感到意外的是,并没有什么怪鸟出现,我也没有感觉到那种它们在空中飞行时的躁动,四周出奇地安静。

胖子指着一边悬挂起来的尸体,轻声问我:"都是老尸体,没有新鲜的,会不会这里已经被荒废了?"

我摇头让他别说话,有这个可能,但是既然这里的怪鸟能够出去狩猎,那说明附近肯定有出口,我们的希望大了很多。

当然也有可能它们暂时不在,像成群的蝙蝠,都是在同一时间飞出洞口去狩猎的,这样想的话,我们应该快速通过这一段区域,于是我打了个招呼,催促加快速度。

这个时候，前面的柯克和潘子却停了下来，潘子转身招手让我过去。

我让其他人原地休息，几个跳跃连爬下去十几根锁链，来到了柯克边上往下一看，原来他的强力手电已经能够照到裂谷的巨大底部，我们的蜘蛛侠生涯看样子即将结束了。

不过手电光圈发散得太厉害，看不清底下有什么东西。在经历了中国古墓的莫名诡异之后，这个德国人显然对自己的判断力丧失了信心，凡事都要我看过才能做决定。

这条地下裂谷太大，用手电去看一点用处都没有，你只能知道下面有东西，但是什么一概看不出来，用夜视望远镜也只能看到模糊的绿色影像。

我们还剩几颗信号弹，本想省着点用，但在这种场合也省不下。我让胖子想个办法，在这种环境下发射一颗照明弹，尽量能让照明的时间长一点。

阿宁他们的照明弹比我们的先进，胖子懂行，知道怎么用，就做了个OK的手势。

他把一根荧光棒打亮了，用刀切开，把里面的涂料点在照明弹的弹头上，然后把照明弹丢到下面深渊中。我们只见一个荧光小点像流星一样划落，掉到裂谷的底部，摔了两下不动了。

接着胖子端起56式步枪，一个三点射，打中了下面的弹头，顿时照明弹就烧了起来，整个谷底给照得清清楚楚。

确实已经到达了谷底，底下全是极度不平整的黑色火山岩块和从上面跌落的尸骨，层层叠叠也不知道有多少骨头和黑色的粪便，几乎把这些岩块都覆盖了，而在裂谷底下一边的崖壁上，有一扇两面的青铜巨门。

我都无法来形容这一扇巨门的宏伟程度，门高三十米左右，宽度将近六十米，折算成三米一层的现代楼房，这门光高度就有十层楼那么高。整扇门看上去竟然像是整体铸造而成，这绝对不是古人能铸造出来的青铜制品，也绝对不是给人用的，因为这样的门有上万吨重，压在岩石之上，什么人能够打开？

门上装饰着极其精美的花纹，因为门实在太大了，这些花纹的复杂程度简直让人头皮发麻，一股窒息感扑面而来。巨门闭合得完美无缺，上面贴满了淋着冻血的人皮，将整条门缝都冻了起来，人皮呈现出青灰的颜色，几乎石化，看来封闭青铜大门之后，不知道过了多少年，似乎再也没有人打开过。

阿宁道："这一定就是东夏传说中，历代万奴皇帝出现的地底巨门，每次王朝更替，他们就再次用活人牲的皮，将门封闭起来，你猜……这里面是什么地方？"

我摇头，脑子根本在其他地方，心说，这么一扇巨门，到底是什么人铸在这里的？万奴王是怎么出来的？难道他真的是神，拥有能够推动万吨巨石的神力？我喃喃道："不管里面是什么地方，我们绝对进不去。"

同样的巨型青铜器，还有我在秦岭的深山中看到的巨型青铜神木，同样也是深深地埋在山脉的底端。这些巨型的、人力无法修造的青铜神器之间是不是有什么联系？其他的巨型山脉，比如昆仑山、喜马拉雅山，巨大的山体中，会不会也有这样的东西存在呢？

我隐约间感觉自己似乎正在靠近一个远古的巨大谜团，一种极度渺小的自卑感油然而生，和这些古老神秘的神迹相比，我一个人实在是不值一提，就连知道真相的希望都一点也看不到。

照明弹逐渐熄灭，地下又重新被黑暗笼罩，但我还是呆在了那里，直到一边的潘子拍了拍我，道："下去吧。"我才回过神来。

我们陆续爬下锁链，很快来到了谷底，小心翼翼地踩着脚下的骨头，走到青铜巨门之前，顿时自己的渺小感就更加强烈了，我简直有跪下来的冲动。

我们这个年代的人，到了这里都有这种感觉，更不难想象当年的东夏勇士千辛万苦带着汪藏海来到这里的时候，会是怎样的震惊，也难怪他们会对在这里的经历念念不忘，以至于拼死也要将这里的一切记录下来，传达给后世的人。我甚至能够感觉到汪藏海的痛苦，以及他那种原本以为自己已经通彻宇宙的规律，又突然发现自己什么都不懂的恐惧。

正在胡思乱想，胖子在一旁打断了我的思考。

他正用手电照向裂谷的中间，这条地下裂谷谷底足有五六百米宽，地上的碎石都像小山包一样。胖子走得很远，看到裂谷中间的地方，一块巨石山给整个儿打成一个一个平台，就像一座小型的金字塔一样，一条长长的石阶修造在石头的一边，每一级阶梯两侧都有一盏小灯。

引起胖子注意的，是石台上摆放的东西，那是一口巨大的犹如轿车大小的白石棺椁，九条石雕的百足龙盘绕在棺椁的底下，形成莲花的形象，四周还立着四个黑色的石人，面朝四方，做跪拜状。

棺椁之前有一只盛放祭品的大鼎，后面有一座影壁，看不清上面雕刻了什么。这些东西从上往下看的时候，都和普通的石头一样，不容易看清楚，所以刚才都没有看到。

我倒吸了一口冷气："难道这是……汪藏海龙鱼密文中说的万奴王的九龙抬尸棺？"

胖子道："绝对就是，那个谁不是说吗，万奴王的棺材下由九条神龙守护着，你看这棺椁下面，不是正好有九条蜈蚣吗？我还以为陈皮阿四当时是在晃点我们，没想到是真的！"

一直以为万奴王只有墓室地宫中的影棺，尸体不在此处，本来早已经放弃了找到真正王棺的希望，没想到在这里居然被我们发现了真正的九龙抬尸棺，我们全都激动起来，几个心急的已经跑了过去。一边的阿宁忙急急叫住了他们，大叫："不要过去，危险！"

跑过去的人一听，马上停住了脚步。阿宁大叫："你们没看到棺材下面的蚰蜒龙吗？"

胖子道："我的姑奶奶，那是石雕的，有个屁危险，你那是什么眼神啊？"

阿宁娇眉倒竖道："你才是什么眼神，我说的不是那些石雕，你好好看那石台边上！"

石台边上？我看阿宁的表情很严肃，但是石台边上，我左看右看，又实在看不出什么东西来，不知道她到底在紧张什么东西，就让她指给我看。

阿宁用手电当成教棒，当下一指，初时我仍旧什么都没发现，正在极度纳闷的时候，突然，石台竟然动了一下，我发现，原来在石台之上，竟然盘绕着一条巨大的火山蛐蜓，足足有五六米长，因为实在太大了，加上它甲壳的颜色和岩石颜色几乎一样，所以粗略一看，根本发现不了有这么一条东西趴在上面。发现了第一条后，马上第二条、第三条、第四条……一共九条巨型蛐蜓给我们数了出来，全都盘绕在那座石台上，好比石头上的浮雕，几乎与石台融为了一体。

九龙抬尸，真的是名副其实的九龙抬尸！

阿宁道："如果你们爬上石台，还没明白怎么回事，肯定就被咬成两截了，火山蛐蜓是食肉性巨虫，非常凶狠迅捷，我们这样的体形，正是它们最喜欢捕食的对象。"

我已经算经历过很多古怪的事情了，如果这几条蛐蜓长到一米，我也还能接受，毕竟这里是火山中的地下裂谷，环境和空气成分大多不相同，世界上其他地方也有过发现，但是大到如此超出常理的虫，我还是第一次见到，这简直是美国恐怖片里被辐射后变异了的怪物。

边上阿宁队伍中一个华裔专家自言自语："太奇怪了，这种蛐蜓的寿命一般也只有两三年，虫子在只有手指这么长的时候就应该死了，这几条能长到这么大，难道已经活了几千年了？"

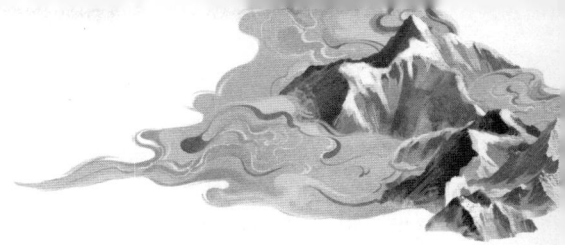

第五十六章 谍中谍

看到九条巨大的蚰蜒盘绕在裂谷底部的棺台之上,尽管一动不动,但我们还是感觉到了巨大的压力,一个个脸色惨白,一边后退,一边将武器举了起来。

那个华裔专家说:"你们不用这么紧张,现在是冬天,这里的气温又偏低,蚰蜒还在冬眠期,这些巨虫不会这么容易醒的。"

阿宁道:"不容易醒,总归也有醒的可能,我们这些人,是绝好的冬眠点心。"

胖子杀心又起,说道:"管它醒不醒,老子摸过去顶着它们的脑袋来几枪,就算它再大十倍也立马死定了,接着我们就去看看这个从地底爬出来的、不衰老的万奴王到底是人还是妖怪。"

潘子摆手道:"绝对不行,你还记不记得顺子说过,死去的蚰蜒会惊醒其他冬眠的同伴,这条裂谷左右贯通了整条长白山系,你知道里面有多少蚰蜒,到时候怕会有更大的家伙出来替它的徒子徒孙报仇。"

我举起夜视望远镜,想再真切地看一下,这么大的蚰蜒,说不定是古代巨虫的化石,我实在说服不了自己这些虫子都是活的。举起来一看,却看到棺椁之后的影壁上,原本看不清楚的浮雕,竟然是很多的女真文字。我当即就一愣,心里激动起来。

影壁浮雕之上的文字非常多,非常多的文字聚集在一起的地方,必然就有一定的叙述内容，汪藏海修建的建筑当中，很少出现文字，但是这里出现了这么多，那很可能是古墓中最珍贵的资料——墓主人志。

我忙把阿宁手下那个会读女真文字的小个子拉过来，把望远镜递给他，让他帮我看看上面写的是什么。

那小个子一看，一脸的迷惑，说虽然这些字和女真文字的形体很像，却不是女真字，是另一种相同语系的文字，一时半会儿他也不知道写的是什么。

我顿时又泄气了，心中暗骂，这万奴王也太狡猾了，简直不给我留一点破绽。

也难怪，像汪藏海这样老谋深算到了极点的人，在这里二十年，直接参与了上古皇陵的改造，也无法探到万奴王秘密的核心，那万奴王为他设置了一个不可逾越的障碍，更不用说我们这些靠猜来行事的人了。

可惜华和尚不在，他浸淫其中多年，有着别人不具备的思维习惯，他在这里，说不定还能说点名堂出来。

想想又觉得不对，如果华和尚也在这里，那局势之复杂就不是我能控制得了的。

一会儿一个念头，一会儿又是另一个念头，我脑子里都不知道在想什么。我又听到潘子在叫："胖子？你行不行，要不换人？"

我最不爱听到潘子叫胖子的名字，心头一跳，举头一看，只见胖子和那个柯克已经爬上了一条锁链，小心翼翼地走到了棺台的上空，胖子正往腰上系绳索，大概想像汤姆·克鲁斯一样，从锁链上挂下去，悬空到棺椁上方，而且其他人竟然没有阻止，还在一边指示胖子的位置。

我问阿宁怎么回事，这些人是准备看九龙戏胖珠吗？

阿宁道："没事，一般来说这样的方式不会惊动蚰蜒冬眠，而且我刚才发现蚰蜒的尾巴都被青铜锁链锁在了石台下的石桩上，它们的活动范围有限，只有步行靠近的人才有危险。他们来这里都想看看万奴王的棺椁中有什么，现在找到了棺椁又不能看，谁也忍不住。"

我说："就算胖子能垂下去，也不能翻开这巨大棺椁的石头盖子，你也只是看他出丑而已。"阿宁说："他不是去翻棺椁盖，他是把启棺钩卡进棺椁的缝隙中,我们在上面的一根青铜锁链上挂上一个滑轮,然后在这里将棺椁盖子吊起来。"

我心里感觉到很不舒服,阿宁她还是在履行公司的工作义务,寻找棺椁中的某样东西,就算到了这样的地步,她还是没有放弃。虽然我不知道她要寻找的是什么,但是我觉得没有什么东西会比自己的生命还重要。而且棺床之上有如此多的青铜锁链,汪藏海设计的时候不会想不到他们的招数,肯定有什么蹊跷使得他认为上面不需要防范。胖子傻乎乎地做先锋,肯定是想第一个开棺的可以捞点好处,我必须阻止他。

我刚想打手势让胖子先停下来,变故却已经发生了。我看到站在胖子上面的柯克突然从锁链上掉了下来,一下子脑袋朝下摔在棺床的棺椁之上,发出一声闷响,脑浆顿时迸溅。

谁也不知道柯克发生了什么事情,胖子正在调整自己蹦极的位置,一看柯克竟然跳得比他还快,一下子愣住了,接着,他自己也飞了起来,竟然在空中手舞足蹈地盘旋了一阵,直往下摔去。幸亏他腰上有绳子,在脑袋快撞上棺椁的时候绳子绷直了,停了下来,脑袋下面就是柯克的尸体。

我几乎吓晕过去,这景象太诡异了,难道锁链上有什么东西把他们推了下来?

想到这里,我忙对一边呆若木鸡的潘子叫道:"照明弹!所有人抄家伙!"

众人顿时反应过来,我们也没工夫去顾及胖子了,潘子一颗照明弹射上半空,炸了开来。顿时我们看到无数只影子在我们头顶上盘旋,好几只已经倒挂到了锁链之上,好奇地看着我们这些闯入巢穴的怪东西。

原来是那种怪鸟不知道何时已经无声无息地开始归巢了,我甚至看到天空飞翔的怪鸟中,有几只还抓着什么东西,显然有猎物到手。

我举手让那些几乎箭在弦上的人千万不要开枪。

这些怪鸟是半瞎子,在这么强烈的光下,根本看不见我们,但是它们对声音非常敏感,就是我们在前殿之中开了一枪,才引得大量的怪鸟从四面八方飞来。显然在一点光线都没有的地下火山口里生活的这种生物，早已适应了黑暗中的生活。

然而我说不要开枪、不要开枪，却还是有人开了枪，还不是一声，而是一连串的扫射。枪声在空旷的裂谷底部极其响亮，响彻云霄，上空顿时一阵骚乱，无数的影子盘旋着就开始俯冲下来。

我怒目转头看是哪个王八蛋不听命令，却看见石台上的胖子正在试图爬上绳子，柯克的M16已被他拿了过去，此时他正对着下面的棺椁不停地扫射。

我仔细一看，发现万奴王的巨大棺椁不知道什么时候竟然启开了一条缝，三只青紫色类似于手臂的东西，注意，是三只，从棺椁中伸了出来，奇长的指甲在空中划动，想要抓住吊在上方的胖子。

第五十七章 千手观音

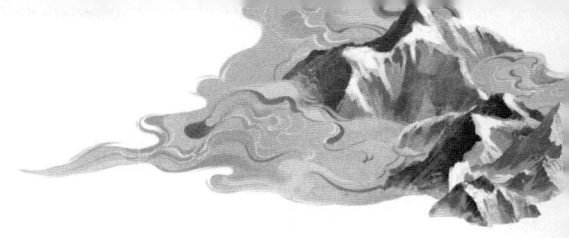

天空中的照明弹熄灭，黑暗迅速笼罩下来，潘子随即又打出了一发照明弹，在空中炸亮。接着，下面的人全都开火了，十几条火舌向上空蹿去，很快，天宫中飞翔的影子就有几只中弹，从空中摔落下来。

强光可以使这些东西产生暂时的错觉，就像你在狗熊面前模仿鸭子叫和走路，它会一时分不清你到底是人还是鸭子一样。但这只是暂时的，如果我没记错的话，这是我们最后一发照明弹了。

如此多的怪鸟，一旦这一颗照明弹熄灭，我们将面临在黑暗中被无情捕杀的命运。

怪鸟越压越低，有的甚至已经从我们的头顶掠了过去，我们的子弹根本不够这样大强度的扫射，很快就告罄了。胖子的情况又极其危急，如果没人去救，他命再硬这一次也得完蛋。

正左右为难、不知所措的时候，胖子一枪打在了我的脚下，把我吓了一跳，我抬头看他的嘴形，知道他的意思是让我们快跑。

我心一横，对潘子道："你带着三叔和其他人往裂谷的尽头跑，这里是它们的巢穴，它们肯定是顺着裂谷飞行出去觅食的，你看它们飞来的方向是哪一边，就一路跑下去，不要管我了，我去救胖子！"

潘子抓住我道："你行不行啊？要不我去救胖子，你带三爷走！"

我道："我背不动那老头子！"扬起手让他看我的伤口，"老子有宝血,绝对不会有事!"

潘子看到我的伤口,稍微安心了一点,用力点了点头,道:"小心点,我们在外面等你!"当下背起不能行动的三叔,对着其他人大叫了一声,"跟着我跑!"就往裂谷的一边退去。

我接过潘子扔给我的枪,"咔嗒"一声看了看子弹,三发,真慷慨,其他人在我身边狂奔而过,大叫着叫我跟上,我都没理。这时候我看到阿宁还站在原地,脸色惨白。

我上去拍了她一下,让她快走。她甩开我的手,"咔嗒"一声也端起了枪,不知道又有了什么打算。

我知道这种人劝也没用,便不去理会她,端着枪就朝石台上跑去。

万奴王的棺椁盖子已经启开了一大半,一只黑色的巨大如蜘蛛的东西,从棺椁中挤出了半个身体,全身都是青紫色的。我冲到石台边上,胖子已经顺着绳子爬回到上方的青铜锁链上,不停地用M16点射俯冲下来的怪鸟,无暇顾及下方的怪物。

走运的是,就算如此混乱的环境,棺台四周蛰伏的巨大蚰蜒还是没有苏醒。

此时我也管不了三七二十一了,大叫:"胖子,把56的子弹给我!我掩护你!"

胖子自己的枪是56式的,身上全是56式的子弹,但是他攀爬的时候为减重,没拿上枪,所以用柯克的M16来,但是M16的子弹不多,要是打完了,他在上面就完了,只有下到地面才有一线生机。

胖子听到我叫他,马上单手持枪,另一只手扯下几个子弹匣丢给我。我接住其中一个,其他几个也不要了,换上弹匣端起枪来就射。胖子在我的火力掩护下顺着锁链一路狂爬,爬到他上去的地方,然后一溜烟儿地滑了下来,对我招手让我快跑。

我转头去找阿宁,人却已经不知去向,不知道是跑了还是被怪鸟叼飞了,心里暗叹绝色佳人何必如此执着,又一看棺台上,只见棺椁板子已经被翻到了一边,一具巨大的黑色男尸站了起来,身上穿着已经褪色腐烂的女真铠甲。让我大吃一惊的是,这具男尸竟然长着十二只手,呈环形排列在身后,而且十二只手都在扭动,就像庙中的千手观音一样。

我马上想起在海底墓穴中看到的十二手蜡尸,不由得惊讶万分,难道东夏的皇族不是人?这具十二手男尸就是万奴王?

胖子一边点射,将俯冲下来的怪鸟逼退,一边到我面前来拉我,大叫:"你在发什么呆?"

我不理胖子,对他道:"你看……他想干什么?"

只见"千手观音"尸舞动着他的十二只手,对我们并没有一点兴趣,快步跳下石台之后,径直就向青铜巨门走了过去。

胖子惊讶道:"难道他想进入巨门之内?"

我顿时想起汪藏海龙鱼密文上的最后一句,如果时间不对,打开地底巨门就会遭受天谴,地下的业火就会通过巨门涌出地狱,焚烧整个天空。当时我们认为这一句预言的灾难,是汪藏海进入巨门之后,看到了火山内部情景之后的臆想,但是也有可能这道青铜门的设置者为了防止青铜门内的秘密被发现,设置了什么威力巨大的机关。

此时我们就在青铜巨门之前,如果有任何机关,我们肯定首当其冲,成为第一批牺牲者,不管是不是真的,我们也必须阻止这个畸形粽子。

我追着"千手观音"尸几个扫射,但是子弹打在尸体上犹如打进橡胶里,不穿透也不炸裂,好像泥牛入海,一点反应都没有,而且最可恶的是,他对我们一点反应也没有。我对胖子大叫:"炸药!"

胖子顿时想了起来,他腰上还有准备用来威胁阿宁他们的几根雷管,于是马上冲上前去,一跃而起跳到"千手观音"尸的背上,把雷管像黑驴蹄子一样塞进了尸体的嘴巴里,然后赶紧跳了下来。

我眯着眼睛一个扫射,不知道哪颗子弹正射中雷管的引信,顿时雷管就爆炸了,"千手观音"尸的脑袋连肩膀部分整个儿给炸裂了。我们被冲击波掀翻在地,碎片和气浪扑面而来,顿时我胸口发闷,满耳朵都是嗡嗡声。

上面的怪鸟被强烈的声波刺激,一下子疯狂起来。我赶紧爬起来,见"千手观音"尸已经倒在地上,不由得大喜,果然炸药还是无敌的。

没想到胖子还是一脸惊恐的表情,对着我大叫,我什么都听不到,只看到他的嘴巴在快速地动,好久才听明白,原来是"快跑!照明弹要灭了"。

还没反应过来跑的时候,突然,头顶上的光线在几秒钟之内就消失了,黑暗犹如雾气一样迅速笼罩过来,所有的光源只剩下我们手里的手电。四周一下子安静起来,逃入裂谷深处的人的枪声也逐渐平息了,只剩下我们喘气的声音和响雷一样的心跳声。

我和胖子背靠着背,我解开手上包的绷带,露出里面血淋淋的伤口,祈祷我的血对它们也有用。那个什么教授不是说了吗?这种麒麟血只对吃尸体的东西有作用,我也不知道这种怪鸟是吃什么的。胖子端起枪,"咔嗒"一声上了子弹,看着天上,问我怎么办。

我说:"你问我,我去问谁?"话音未落,一只怪鸟扑扇着翅膀落了下来,停在了我们前面十几米的地方。这鸟极其大,站起来比我还高,落下来后,丑陋的鸟头转动了几下,就直勾勾地盯着我们,似乎在打量我们这两个人。我隐隐看到它嘴巴里的獠牙闪着寒光,忙举起手,用伤口对着它,但那怪鸟没有什么太大的反应,还是面无表情地立定在那里。

接着又有两只怪鸟飞落下来,一只停在了我们的左边,一只停在了我们的身后,我四处转动伤口对着它们,不知道它们的意图。

逐渐地,越来越多怪鸟飞下来,一只又一只,很快,我们四周围满了这样的鸟,但是这些鸟都没有行动,黑压压的一片。我逐渐感觉到不妙,这些鸟似乎对我的血一点也不感冒,而它们又不马上进攻,似乎有什么阴谋。

第五十八章 围攻

无数的人面怪鸟,犹如雕塑一样将我们围住,降落的时候无声无息,站在那里也不发出一点声音。我突然想起了国外恐怖电影里的石像鬼,那种白天是石像,晚上变成动物的妖怪,难道就是以这种鸟作为原型的?

而且从这些鸟的眼神来看,似乎是有智慧的,这样围着我们,是不是有什么诡异的目的?

很快我的预感就应验了。突然,有一只鸟从我们上空掠了过去,抛下了一个什么东西,"砰"的一声落在我们面前,顿时鲜血四溅。我一看,竟然是叶成,脖子已经被咬断了,正在不停地咳嗽,眼神已经涣散,没救了。

接着又有一具尸体给抛了下来,不知道是谁,脑袋已经没了,浑身都是血。

陈皮阿四和我们分手之后,直接冲进了皇陵之中,显然他们也受到了这种怪鸟的袭击,叶成应该就是在皇陵的中心被这种巨鸟捕获的。没有三叔暗号的指引,这些人竟然落得了如此凄凉的下场,我真是想也想不到。

我以为陈皮阿四也不能幸免,但是接下来抛的几具尸体,都是阿宁的手下,显然刚才并不是所有人都逃脱了。所幸我没有看到三叔和潘子的尸体，总算稍稍安心。

胖子此时是真的有点害怕了，问我："这些鸟想拿我们干什么？"

我对他说："好像正在把猎物集中起来，我不是这方面的专家，不知道它们想干什么。你还有炸药吗？"

胖子摇头："全炸万奴王去了，你又没说还要剩点儿。"

我心说这下麻烦了，我千算万算也算不到，我吴邪竟然会这么死，四周全是鸟，一点空隙都没有，连跑的机会都没有，难道真的要死在这里变成鸟粪？

正在心急如焚的时候，胖子忽然拉着我后退："这样腹背受敌，太不利了，这里有一条岩缝，我们躲进去，一人挡一面，死也不能便宜了这些死鸟。"

我回头一看，是裂谷地下两块巨型山岩之间的夹角，有一条一人宽的缝隙，两边都通的，缩进里面活动可能不便，但是防守倒是一流的地方。

马上死和抵挡一会儿再死，当然后者合算。当下我们解下尸体上的子弹带，快速钻入了缝隙之内。里面空间很小，我尚且可以做一些腾挪，胖子就很勉强了，估计这些鸟要钻进来也够呛。

胖子经历过多次生死悬于一线的场面，此时表现得比我镇定得多，一入缝隙之内，马上堆积起几块石头作为掩体，对我道："它们只能一只一只进来，只要杀掉几只，就能把入口堵住，我们也就能撑得久一点。"

我心中苦笑，我们子弹本就不多，而且其实根本没有换子弹的时间，如果把子弹匣中的打完，就等于死期到了。不过，现在还没有到死的时候，我还是心存一丝侥幸。

脑子里还在胡思乱想，突然，我听到外面的鸟群开始嗷叫起来。通过缝隙，我看到为首的一只怪鸟突然不成比例地张大了嘴巴，露出了满口的獠牙，接着从它的嘴巴里面，吐出了一只猕猴一样的生物，动作极其敏捷，一下子就蹿到地上，先是谨慎地四处看了看，然后跑进尸体堆里，开始撕咬起来。我仔细一看，发现这猴子没有皮，竟然浑身血通通的，似乎是那怪鸟的一种器官。

接着，其他的怪鸟也开始吐出这种生物，无数的"口中猴"从鸟群中蹿出，冲往中间的尸体堆，似乎也没有什么等级之分，上来一拥而食，顷刻间到处都是血和散肉，争食之间，还不时发生冲突。

我和胖子都皱起眉头，几欲作呕，心想，如果等一下我们也是这种下场，自己怎么也接受不了。

"口中猴"数量极多，很快，外面的尸体被分食干净，空气中的血腥味达到了让人无法接受的程度。胖子眼睛血红，知道下一步就该轮到我们了，他喝了一口白酒，道："想吃胖爷我，看看你们有没有这铁板牙。"

我不争气地有点发抖，也接过他的酒咕咚咚咚喝下去一大半，顿时喉咙如火烧。酒的确是好东西，男人有了酒和没有酒，感觉真是不同。

外面"口中猴"在残骸中四处搜索，突然，有一只就注意到了缝隙中的我们，发出了一声怪异的尖叫，接着，其他"口中猴"也好奇地围了过来，一张张脸探出，打量我们。

我这才看清楚，那"口中猴"竟然没有嘴唇，难怪獠牙如此锋利，狰狞异常。最让我奇怪的是，所有"口中猴"的脖子上，竟然都挂着一个青铜的六角铃铛，有些还完好，有些只剩下半个了。但是这些铃铛随着怪猴的行动，一点声音也不发出来。

我十分害怕，也没有去考虑这意味着什么，但是事后我就想到，这些青铜的铃铛，必然和整个谜团有着莫大的关系，虽然似乎这些铃铛并不属于同一种文化。

"口中猴"刚开始还是很谨慎，在洞口围了很久，胖子和我大气也不敢出，端着枪等着它们进来。过了一段时间，有几只按捺不住了，突然从缝隙顶上悬挂下来，一下子跳入缝隙，试探性地朝胖子猛扑过来。

胖子猝不及防，几乎就贴着那怪猴的脑袋开了枪，子弹横贯而出的同时，也将尸体带飞了出去，摔到尸体堆里。接着，他的枪就走火了，子弹横扫，怪猴群里发出惊恐的嗷叫声，好几只怪猴顿时给打得血肉横飞。

顿时所有的怪猴都注意到了缝隙之中的我们，场面失控了，为首的那只"口中猴"发出了一声尖锐的叫声，所有的怪猴都开始向缝隙中钻来。

我咽了口唾沫，知道自己的噩梦就要来了。

没等我祷告一番，两只怪猴已经闪电一般跳入缝隙，挂在缝隙顶上朝我张开了巨大的嘴巴。56式步枪太长了，没法用枪托去砸，我只好飞起一脚将一只踢了出去，然后两枪将另一只打死，顿时那血就爆了开来，炸了我一脸。然后又是一只狂冲了进来，我根本没有心理准备再去点射，端起枪就开始扫。

五六分钟时间里，我也不知道自己到底干了什么事，只看到一只又一只狰狞的怪猴冲到那里，又被我扫出去，到处是溅飞的血液。怪猴发了疯一样，根本没有一点畏惧，有时候甚至几只一起挤进缝隙，自己把自己卡住，都被我用脚狠狠踢了出去。然而更多的怪猴犹如潮水一样涌了过来，子弹扫过，就算是只剩下半个身体，只要能动，它就还是往缝隙里钻，简直穷凶极恶。

很快我身上全是血，我和胖子都发现固守在这里根本行不通，都被冲入的怪猴逼得后退，最后我们的背靠在了一起，不停地开火，也无法给自己抢回一点空间。

很快子弹就告罄了，我原本以为坚持个把小时肯定没有问题，但是实际战斗起来，子弹的消耗量不是你能控制的。我还有很多子弹带，但是只要怪猴不停止冲锋，我们就没有机会换子弹。

胖子的M16首先卡壳，他已经杀红了眼，大骂着丢掉枪，掏出军刀就想出去肉搏，但是人家根本不给他这个机会，一瞬间五六只怪猴就跳到了他的身上，开口大咬。胖子疼得大叫，把手上的两只敲死，但另外四只一下就扑到了他的脸上。

紧接着我的56式也没子弹了，按着扳机"咔嗒""咔嗒"好几声，我的心突然一凉，接着几道红光瞬间冲到我的面前，我还没来得及拔刀，肩膀和大腿内侧就中了招。下意识地，我就用我受伤的手去吓它，但是一点用也没有。挣扎间我脑子里只剩下了一个念头：我吴邪和王胖子，恐怕再也走不出这长白山的秘境之中了，命硬如我们，终归也有命丧的一天。

第五十九章 天与地的差距

无数只"口中猴"扑到我的身上，撕咬我的肌肉，我剧烈地挣扎，准备不耗尽最后一点力气绝不罢休，但是心中早已经绝望。这样的情况之下，就算神仙老子来了，也救不了我们。

正在负隅顽抗，突然，四周一震，我们都被震了一个跟头，抓在我身上的怪猴顿时一呆，瞬间，全部怪猴都从我们身上滑落下去，拼了命地向缝隙的出口逃去。

我转头一看，胖子那边也是同样的景象，"口中猴"瞬间全部退出了缝隙，似乎见了鬼一样。

胖子浑身是伤，也是莫名其妙。我们面面相觑，胖子自言自语："怎么了，到手的东西不吃了？难道是嫌我太油腻？"

"口中猴"的骚乱还没有结束，围在缝隙外的怪猴毫不停留，爬回到人面巨鸟的嘴巴里，人面巨鸟开始动起来，纷纷飞了起来，迅速消失，好像接到了什么指令，或者看到了什么可怕的天敌，疯狂逃窜。

我将56式给胖子，让他装填子弹，然后自己小心翼翼地来到缝隙的口子上，也不敢出去，探出头看了看，顿时目瞪口呆。人面怪鸟一只一只地飞上天空，很快我们四周一只都没剩下，全跑了，四周安静下来，只剩下我们两个人。

这真的怪了，我给胖子打了个招呼，示意他出来。我们四处看了看，对临死前的突然转机感觉有点不太适应。我心说，上帝，你就算真不想我死，你也得找个好点的理由啊！

我自言自语："它们到底在怕什么东西？这种怪物竟然还有天敌？"话没说完，胖子就拍了拍我，他看到了什么东西。

我转过头去，只见一边巨型青铜大门上面封门的人皮，不知道什么时候竟然已经全部爆裂脱落，两扇巨大的青铜门竟然向外挪开了一点，一条黝黑无比的细小缝隙，出现在两扇门的中间。

我的心提到了嗓子眼，一身的冷汗。这么大的巨门竟然自己开了，刚才那一下巨震，肯定是门开时候的反应。如此重的门，是谁打开的？谁在里面？

在汪藏海的叙述中，这个地底巨门被描绘成了一个邪神来往于地狱和现世的通道，地门之内有着万古的邪恶，总之不是好东西，如今地门给打开，难道是地狱中的邪神准备出来遛狗了？

这完全是无法预知的景象，一瞬间我脑子转了十几圈，是妖怪还是粽子？跑还是看看再说？跑的话往哪边跑？

此时我的思路竟然极端清晰，我自己也开始佩服自己这种被折磨出来的心智了。

可是门开了之后，却没有任何动静，也不见门继续打开，也不见有东西出来。呆立了良久，胖子问我："要不要过去看看？"

我想到这一切的谜题都在这巨门之内，而且汪藏海也进去看过，并且平安出来了，说明进入巨门之内应该没有直接的生命危险，但是会看到一些我们绝对想象不到的景象。如此多的谜团，也许我们走几步就可以全部解开了。

但是如果进入之后，一旦大门关闭，这么巨大的青铜门，就算有一千个人在这里也无法推动，我们肯定就会给困死在里面，那知道了秘密又有什么价值呢？

这其实就是选择安全地离开这里，还是冒险去得到答案。

权衡再三，我还是无法忍受这几乎煎熬了我一年之久的谜团。我一定要进去看看，到底汪藏海当年看到的魔境是什么样的景象，到底这延续了上千年、牵扯我们家族三代的秘密背后，是什么神秘的力量。

我看了看胖子，他也和我心意相通。

胖子把56式给我，自己捡起他的M16，从满地的尸体残骸中挑出了几只弹匣，然后擦了擦脸上的血，示意我一起过去。

大门太大了，远处看的一条缝隙，近处几乎可以开进一辆卡车，要将万吨重的巨门移动这一点的距离，需要的力量无法估计。

我压抑着心中的兴奋，走到巨门之前。我闻到从缝隙中吹出了一阵奇怪的味道，心跳陡然加快起来，一种介于紧张和不安之间的情绪越来越浓厚。我手上全是冷汗，连脚都有点软。

胖子先用手电照了照，手电光一入巨门之内，就完全消失，什么也照不到。汪藏海提过，当年东夏人带他来这里的时候，刚进入门内的一段是一片虚无，必须要用一种奇怪的照明工具，叫作"真实之火"。我们推测他使用的肯定是犀角蜡烛，才能看到里面的情形。

我想到这里，不由得一愣，心说不对，我们没有这样的设备，这样就算我们进去，看到的也是一片漆黑，不知道能不能通过那一片虚无的空间，到达魔境之内。

胖子还没想到这一点，看我不动了，以为我又害怕了，问我道："走不走？"

我刚想说话，突然看到青铜巨门缝内的黑暗中亮起了好几盏灯火，似乎有东西正在走出来。我正想拉胖子来看，胖子却也来拉我，我一回头，只见我们身下从裂谷地下的石头缝隙中，不知道什么时候开始冒出一股淡蓝色的薄雾，犹如云浪一样，迅速上升。

第六十章 无法解开的谜团

我们退后几步,发现四周所有的石头缝隙里都冒出了淡蓝色的薄雾来,而且速度惊人,几乎是一瞬间,我们的膝盖以下就开始雾气缭绕,眼前也给蒙了一层雾气一样,而且还在不断地上升,很快手电的光就几乎没有作用了。

紧接着我们听到了一连串鹿角号声从裂谷的一端传来,悠扬无比,在裂谷中环绕了好几圈。无数幽幽的黑影,随着鹿角号声,排成一列长队,出现在裂谷尽头的雾气中。

我霎时间反应不过来,这里的人死的死,跑的跑,早就不成气候了,怎么突然又出来这么多的人?难道还有其他的队伍在这里?但是又不像,这……人也太多了。

一边的胖子脸色已经白了,似乎已经知道了是怎么回事,舌头打结,好久才说全了:"阴兵借道!"

阴兵?我十分不解,还想问他,没想到他捂住了我的嘴巴,做了一个绝对不要说话的手势。我们放下手电,然后直往后退去,躲到了一块大石头后面。

队伍朝着我们不紧不慢地走来,我竟然还看到了前面打旗的人的影子。队伍是四人一行,行走极为整齐,很快就从远处的裂谷尽头走到了我们面前。在手电光的照射下,雾气中的影子越来越清晰起来。

我看着看着，头皮不由自主就麻了，只见队伍前头的人，穿着殷商时代的破旧盔甲，手上打着旗帜，后面有人抬着号角。虽然负重如此沉重，但是这些人走路都像是在飘一样，一点声音也没有，速度也极其快。再一看他们的脸，我几乎要把自己的舌头咬下来，那都是一张张奇长的人脸，整个人脑袋的长度要比普通人的长一倍，所有的人都面无表情，脸色极度苍白。

队伍幽灵一般从我们面前通过，并没有发现我们，径直走入青铜巨门的缝隙之内，所有的士兵都一模一样，像是纸糊的。

我和胖子谁也不敢说话，期望这些人快点过去。这时候，胖子按着我嘴巴的手突然一抖，我忙定睛看去，只见闷油瓶竟然也穿着同样的盔甲，走在了队伍中间，他正常的人脸和四周妖怪一样的脸差别实在太大了，我们一眼就认了出来。

我几乎要叫出来，难道闷油瓶死了，魂魄给这群阴兵勾去了？

再一看，却看到闷油瓶的身后还架着他那把黑金古刀，走路的动作和边上的阴兵完全不同。我马上就知道他还是活的。

那他想干什么？难道……我突然冒出十分大胆的念头——难道他想混进去？

这小子疯了！我一下子心跳加速，一种久违的恐惧感涌上心头，呼吸开始急促起来，想上去阻止他，但是胖子死死地抓住我，不让我动弹。

我看到闷油瓶注意到了我们这边，把头转了一转，正看到我和胖子的脸，他突然意味深长地笑了笑，动了动嘴巴，说的是："再见。"

接着他就走入了青铜巨门之中，瞬间消失在了黑暗中。我目瞪口呆地看着他，脑袋几乎要炸裂了。

很快整队的"阴兵"走入了青铜巨门之中，地面猛然一震动，巨型的大门瞬间便合紧成了一个整体。

我坐倒在地，一股无力的感觉瞬间生起，这是怎么回事？闷油瓶他到底想干什么？那些真的是阴兵？

胖子跑过去捡回手电，自己也是一脸惊诧地看着巨门，有点神经错乱。

可是仍旧没有时间给我们发呆,四周的雾气逐渐散去,我们马上听见了零星的怪鸟叫声从裂谷的尽头传了出来,越来越响。

胖子顿时反应过来,对我大叫:"快走!那些鸟又飞回来了,这一次咱们肯定没这么走运了。"

我给胖子这一叫,犹如被人泼了一盆冰水,顿时清醒了过来,马上转身,跟着胖子向裂谷的另一头——潘子他们逃跑的方向跑去。

裂谷下的石头犹如丘陵,极度难爬,我们刚爬出不远,怪鸟的叫声就很近了,我不由得在心里祈祷,刚才死了也就算了,如果逃过一劫后还是死在了同样的地方,那真是太不值得了。

我的伤口已经从疼变成了麻,有人说人紧张的时候会忘记疼痛,但是我现在连我自己的脚也感觉不到,连咬牙都跑不快。我和胖子只好互相搀扶,竭力向前跑去,不能停,停下来想要再发力就不可能了。

我们就这样连滚带爬,直往深处跑,我几乎没有了意识,不知道自己在干什么。

翻过一块小山一样的巨石,裂谷的前方出现了三岔口,三条巨大的山体裂缝出现在我们面前,我有点发蒙,怎么办?走哪一条?我们本以为裂谷会一路到底,能在出口处碰到潘子,我们身上没有任何食物和水,这样的状态就算三条路都能出去,不能和他们会合,我们也是死路一条。

跑到三岔口的地方,我们赫然看见其中一道巨大裂缝的边上,刻着一个极端难看的箭头,箭头指示着一个方向。

胖子大骂:"那老潘子果然懒惰,连个箭头也不会搞得漂亮点。"

我没想到他们还会留下箭头给我们,道:"你还管这些,管用就行了!"

也不能多说,我咬紧牙关就钻入了缝隙之中。

这里的缝隙比裂谷窄上很多,怪鸟飞行得不会太顺畅,进入里面,被狩猎到的机会就小了很多,我们一进去就感觉安心了很多。

很快我们看到前方有手电的光亮,我心中一震,心说,按照他们的脚程,应该早就跑得很深了,怎么这里还有手电光,难道又遇到意外死在这里了?

才跑几步，却看见潘子和几个老外背满了子弹正往回走，看样子是想回来救我们。一看到我们，潘子大喜，然后又一呆，问道："就你们两个？其他人呢？"

我说："别提了，太惨了，快点走，后面那些鸟还跟着。"

这里能听到叫声，但是上空的情况一点也看不清楚，没有照明弹，用手电去看怪鸟是看不到的。

潘子招手马上又回去，最后的人打起一支冷烟火，在前面带路。一个老外看我伤成这样，就背起了我，一行人迅速退入裂缝的尽头。

我很久没让人背了，觉得很不习惯。那冷烟火照起了这条缝隙四周岩壁上的大量壁画，突然又引起了我的兴趣。可惜跑得实在太快，我根本无法仔细去看。

凄凉的叫声逐渐减弱，看来怪鸟开始放弃追击了，其实我们一看到潘子，就安心了很多，知道自己应该不会死了。他带来的人都是阿宁队伍中的射击好手，就算真的打遭遇战，也不至于吃亏。

想起阿宁的队伍，就想起阿宁，我问潘子有没有看到她。

潘子说放心吧，那美妞给人敲昏背回来了。

跑了很久很久，缝隙越走越窄，最后只能一个一个通过。空气突然暖和起来，我们放慢了速度，这时候前面又出现了两个人，是守夜的警戒人，看到我们回来，都发出了欢呼的声音。

我想问为什么这里的温度会高起来，就看到潘子的营地边上有好几个温泉，顿时我就彻底放松了，一种无力感传遍全身，差点儿当场晕过去。

第六十一章 休整之后

阿宁队伍的医生给我们检查了伤口，打了消炎针和动物疫病疫苗，把撕裂太长的伤口都清洗好缝合了起来。胖子屁股上的伤最严重，他只能趴着吃东西。

我们饿极了，虽然食物不多，但是他们的向导说这里有活风，肯定有路出去，所以也不用太紧张。我们吃了很多糖类食物，身体各部分的感觉都有所回归，疼的地方更疼，痒的地方更痒，十分难受。

三叔还是神志不清，不过高烧已经退了，潘子将他裹在睡袋里，不停地喂一些水给他。

温泉水取之不绝，我们都用它来擦洗身体，这里的环境远算不上宜人，但是我感觉这一把身子擦得简直像做神仙一样。

其间我把看到的毫无保留地讲给了他们听，其他人听了都闷声不响，不发表任何议论。他们这几个老外，这一次算是见识到了中国古老神秘中诡异邪恶的一面，你说要他们再有什么想法，恐怕也困难。

其中一个动物专家说，那种生活在怪鸟嘴巴中猴子一样的怪物，可能是远古的一种寄生关系，就好比趴在狼背上的狈一样，怪鸟可能无法消化食物，而"口中猴"帮它消化，怪鸟靠"口中猴"的粪便为生，这在海洋之中很常见。

我不置可否，进入云顶天宫后的这一切事情，节奏太快，我们根本无法透过气来，我现在只觉得自己像是做了一场梦，实在不想再去考虑这些东西。

不过私下里，我还是和这几个专家做了约定，大家如果能够活着回去，在这件事情上如果有什么进展，可以通过 E-mail 资源共享，希望以后我们可以不再是比快的竞争关系。

我们在原地休整了半天时间，潘子就带着几个人往缝隙的更深处探路，接着我们再次起程，向着裂隙的深处继续前进。

洞穴专家的意见是这条缝隙应该有通往地面的出口，不然不会有流动的空气，而且出口必然是一个风口。

我当时并不信任他，但是等到我们走了将近一天时间，走着走着，突然发现四周熟悉起来，而胖子张大嘴巴，指着一边裂缝上被人剥落的双层壁画的时候，我不由自主地笑了起来。

这条裂隙的出口，竟然就是我们在上山时躲避暴风雪的那条被封石封死的岩石缝隙。

我看到了我们遗留在里面的生活用品，潘子也苦笑起来。

当时我们来这里，浩浩荡荡，现在都犹如败兵，当时看着双层壁画，猜测云顶天宫中的秘密时的那种兴奋，已经变成了无法回避的苦涩和讽刺。而且当时我们怎么也想不到，只要再往这条缝隙中走上几公里，就是九龙抬尸棺的所在，我们竟然绕了如此巨大的一个圈子。

这真是绝大的讽刺了，也不知道这个讽刺是汪藏海留给我们的最后惊讶，还是连他也不知道的一个天大的巧合。

之后，我们很快走出了缝隙，所有人一个星期来都第一次见到太阳，全都给照得睁不开眼睛。

我们的食物基本上吃完了，不过我们不缺水，精力还算充沛，饿肚子走上一天应该不成问题，于是定了路线。阿宁通过卫星电话，联系好了医生和接应，说在路上就会有人来接应我们。

我们跟着他们的队伍，缓缓下了雪线，碰上山地救援队的时候，已经是在营山村外了。

所有的伤员全被吉普车运到了最近的医院做简单处理，然后再送到吉林大学第三医院。三叔经过检查是剧烈脑震荡和伤口感染引起的并发症，需要长时间的调理；我和胖子则全是外伤，所以我再也没有羡慕过潘子健壮全是伤疤的肉体，因为我也不会比他逊色多少。

而且，虽然我对三叔的目的和动机还是完全不知道，但是总算把他这个人给找回来了，心中也颇有一种自豪感。

三叔要在医院接受治疗，直到病情稳定。我、潘子、胖子和几个老外在吉林放肆快活了大概半个月后也各自告辞。阿宁我就再也没有见到，显然她这一次也是什么都没有得到，她在董事会那边也许还有一关要过，但是和我已经没有关系了。

我心里还在琢磨，要是她被炒鱿鱼了，这样拼命的员工我倒是也需要的，王盟这个懒蛋实在是不成气候。

潘子回了长沙，收拾残局需要大量的精力，后来就没什么联系了。胖子回了北京潘家园，说要休息几个月。几个老外各自回国，只剩下我一个人，一边照顾三叔，一边整理我的想法，试图用自己现有的线索，理出一点眉目来，但是没有三叔的那一部分信息，实在没有办法把整件事情想透。

其实汪藏海那一部分的谜题都已经很清楚了：

第一，云顶天宫并不是汪藏海建造的，而是汪藏海改建的。（但是这座殷商时期的巨大遗址，以前到底是谁为了什么目的修建的呢？）

第二，汪藏海参与这个改建工程并不是自愿的，大部分参与改造工程的汉人工匠，都是被东夏人胁迫过来的。在改建工程中，总司令汪藏海就开始设计几乎横贯小圣和三圣两山的逃亡密道，以免地宫封闭时给异族的万奴王陪葬。

第三，在改建陵寝的过程中，汪藏海逐渐隐藏了在东夏皇陵之底、长白山山体深处的众多秘密。（他在青铜巨门之内，到底看到了什么？）

第四，汪藏海将这些秘密记录在龙鱼密文上，希望有朝一日能够为世人所见。

第五，因为东夏是边境小国，国库不盈，云顶天宫的诸多奇珍异宝，都是从其他墓穴中搜刮而来的。汪藏海在指导东夏军队盗棺的时候，偷偷将龙鱼密文藏于这些古墓之内,希望能够有人发现。一共放了两条,最后一条,在他老死之前,藏入了自己的坟墓中。

第六,他为什么要把古墓修建在海底?是害怕东夏的后人断绝了这个秘密吗?

第七,海底墓穴中消失的人,出现在了云顶天宫的密室中。(除了两个人,其他人都死去了,但是这两个人是谁?他们到哪里去了?是不是也和闷油瓶一样,进入了巨门之内?他们到底为什么要进去呢?三叔到云顶天宫去,目的是什么呢?)

第八,巨大的青铜古树、巨大的青铜暗门和几个地方都出现的六角铃铛,这些青铜的东西之间是不是有什么联系?它们代表的神秘力量,到底是什么呢?

我逐渐发现,二十年前在海底墓穴中发生的一切,才是关键。